멜라니의

바이올린

멜라니의 바이올린

초판 1쇄 인쇄 | 2008. 6. 25
초판 1쇄 발행 | 2008. 6. 30

지은이 | 허닝
옮긴이 | 김은신
펴낸곳 | 자유로운 상상
펴낸이 | 하광석
디자인 · 편집 | 블룸

등록 | 2002년 9월 11일(제 13-786호)
주소 | 서울시 서대문구 충정로 3가 3-95
전화 | 02-392-1950 팩스 | 02-363-1950
이메일 | hks33@hanmail.net

ISBN 978-89-90805-43-0 03820

· 사전 동의 없는 무단 전재 및 복제를 금합니다.
· 잘못 만들어진 책은 바꾸어 드립니다

Melanie's Violin

멜라니의

바이올린

허닝 지음 · 김은신 옮김

자유로운상상

1998년 연말 어느 날 저녁, 나는 로스앤젤레스 〈유태신문〉의 편집장 필 블레저 선생으로부터 전화 한 통을 받았다. 그는 다음 날 오전 상하이방송국의 한 프로그램 제작팀과 인터뷰하기로 되어 있다며, 나에게 그 자리에 참석하여 필요시 통역을 해 주었으면 한다고 부탁했다. 인터뷰는 2차 세계대전 기간에 수천만 명의 유태인이 나치 독일의 대학살을 피해 상하이로 망명한 것에 관한 내용으로, 아주 중요한 의미를 지니는 것이었다. 그 후 얼마 되지 않아, 나는 심혈을 기울여 제작된 〈상하이 망명FLED TO SHANGHAI〉이라는 다큐멘터리를 볼 수 있었다.

인터뷰 당일, 상하이방송국의 인터뷰 담당자가 "역사상 고도의 문화를 자랑하던 도이치민족이 왜 유태민족에게 대학살이라는 잔인한 일을 저질렀을까요?"라고 묻던 장면은 내게 아주 강렬한 인상을 남겼다.

블레저는 다음과 같이 대답했다.

"그 질문을 받으면 한 가지 떠오르는 게 있습니다. 그것은 바로 역사상 고도의 문화를 가진 민족과는 정반대인 당신네 중국인들이 거의 4만 명에 가까운 유태인의 목숨을 구했다는 것입니다."

그때 뒤에 앉아 있었던 나는 깊은 감동을 받았다. 이러한 감동은 내가 글을 통해 이 시기의 역사를 표현할 수 있었던 첫 번째 계기가 되었다.

그 후 2001년, 중국에서 미국으로 돌아온 내가 며칠 후 필 블레저와 만났을 때 필 블레저는 내게 할리우드의 저명한 영화배우인 폴 뉴먼의 초상화를 그려 달라고 부탁하였다. 그는 또 상하이의 홍커우虹口지역 내 일본인이 세웠던 '게토' 의 옛터에 기념조각상을 세울 계획을 설명하면서 내게 이 조각상의 초안을 설계해 달라고 부탁했다. 나는 기꺼운 마음으로 이 제안을 수락한 동시에 아주 큰 영광으로 생각하였다. 이를 계기로 나는 30~40년대에 상하이에 거주했던 유태인에 관한 서적자료를 열람하기 시작하였다.

또한 나는 이 기회를 빌려 로스앤젤레스 유태대학(THE UNIVERSITY OF JUDAISM) 도서관 관계자였던 하임 고트스하크 씨와 폴 밀러 씨의 전폭적인 지원에 감사를 표하고 싶다. 난 그때 당시 상하이로 망명했던 유태인난민 중 한 사람을 아버지로 둔 하임 씨의 도움으로 몇 번이고 관련서적을 빌릴 수 있었으며, 폴 밀러 씨는 내가 도서관의 상하이 유태인과 관련된 전체 서적과 자료를 찾는 것을 물심양면으로 많은 도움을 받기로 하였다. 아마 그 즈음부터 『멜라니의 바이올린』의 창작에 대한 열정이 생겨나게 되었다.

나는 또 중국 IBM 사의 곽유덕 선생과 상하이 홍커우지역 사무실의 책임자였던 진검 선생, 상하이유태연구센터의 주임인 반광 교수, 미국인 친구 빌 콜리아와 그의 부인 메이 콜리아, 독일인 친구 엘리자베스 카스케 등에게 감사를 표한다.

역사상 유태인이 가장 먼저 집단 형태로 중국을 자신들의 정착지로 삼은 것은 중국이 봉건사회였던 북송 후기로, 시간적으로는 서기 11세기쯤 된다. 이들은 대략 천여 명에 달했으며, 인도에서 해로를 통해 건너왔다고 전해지고 있다. 대송황제의 환영을 받은 그들은 수도였던 개봉KAIFENG에 정착하는 것이 허가되었을 뿐만 아니라, 중국의 성까지 하사받았다. 무명천과 염색 제품으로 생업을 삼았던 유태인들은 대단히 성공한 상인들이었다.

유태인이 상하이에 이주한 두 번째 역사는 19세기 중엽 상하이 세파르딕 유태인 무역 단체의 강력한 흥기로 거슬러 올라간다. '세파르딕'은 시베리아어로 스페인을 지칭한다. 세파르딕 유태인이 가리키는 것은 역사적으로 스페인과 포르투갈에서 생활했던 유태인과 그들의 후예들이다. 상하이로 건너온 세파르딕 유태인 집단은 상당히 부유한 상인과 기업가들이었으며 뛰어난 경영능력에 힘입어 아주 짧은 시간 내에 상하이에서 가장 활발한 상업단체가 되었다.

유태인들이 중국으로 세 번째 대규모 이동을 한 것은 두 번째 이동 후 얼마 지나지 않아서이다. 시간적으로는 19세기 말에서 20세기 초로, 러시아 유태인의 차르러시아 반유태인 탄압과 볼셰비키혁명이 가져온 내전을 피하기 위해 건너온 사람들이었다. 그들은 동북의 하얼빈, 장춘에서 화북의 텐진까지 그리고 다시 남쪽으로 점차 상하이까지 이르게 되었으며, 이 사람들은 유태인의 중요한 부류로 아시케나지 유태인의 일부이다.

'아시케나지'는 라인강 및 게르만지역에 거주하던 유태인과 그들의 후예를 일컫는 말이다. 아시케나지 유태인이 창조한 문화는 이디시 유태문화이며, 그들의 언어는 바로 누구 나 다 아는 이디시어이다. 상하이로 온 러시아의 아시케나지 유태인은 바그다드에서 온 세파르딕 유태인에 비해 많이 가난했다. 상하이에서 음식점이나 잡화점과 같은 소형 상점을 운영하던 그들은 점차 상해의 중산층으로 자리 잡게 되었다.

이와 같이 1930년대 히틀러가 권력을 잡고 유럽의 유태인들에 대한 탄압을 시작했을 때, 상하이에 있는 두 유태인집단의 수는 5천여 명에 이르렀다. 상하이 경제의 각 분야에서 아주 중요한 위치를 점하고 있던 이들은 훗날 그들이 직면하게 될 유럽의 유태인난민 구제활동에 강력한 물질적 배경이 되었다.

파시스트의 위협이 두려워서, 또는 자국의 역량으로 인해 많은 나라들이 수수방관하는 자세로 문호를 걸어 잠글 때, 상하이는 유태민족이 무비자로 자유롭게 들어올 수 있는 유일한 항구였다. 따라서 수천, 수만 명의 유태인난민(주로 독일과 오스트리아에서 온 유태인들)이 물밀듯이 상하이로 들어오게 되었다. 10년이라는 짧은 세월 동안, 유태인난민은 막강한 경제력과 문화 활동으로 상하이에 지대한 공헌을 하였다. 이러한 상황을 접하면서 우리는 그 힘든 역경 속에서도 굴하지 않고 강력한 세력으로 우뚝 선 유태인민족을 존경할 수밖에 없다. 유태인단체가 가져다 준 유태문화 역시 자연스럽게 상하이사회의 생활방식에 영향을 주었다. 이 시기의 역사를 회고할 때, 우리는 중국인과 유태인 간에 많은 유사점이 있으며 그들이 함께 과거와 현재를 겪어 왔다는 것을 알 수 있다.

3년 전, 블레저 선생은 나에게 최근 유태인이 또다시 상하이로 돌아오고 있으며 50여 년 만에 처음으로 유태인식 혼례를 거행했다는 내용이 담긴 간행물의 발췌자료를 주었다.

허닝
2005년 5월 북경에서

1부

Chapter 01

이 땅에서 쫓겨난 우리들,

어디에도 갈 수 없는 우리의 신세.

사랑하는 하느님! 가르쳐 주소서!

이 시련의 날들이 앞으로 얼마나 계속되겠습니까?

1

저녁 무렵, 한 모터보트가 붐비는 쑤저우蘇州강의 수로를 타고 황푸 강黃浦江을 향해 빠르게 달려가고 있었다. 짧고 요란스런 클랙슨을 울려 대며 길을 가로막고 있는 목선木船들에게 비키라고 아우성치는 모터보트의 소음은 수로를 이용하고 있는 모든 사람들이 고개를 돌려 쳐다볼 만큼 시끄러웠다.

잠자리 모양의 안경을 쓴 모터보트 조종사를 제외하고 배 위에는 세 명의 일본인 남자가 타고 있었다. 아이즈 야스히로라 불리는 남자의 모습은 이목을 집중시키기에 충분할 만큼 유난히 키가 작았다. 155 센티미터나 될까? 하지만 그는 단정한 외모에 전체적으로 균형이 잘 잡힌 체격을 갖고 있었다. 광대뼈가 그리 심하게 불거져 나오지만 않았다면 자그마한 체구의 미남임에 틀림이 없었다.

최근 야스히로는 상사인 이즈카 게미츠 대좌大佐에 의해 서양인사부 감청과(監聽課 : 아군이나 적군의 통신 내용을 엿듣고 검토 · 기록하는 행위) 과장에서 부장으로 승진을 해서 기분이 상당히 좋은 상태였다. 그의 뒤에 서 있는 사람은 야스히로의 부하 직원으로 중간 정도의 키에 짧은

10

머리와 각진 얼굴이었으며, 쾌활한 성격의 소유자 같았다. 심지어 너무 쾌활해 보여 다소 우둔한 것처럼 느껴지기도 했다. 그의 이름은 오가와 가쯔오라고 했다. 나머지 한 사람은 검은 옷을 입은 채 이미 해가 저물었는데도 불구하고 여전히 선글라스를 끼고 있었다.

모터보트가 가든 브리지Garden Bridge 중앙 교각에서 우회전을 하며 시원스레 물살을 갈랐다. 바로 황푸강이었다.

"이봐! 지금 배를 어디로 모는 거야!"

야스히로가 갑자기 조종사를 향해 소리를 질렀다.

"내가 스리우푸十六鋪로 가는 게 아니라고 이미 말해 줬잖아! 좌회전을 해서 어서 공핑루公平路 부두로 가란 말이야! 이렇게 꾸물거리다가 늦기라도 하는 날에는 유태인들이 모두 배에서 내려 그분을 찾을 수 없게 되니 어서 서둘러!"

모터보트가 다시 왼쪽으로 유턴을 하면서 히힝거리며 달리는 말처럼 기적 소리를 냈다. 이윽고 속도를 내고 달리기 시작한 모터보트의 뱃머리 뒤로 물살이 갈라진 후의 흰 거품이 일었다.

2

1가에 위치한 빅토리아라는 이름의 작은 모텔로 돌아온 바이올리니스트 리랜드 비센돌프가 마침 객실을 청소하고 나오는 직원과 마주쳤다.

"비센돌프 씨, 안녕하세요? 이제 오십니까?"

얼굴에 직업적인 미소를 띤 직원이 영어로 안부를 물으며 그 손님을 다시 한 번 훑어보았다. 리랜드 비센돌프에게서 평범하지 않은 기운을 느꼈던 직원은 자신도 모르는 사이 그의 이름을 외우고 있었다. 그는 아주 고상한 기운이 감도는 노인이었다. 균형 잡힌 몸매였지만 매우 마른 편이었다. 살집 없는 두 뺨에 짧고 깨끗한 두발, 그리고 수염을 기르고 있었다. 내면의 강한 자존심을 보여 주는 그의 윤곽이, 뚜렷한 입과 코가 상대방에게 무의식중에 거리감을 느끼게 하였지만 대화를 나누는 그의 얼굴에는 항상 상냥하고 친근한 표정이 담겨 있었다.

청소를 마친 모텔 직원은 처음 그의 객실을 청소하며 겪었던 일을 기억했다. 그날 이른 아침, 방 안의 반응을 살핀 후 문을 열고 들어간 그의 눈에 모텔에 새로 묶게 된 이 손님이 창문 근처에 놓인 소파에 미동도 않고 가만히 앉아 있는 것이 보였다. 반쯤 모아 쥔 오른손은 무릎 근처 허공에 두고 가슴 앞으로 가까이 들어 올린 왼손 손가락은 왼쪽 어깨보다 약간 낮은 곳에서 때로는 높고 때로는 낮게 빠르게 움직이다 다시 속도를 늦추며 움직이고 있었다. 직원이 들어온 것을 본 그가 입가를 살짝 말아 올리며 친근함을 표시했다.

"편안히 쉬셨습니까?"

직원이 그를 향해 물었지만 그는 아무 소리도 내지 않은 채 이상히 보이는 그 동작만을 계속하고 있었다. 살며시 두 눈을 내리감고 있는 그는 마치 또 다른 세계에 빠져 있는 사람처럼 보였다. 직원이 한참 동안 청소를 하는 내내 그는 직원이 들어올 때의 자세에서 조금도 달라지지 않은 모습이었다.

"아니, 건드리지 마시오! 건드리지 말고 그냥 그대로 두시오!"

갑자기 그가 온화하지만 단호한 말투로 말했다. 그때 직원은 걸레로 테이블을 닦다가 침대 머리맡에 둔, 푸른색 벨벳으로 싼 폭이 좁고 기다란 작은 상자를 벽 모퉁이에 놓여 있는 정리선반 위로 치워 두려고 하고 있었다.

"거기 두는 것도 좋겠지만……. 그래도……."

입장이 궁색해진 직원이 자신의 생각을 밝히기 위해 말을 꺼냈지만 그는 아무 대답 없이 정색을 한 채 이야기했다.

"그래도…… 그냥 그걸 거기 두시오. 앞으로도 절대 건드리지 말고 그냥 거기에 두시오."

직원이 생각했다.

'이런 작은 모텔에서는 정말 보기 드문 손님이야……. 게다가 여기 묵은 지도 이미 여러 날 됐잖아!'

직원은 뭔가 중대한 일을 잊었던 사람처럼 테이블 위의 탁상용 달력을 한 장 휘익 넘겨 두고는 청소차를 밀고 객실을 떠났다.

12월 1일! 리랜드 비센돌프의 마음이 복잡해졌다. 상하이에서의 생활이 눈 깜짝할 사이에 이미 보름이나 지나갔다. 아니, 배에서 내리던 그날까지 포함한다면 15일이 아니라 이미 16일째였다.

16일 전…… 아니 좀 더 정확하게 말해 1940년 11월 15일 늦가을, 중국 남부지역 특유의 안개 자욱한 그날 점심 무렵, 유럽에서 상하이로 망명 중인 438명의 유태인을 태운 이탈리아 체스티노 선박회사 Lloyd Triestino 소속 로사호Rosa가 3주가 넘는 힘든 해상 여정을 마치고 마침내 상하이에 도착했다. 독일과 오스트리아에서 떠나온 유태인이 대부분이었고, 동유럽의 몇몇 국가에서 온 유태인이 소수를 차지했다. 히틀러가 집권을 한 후 유태인에 대한 종족말살계획이 서서히 국가정책으로 수립되었음은 누구나 다 아는 사실이었다. 이후 겁에 질린 수천수만의 유태인들이 전 세계 곳곳으로 대망명을 떠난 것은 세계의 모든 이목이 집중된 정치적 사회적 초점이 되었다. 수많은 국가들이 수수방관하던 그때 상하이만큼은 유태인이 비자가 없어도 들어올 수 있는 세계 유일의 항구도시였다.

이탈리아의 나폴리에서 출발한 로사호는 수에즈운하를 거쳐 아라비아반도를 돌아 태평양에 진입했다. 그 후 일본 고베에서 잠시 쉬었다가 마침내 상하이에 닻을 내렸다. 유럽에서 전쟁의 불길이 일어난 지 여러 날이 되었다. 로사호가 키프로스Cyprus에 도착했을 때에도 어려움을 겪었다. 지중해에 운항금지령이 발효되면서 선박들은 항구를 떠날 수 없었고 한밤중에 현지 경찰들이 갑자기 선박 위로 올라와 배에 탄 사람 가운데 누군가 군사정보를 팔고 있다는 제보가 들어왔다며 검사를 시작했다. 불안한 마음에 가슴이 시커멓게 타들어 간 유태인들은 일주일 후에야 겨우 다시 여정에 오를 수 있었다. 그런 우여곡절 끝에 마침내 배는 양쯔강揚子江의 우쑹커우吳淞口에서 황푸강에 도착했다. 이렇듯 마음을 졸일 대로 졸인 유태인들의 눈에 상하이탄의 경치가 들어왔을 때의 감격이란 상상만으로도 알 수 있는 것이었다.

세관 종시계가 보이는 수면 위까지 근접했던 로사호가 갑자기 멈춰 섰다. 이어 수로안내선의 안내를 받으며 강 위에서 상하이공부국(上海工部局 : 조차지에 있던 행정기관)의 지시를 기다렸다. 선장은 별로 놀라거나 초조한 기색을 내보이지 않았다. 그는 상하이정부에서 일 년 전부터 유태인들을 태운 배의 황푸강 입항을 금지한다는 경고를 수차례에 걸쳐 발표해 왔다는 것을 알고 있었다. 그들은 배에 타고 있는 사람들의 입항을 철저히 금지하는 것 외에 선박회사 역시 평상시에 비해 몇 배 많은 벌금을 내야 한다고 밝혔었다. 하지만 끊어진 그물 사이로 도망치는 고기들이 존재하는 것처럼 가끔씩 한두 척의 유태인을 실은 배들이 자신들의 운을 시험하고 있었다. 이러한 난민들은 이미 대부분 이곳 난민구제기구에서 제공하는 배표를 구입을 한 상태였기 때문에 벌금을 내는 것은 모두 유태인들의 몫이었다.

배에 타고 있던 난민들은 처음 도착해서 느낀 기쁨과 호기심이 가라앉고 평상심을 찾은 상태였다. 얼마 후 그들은 유태인 특유의 지혜와 현실감각을 발휘했고, 로사호의 갑판은 금세 작은 벼룩시장으로 둔갑했다. 보통의 벼룩시장과 다른 점이 있다면 사람들의 거래가 오고 가는 시장이었지만 상당히 차분하다는 것이었다. 거래할 때의 모든 절차가 나지막한 음성으로 진행됐다. 거래 물품은 금은 장신구, 다이아몬드와 수정, 양복과 넥타이였고 모피와 가죽으로 만든 최상의 장신구 등을 내놓는 사람도 있었다.

해가 지며 석양이 강물과 해안 양쪽을 모두 붉게 물들였다. 마침내 로사호의 입항 허가가 떨어졌다. 일본이 통제하고 있는 홍커우지역 부근의 공핑루 부두로의 입항이 허가되었다.

제일 먼저 배에 올라탄 사람은 상하이공부국에서 나온 관리들이었다. 그들은 모두 신사처럼 점잖아 보이는 영국인들이었다. 배 위에 달린 스피커에서 난민들은 모두 짐을 선실에 두고 갑판 위로 빠짐없이 올라오라는 방송이 나왔다. 유태인들에게 장티푸스와 콜레라 예방을 위한 주사 접종을 하기 위해 상하이 적십자사의 의사와 간호사들이 기다리고 있었다. 이어 공부국의 관리가 축구 심판처럼 호루라기를 분 후 상하이에 도착한 난민들이 지켜야 할 주의사항에 대해 이야기하기 시작했다.

"지금 막 상하이에 도착하신 여러분의 권익은 물론 여러분보다 앞서 도착한 난민 여러분의 권익을 보장하기 위해 상하이공부국 이사회에서는 여러분이 앞으로 지켜야 할 몇 가지 주의사항을 알려 드리는 바입니다. 이 주의사항들은 앞으로 세관에서 집행할 것이며 선박회사에서 협조할 것입니다. 여러분이 이 주의사항을 제대로 지키지 않거나 어길 시에는 여러분 개인은 물론 여러분의 친척과 관련된 사람들 모두 심각한 결과를 맞이하게 될 것입니다."

어수선하던 갑판 위가 순식간에 고요해졌다. 주의사항들이 계속해서 낭독되었다.

"낯선 사람들 또는 신문 매체에 정보를 제공하는 것을 금지한다. 낯선 사람들과 정치적 문제에 대해 토론하는 것을 금지한다. 군사적 이유에 의해 홍커우지역에서 사진 찍는 것을 금지한다. 호텔 로비에서 시끄럽게 하거나 길거리에서 구걸행위를 하는 등 공공장소에서 부적절한 행동거지를 하는 것을 금지한다. 매춘행위를 금지한다. 클럽 출입을 금지한다. 도박행위를 금지한다……."

마지막으로 따뜻한 미소를 지어 보인 관리가 보충설명을 했다.

"이 밖에 개인적인 경험에 비추어 여러분에게 몇 가지 조언을 해 드리는 바입니다. 좀도둑을 조심하시고 끓이지 않은 물은 절대 마시지 말아 주십시오."

그가 다시 한 번 손짓을 하며 말했다.

"여러분 모두 상하이에서 즐겁고 행복한 생활을 하시기 바랍니다!"

그날 저녁 리랜드 비센돌프도 다른 사람들과 마찬가지로 배에서 내렸다. 제일 먼저 눈에 들어온 것은 양쪽으로 서서 난민들을 환영하고 있는 열댓 명의 유태인 음악대였다. 그들은 상하이 유태인 문예클럽의 회원들로 의무적으로 난민들을 환영하는 행사를 하고 있었다. 그들은 계속해서 환영곡을 연주했다. 고된 운명에 직면한 동포들은 배에서 내린 후 난민수용소 직원들이 준비한 천막을 단 대형 트럭을 타고 쑤저우 강가에 위치한 유태인난민수용소를 향해 출발했다.

눈앞에서 벌어지는 모든 광경을 목격하면서 비센돌프는 뮌헨 거리에서 음악을 연주하던 비슷한 장면을 떠올렸다. 파시스트 돌격대와 나치즘을 숭배하는 열광한 관중들은 하루하루를 마치 사육제(謝肉祭 : 사순절에 앞서서 3일 또는 일주일간 즐기는 명절)를 기념하는 것처럼 들떠 있었다. 2년 전의 모든 일들이 문득 어슴푸레 기억나는 꿈처럼 되살아나며 다시 한 번 그의 뇌리를 스쳐 가자 비센돌프는 걸음을 멈춘 채 소란스런 부둣가에 잠시 그대로 서 있었다.

팔에 다윗의 별(유태인, 유태교를 상징하는 표식)이 그려진 완장을 두른 수용소 직원이 자전거를 타고 오다 그의 앞에 멈춰 섰다. 자전거를 세운 직원이 그에게 상하이에 온 것을 환영하는 화려한 전단지를 건네준 후 말했다.

"마중 나온 친척이나 친구 분들이 계십니까? 난민수용소로 가는 차는 곧 출발할 것입니다."

리랜드 비센돌프는 직원이 가리키는 곳을 바라보았다. 멀지 않은 곳에 천막을 단 대형 트럭이 열 대가 넘게 서 있는 것이 보였다. 사람이 타는 뒷부분에 발판이 놓여 있었고, 차 안은 이미 사람들로 꽉 들어차 있었다. 잠시 머뭇거리던 리랜드 비센돌프가 대답했다.

"고맙지만 난 내가 알아서 하겠소."

그의 말을 들은 직원은 자전거 손잡이의 방향을 돌리더니 이내 사라졌다. 인력거꾼 몇몇이 얼른 다가오자 리랜드 비센돌프가 한 대에 몸을 실었다. 그는 공공조차지를 따라 내려오다 1가에 있는 이곳 빅토리아 모텔을 발견하고 임시거처로 결정했다. 그가 난민수용소로 가지 않은 것은 수중에 돈이 있어서 빈곤한 망명생활을 하지 않아도 돼서가 아니었다. 그것은 순전히 그의 자존심과 체면에서 비롯된 것이었다. 그는 상황이 어찌됐던 간에 자신은 유명한 바이올리니스트라고 생각했다. 애처롭게 구호를 기다리는 다른 배고픈 난민들처럼 난민수용소에서 식판을 들고 서서 끼니를 기다리는 것은 굶어 죽었으면 죽었지 도저히 할 수 없는 일이었다.

처음 며칠은 참으로 더디게 흘러갔지만 그 후의 날은 마치 가속이 붙은 것처럼 삽시간에 빠르게 지나갔고, 그 끝조차 없는 것처럼 느껴졌다. 마침내 그는 우선 새로운 환경과 접촉하고 교류를 할 만한 거점부터 찾아내어 자신의 생활을 정상궤도에 올려놓아야겠다고 생각했다. 예전이라면 쳐다보지 않았을 일거리라도 받아들일 마음의 준비도 마쳤다.

아! 상하이! 상하이! 이곳은 도대체 어떤 도시란 말인가? 인력거를 타고 가는 그의 눈에 독일 영사관이 들어왔다. 이어 소련과 미국, 일본 영사관도 보였다. 그들 영사관이 나란히 위치한다는 사실은 실로 뜻밖이었다. 눈에 거슬리는 나치스의 만자기(한복판에 붉은색으로 '卐' 자 모양을 그린 기)와 소비에트사회주의공화국연방의 낫과 망치가 그려진 국기가 나란히 걸려 있었다. 정말 아이러니한 일이 아닌가? 그의 조국 독일은 자신을 숙청해야 할 적으로 생각했고, 그런 적과 적들의 친구가 이 상하이란 도시에서는 다닥다닥 붙어서 공존하고 있지 않은가 말이다. 그는 예전부터 상하이야말로 동양의 파리라는 말을 익히 들었고, 또 모험가들의 낙원이라고 불리는 것도 알았다. 하지만 황푸강 와이탄外灘의 경치를 제외하고 그에게 가장 깊은 인상을 남겨 준 것은 거리를 누비며 바쁘게 움직이는 인력거들이었다.

이날, 그는 영자신문의 광고란에서 블랙스완 호텔에서 바이올리니스트를 구한다는 광고를 보고 그 일을 구해 보기로 굳게 마음먹었다. 그는 전화를 걸어 호텔로 가는 길을 파악한 후 이튿날 바이올린을 들고 걸음을 옮겼다.

블랙스완 호텔은 샤페이루霞飛路에 위치했다. 호텔의 이름만 듣고서도 그 호텔의 주인이 러시아인인 것을 알 수 있었다. 이곳은 웬만한 규모를 갖춘 유흥 장소였다. 매일 밤마다 악사들이 음악을 연주하며 흥을 돋우었고 주말이 되면 캉캉을 추기도 했다. 손님들에게 파리의 운치를 연상시키기 위한 것임은 두말할 필요조차 없을 것이다.

리랜드 비센돌프는 이른 시간이라 호텔 안에 손님이 많지 않을 것이라고 생각했지만 문을 열고 들어가자 이내 어안이 벙벙해졌다. 넓은 어깨를 나란히 하고 붙어 앉은 유럽 선원들이 바 전체를 가득 메우고 있었다. 무대 한쪽에서는 붉은 카펫을 깔아 놓고 한창 다트놀이를 하고 있었다. 손님이 문 안으로 들어오는 것을 본 여자 종업원이 잰걸음으로 달려오더니 그가 들고 있는 바이올린을 흘깃 본 후 물었다.

"손님, 식사를 하실 겁니까?"

쇼윈도의 간판 사이로 비친 알록달록한 햇살을 통해 그는 그 종업원이 유태인이라는 사실을 금세 알아차렸다. 그가 예의 바르게 말했다.

"여기서 바이올리니스트를 구한다는 신문광고를 보고 왔습니다."

얼른 스탠드바 쪽으로 달려가 다른 사람에게 물어본 종업원이 다시 그에게 와서 말했다.

"연주자들을 선발하는 일은 호텔 옆의 옆문으로 올라가시면 나오는 2층에서 한다고 하는데요!"

리랜드 비센돌프를 한 번 훑어본 종업원이 웃으며 말했다.

"아주 유명한 바이올리니스트인 것 같아요."

대답하기 쑥스러운 듯 비센돌프가 웃음을 지어 보였다. 종업원이 말했다.

"전 그라츠Graz에서 왔어요. 선생님은요? 제 생각엔 선생님도 그곳 출신이 맞을 것 같은데요."

리랜드 비센돌프가 다시 웃음을 지어 보였다. 종업원이 다시 말을 이었다.

"전 대학에서 철학을 전공했지만 여기서는 아무 소용도 없네요."

리랜드 비센돌프가 밖으로 나오자 과연 그 종업원의 말대로 호텔 옆에 작은 문이 열려 있었고, 문 안으로 급경사를 이루고 있는 계단이 보였다. 그때 그의 귓가에 2층의 열린 창문 사이로 바이올린 소리가 들려왔다. 누군가 마침 오스트리아의 유명한 바이올리니스트겸 작곡가의 곡을 켜고 있었다. 그는 지금 자기 같은 바보가 호텔 사장이나 지배인쯤 되는 사람들 앞에서 시험을 보듯 바이올린을 켜고 있는 것이라고 생각했다. 그가 걸음을 멈추었다.

'서둘러 2층으로 올라갈 필요 없지. 우선 좀 들어 보자!'

바이올린 소리가 끊어졌다. 잠시 후에 바이올린 소리가 다시 들려왔다. 또 다른 사람이 켜고 있는 것이 분명했다. 숙련된 솜씨였지만 기교가 많아 경박했다. 리랜드 비센돌프는 포르타멘토(portamento : 한 음에서 다른 음으로 미끄러지듯이 연주하는 방법)가 넘치는 이런 종류의 음악을 처음으로 진지하게 들어 보며 아주 새롭고 신기한 느낌을 받았다. 술집에서의 바이올린 연주였지만 그 느낌은 마치 배가 아주 고플 때 막 구워 낸 뜨끈한 빵 위에서 노란 버터가 천천히 녹아 스며드는 것을 보며 혓바닥에 생기는 그 달콤하고도 간지러운 느낌과도 같은 것이었다.

"브라보!"

누군가 미친 듯이 환호성을 질렀다.

"짝!짝!짝!짝!"

이어 누군가 다시 박수를 쳤다.

"저 사람이 채용되겠군……."

리랜드 비센돌프가 생각했다. 잠시 주저하며 서 있던 그가 중얼거렸다.

"mitten imGesange sprang, Ein rotes Mauschen ihr aus dem Mumde. (그대가 부르는 맑은 노래를 기다리고 있거늘 그대의 입에서는 어찌하여 한 마리 붉은 쥐가 나오는 것인가.)"

늦가을 하늘에 뜬 엷은 구름을 뚫고 나온 뜨거운 햇볕이 옷을 비집고 들어와 싸늘했던 피부와 목, 어깨와 등을 따뜻하게 녹이기 시작했다. 이 순간 그의 가슴속에서 뭔가를 해 보고자 하는 욕망이 꿈틀댔다. 조금 전 지원했던 일의 잘되고 못되고는 그 다음 문제가 된 지금 그는 현실에 직면해야 한다는 생각을 하기 시작했다.

"이번엔 내가 꼬리를 숨기고 도망친 셈이 되었군."

리랜드 비센돌프가 자조적으로 생각했다. 블랙스완 호텔에서 느낀 신선함은 그의 우울했던 마음을 변화시켰다. 그는 우선 모텔에서 나가 정착을 한 후 장기적인 계획을 세워야겠다는 생각을 했다. 부동산 광고를 보기 위해 길가에 서 있는 신문팔이 소년에게서 신문을 몇 부 사야겠다고 생각했다.

"여기 세워 주십시오!"

그가 영어로 이야기했지만 인력거꾼은 듣지 못한 듯했다.

"여기 세워 주십시오!"

그가 다시 소리쳤다. 잠시 멈추었던 인력거꾼이 다시 속도를 내어 인력거를 끌기 시작했다.

리랜드 비센돌프의 머릿속에 며칠 전 신문에서 읽은 상하이 인력거에 관한 기사가 불현듯 스쳐 갔다. 미국인 기자가 쓴 기사였다. 대부분의 인력거에는 인력거 앞이나 옆에 스프링이 장착된 죽판竹板이 있어 용무가 있으면 발로 그 죽판을 밟아 소리를 내야 한다고 쓰여 있었다. 그는 곧 고개를 숙여 죽판이 있는지를 찾아보았다. 그의 눈에 곧 죽판이 들어왔다. 서둘러 죽판을 밟자 상하로 움직이는 죽판이 팍팍거리는 소리를 냈다. 이내 인력거가 멈춰 섰다.

세 종류의 신문을 산 후 돈을 지불한 그가 거리에서 얼마 떨어져 있지 않은 자신의 숙소를 쳐다보았다. 인력거꾼에게 돈을 지불한 후 천천히 거리를 걸으면서 신문에 나 있는 월세 광고를 찾아보았다. 〈상하이유태인일보〉를 펼친 그는 그제서야 자신이 돋보기안경을 갖고 오지 않았다는 것을 깨달았다. 몇 줄을 읽어 내려가는 데도 힘이 들었다. 빽빽하게 적혀 있는 월세 광고를 겨우 읽어 내려가는 그의 눈에 파오젠지아炮艦街에 있는 집이 들어왔다. 더 이상 신문을 읽지 않을 작정으로 신문을 덮었다. 그는 그곳을 잘 알고 있었다. 모텔에서 그리 멀지 않은 곳이었다. 행인들에게 다시 한 번 확실하게 길을 물어본 후 모퉁이를 돌아 아예 그곳으로 곧장 발길을 돌렸다.

파오젠지아는 동네가 그리 크지 않았다. 한쪽 끝에 서서 다른 끝을 볼 수 있을 정도로 길이 짧았다. 동네는 조용했다. 길모퉁이에 작은 잡화점이 하나 있는 것을 빼면 다른 가게도 보이지 않았다. 그 덕분에 리랜드 비센돌프는 별로 힘들이지 않고 그 집을 찾을 수 있었다. 집 세 채가 하나로 붙어 있는 2층양옥 가운데 맨 가장자리에 있는 집이었다. 밖에서 보고 있자니 집은 이미 오래되어 세월과 풍상의 흔적이 남아 있었다. 이끼가 가득한 집 위로 담쟁이덩굴이 빼곡하게 자라 있었다. 햇살을 받은 가을 낙엽과 덩굴이 점점 붉은빛을 띠더니, 이어 붉은 대추색 창문에 드리워진 햇살이 오래된 집의 외관을 고상하고 아늑하게 만들었다.

리랜드 비센돌프가 다시 눈을 가늘게 뜨고 신문에 난 주소를 쳐다보며 주소가 확실한지를 살폈다. 조심스레 계단을 오르자 현관 오른쪽에 쭉 뻗어 나온 손잡이가 보였다. 손잡이를 당기자 집 안 저 안쪽에서 딩동 딩동 하는 벨 소리가 울려 퍼지는 게 들렸다. 그 순간 그의 머릿속에 갑자기 집주인이 중국인이면 도대체 어떤 언어로 그와 대화를 해야 하는가 하는 문제가 스쳐 갔다.

한창 그 문제를 생각하고 있을 때 누군가 아래층으로 내려오는 소리가 들려왔다. 문이 열리며 "안녕하세요?" 하는 영어와 함께 중국인 소녀가 그의 눈앞에 나타났다. 소녀는 수척한 얼굴에 어깨에 닿을 듯 말 듯한 단발머리를 하고 있었다. 이마에는 앞머리를 가지런하게 남겨 두고 있었다. 그녀의 눈동자가 그에게 멈춰졌다. 가을날의 샘물처럼 맑은 그녀의 눈동자가 그를 주시했다. 맑다는 것 외에 안개가 서린 것 같은 심오한 깊이가 담겨 있어 두 눈에서는 그녀가 지내 온 평범하지 않은 날들과 나이를 뛰어넘는 성숙함이 은은히 배어 나오고 있었다. 쌍꺼풀이 없는 그녀의 눈은 선이 고왔다. 눈초리가 올라간 부분의 부드러운 붉은빛에서는 청춘의 기운이 뿜어져 나오고 있었다. 밝은 햇살과 집 안에서 흘러나오는 어두운 조명을 동시에 받으며 문 앞에 서 있는 그녀는 마치 막 피어오르려고 하는 백목련처럼 아름다웠다.

그 순간 리랜드 비센돌프는 잠시 넋이 나간 상태였다. 좀 당황한 듯 보였지만 소녀는 여전히 예의 바르게 웃음을 짓고 있었다. 그녀의 하얀 치아가 그대로 드러났다. 그녀가 다시 유창한 영어로 말했다.

"안녕하세요? 집 보러 오신 거 맞죠? 전 집주인 루샤오녠이라고 합니다."

3

JDC(Ameican Juwish Joint Distribution Committee : 미·유태인연합구제위원회)
상하이대표부는 후이산루^{滙山路} 한쪽에 위치했으며, 대각선으로 맞은
편에는 아담하고 작은 거리공원이 자리했다. JDC 상하이대표부는 크
지는 않지만 프랑스 나폴레옹시대의 신고전주의 양식을 떠올리게 하
는 우아하고 고상한 3층건물이었다. JDC에서 특파한 에블린 마그리
대표가 타고 온 런던발 비행기가 연착되어 열 시가 되어서야 겨우 상
하이에 도착한 바람에 점심시간이 되어서도 회의가 계속 진행되고
있었다.

아직 나누어 주지 않은 구제물자가 벽 앞에 쌓여 있었다. 그 때문
인지 원래도 크지 않은 회의실이 훨씬 비좁아 보였다. 회의 테이블의
정중앙에 앉아 있는 마그리 대표는 넓고 각진 얼굴에 중후한 중년부
인으로, 일할 때는 남성의 박력이 엿보였다. 그녀의 옆에는 CFA(The
Committee for Assistancd of European Jewish Refugees in Shanghai : 상하이에서 가
장 영향력 있는 구제단체. 유럽계 유태인난민 상하이구제위원회) 소속의 관리 직
원 폴 코흐나가 앉아 있었다. 육십이 다 돼 보이는 그는 골격이 크고

깡마른 남자였다.

금테 안경을 쓰고 회의 테이블 한쪽 끝에 앉아 있는 CFA의 책임자인 칼 스필버그는 회의에서 보조적 역할만 하려고 작정한 사람처럼 보였다. 당뇨병에 시달리고 있는 그의 모습은 한눈에도 매우 피곤해 보였다. 마그리 대표가 물었다.

"보름 전쯤에 또 입항을 했다지요? 자칫 잘못했으면 입항조차 못 할 뻔했다고 들었는데 무슨 일입니까?"

스필버그가 대답했다.

"체스티노 선박회사의 로사호가 입항을 했습니다. 문제가 있긴 했지만 마지막에 일본인들이 도와준 덕분에 결국 홍커우 공평루 부두에 입항을 하긴 했습니다. 하지만 저희더러 작년 대비 5배나 높은 벌금을 내라고 요구했습니다."

마그리 대표가 얼른 말을 받아 대꾸했다.

"어찌 됐든 간에 난민들 모두 도착을 했다니 천만다행이군요. 그런데 어제까지 난민수용소가 텅 비었다고 하던데요? 겨우 두 명만 헤임에 갔다고 하더군요."

"헤임이라니요?"

"난민들 모두 난민수용소를 헤임이라고 부른다더군요."

"오랜 시간 동안 겨우 한 척밖에 입항하지 않았는데 난민들을 정착하게 하는 일이 왜 이렇게 더딘 거지요?"

스필버그와 코흐나가 채 대답을 하기도 전에 다른 담당자가 얼른 대답했다.

"난민들의 평균 연령이 다른 때보다 훨씬 높아 40세가 넘는 데다 대부분의 직업이 변호사나 교수들이라 상하이에서 일을 찾기가 쉽지 않습니다. 여기 기록에 올라온 통계만 보아도 알 수 있습니다."

그가 손에 들고 있는 노트를 뒤적거리다가 낭독을 하듯 노트를 읽어 내려갔다.

"봉재사는 8명, 요리사는 3명인 것에 반해 변호사를 포함해서 변호사 사무실과 대학에서 일을 하려고 하는 사람이 모두……."

코흐나가 얼른 담당자의 말을 자르며 외쳤다.

"됐어, 그만해! 구체적인 일은 알아서 조치를 취하도록 해. 하지만 내가 이전에도 말했듯이 중국인들의 노동시장을 소홀히 해서는 안 돼!"

테이블 한쪽에 앉아 있던 스필버그가 그의 말을 이어 갔다.

"전당포나 중고상점을 좀 더 열어야 하지 않을까요? 이런 응급조치들이 그래도 효과가 빠르지 않겠습니까?"

마그리 대표가 그의 말에 동의할 수 없다는 듯 말했다.

"상하이에 있는 난민구제기구를 연합해서 7개의 팀으로 만들었다는 말을 들었는데 왜 아직도 이렇게 난민구제가 어렵다는 말입니까? 알았어요. 내가 하루라도 빨리 본부에 연락해서 상하이에 있는 맨해튼 은행에 구제연금을 보내도록 하겠어요. 그럼 분배에 있어서 별다른 문제가 없을 거예요."

그 소리를 들은 코흐나가 얼른 몸을 앞으로 기울여 스필버그를 쳐다본 후 마그리 대표를 쳐다보고 말했다.

"정말 다행입니다. 그렇게 하시죠. 그럼 그쪽에서 구제연금이 오기를 기다리겠습니다."

코흐나는 늘 JDC가 파견한 마그리 대표가 못마땅했다. 매번 올 때마다 거드름을 피우며 이런저런 일을 비판하기 일쑤였다. 하지만 그녀에 비해 CFA의 책임자인 자신은 늘 다리가 부서져라 바쁘게 돌아다녀도 문제들이 발생할 뿐이었다. 마그리 대표가 사람들이 아래층으로 내려가는 것을 배웅하며 스필버그에게 물었다.

"게미츠 대좌가 여러분을 만찬에 또 초대했다지요?"

이미 피곤에 지칠 대로 지친 스필버그가 어깨를 가볍게 으쓱해 보이며 대답했다.

"유태인들의 주머니에서 더 나올 돈이 있나 해서 하는 짓이지요."

층계에 다다랐을 때 아래층에서 분주한 움직임이 있더니 직원 한 명이 올라왔다. 마그리 대표가 물었다.

"무슨 일이지?"

"일본인 3명이 찾아와서 비센돌프라는 난민을 찾는데 도움을 달라고 했습니다. 연세가 있는 바이올리니스트라고 했습니다."

"비센돌프라고? 지금 리랜드 비센돌프라고 했어?"

마그리 대표의 입에서 그 이름이 순간 튀어나왔다.

"그분은 뮌헨에서도 유명한 바이올리니스트였어."

직원이 대답했다.

"맞습니다! 리랜드 비센돌프라고 그 사람들이 말했습니다."

"하느님 맙소사! 그분이 아직 살아 계셨군! 끝까지 독일을 떠나지 않겠다고 우기다가 실종됐다고 들었는데 여기 상하이에 와 계셨어!"

코흐나가 말했다.

"지금 그분이 어디 계신지 어서 찾아보도록 해! 그런 분이라면 우리가 우선적으로 도와야 하지 않겠어?"

직원이 대답했다.

"저희가 모든 난민수용소에 전화를 해 보았는데 그곳에 없다고 했습니다. 아마 배에서 내린 후 혼자 어디론가 간 것 같습니다."

계단 틈새로 아래를 쳐다보던 스필버그가 얼른 직원에게 외쳤다.

"아! 그 키 작은 사람! 그 키 작은 일본인은 서양인사부의 신임 부장이야! 우선 가만히 기다려 봐."

스필버그가 고개를 돌려 코흐나를 쳐다보며 외쳤다.

"우리가 가 보도록 하죠!"

4

　루샤오녠은 〈상하이유태인일보〉에 세를 놓는다는 광고를 낸 이튿
날 바로 방이 나갈 줄은 정말 예상하지 못했다. 이것은 모두 예전에
자신의 집에서 세를 살았던 오스트리아 출신의 유태인 마커스 부부의
제안을 받아들인 결과였다. 마커스 씨가 〈상하이유태인일보〉에서 광
고를 전적으로 담당하고 있었던 덕분에 광고비도 절반 밖에는 들지
않았다.

　이번에 내놓은 방세의 가격 자체도 이상적이었지만 멋스러운 풍채
를 지닌 유태인 노인이 바이올리니스트라는 점이 더욱더 그녀를 만족
시켰다.

　아버지가 돌아가신 후 루샤오녠의 마음속에는 동생인 루양에게 훌
륭한 바이올린 선생님을 구해 주고 싶은 소망이 늘 존재했다. 아버지
가 돌아가신 후 가정형편이 순식간에 나빠진 탓에 그녀는 그 소망을
가슴속에 품고 있어야만 했다. 게다가 그녀는 이미 상당한 연주 실력
을 갖고 있는 루양을 가르치는 일 역시 일반 선생님으로는 역부족이
라는 것을 알고 있었다. 지금 그녀의 앞에 이렇게 좋은 입주자가 나타

난 것은 천 리 길을 찾아다녀도 구하지 못할 인연을 만난 것인지도 모른다. 유태인 노인이 바이올리니스트라는 사실을 안 후 그녀는 그가 전문적으로 바이올린을 켜는 사람인지 아니면 단순히 취미로 바이올린을 켜는 사람인지가 알고 싶었다. 그를 데리고 집 안 구석구석을 보여 주며 수시로 바이올린과 관련된 일들을 몇 번이나 우회적으로 물어보았지만 그 노인은 그저 한두 마디로 짧게 잘라 대답할 뿐이었다. 그는 그저 자신이 바이올리니스트라는 것을 인정했을 뿐 실력에 대해서는 나이를 먹을 만큼 먹었으니 켤 만큼은 커지 않겠느냐고 말했다. 그의 짧은 대답에도 불구하고 루샤오녠은 자신의 눈앞에 서 있는 유태인 노인이 수준 높은 일류 바이올리니스트가 분명하다고 확신했다. 그에게서 풍겨 나오는 분위기와 행동거지가 모든 것을 설명하고 있었다. 그 밖에도 그는 진지하고 솔직한 눈빛을 갖고 있었다. 특히 몇 번이나 심오한 눈빛으로 자신의 얼굴을 말없이 바라보지 않았는가? 그 눈빛은 돌아가신 아버지를 떠오르게 했다.

"괜찮다면 오늘 오후에 이사를 와도 되겠습니까?"

집을 나서려던 노인이 물었다.

"제 짐이 모텔에 있는데 얼마 되지 않거든요. 참, 걱정이 된다면 우선 계약금을 내고 가겠습니다."

'동생에게 훌륭한 선생님을 찾아 줄 수만 있다면야……' 라는 생각이 다시 한 번 그녀의 뇌리를 스치고 갈 때 그녀는 얼른 응접실에 있는 작은 장 앞으로 걸어갔다. 몸을 숙이고 정교하게 만든 커피세트를 꺼내 들며 아버지가 살아생전 제일 좋아하셨던 커피세트가 이제야 제대로 쓰이는 것 같은 생각에 저절로 흥이 났다.

루샤오녠이 온갖 상상의 나래를 펴고 있는 그때 그녀의 동생 루양이 건들거리며 집으로 돌아왔다. 다소 거친 듯해 보였지만 눈에서 총기를 발하고 있는 그는 바이올린은 품에 안고, 바이올린 케이스는 바짝 세워 마치 세속에 대항하는 검객처럼 어깨 한쪽에 메고 있었다. 그 모습은 마치 불의에 찬 수많은 인간사가 그의 해결만을 기다리고 있는 것처럼 보였다. 그는 시간이 지날수록 손에 바이올린을 들고 총총히 길을 걷는 모습이 왠지 '양친구이洋琴鬼'랑 비슷하다고 생각했다. 그래서 루양은 요즘 들어 그 자세로 바이올린을 들고 다닌다.

양친구이라는 별명은 상하이 사람들이 사교회장에서 전문적으로 반주를 맡고 있는 음악가들에게 붙여 준 것이다. 상하이에는 수많은 무도회장이 있었고 무도회장에는 십여 명 아니 수십 명의 여자들이 늘어서서 댄스파트너가 될 준비를 하고 있었다. 매일 밤 아홉 시가 되면 시간에 맞추어 무도회장 근처나 문 앞에서 일렬로 줄을 지어 앉아 있었다. 짙은 화장을 한 여인들은 남자 손님들의 선택만을 기다리고 있었다. 이런 무도회장에서 반주를 맡고 있는 악단의 단원들을 주로 양친구이라고 불렀다.

매번 바셴챠오八仙橋의 대세계大世界를 지나칠 때면 루양은 보석처럼 빛나는 관광객들과 네온사인 반짝이는 빌딩 꼭대기를 바라보았다. 그때마다 그는 늘 중얼거리며 자신의 미래를 떠올렸다.

루양은 아버지에게 바이올린을 배웠다. 물론 그의 재능도 한몫을 해서 그의 바이올린 연주 실력은 이미 상당한 수준에 올라 있었다. 그는 바이올린 켜는 것을 무척 좋아했으며 아버지의 예술적 생명과 포부를 이어 나가는 것이 자신의 운명이라고 믿어 의심치 않았다. 하지만 3년 전 아버지가 일본인들에 의해 살해된 후 모든 것이 순식간에 변해 버렸다. 그해 루양은 열한 살, 루샤오녠은 열다섯 살이었다. 루샤오녠은 정말 강인한 품성의 소녀였다. 그녀는 학업을 중단하고 상하이 적십자사와 천주교에서 프랑스조차지에 설립하여 운영하는 츠지 보건소에서 간호사로 근무하며 박봉으로 두 남매의 생계를 꾸려 나갔다. 그와 동시에 동생의 바이올린 연습을 감독하는 일 역시 게을리 하지 않았다. 루양은 원래 홍커우에 위치한 기숙사가 딸린 중학교에 다녔다. 어린 나이였음에도 불구하고 그 역시 집안의 어려운 형편을 잘 알고 있었다. 이후 일본인들이 병영을 짓기 위해 자신이 공부하던 학교를 평지로 만들어 버리자 그는 아예 학교를 그만두고 거리에서 바이올린 연주를 하겠다고 루샤오녠에게 통보했다. 그는 거리에서 연주를 하면 돈도 벌 수 있고 동시에 바이올린 연습도 할 수 있다고 누이를 설득했다. 계속되는 그의 고집과 싸움의 결과로 할 수 없이 요구를 받아들인 루샤오녠은 루양에게 반드시 지켜야 할 조건을 제시했다. 첫째, 안전에 만전을 기하는 동시에 사람들과 절대 싸움을 해서는 안 되며 정시에 귀가할 것. 둘째, 거리에서 아무리 재미있고 떠들썩한 일이 벌어져도 연주에만 몰두할 것. 셋째, 연주 구경을 한 후 돈을 주지 않더라도 절대 돈을 요구하지 않으며 자중할 것 등의 조건을 루양은 정중하게 받아들였다.

그 후 3개월이 눈 깜빡할 새에 지나갔다. 거리에서 바이올린을 연주했지만 오가는 행인들의 반응은 냉담하기만 했다. 그 당시만 해도 중국의 다른 지역은 말할 것도 없고 서양문물을 가장 많이 받아들였다는 상하이에서도 바이올린이 뭐 하는 물건인지조차 알지 못하는 사람이 부지기수였다. 사람들은 이상한 자세를 취해야만 연주를 할 수 있는 이 악기를 판야링(梵啞鈴 : 바이올린의 다른 말)이라고 불렀다. 게다가 아직 어린아이의 연주였기 때문에 매번 연주를 끝내고 나면 바이올린 케이스에는 실로 몇 푼 되지 않는 액수가 놓여 있었다. 비애감에 젖은 그가 생각했다.

'서양 딴따라 악사! 양친구이! 내 앞날은 아주 이름난 서양 딴따라

악사겠지!'

하루도 빠짐없이 거리에서 연주를 하는 동안 그는 자신도 모르게 변하기 시작했다. 그는 마침내 다른 것은 모두 포기하고 연주를 돈 버는 수단으로만 생각하게 되었다.

아무도 모르게 결단을 내린 루양은 후련하다는 느낌을 받았다. 잠을 청할 때 모기장 안에서 몸을 이리저리 뒤척이며 어떤 곡을 연주할지와 어떤 자세로 연주를 해야 익살스러울지를 연습하다 우스운 장면에서 자신도 모르게 푸하 하고 웃음을 터트렸다. 그가 혼자 방을 쓰는 것이 다행이었다. 만약 그게 아니었으면 루샤오녠에게 속셈을 금세 들켰을 것이 분명했다.

루양은 늘상 경마장 주변의 번화한 거리에서 연주를 했지만 루샤오녠이 자신의 바이올린 연주 장소를 잘 알고 있는 탓에 돈을 벌기 위한 연주를 하려고 결심을 한 후부터는 장소를 징안쓰靜安寺 옆으로 옮겼다. 누이의 눈에 띄기라도 하는 날에는 모든 것이 끝장이었다.

그가 몸을 이리저리 흔들며 과장된 몸짓으로 유행곡을 연주한 첫날 예상 밖의 열렬한 반응이 감지됐다. 고난도 부분을 멋지게 연주해 냈을 때도 박수갈채가 없었던 예전에 비해 정말 반응이 대단했다. 주변에 몰려든 사람들은 입을 딱 벌린 채 바이올린 연주를 듣기보다는 뭔가 희한한 동물을 발견한 것처럼 루양의 모습을 뚫어지게 바라보고 있었다. 연주가 끝나고 박수갈채가 터졌다. 오후가 되자 루양의 바이올린 케이스에는 예전에 비해 세 배가 넘는 돈이 놓여 있었다.

루양은 자신도 모르는 사이 이미 많이 변해 있었다. 그는 거리에서 생활하는 데 필요한 모든 요령을 터득했지만 누이인 루샤오녠에게 자신의 비밀을 들키지 않기 위해 조심 또 조심했다.

계단에서 갑자기 쿵쾅쿵쾅 하는 소리가 들려와 루샤오녠이 고개를 막 들어 올리는 사이 루양이 이미 방문 앞에 서 있는 게 보였다. 그녀를 바라보던 루양은 잠시 머뭇거리다가 아무 말 없이 마음이 내키지 않는 사람처럼 자신의 방으로 들어갔다.

"웬일로 이렇게 일찍 왔어?"

루샤오녠이 하던 일을 멈추고 물었지만 루양의 방문은 이미 쾅 하는 소리와 함께 닫혀 버렸다.

"너 요즘 일찍 집에 들어오는 것 같은데 무슨 나쁜 짓이라도 한 건 아니지?"

방 안에서 아무런 대답도 흘러나오지 않았다. 루샤오녠이 동생의 방문을 열자 루양이 마침 몸을 숙인 채 서랍 안에 뭔가를 집어넣고 있는 게 보였다.

"바이올린 연주 열심히 하고 있는 거 틀림없지? 그런데 난 꼭 네가 지금 뭔가 속이고 있는 것만 같은 느낌이 드는지 모르겠다."

고개를 돌리지도 않은 채 루양이 아니라는 듯 외쳤다.

"어휴! 바이올린, 바이올린! 그깟 바이올린을 누가 알기나 해 준다고 그래? 누나는 바이올린 연주가 뭐 그렇게 대단한 일이라도 되는 줄 알아?"

"쓸데없는 소리 마!"

루샤오녠이 고함을 지르며 방 안으로 성큼 들어왔다.

"우리 집에는 네가 벌어 오는 그런 돈 따위는 필요 없어! 만약 네가 정말 이 집안에는 널 지킬 사람이 없다고 생각해서 아무 일이나 맘대로 해도 상관없다고 생각한다면 난 절대로 널 두 번 다시 길거리에 내보내지 않을 거야!"

"금방 집에 와서 보니까 아래층 문이 열려 있더라!"

루양이 말했다. 루샤오녠의 성난 얼굴이 금방 환하게 바뀌며 대답했다.

"참! 너한테 말해 주는 것을 잊어버렸구나! 아래층 세가 나갔어. 방세도 아주 잘 받았단다. 외국 노인인데 뭐 하는 사람인 줄 알아? 글쎄 바이올리니스트라고 하더구나!"

"서양 딴따라 악사 나부랭이가지고……!"

루양이 냉랭한 어조로 말했다.

"아냐, 정말 바이올리니스트래. 상하이에 온 지 얼마 안 된 유태인이래! 생긴 것도 얼마나 중후하게 생겼는데 그래?"

말을 하며 다시 테이블로 돌아온 루샤오녠이 그 위에 놓인 커피세트를 닦았다. 사방을 두리번거리던 그녀는 갑자기 집 안을 좀 정리해야겠다는 생각을 했다.

"그래서 말인데, 이 일은 너에게도……."

고개를 돌려 보았을 때 이미 루양은 온데간데없었다.

리랜드 비센돌프는 이사를 했다. 그의 이사는 사실 너무나도 손쉬운 일이었다. 그가 소유한 모든 물건을 합친다고 해도 바이올린을 포함해서 트렁크 두 개와 상하이에 와서 사들인 몇몇 생활용품에 지나지 않았다. 모텔을 떠나 계산을 할 때 프론트에 서 있는 모텔 직원이 도와줄 것인지 물었지만 그는 사양했다.

"이제 정말로 상하이에 뿌리를 내리게 되나 보구나……."

그가 감개에 젖은 듯 말했다. 이곳은 한 개의 방과 거실로 깨끗하게 꾸며져 있었다. 사방의 벽은 모두 복숭아나무 판자로 가지런하게 둘러 있었다. 문과 같은 방향의 벽에는 가짜지만 벽난로도 있었다. 크기와 재료 모두가 잘 어우러져 가짜처럼 보이지 않았다. 그 밖에 작은 화장실이 있었다.

방 안을 다시 한 번 둘러본 비센돌프가 곧 트렁크를 열고 옷가지를 장롱에 하나 둘씩 집어넣었다. 일을 하며 자신이 이곳에 정착하여 인간다운 삶을 영위하려면 더 많은 물건들이 필요하겠다는 생각과 함께 잠시 후에 필요한 품목들을 적어 장을 봐야겠다는 생각을 했다.

"냄비와 공기, 포크와 나이프, 접시를 사야겠고 이불과 베개도 사야겠구나! 참! 여기 술 보관대가 있으니 집 안에 좋은 와인들을 좀 구비해 놓아야겠는걸! 그리고 이제 좀 연습을 해야겠지……."

그가 읊조렸다.

"더 이상 이렇게 내버려 둘 수는 없어. 이대로 연습을 안 하는 날에는 눈만 높고 실력은 형편없어질 거야. 그렇게 내버려 둘 수는 없지."

그가 이런저런 생각을 하며 중얼거렸다.

"참! 보면대(譜面臺 : 음악을 연주할 때 악보를 펼쳐 놓고 보는 대)와 악보도 사야겠구나. 그래 악보는 정말 사야겠어. 하지만 이런 것들을 사려면 어디로 가야 하지?"

그의 시선이 자신의 바이올린에 고정되었다. 구식 바이올린 케이스에 놓인 바이올린은 푸른색 벨벳 천 속에 싸인 채 테이블 위에 조용히 누워 있었다. 그 곁으로 다가간 비센돌프가 조심스레 벨벳을 푼 후 바이올린 케이스를 열었다. 케이스 안에서 그윽한 소나무 향이 흘러나오자 현이 느슨하게 풀어진 바이올린이 창밖 하늘에 반사되어 매끄러운 광채를 뿜어냈다. 열린 케이스와 푸른색 벨벳이 잘 어우러져 품격 있고 고전적인 정물화를 연상케 했다.

그가 정신이 나간 사람처럼 꼼짝 않고 바이올린을 쳐다보는 사이 뒤에서 누군가 인사를 하는 게 들렸다.

"하이!"

고개를 돌려 보자 반쯤 열린 문틈 사이로 다부지고 잘생긴 중국인 소년이 보였다. 소년은 어른스러워 보이려고 노력하고 있었다. 소년이 다시 입을 열었다.

"지금 누구한테 뭐라고 한 거예요?"

비센돌프가 멍하니 보고 있자 그가 다시 말했다.

"방금 전에 누군가의 이름을 부르는 것 같았는데? 뭐 도와줄 거라도 있어요?"

"내가? 내가 그랬나?"

비센돌프가 정신을 가다듬으며 바이올린을 정리하자 루양이 여전히 두 손을 바지주머니에 집어넣은 채 웃으며 말했다.

"바이올리니스트예요?"

비센돌프는 말없이 바이올린 케이스를 닫은 후 푸른색 벨벳 천으로 다시 정성스레 쌌다.

"알겠어요! 좋아는 하는데 저처럼 매일 연습하고 싶은 마음은 없다 이거죠? 누나가 시켜도 잘 하지도 않는데 누나는 매일 제가 연습하는지 감시한다니까요!"

루양이 눈을 가늘게 뜨며 어른의 표정을 지어 보였다.

"사실 누나가 맞다고 생각하긴 해요."

말을 마친 후 어쩔 수 없다는 듯 어깨를 가볍게 들썩이고 두 손을 허공에 들어 보였다. 이런 동작은 모두 얼마 전 외국영화에서 보고 따라한 것들이었다.

"누나라고? 그렇다면 자네가……."

비센돌프가 막 질문을 하려고 할 때 갑자기 외국인 억양이 심하게 섞인 영어가 대화에 끼어들었다.

"실례지만 비센돌프 선생님 맞으십니까?"

고개를 돌리자 비센돌프의 눈에 낯선 세 사람이 들어왔다. 맨 앞에 양복을 잘 차려입은 사람은 유난히 키가 작았다. 나머지 두 남자는 검은색 평상복 차림을 하고 있었다. 비센돌프의 시선이 그들 너머로 향했다. 방문이 열려 있는 것은 물론 대문도 열려 있었다. 그가 다시 이제 막 푸른 벨벳 천으로 싸 놓은 바이올린을 쳐다보았다. 키 작은 남자가 비센돌프가 신분을 부인하지 않는 것을 보고 희색이 만면한 얼굴로 외쳤다.

"아! 정말 다행입니다! 선생님이 바로 세계 일류 바이올리니스트 비센돌프 씨 맞으시죠?"

그의 말에 놀란 루양이 자신도 모르게 반문했다.

"예? 뭐라고요? 그게 정말입니까?"

그의 말이 채 끝나지도 않았을 때 검은색 옷을 입고 뒤에 서 있던 남자가 루양 앞으로 획 나서더니 그를 밀쳐 내며 말했다.

"저리 비켜! 너 같은 애가 상관할 일이 아니니까 어서 꺼져!"

무방비 상태에서 갑자기 뒤로 밀린 루양은 하마터면 벌러덩 뒤로 넘어질 뻔했다. 분노를 참지 못한 루양이 재빨리 그 사람의 손목을 힘껏 물자 검은색 옷을 입었던 남자가 비명을 지르며 뒤로 한 걸음 물러섰다. 전광석화처럼 벌어진 상황은 어느새 평정을 되찾고 있었다. 두 사람은 모두 아무 일도 발생한 적이 없었다는 듯이 그저 노려만 보고 있었다. 키가 작은 남자도 놀랐는지 엉겁결에 뒤로 한 걸음 물러선 후 이내 손을 휘저으며 외쳤다.

"가쯔오! 저기 문 입구에서 기다리도록 하게!"

갑자기 눈앞에서 두 사람이 몸싸움을 하는 것을 본 비센돌프는 영문을 알 수 없었다. 눈앞에 서 있는 불청객과 루양을 번갈아 쳐다보더니 차분하게 물었다.

"누구십니까? 이사 온 지 얼마 되지도 않는데 어떻게 이렇게 빨리 날 찾았단 말입니까?"

키 작은 남자가 대답했다.

"전 아이즈 야스히로라고 합니다. 상사되시는 이즈카 게미츠 대좌께서 선생님이 상하이에 오신 것을 알고 저희에게 선생님을 꼭 찾아내라고 분부하셨습니다. 선생님께서 1가 부근에 있는 빅토리아 모텔에 계신 것을 알고 찾아갔더니 마침 오늘 오후에 막 계산을 하고 나가셨다고 했습니다. 하지만 천우신조로 이곳에서 선생님을 찾았으니 정말 다행한 일이 아니겠습니까?"

비센돌프는 모든 것이 이상하기만 했다. 뭔가를 더 말을 하려던 키작은 남자가 입을 다물었다. 그 남자가 비센돌프와 단둘이 말하려는 것을 눈치 챈 루양이 홍 하는 콧소리와 함께 어깨를 흔들며 문밖으로 걸어 나갔다.

"정말 뭐가 뭔지 모르겠군!"

루양은 가슴이 무거워지는 것을 느꼈다.

"그 유태인 노인이 방금 전만 해도 나처럼 이미 오랫동안 바이올린 연습을 하지 않았다고 했는데 갑자기 무슨 뚱딴지처럼 세계 제일의 바이올리니스트라는 거야? 세계 제일의 바이올리니스트라면서 왜 연습은 게을리 했다는 거야? 이 집에 이사 오기 무섭게 일본 놈들이 찾아온 것도 이상한데 무슨 꿍꿍이수작을 부리려고 둘만 이야기를 하겠다는 거야? 바이올리니스트가 저런 일본 놈들과는 도대체 무슨 관계이고, 또 무슨 사연이 있다는 거야?"

그가 다시 머리를 회전시켰다.

"아냐, 아냐! 꼭 관계가 있는 것만도 아니야! 금방 일본 놈들도 여기저기 찾아다니느라 애를 먹었다고 했단 말이야! 상하이에 저명한 서양예술가가 어디 한두 명이야? 그런데 저 키 작은 일본 놈이 유독 저 노인한테 관심을 갖는 이유가 뭐지?"

루양은 방금 전 발생한 상황에 뭔가 불길한 이유가 있을 것만 같았다. 짜증이 난 루양이 고개를 돌려 대문 안쪽을 흘끔흘끔 살펴보았지만 거실을 지나 위치한 비센돌프의 방문은 여전히 닫혀 있었다. 다시 고개를 돌려 검은색 옷을 입고 있는 일본인 둘을 쳐다보았다. 그 두 사람은 집에서 십수 미터 떨어진 길가에 서 있었다. 그가 곧 큰 소리로 헛기침을 내지른 후 양팔에 잔뜩 힘을 주어 팔짱을 꼈다. 그 자세로 문기둥에 기대서 턱을 위로 치켜든 채 경멸에 찬 시선으로 일본인들을 노려보는 모습이 사뭇 도전적이었다. 그와 시선이 마주친 두 사람이 몸을 돌려 다시 좀 더 먼 곳으로 자리를 옮기더니 길가에 세워진 검은색 차량 곁에 섰다.

얼마 후, 문이 열리고 비센돌프와 야스히로 모두 희색이 만면한 얼굴로 걸어 나오는 것이 보였다. 야스히로를 차 있는 곳까지 배웅한 비센돌프는 순식간에 벌어진 이 일이 자신에게 어떤 의미가 있는지 단정 지을 수 없었다. 자동차가 길모퉁이로 사라질 때까지 배웅을 하고서야 집으로 돌아오던 그가 아직까지 문 앞에 서 있는 루양을 보고 상하이에서의 일본인의 위치를 물어볼 생각으로 그에게 다가갔다. 야스히로는 비센돌프에게 자신은 게미츠 대좌를 대신해서 비센돌프에게 위로의 인사를 온 사람이라고 소개했다. 그날 밤, 이탈리아에서 출발한 로사호의 여객 명단에서 그의 이름을 발견하고 로사호로 직접 찾아갔으나 애석하게도 시간이 늦어 비센돌프를 만나지 못했다고 밝혔다.

"이봐요!"

루양이 먼저 말을 걸었다. 여전히 팔짱을 낀 거만한 자세로 태도까지 이전과는 전혀 다른 사람이 되어 있었다.

"유명한 사람이라니 올바로 처신하리라고 믿어요!"

잠시 멍해 있던 비센돌프는 금방 자신이 일본인들을 배웅하는 것을 루양이 봤다는 것을 알았다. 루양이 말했다.

"내 말이 무슨 뜻인지 모르겠어요? 내 말은 앞으로 조심하라는 거예요! 저런 일본 놈들과 어울리지 말라는 말이라고요!"

루양의 말에 잠시 말문이 막힌 비센돌프는 어깨를 으쓱한 후 아무런 대답도 하지 않았다. 비센돌프가 대답을 하지 않는 것을 보고 고의적이라고 생각한 루양이 더욱 언성을 높이며 고함을 질렀다.

"이봐요! 내가 솔직하게 말할 테니 잘 들어요! 난 저 일본 놈들을 증오해요! 다 죽이고 싶을 만큼 증오한다고요!"

비센돌프가 대답했다.

"그래서 나더러도 자네처럼 저들을 증오하라는 말인가?"

유태인 노인의 반문에 화가 머리끝까지 치민 루양이 더욱 거친 말들을 내뱉기 시작했다.

"그건⋯⋯."

그가 머리를 들어 하늘을 한 번 보고 외쳤다.

"저 쪽발이 놈들과 한통속이 되어 어울리려거든 당장 보따리 싸서 우리 집에서 나가요! 어서 나가!"

의외의 요구에 비센돌프 역시 화가 치밀었는지 곧바로 대답했다.

"좋네! 자네가 무슨 말을 하는지 잘 알겠네! 하지만 방금 전 2개월 간의 방세를 지불했으니 누나를 불러 내게 돌려주라고 해 주겠나!"

비센돌프가 이렇게 강경하리라고 생각지 못한 루양은 입을 있는 대로 벌리며 소리 질렀다.

"내 말 똑똑히 들어요! 내가 경고하는데 누가 좋은 사람이고 누가 나쁜 사람인지 똑똑히 알아 두라고요!"

비센돌프는 또다시 아무 말도 하지 않았다. 루양은 이 노인의 속은 알다가도 모르겠다고 생각했다. 루양은 더 이상 말을 하기도 싫었는지 냉랭한 웃음을 띠며 말했다.

"흥! 앞으로 어떤 좋은 일이 생길지 두고 봐요, 두고 봐!"

쾅 하는 소리와 함께 비센돌프는 대문 밖에 쫓겨난 신세가 되었다.

5

루샤오녠은 유태인난민수용소의 구인광고에 함께 게재되었던 주소를 기억하고 있었다. '훙커우취虹口區 화더루華德路 138호 상하이 제일 난민수용소.'

문을 나서기 전 그녀는 이 주소를 다른 종이에 적어 핸드백 속에 넣어 두었다. 저우산루舟山路를 돌면 곧바로 길 위에 시커멓게 서 있는 코쟁이 서양인들을 볼 수 있었기 때문에 사실 그녀의 이런 세심함은 쓸데없는 짓이기도 했다. 이 사람들은 난민수용소에서 나눠 주는 점심을 배급받기 위해 나온 유태인난민들로서 한 줄로 길게 늘어서지 않았을 뿐 자세히 들여다보면 원을 그린 형태로 질서정연하게 줄을 서 있었다. 그 줄을 일자로 쭉 펼친다면 아마 백여 미터는 족히 될 것이었다.

루샤오녠은 핸드백과 서류봉투를 꼭 쥐고 몸을 최대한 웅크린 채로 사람들 사이를 비집고 난민수용소 마당을 지나왔다. 마당도 사람들로 붐비기는 마찬가지였다. 사람들의 대열은 사방을 한 바퀴 돌아 다시 원점으로 돌아온 후 마당에 있는 화단과 화단 사이의 네모진 벽돌을 따라 방향을 몇 번 틀고 마지막으로 뒤쪽에 있는 단층건물로 이어졌다. 지은 지 오래되지 않은 단층건물 앞에는 폭이 아주 넓은 처마가 드리워져 있었다. 처마의 콘크리트 기둥을 타고 넝쿨무늬가 새겨진 이곳이 바로 수용소 식당이다.

수용소의 점심시간이 시작되었다. 배식구마다 서너 명의 직원들이 나와 배식을 하고 있었다. 배식을 받는 사람들 모두에게는 국을 담기 위한 양푼과 반찬과 빵을 담기 위한 양푼, 그리고 수저 1벌이 배급되었다. 긴 나무 테이블과 의자가 차례대로 놓여 있는 식당 안쪽에는 첫 번째 난민들의 식사가 끝나면 두 번째 난민들이 밀려들었다. 고개를 돌려 끝이 보이지 않을 정도로 길게 늘어선 대열을 바라보며 루샤오녠은 '오후 세네 시나 되어야 끝나겠구나' 하는 생각을 했다. 그녀는 자신도 모르게 주방의 업무량을 보며 경탄했다. 11시 15분……. 일찍 온 탓에 아직 시간이 남아 있었다. 그녀는 곧 천천히 걸음을 옮기며 주변을 살펴보기 시작했다.

2층건물과 단층건물 간에 지붕을 세워 증축한 푸른색 큰 벽돌건물인 주방은 식당과 이어진 한 면을 뚫어 연결시킨 곳이었다. 창밖에서 안을 들여다본 루샤오녠은 음식을 써는 도마의 크기를 보고 경악하지 않을 수 없었다. 수많은 부엌칼들이 위아래로 연신 바쁘게 움직였으며 감자를 써는 소리는 마치 사람들이 수십 필의 말을 이끌고 도마 위를 질주하고 있는 소리처럼 들렸다. 몸을 돌리자 화단에 있는 식물들이 보였다. 그러나 보이는 것은 화초가 아니라 모두 야채였다.

난민수용소의 숙소는 앞뒤에 위치한 2층짜리 푸른색 벽돌건물이었다. 복도는 한쪽이 모두 개방된 구조로 방문이 벌집처럼 나란히 배치되어 있었다. 건물 꼭대기에는 오래되었지만 고상하고 품격 있는 기둥과 아치가 잘 받치고 있는 처마가 앞쪽으로 시원스레 뻗어 나와 있었다.

첫 번째 건물의 처마 끝에는 시골에서나 겨우 볼 수 있는 큰 부뚜막이 만들어져 있었고 그곳에서는 물을 끓이고 있었다. 벽 위에 목공선반이 걸려 있었고, 선반 위에는 대나무로 만든 보온병이 나란히 놓여 있었다. 물을 끓이는 사람은 중국 여자였다. 수시로 찾아오는 사람들은 여인에게 작은 죽패를 건네주고 빈 보온병을 목공선반 위에 물을 담아 놓은 새 보온병으로 바꿔 갔다. 죽패를 사러 오는 사람도 있었다. 그녀는 작은 죽패를 일정하게 고무줄로 묶은 다음 시렁 위에 있는 헝겊 자루에 넣어 두었다. 여인은 바쁜 일을 차분하게 처리하면서도 수시로 몸을 일으켜 땅바닥을 이리저리 기어다니는 어린아이를 큰소리로 불렀다.

이 광경을 보며 루샤오녠은 골목 입구에서 끓인 물을 팔고 있는 허다한 사람들을 떠올렸다. 그들은 받은 물 값을 모두 집 안 깊은 곳에 있는 죽통 안에 넣었지만 이 여인은 받은 돈을 모두 허리에 차고 있는 푸른색 전대에 넣고 있었다.

"아하! 죽순들을 가지고 전부 죽패를 만들었겠구나!"

루샤오녠은 자신도 모르게 이런저런 추측을 하며 계단을 올라갔다. 이리저리 둘러보며 관리직원들이 일하는 사무실을 찾아보았다

1층에 있는 모든 방은 사람들로 가득 차 있었다. 이곳에서는 목공, 이발, 재봉, 다리미 등 다양한 수공기술을 가르치는 학습반을 운영하고 있었다. 학습반은 수용소와 ORT(The Society of Handicrafts and Agriculture among Jews : 당시 유태인들에게 기술훈련을 시키던 기구)라고 하는 유태인난민 자선구조단체가 공동 운영하고 있었다. 복도에 큰 포스터가 붙어 있었고 포스터 위쪽 한가운데는 ORT가 망치, 삽, 가위, 집게와 송곳으로 구성한 표지들이 그려져 있었다.

이곳저곳을 두리번거리며 걷던 루샤오녠은 곧 물을 끓이는 부뚜막이 있는 곳까지 걸어왔다. 물을 끓여 파는 여인의 아이가 한쪽 다리를 난간에 내놓은 것을 발견한 루샤오녠은 얼른 그 아기를 껴안아 안으로 데리고 왔다. 물을 끓여 파는 여인이 그녀를 보고 웃으며 말을 건넸다.

"일자리를 찾으러 오셨나 봐요?"

그녀가 다시 말을 이었다.

"그럼, 이곳 관리자인 판부 씨를 찾아가야 할걸요. 그 사람 알아요? 아주 키가 큰 사람인데……."

여인의 말을 제대로 이해하지 못한 루샤오녠이 다시 물었다.

"판부 씨라구요?"

잠시 확실하지 못한 이름에 머뭇거리던 여인이 대답했다.

"그래요 판부요! 여기 사람들 모두 판부 씨라고 부르던데요!"

2층으로 올라가자 복도에 유태인 여자 두 명이 난간에 기대서서 나지막한 음성으로 이야기를 하고 있는 게 보였다. 루샤오녠을 발견한 여인들이 잠시 말을 멈춘 후 그녀를 대놓고 쳐다보기 시작했다. 그중 한 명이 물었다.

"어머? 당신도 면접을 보러 온 건가요?"

루샤오녠은 그녀의 질문 속에 담긴 '당신도'라는 말의 의미를 잘 알고 있었다. 유태인 여인들은 자신이 중국인인 것에 매우 놀라고 있었던 것이다. 뭔가 해명을 하기도 편치 않아 그저 고개를 숙여 응답했다. 나머지 한 여인이 옆의 방문을 가리키며 말했다.

"여기예요. 우리도 지금 면접 보려고 기다리고 있어요."

복도 끝까지 걸어간 그녀의 귀에 아래층에서 깔깔거리는 웃음소리가 들려왔다. 그녀는 자신도 모르게 소리가 나는 곳을 향해 고개를 돌렸다. 그녀의 눈에 방을 막아서 만든 뒤뜰이 들어왔다. 형형색색의 빨래가 걸려 있는 마당에 예닐곱 명 되는 유태인 아이들이 재잘거리며 뭔가를 얘기하고 있었다. 그중 좀 큰 아이가 담 모퉁이 풀숲에서 큰 돌멩이 한 개를 들고 오더니 땅바닥에 내려놓았다. 그러자 모여 있던 아이들이 흩어지며 돌을 가운데 두고 2미터 남짓 떨어진 곳에 원으로 둘러섰다. 큰 아이가 돌멩이 옆에 서서 사뭇 신중한 눈초리로 거리를 측정하며 아이들에게 보다 정확한 위치를 알려 주었다.

루샤오녠은 그 아이들이 도대체 뭘 하려는지 알 수가 없었다. 호기심에 지켜보고 있을 때 두세 명의 아이가 허리를 굽힌 채 무릎을 딱 붙이고서 몸을 배배 꼬며 재촉하는 소리가 들렸다.

"빨랑빨랑 해! 빨리 시작하라니까!"

말소리가 끝나기도 전에 한 아이가 바지를 벗은 후 쏴 하고 오줌을 싸기 시작했다. 그러자 주위에서 깔깔거리는 웃음소리와 휘파람소리가 쏟아져 나왔다. 오줌을 싼 아이가 창피해하며 한쪽으로 물러나자 원에 빈자리가 하나 생겼다. 큰 아이가 빈자리로 다가가며 외쳤다.

"왼쪽부터 시작할 거야. 야곱, 너부터 시작해!"

야곱이라고 불린 아이가 고추를 꺼내 손으로 잡고 각도를 맞춘 다음 다른 애들의 고함소리와 함께 쏴 하고 돌을 향해 오줌을 싸기 시작했다. 허공 중에 하얀 원을 그리던 오줌 줄기가 어느새 가늘어지더니 이내 사라져 버렸다. 그러자 까르르 웃는 소리가 또다시 시끄럽게 들려왔다. 그제서야 아이들이 무슨 게임을 하는지 눈치 챈 루샤오녠이 푸후 하고 웃음을 터트렸다. 그 다음 아이들 모두 시작은 좋았지만 다 실패였다.

이번에는 키가 작달막하고 뚱뚱한 아이 차례였다. 아이가 루샤오녠의 바로 아래쪽에 서 있는 탓에 루샤오녠의 눈에는 아이의 금발머리와 키파(유태인 남자들이 머리에 쓰는 납작한 모자)밖에 보이지 않았다.

시끌벅적한 가운데 솟아오른 오줌 줄기가 너무 힘을 준 탓에 한쪽으로 치우치기 시작하자 루샤오녠은 긴장한 모습으로 다시 밑을 내려다보았다. 오줌 줄기가 드디어 돌에 맞자 의기양양해진 아이가 손을 허벅지에 대고 쓱쓱 문지른 후 한 손으로 바지춤을 올리면서 나머지 한 손을 애들 앞에 내밀었다. 게임에서 지게 된 애들은 두말없이 모두 주머니에서 동전을 꺼내 그 애의 손에 올려놓았다. 이어서 또 무슨 일인지 서로 티격태격하다가 부둥켜안고 싸우기 시작했다. 루샤오녠은 생각했다.

'분명 처음에 오줌을 참지 못한 아이가 돈을 안 낸다고 해서 저럴 거야!'

"루샤오녠 씨인가요?"

이때 누군가 물었다. 그녀가 놀라서 돌아보니 60세가량 되어 보이는 키 큰 남자가 서 있었다. 이상하리만큼 마른 몸집에 큰 골격을 한 남자는 지나치게 말라서 나약해 보이기는커녕 그 누구보다도 건강해 보였다. 게다가 두 눈은 반짝이고 있었고, 정신도 원기왕성한 칠면조처럼 충만해 보이는 것이 무대 위의 희극배우 같기도 했다. 사방을 얼른 둘러보았지만 아까 복도에 있던 두 여인은 이미 어디론가 사라지고 보이지 않았다.

"저는 이곳의 담당자 폴 코흐나라고 합니다. 이곳의 사람들은 저를 뱀부bamboo라고도 부릅니다."

그 사람이 친절하게 자신을 소개했다. 루샤오녠은 그제서야 뱀부가 영어의 대나무를 가리킨다는 것을 알았다. 이어 좀 전에 물을 끓여 파는 여인이 말했던 판부가 영어였다는 것을 알고 웃음을 터뜨렸다.

루샤오녠의 웃음에 전염된 듯 미스터 대나무도 따라 웃었다. 서로 웃다 보니 진지해야 할 대화가 소소한 잡담으로 이어졌다. 유난히 마디가 굵게 붉어진 커다란 두 손을 펴 보이며 코흐나가 말했다.

"오늘은 제 운이 별로인 것 같습니다! 원래 오늘 유태인 문예클럽과 이탈리아 선박회사 선원 간의 축구시합이 있었는데 오늘따라 왜 이렇게 면접을 보러 오는 사람이 많은지 아침부터 눈코 뜰 새 없이 바쁘기만 했답니다. 축구시합은 아마 진작 끝났을 겁니다!"

"무슨 축구시합을 그렇게 새벽부터 하죠?"

"아, 그건 선원연합 팀 때문이죠! 선원이란 게 직업상 시간이 일정하지 않다 보니 시간을 그 사람들한테 맞출 수밖에 없답니다. 하지만 장담하건대 올해 축구시합만큼은 우리 팀이 이겼을 겁니다! 내 말을 못 믿겠으면 오늘 저녁에 방송을 들어 보십시오!"

"그럼 전에는 한 번도 이겨 본 적이 없었다는 말씀이시네요."

"그건 그렇습니다! 하지만 올해는 상황이 좀 다릅니다. 올해 온 난민 중 몇 명이 프로 축구선수거든요. 길 모어라는 이름을 들어 보셨습니까?"

루샤오녠이 고개를 가로젓자 코흐나가 말했다.

"예전에 함부르크 팀 공격수였습니다!"

그가 깍지 낀 큰 손을 가슴에 모으며 말했다.

"그나저나 아가씨는 현지 사람이니까 뭔가 다른 말을 할 것 같은데 내 말이 맞나요?"

"그게 무슨 말씀이신지……?"

"오늘 면접 보러 온 사람들 때문에 그렇습니다. 면접 보러 온 사람들에게 중국에 대해 잘 아느냐고 물어보면 모두 책을 외우듯이 똑같은 말을 하더라고요. 정말 재미있지 않습니까?"

"정말이요? 그건 왜죠?"

"그거야 노래를 따라 배우듯 배에서 방송하는 〈대지〉 같은 드라마를 봤기 때문일 겁니다."

1층에서 들려오는 딸랑딸랑 종소리에 미스터 대나무가 목을 빼고 아래층을 내려 본 후 말했다.

"배식시간이라서 식당에 가서 좀 도와야 할 것 같군요. 자 내려가면서 얘기합시다."

"배식은 벌써 시작한 거 아니었나요?"

"외부 난민들에게 배식을 먼저 시작하고 상주하는 사람들을 위한 배식은 정확히 12시에 시작합니다."

두 사람이 아래층에 있는 뒷문으로 나와 식당 안에 들어섰을 때도 식당 안은 인산인해를 이루고 있었다. 입구 역시 안에 있는 사람들이 자리를 비우고 일어나기만을 기다리는 사람들로 붐비는 것은 마찬가지였다. 외부 난민 배식은 같은 식당 안의 각기 다른 창구에서 하고 있었지만 수용소에 상주하는 사람들을 위한 배식은 맨 뒤쪽에 단독으로 떨어져 있는 배식창구에서 이뤄지고 있었다.

몇 걸음 걸어가던 루샤오녠이 맞은편 벽 쪽의 사람 키만큼 높은 곳에 성황신과 관공을 모셔 놓은 것을 보고 미소를 짓자 미스터 대나무가 함께 웃으면서 말했다.

"여기 웃고 계신 분이 중국인들이 모시는 '도시의 신'이고 붉은 얼굴에 근엄한 표정을 짓고 있는 분이 '전쟁의 신' 같은데 내 말이 맞습니까?"

루샤오녠이 말했다.

"유태인들은 우상을 숭배하지 않는 풍습이 있다고 들었는데요."

"하지만 사랑스러운 이 신상들은 반 년 전 우리가 수용소를 확장할 때부터 있었던 겁니다. 백러시아인들이 지은 원래 식당은 지금보다 훨씬 작았습니다. 주위에서 모두 그냥 남겨 두자고 해서 남겨 둔 겁니다. 특히 지금 같은 전쟁 시기에는 하느님도 더 바쁘실 테니 이 두 신상이 도와준다면 더욱 든든하지 않겠습니까? 하지만 신도 기분 나쁠 때가 있다는 것도 알고 있는 만큼 가끔씩은……."

잠시 말을 멈춘 그가 어린애처럼 루샤오녠을 보며 눈을 껌벅거렸다. 그의 눈길을 따라가 보니 두 신상 앞에 포크와 접시가 놓여 있었다.

"이것 보십시오! 감자 고기찜과 갓 구운 빵이 곁들어진 오늘 점심을 여기 두 분께 제일 먼저 가져다 드리지 않았습니까?"

말을 하면서 미스터 대나무가 웃음을 터뜨렸다. 신상 아래쪽에 놓인 윤이 날 정도로 잘 닦아 놓은 라디오에서 남자 진행자의 맑은 목소리가 방송을 타고 흘러나왔다.

"신사 숙녀 여러분! 안녕하십니까? XMHA 상하이 유태인방송국의 게리 슈나이더입니다. 지금은 〈이산가족찾기〉 방송 시간입니다. 지난주 상하이에 계신 분들이 보내 주신 30여 통의 편지를 받았습니다. 이 방송을 통해 그분들이 헤어진 친척과 친구들을 찾을 수 있기를 바랍니다. 이 밖에, 머나먼 해외에서 상하이에 온 친인척들을 찾아 본 방송국으로 20여 통의 편지를 보내 왔습니다. 독일에서 보내 온 편지 10여 통을 포함하여 프랑스, 스웨덴, 스위스 등지에서 각각 보내 주셨습니다. 또 남미 도미니카공화국에서도 한 분이 보내 주셨네요. 그럼 지금부터 편지 내용을 읽어 드리도록 하겠습니다."

누군가가 수선을 떨며 식당에 들어오다가 즉시 제지당했다. 라디오에서는 게리 슈나이더의 목소리가 계속해서 흘러나오고 있었다.

"편지를 보내 주신 분들의 성함과 주소를 소개하겠습니다. 독일에 사시는 루처 컨블리스 씨께서 누님 한나 씨와 매형 알터 바셔만 씨 그리고 조카 에릭 씨를 찾고 계십니다. 스웨덴 스톡홀름에 사시는 에윌드 월터 씨께서 부친 막스 씨와 모친 후리다 씨를 찾고 계십니다. 에월드 월터 씨는 원래 독일 쾰른에 사셨다고 합니다."

이때 갑자기 외마디 비명 소리와 함께 한 노인이 식당을 뛰쳐나갔다. 야윈 몸매에 키가 작은 노인이 손에 밥그릇을 든 채 절뚝거리며 2층으로 뛰어갔다.

"후리다! 후리다! 에월드에게서 편지가 왔소. 우리 아들한테서 편지가 왔단 말이요!"

그 노인은 막스 월터가 분명했다. 소리 나는 쪽을 바라보고 있던 코흐나가 루샤오녠에게 말했다.

"아무래도 밖에 나가서 얘기하는 게 좋겠습니다."

빠른 걸음으로 나간 두 사람은 식당 뒷문 계단으로 가서 앉았다. 코흐나가 그제서야 겨드랑이에 꼈던 루샤오녠의 이력서를 자세히 훑어보기 시작했다. 그가 반짝이는 두 눈으로 루샤오녠을 바라보며 말했다.

"아주 훌륭합니다. 하지만 3개월 내에 750개의 중국어 단어를 가르치는 것은 물론 학습자들이 간단한 중국어 회화를 할 수 있을 정도로 가르칠 수 있는지를 사실대로 대답해 주셔야겠습니다."

루샤오녠 역시 코흐나의 눈을 직시하며 솔직하게 대답했다.

"근본적인 문제가 학습자에게 달려 있는 만큼 반드시 그렇게 되리라고는 장담할 수 없습니다. 하지만 학습자 모두가 지금 당장 중국어를 필요로 하고 있다는 것만큼은 확실한 사실이죠."

웃으면서 고개를 가로젓던 코흐나가 만족스러운 표정으로 말했다.

"이건 미국인들이 난민들에게 가르치는 '영어 단어 750'에서 아이디어를 얻은 겁니까?"

그녀가 고개를 끄덕이며 솔직하게 답했다.

"예, 마커스 씨가 알려 주셨어요."

"마커스 씨요?"

"그분은 〈상하이유태인일보〉의 광고 담당자거든요. 예전에 저희 집에 세 들어 살았거든요. 제가 그분 사모님한테 간단한 중국어를 가르쳐 드리면서 그 얘기가 나온 거예요."

"그럼 아가씨가 집주인입니까? 아니면 집주인 사모님인가요?"

"집주인이에요."

"그래요. 그럼 부자시겠군요. 그렇다면 오늘 오신 것도 수용소에 일자리를 찾으러 오신 게 아니고 저희들을 도와주러 오신 거군요. 제 말이 맞죠?"

코흐나의 말속에 묻어 나오는 유태인의 교활함에 루샤오녠이 자신도 모르게 피식 웃으며 그 자리에서 대답했다.

"아니오. 전 월급을 타는 일자리를 구하러 온 거예요."

그녀의 대답에 코흐나가 당황하며 말했다.

"그야…… 그렇겠죠. 그게 당연합니다!"

코흐나가 저 멀리 허공을 손가락으로 가리키며 말했다.

"전 헝가리라는 곳에서 태어났어요. 오스트리아와 인접해 있는 나라죠. 하지만 제가 태어났을 때만 해도 두 나라는 한 나라였습니다."

그는 계속해서 말을 이어 나갔다.

"헝가리에서 쓰는 말은 헝가리어라고도 하고 마자르어라고도 합니다. 우리나라가 오스트리아와 원래 한 나라였다는 것은 말씀드렸죠? 그런 이유 때문에 저는 독일어를 쉽게 배울 수 있었습니다. 또 독일어를 할 줄 알기 때문에 영어도 쉽게 배울 수 있었습니다. 그런데 중국어는 언어체계가 전혀 다르기 때문에 중국에서 20년을 살고, 그 중에서 15년을 넘게 상하이에서 살면서도 중국어라고는 욕밖에 배우지 못했지 뭡니까. 물론 남자들이 좋아하는 그런 말도 배우긴 했지요.

거 뭐가 있더라……."

코흐나는 상대가 아가씨라는 걸 의식했는지 갑자기 말을 멈춘 후 짧게 변명했다.

"그, 그때는 젊었으니까요!"

루샤오녠은 웃음을 가까스로 참고 있었다.

"자! 내가 하는 중국어 잘 들어 봐요. 아. 라. 와. 귀. 닝!(I'm a foreigner!)"

루샤오녠이 끝내 웃음을 터뜨리자 코흐나 역시 '하하' 웃음을 터뜨렸다. 한참을 웃고 난 후 그가 숨을 고르며 말했다.

"만주 하얼빈에 일을 보러 갔다가 사람들한테 이 말을 했지만 알아듣는 사람이 단 한 사람도 없었습니다!"

루샤오녠이 말했다.

"선생님이 한 말은 상하이말이니까 동북지역 사람들이 못 알아듣는 것은 너무 당연해요. 지금까지 상담했던 교학 중국어의 기본 역시 상하이말이 될 거예요. 우리는 범위를 좁히는 게 좋을 것 같아요. 예를 들면 쇼핑, 식사 등 필요한 단어들을 학습자들에게 미리 작성해서 알려 달라고 하는 게 좋을 것 같아요."

이때 식당에서 또 고함소리가 들려왔다.

"유겐! 유겐! 당신 딸 찾았어요. 그 애가 아직 살아 있었어요!"

이번에 식당을 뛰쳐나간 사람은 건강해 보이는 중년 여성이었다.

"아무래도 사무실로 가서 얘기하는 게 좋겠습니다."

코흐나의 말에 자리에서 일어난 두 사람은 조용한 곳으로 천천히 발걸음을 옮겼다. 마르고 길게 늘어진 그림자와 가녀린 그림자가 소리 없이 그 뒤를 쫓아가고 있었다.

6

　이즈카 게미츠 대좌는 홍커우 우송루에 위치한 일본인클럽에서 비센돌프를 위한 환영파티를 준비했다. 인테리어를 모두 뜯어고쳐 새롭게 단장한 클럽은 세월의 흔적이 덕지덕지 묻어 있는 거리에서 보는 이의 눈을 단번에 사로잡을 만큼 화려했고 클럽 맞은편에는 일본 경찰서가 있어 매우 안전했다. 3년 전 중국군과 일본군이 쑤저우강 북쪽 일대에서 전쟁을 하고 있을 때는 홍커우지역 역시 전쟁터였다. 그 후 중국군이 쑤저우강에서 철수하면서 영국의 공공조차지에 편입되었다. 철수하기 전까지 중국군은 작심을 한 듯 이 일대의 수많은 공공시설들을 폭파했고, 이런 행위는 홍커우를 일본제국의 해외영토라고 여기는 일본 당국에게 적지 않은 골칫거리였다.

　일본인클럽에서 이런 파티를 개최하는 것은 게미츠 대좌가 자신의 속내를 그대로 드러낸 것이기도 했다. 올해 50세의 나이로 보통 체격인 이즈카 게미츠 대좌는 대머리였으며 콧수염을 기른 자상한 얼굴의 군인이었다. 넓은 턱과 벌어진 어깨, 다부진 체격은 평상복을 입고 있음에도 불구하고 당당함과 노련함을 보여 주었으며, 군생활을 하며 쌓인 풍부한 경험이 엿보이는 그의 얼굴을 보고 사람들은 무형의 위협감을 느끼기도 했다.

파티가 시작되기 15분 전에 클럽에 도착한 그는 객실 옆에 있는 두꺼운 자홍색 벨벳 발이 드리워진 작은 방에서 부하와 함께 한담을 나누고 있었다.

이 파티를 주관한 사람은 다름 아닌 아이즈 야스히로였다. 초대장을 보낸 30여 명의 손님 중 절반은 일본인이고 상하이에 사는 유태인 지역사회의 거물들만 해도 10명 정도나 됐다. 그 밖에 쑤저우강 맞은편에 위치한 공공조차지의 영국인과 미국인들이 참석했으며 칼 스필버그와 폴 코흐나, 에블린 마그리 역시 당연히 초청인사명부에 포함되어 있었다.

야스히로는 또 교향악단에서 지휘를 맡고 있는 이탈리아인 마에스트로 피아치와 수석 첼리스트 월터 요나스를 포함해서 상하이공부국 교향악단 단원 3명을 함께 초대했다. 월터 요나스가 비센돌프의 오랜 친구라는 사실을 모르고 있다가 초대장을 받은 손님들의 출석이 확정된 후에야 그 사실을 알게 된 야스히로는 비센돌프에게 또 하나의 즐거움을 선사할 수 있게 되었다는 사실에 의기양양했다. 아울러 그는 상하이의 각 언론사에 이 사실을 알리는 것도 잊지 않았다.

아이즈 야스히로, 올해 39세의 젊은 나이로 상하이 서양인사부의 부장이 된 것은 그가 얼마나 능력 있는 사람인지를 충분히 보여 주는 일이었다. 출세를 쫓는 사람들에게 이 자리가 전도유망한 자리라는 것은 두말할 필요조차 없었다. 하지만 야스히로의 야망은 여기 이 자리가 마지막인 것 같기도 했고 또 아닌 것 같기도 했다. 그의 야망은 어느 고정된 목표에 있는 게 아니라 어떤 큰일을 끝까지 해냄으로써 사람들에게 자신의 존재가치를 알려 주려는 데 있는 것 같았다. 허영으로 가득 찬 그의 야망은 사실 그의 출생에서 비롯됐다. 그는 자신의 출생에 대한 비화와 성인이 되기 전까지의 사생활에 대해서 절대적으로 침묵했지만 그의 존재 자체가 유태인난민들의 증오 대상이 된 후부터 사람들은 유태인들과의 잡담과 욕설에서 그의 성장과정을 쉽게 들을 수 있었다. 야스히로는 도쿄의 한 가난한 예술가와 기생의 하룻밤 정분으로 세상에 태어난 인물로서 사람들의 비난과 냉대 속에 성장했다. 그의 예민하고 의심이 많으며 삐뚤어진 성격도 이러한 성장과정에서 형성된 것이 분명했다. 그 외에 155센티미터밖에 안 되는 작은 키는 입에 올리기 부끄러운 출생과 동년童年의 불행으로 인해 형성된 가치관을 더욱 견고하게 만들었다. 더욱 재미있는 것은 그가 키 큰 남자를 아주 싫어한다는 점이었다.

건물 안쪽과 연결되어 있는 큰 홀의 복도에는 수리가 덜 된 부분을 가려 놓기 위해 금박으로 '화하유락원花下遊樂園' 이라는 한자를 써 놓은 병풍이 놓여 있었다. 병풍에는 도쿄에 벚꽃 구경을 온 서양인을 에워싼 채 구경하고 일본인들이 그려 있었다. 이 그림은 유럽의 유행을 동경하는 일본 대중의 심리를 그대로 보여 주고 있었다.

병풍 앞에 준비된 눈처럼 흰 테이블보를 깐 긴 테이블 위에는 정성스레 준비한 다과가 사람들을 유혹하듯 놓여 있었다. 이것들은 야스히로가 부하들을 시켜 상하이에서 유명한 루이스 커피점과 일본인이 운영하는 싼와三和 제과점에서 사 온 것들이었다.

홀이 그다지 넓은 편이 아니었기 때문에 입구 정면에 있는 넓은 벽을 새롭게 인테리어했다. 여러 개의 창문을 이어 놓은 모양의 큰 벽 덕분에 홀이 제법 넓다는 인상을 심어 주었다. 벽 쪽에는 공연을 위해 바닥보다 조금 높은 무대를 만들어 놓았고 무대 위에서 두 명의 게이샤가 샤미센(일본 악기)으로 부드럽고 구성진 가락을 연주하고 있었다.

일곱 시 반이 되어 요나스와 피아치와 함께 비센돌프가 장내에 들어서자 손님들이 뜨거운 박수로 맞이했다. 함박웃음을 짓고 있는 사람들 속에서 천천히 걸어 나온 게미츠 대좌가 밝은 표정으로 비센돌프와 힘 있게 악수했다. 비센돌프가 고마움을 표하자 그가 대답했다.

"제게 고마워하기보다는 야스히로 부장에게 고맙다고 해야 맞을 겁니다. 야스히로 부장이 선생님을 찾기 위해 정말 애를 많이 썼습니다. 야스히로! 어디 있나? 야스히로!"

사방을 둘러보면서도 야스히로의 모습을 찾지 못하던 게미츠가 다시 한 번 사방을 둘러보다 사람들과 떨어진 곳에 겸손하게 서 있는 야스히로를 발견하고 외쳤다.

"아니 자네는 아직도 그 뒤에 서서 뭐 하는 것인가?"

말을 마친 후 다시 비센돌프를 돌아보며 말했다.

"선생님이 워낙 세계적으로 유명하시다 보니 이름 없는 바이올리니스트가 주눅이 잔뜩 든 모양입니다."

뜻밖의 말에 비센돌프가 기쁨을 감추지 못하고 말했다.

"아니, 그럼 야스히로 씨도 바이올리니스트란 말입니까?"

이날 야스히로는 깔끔하게 빗어 넘긴 올백에 몸에 아주 잘 맞는 검은색 양복을 입고 있었다. 얼굴과 손처럼 밖으로 드러나 보이는 부분을 아주 깔끔하게 손질한 것을 보면 첫 만남에도 그가 외모에 꽤 신경을 쓰는 사람이라는 것을 알 수 있었다. 그는 다른 일본 남자들이 콧수염을 기르는 것과 달리 깔끔하게 면도까지 하고 있었다. 면도한 턱과 볼에 감도는 푸른빛이 그의 넘쳐 나는 욕심을 보여 주는 듯했다. 비센돌프의 말을 듣고서야 야스히로가 겸손하게 다가왔다. 비센돌프가 말했다.

"정말 멋진 일입니다. 저번에 만났을 때 왜 그런 말씀을 안 하셨습니까?"

야스히로가 겸손하게 대답했다.

"그날은 제가 공적인 일로 방문했기 때문에 선생님 앞에서 제 소개를 하기도 쑥스러웠습니다. 제가 가장 존경하는 바이올리니스트가 바로 선생님이기 때문에 예전부터 선생님과 아주 잘 알고 있었던 기분입니다."

야스히로가 진지한 모습으로 계속해서 말을 이어 나갔다.

"전 음반케이스에 있는 선생님의 모습과 음반에 담겨 있는 선생님의 음악에 익숙합니다. 제가 소장하고 있는 음반 가운데 선생님께서 1934년에 녹음한 멘델스존의 바이올린 협주곡이 지금까지의 작품 중에서 가장 훌륭한 것 같습니다."

비센돌프가 믿기 어려운 표정으로 물었다.

"그건 제가 독일에서 마지막으로 녹음한 음반으로 출시된 지 이틀만에 판매금지되었는데 그걸 어떻게 구하셨습니까?"

야스히로가 우쭐하며 대답했다.

"바로 이곳 상하이에서 구했습니다. 상하이는 참으로 신기한 곳입니다. 원하는 건 뭐든지 구할 수 있습니다."

이때 게미츠 대좌가 말을 받았다.

"맞습니다. 야스히로의 말이 정말 맞습니다. 중국인들이 상하이를 '상하이탄'이라고도 부르는 것은 깊은 물속에 뭐가 있는지 아무도 모른다는 뜻에서 한 말인 것 같습니다. 영국인들과 미국인들은 상하이를 모험가의 낙원이라고 합니다. 프랑스인들의 표현법은 아주 낭만적인데 그들은 상하이를 세계의 만화경이라고 한답니다."

그의 말이 끝나자 그를 포함한 모든 사람들이 웃음을 터뜨리고 말았다. 게미츠가 위엄이 서린 시선으로 비센돌프를 바라보며 거부할 수 없는 어조로 말했다.

"비센돌프 선생님! 만약 선생님 혹은 유태인들에게 상하이에 적절한 이름을 붙이라고 한다면 어떤 이름을 붙여 주시겠습니까?"

예상 밖의 질문에 잠시 말문이 막혀 있던 비센돌프가 대답했다.

"저라면 피난소라고 할 것 같습니다."

"뭐라고요?"

오랜 친구의 동의를 얻으려는 것처럼 요나스를 쳐다보던 비센돌프가 더욱 확신에 찬 어조로 말했다.

"제 생각에 피난소라고 이름을 붙여 주는 게 적절한 것 같습니다."

"네?"

잠시 어리둥절해 있던 게미츠가 진담 반 농담 반 어조로 말했다.

"그렇다면 선생님께서는 우리 일본인들이 보여 준 두터운 정을 확실하게 느끼셨을 겁니다!"

그 자리에 모인 일본인 모두가 기쁜 듯 웃음을 터뜨렸다. 게이샤들이 연주곡을 바꿨고 시중을 드는 여인들도 손님들을 접대하기 위해 바쁘게 움직였다. 비센돌프는 오랜 친구인 요나스와 한쪽 구석에 자리를 잡은 후 이런저런 안부를 물으며 입가에서 미소를 지우지 못했다. 그들은 술잔을 들고 그동안 참아 온 속내를 있는 대로 시원하게 털어놓고 있었다.

"리랜드! 우리 악단에 들어오게! 자네가 들어온다면 모두들 환영할 거야. 악단에 우리 유태인들도 적지 않다네!"

"단원들 수준은 어떤가?"

요나스가 대답했다.

"괜찮은 편일세. 상하이야말로 극동 제일의 국제도시 아닌가! 현악기 연주자는 대부분 러시아에서 온 사람들일세. 문제라면 낭만과 작품을 연주할 때는 괜찮은데 하이든, 모차르트 그리고 베토벤의 작품을 연주할 때는 좀 처지는 게 문제지!"

비센돌프가 웃으면서 말했다.

"그렇지! 아마 뉴욕교향악단과 베를린교향악단이 고전음악을 연주할 때의 차이와 같을 거야."

요나스가 말했다.

"바로 맞췄어! 하지만 뉴욕교향악단과 어디 비교가 되겠는가?"

비센돌프가 술을 한 모금 마시고 말했다.

"그야 당연한 일 아니겠는가, 당연하고말고!"

요나스가 계속 말을 이었다.

"또 한 가지 문제는 악단에서 연주할 때 조금만 방심하면 술집 음악 분위기를 낸다는 걸세!"

비센돌프가 말했다.

"흐음, 술집 이야기를 하니까 기억나는 일이 있군. 내가 상하이에 막 도착했을 때 하도 막막해서 시험 삼아 술집에 면접을 보러 가 본 적이 있다네!"

"자네 지금 농담하는 거지?"

"아니야, 진짜 갔었다니까. 그날 난 참으로 이상한 술집 음악을 들을 수 있었네!"

"그래? 난 그게 뭔지 알 수 있을 것 같네. 미끄러지는 활음에 마구 튕겨지는 격렬한 음악 맞지?"

"그래 맞아. 거기서 로맨틱한 음악의 선율과 경박함의 차이가 현 하나에 있다는 것을 경험했네!"

"그래서 자넨 어떻게 했나?"

"어떻게 하긴 뭘 어떻게 해? 도망쳤지. 그 자리에서 줄행랑을 친 덕분에 나 자신을 구원할 수 있었던 거지."

두 사람이 크게 소리 내 웃었다. 요나스가 말했다.

"하지만 러시아 음악가들의 수준이 아주 우수하다는 것은 인정하지 않을 수 없네. 정말이지 개중에는 상당히 뛰어난 사람들도 있지! 하지만 월급이 너무 적다 보니 시간이 날 때마다 술집이나 클럽 같은 데 가서 부수입을 올리는 사람도 많다네. 그러다 보니 습관이 되어서 연주할 때면 경박한 음악으로 변하기도 하지. 한마디로 말하면 너무 제멋대로여서 통제가 안 된다는 거야."

"악단에 중국인도 있나?"

"아니, 없어."

비센돌프가 자신의 감정을 억제하지 못하고 말했다.

"월터, 며칠 전에 우연히 14살짜리 소년이 바이올린 켜는 것을 보았는데 신기할 정도로 잘 켜더군. 그 소년과 누나 모두 예의 바른 청소년들이라서 내가 무척 좋아한다네. 심지어는 이런 생각까지 했다네……."

그는 그 아이를 동양에서의 첫 번째 제자로 받고 싶었다. 하지만 마지막 말은 하지 않았다. 사람이란 존재는 즐거울 때면 모든 감각이 둔해지기 마련이기에 요나스 역시 자신의 말뜻을 알아차릴 리 없다고 생각했다. 술에 취해 얼굴은 물론 코까지 모두 빨갛게 달아오른 요나스가 이런저런 말을 주절주절 늘어놓고 있었다.

"여기도 유럽과 만찬가지로 여름에 공연을 가장 많이 한다네. 공원의 노천극장에서 공연할 때가 가장 많아."

"무슨 공원인데?"

"프랑스공원이야. 그런데 공원 바로 옆에 동물원이 있다는 게 상상이 가는가? 한창 연주하고 있는데 갑자기 동물의 울음소리가 들리면 아주 익살스럽게 느껴질 때도 있다네."

"그게 정말인가?"

"그럼! 정말이지! 정말 아주 우스꽝스럽다네. 아니, 아니 그보다는 아주 신기하다고 해야 옳겠네! 올여름 공연을 할 때였어. 우리가 한창 러시아의 위대한 작곡가 무소르크스키의 '전람회의 그림'을 연주하고 있을 때였지. 마지막 부분을 연주하고 있는데 마침 동물원의 사자가 포효를 하는 게 아닌가? 그것도 절묘한 타이밍에 포효를 하는 통에 장내에 있던 모든 사람들은 웃음을 터뜨리고 연주자들은 박차를 놓쳐 버리고 말았지 뭔가!"

요나스가 상황을 설명하면서 큰 소리로 웃음을 터뜨리자 비센돌프도 따라 웃기 시작했다. 그는 이어 악단을 흉내 내어 입으로 '전람회의 그림'을 노래하기 시작했다. '전람회의 그림'의 제10장에 나오는 '키예프의 대문'을 노래하며 심벌즈의 소리가 나야 할 대목을 모두 사자의 울음소리로 바꾸는 바람에 두 사람 모두 눈물이 날 정도로 웃었다.

비센돌프가 즐거워하는 모습을 보며 야스히로는 정말 기분이 좋았다. 그는 시중을 드는 사람에게 새 술을 가져오라고 시켰다. 비센돌프와 요나스에게 술을 따른 후 자신이 먼저 건배한 다음 몇 마디 인사말을 하고는 다른 손님들한테로 자리를 옮겼다. 야스히로의 작고 다부진 뒷모습을 바라보던 비센돌프가 감동한 듯 말했다.

"저 사람도 음악가였더군! 나한테 음악가로서 손길을 내밀었지. 게다가 내 연주에 대해서도 잘 알고 있는 것 같더군!"

요나스가 말했다.

"좀 전에 그를 봤을 때 웬일인지 낯설지가 않았네. 나중에 피아치에게 저 사람이 우리 악단의 단골손님이라는 사실을 전해 들었지. 리

허설을 할 때도 온 적이 있었다고 하더군. 하지만 저 사람이 음악가라는 건 아무도 모르고 있었다네. 그저 그가 수집광으로 상하이에서 다양한 분야에 걸쳐 많은 골동품들을 수집하고 있다는 것만 들었지."

비센돌프가 감격해하며 말했다.

"그래? 정말 믿기 힘든 일인데! 역시 사람은 겉만 보고 판단해서는 안 되나 봐!"

술기운이 어느 정도 무르익자 파티의 호스트와 초대 손님들 모두 말이 많아지기 시작했고 엄숙하고 고요했던 홀 분위기도 어느새 자유롭고 편하게 변해 있었다. 무대 위의 게이샤들이 샤미센 연주와 함께 맞춰 부른 노래가 끝나기 무섭게 일본인들이 환호의 박수를 보냈다. 야스히로가 비센돌프와 요나스에게 곡에 대해 설명했다.

"이 곡은 '조루리'라는 오래전 곡으로 부르기 쉽지 않은 곡입니다."

그가 뭔가를 더 얘기하려고 하는데 멀지 않은 곳에서 게미츠 대좌가 그를 불렀다.

"이보게, 음악가끼리만 얘기하는 것인가? 그러지 말고 비센돌프 선생님을 이 자리로 좀 모셔 오게나. 선생님이야말로 오늘 이 파티의 주빈이 아닌가?"

이때 갑자기 손님 가운데 누군가 외쳤다.

"여러분 이 기회에 비센돌프 선생님의 연주를 들어 보는 게 어떻습니까? 언제 우리에게 이런 귀한 기회가 다시 오겠습니까?"

그의 말이 끝나기가 무섭게 손님들이 다 함께 열렬히 연호했다. 비센돌프는 이미 사람들의 손에 끌려 무대로 나간 상태였다. 두 손을 연신 저어 사양의 말을 거듭 전했지만 그의 목소리는 이미 주변의 열렬한 환호에 묻혀 다른 사람의 귀에 전혀 들리지 않았다. 이때 게미츠 대좌가 자리에서 일어난 후 두 손을 들어 주위를 안정시킨 다음 단호한 어투로 말했다.

"비센돌프 선생님과 야스히로 부장이 함께 연주하는 것이 어떻겠습니까? 한 분은 유명한 연주가이시고 또 한 사람은…… 이보게, 야스히로! 잘해야 하네! 우리 일본인이라면 서양 악기를 다루는 데도 절대 뒤쳐지면 안 되지 않겠나?"

잠시 후 바이올린이 비센돌프와 야스히로의 손에 각각 들려졌다. 야스히로가 낮은 소리로 비센돌프에게 말했다.

"선생님 정말 죄송합니다. 하지만 더 이상 거절하기도 어려울 것 같습니다. 죄송합니다."

두 사람이 어떤 곡을 연주해야 할지 망설이고 있을 때 일본인 중 한 사람이 말했다.

"서양음악에는 즉흥연주와 같은 것이 있는 걸로 알고 있습니다. 다른 사람이 일단 한 단락을 먼저 연주한 후에 두 분이 다시 거기에 맞는…… 거기에 맞는……."

누군가 말을 이었다.

"그게 바로 변주곡이라는 겁니다!"

이때 객석에서 또 다른 목소리가 들려왔다.

"우와! 정말 멋지겠는데요? 두 바이올리니스트의 멋진 대결을 볼 수 있을 것 같습니다!"

그 말이 떨어지기 무섭게 장내가 후끈 달아오르기 시작했다. 비센돌프의 예상을 벗어난 제의가 분명했지만 비센돌프는 더 이상 사양하는 것도 도리에서 벗어난다고 생각했다. 게다가 대결이라는 말에 재빨리 자리에서 떠나려고 했던 야스히로도 어느새 사람들의 손에 붙잡혀 다시 자리로 돌아와 있었다. 긴장과 흥분을 이기지 못해 빨갛게 상기된 그의 두 뺨은 보는 이에게 측은함마저 느끼게 했다.

방금 전 무대에서 게이샤가 부른 곡조를 기억하고 있던 비센돌프가 그 곡을 변주곡의 모티브로 삼자고 제안했다. 두 사람은 멀지 않은 곳에 서 있었고 장내는 삽시간에 조용해졌다. 사람들은 호기심에 찬 눈빛으로 그들을 주시했다.

먼저 시작하기로 한 비센돌프가 잠시 생각에 잠겼다. 게이샤가 부른 곡조는 음폭이 넓지는 않지만 고저의 변화가 심해 변주곡을 연주하기에 좋다고 생각했다. 이어 연속 두 곡의 변주곡을 연주했다. 처음 곡은 꿈을 꾸듯 우아하고 아름답게 변주했고 두 번째 곡은 고저의 변화를 주어 저음에서 맑은 바람이 나뭇가지를 스치며 나는 시원한 소리를 연주한 후 고음에서는 메아리가 들려오듯 정교하게 화답했다.

그의 연주가 끝나자 장내에서 박수갈채가 터져 나왔다. 솔직히 말해 그는 이렇게 정교하고 뛰어난 연주를 눈앞의 구경꾼들 같은 사람들에게 들려주기에는 좀 아깝다는 생각도 했다. 바이올린에 일가견이 있는 야스히로는 자신도 모르게 그 실력에 탄복하며 양복 안에 입은 와이셔츠가 축축해져 등에 달라붙는 것을 느꼈다.

'이 일을 어떡하지? 후회하기엔 너무 늦었어!'

그는 자신이 방금 전 끝까지 사양했다면 체면도 지키고 또 겸손하다는 인상도 줄 수 있었을 것이라는 생각을 했다. 상하이 서양인사부 부장으로 승진한 지 얼마 되지 않은 그에게 체면과 인상은 무엇보다 중요했다.

바이올린을 어깨에 올린 후 조율을 하며 어떻게 변주할 건지에 대해 생각하던 야스히로는 우선 짧은 10마디를 생동감 있게 연주한 후 자신이 가장 자신 있는 화성을 분해하는 방식으로 연달아 연주했다. 첫 번째 변주곡이 끝난 후 그는 무의식적으로 손을 멈추었다. 그 순간 장내에서 환호성과 함께 박수갈채가 쏟아져 나왔다. 흥분이 어느 정도 가라앉은 상태에서 그는 비센돌프가 두 곡을 변주했다는 사실이 떠올랐다. 흥이 오늘 대로 오른 게미츠 대좌가 큰 소리로 외쳤다.

"여기 모인 신사, 숙녀 여러분! 지금이 전시戰時인 만큼 이런 곡은 너무 부드러운 느낌 아닙니까? 제 생각에는……."

그가 잠시 멈췄다가 말을 이었다.

"전시인 만큼 우리의 군가로 다시 한 번 연주 대결을 하는 것이 어떻겠습니까?"

군중들의 박수갈채 속에서 누군가 일본 해군 군가를 부르기 시작했다. 장내에 있던 모든 일본인들이 일제히 따라 부르기 시작하더니 처음에는 들쑥날쑥하게 부르던 사람들이 어느새 박자를 맞춰 따라 부르고 있었다. 갑자기 장내가 조용해졌다. 조금 전을 예비전이었다고 한다면 이제는 게미츠 대좌가 지정한 곡을 연주하는 두 바이올리니스트의 본격적인 대결이 시작되고 있었다.

7

한밤중이 되어서야 집으로 돌아온 비센돌프는 열쇠로 자신의 방문을 열며 고개를 들어 계단 끝을 쳐다보았다. 조용하고 어두운 것이 이 집 남매는 이미 잠든 지 오래인 것 같았다. 비센돌프는 문을 연 후에도 불을 켜지 않은 채 코트를 벗어 의자 위에 걸어 놓았다. 이어 어둠 속에서도 자연스레 자리를 찾아 앉았다.

파티의 마지막 순간에 발생한 사건은 그 누구도 예상치 못한 사건이었다. 2년 전, 그가 가슴속 깊은 곳에 묻어 둔 고통이 단 한 번의 바이올린 연주로 인해 되살아났다. 그 때문에 그의 즉흥연주는 엉망이 되었고, 그 자리에 모인 사람들은 그의 모습에 아연실색했다. 그가 마침내 바이올린을 들고 있던 손을 천천히 내리자 곧 사람들이 웅성거리기 시작했다. 일본인들은 모두 희색이 만면해진 얼굴로 일본인 바이올리니스트 야스히로가 세계 최고의 바이올리니스트를 꺾었다며 기뻐했다.

사실 일본 군가를 변주한다는 것 자체는 더없이 간단한 작업에 불과했지만 그 자리에 모인 모든 일본인들이 발을 구르며 한목소리가 되어 군가를 부르는 장면은 비센돌프에게 너무나도 익숙한 장면이었다. 그 순간 그는 머릿속이 마치 감전된 것만 같았다. 2년 전, 뮌헨 거리에서 열광하는 나치주의자들이 거리행진을 했던 모습이 삽시간에 떠올랐다. 그날 밤 그의 사랑하는 딸 멜라니가 사람들의 몰매에 목숨을 잃었다. 이유는 단순했다. 거리행진을 하던 나치주의자들 가운데 누군가가 윗층 창문에서 던진 것에 맞아 머리가 깨지자 분노하여 건물로 올라와 복수를 한 것이었다. 유태인의 집이라는 이유로 군중들은 비센돌프의 집을 부수고 난입했다.

"비센돌프 선생님! 연주를 시작하시죠! 선생님 차례입니다!"

야스히로가 조심스럽게 말했다. 이번에는 야스히로가 먼저 연주를 시작했다. 야스히로의 자신감 넘치는 힘찬 변주곡이 울려 퍼지면서 비센돌프는 또다시 넋을 잃었다. 그가 애써 정신을 집중하며 바이올린을 어깨 위에 올렸을 때 사람들이 의구심이 가득 찬 표정으로 자신을 바라보고 있는 게 보였다. 자신의 자존심을 지키기 위해, 나아가 사람들을 실망시키지 않기 위해, 특히 자신에 대한 게미츠 대좌와 야스히로 부장의 관심을 생각해서라도 따뜻한 느낌이 감도는 변주곡을 연주하려고 했다. 하지만 잠시 후 그는 곧 어찌해야 좋을 지 알 수 없었다. 사실, 그는 변주곡을 연주할 수 없었던 것이 아니라 돌연 변주곡을 어떤 방향으로 이끌어 나갈지 결정할 수 없었던 것이다.

마침내 그가 바이올린을 내려놓았다. 자리에서 일어나 물을 한 잔 따른 비센돌프는 오늘 밤 있었던 유쾌한 기억을 되살리기 위해 노력했다.

'그래, 맞아! 요나스와 재회를 한 것은 정말 의외였어!'

이들은 젊은 시절부터 붙어 다닌 단짝이었으며 나중에는 같은 무대에서 함께 연주한 파트너이기도 했다. 요나스는 성품이 온화하고 매사에 신중한 사람으로서 그가 연주하는 첼로의 음색 역시 따뜻하고 우아했다. 그들은 일찍이 같은 무대에서 브람스와 베토벤을 연주했다. 그야말로 신이 내린 완벽한 앙상블이었다. 파티 중에 요나스는 음악회에서 공연하는 것 외에 공연과 연습을 하는 대극장 부근에 작은 악기점을 차렸다고 이야기했다. 요나스는 자신에게 악기점은 생계를 유지하는 부업이자 언제 생길지 모르는 사고에 대한 대비책이라고도 말했다. 그들은 내일 다시 만나기로 약속을 한 상태였다. 비센돌프는 우선 요나스의 악기점에 들러 구경을 한 후 좋은 곳을 찾아 차를 마시며 이런저런 얘기들을 나눌 생각을 했다.

또 한 사람 마에스트로 피아치라는 인물 역시 비센돌프에게 의외의 수확이 분명했다. 남부 이태리 출신의 그는 앞뒤가 분명하고 쾌활한 성격의 소유자였다. 요나스가 일본인들 앞에서 조심스러운 태도로 일부 화제를 피하는 것과는 대조적으로 하고 싶은 말을 직설적으로 표현하며 남의 얼굴을 살피지 않고 자신의 이야기를 펼쳤다. 독일 음악계의 현황에 대해 이야기할 때도 그는 독일 문화부의 총재가 된 작곡가 겸 지휘자인 리차드 스트라우스를 맹렬히 비난했고 20세기 독일 최고의 지휘자라고 할 수 있는 푸르트 벵글러에 대한 공격도 서슴지 않았다. 대화를 할 때 표출되는 피아치의 거침없는 말투가 비센돌프의 호기심을 자극했으며 그가 지휘하는 상하이공부국교향악단의 연주를 듣고 싶게 만들었다.

"마침 내일 아침 리허설이 있으니 꼭 한번 와서 들어 주십시오! 우리 교향악단을 극동 최고의 교향악단이라고 생각하실 겁니다!"

호탕하고 거침없이 이야기를 꺼내 놓는 남부 이태리인은 심지어 비센돌프에게 상하이에서 독주회를 열 시간과 곡목을 생각해 보라고까지 권유했다. 이때 황푸강에서 야간운행을 하는 선박의 기적 소리가 희미하게 들려왔다. 그 소리는 마치 깊은 밤안개를 감싸 안듯 부드럽게 들려왔다.

아! 상하이! 상하이! 이곳은 정녕 어떤 도시란 말인가? 이 도시는 마치 거대한 보석함처럼 수많은 보석으로 가득 차 있었다. 하지만 그 보석들은 하나같이 각기 다른 절단면을 가지고 있었다. 그 순간 그의 뇌리에 게미츠 대좌가 자신에게 대답을 강요하듯 던진 질문이 스쳐 갔다.

"중국인들이 상하이를 '상하이탄'이라고 부르는 것은 깊은 물속에 뭐가 있는지 아무도 모른다는 뜻에서 한 말인 것 같습니다. 영국인들과 미국인들은 상하이를 모험가의 낙원이라고 합니다. 프랑스인들의 표현법은 아주 낭만적인데 그들은 상하이를 세계의 만화경이라고 한답니다. 비센돌프 선생님! 만약 선생님 혹은 유태인들에게 상하이에 적절한 이름을 붙이라고 한다면 어떤 이름을 붙여 주시겠습니까?"

손에 컵을 든 비센돌프가 어둠 속에서 탁자를 돌아 길가로 난 창가로 다가섰다. 창문을 열자 메케한 공기가 느껴졌다. 대낮의 활력과 소음을 그대로 간직하려는 이 도시가 내뿜는 매연 냄새가 은은히 전해졌다. 교교하게 흐르는 달빛이 창문 밑 골목의 행인들에게 쏟아지며 나무와 가옥의 그림자를 거리의 바닥 위에 몽롱하게 수놓고 있었다.

막 창문을 닫으려는 순간 들릴 듯 말 듯한 음악 소리가 음악가의 예리한 귀에 파고들었다. 누군가 멀리 떨어진 곳에서 바이올린을 켜고 있는 것이 분명했다.

'아니 이 늦은 시각에 바이올린을 켜는 사람이 있다니…… 정말 불가사의한 밤이로군!'

창문을 닫은 비센돌프는 코트를 걸치지도 않은 상태에서 골목으로 걸어 나갔다. 잠시 서 있던 그가 음악 소리가 들려오는 방향을 확인한 후 확신에 찬 발걸음을 옮겼다.

8

재주를 부리는 방식으로 거리에서 바이올린을 켠 이후 루양의 바이올린 케이스에는 그전과는 비교할 수 없을 정도로 많은 돈이 쌓였다. 그의 공연을 구경하러 오는 사람들도 각양각색이었다. 박수갈채 외에 웃음소리와 휘파람소리까지 뒤섞인 공연은 늘 시끌벅적했다. 어느 날 오후 머리에 터번을 두른 인도인 경찰이 그가 공연을 하고 있는 곳에 찾아와 그의 공연을 중단시킨 후 주변 구경꾼들을 모두 내쫓았다. 인도인 경찰이 루양을 향해 막대기를 탁탁 치며 그의 거리공연이 인도의 교통질서를 어지럽힌다고 말했다. 잔뜩 짜증이 난 루양은 지폐 몇 장을 꺼내 그에게 주었다가 경찰이 몸을 돌려 그곳을 떠나려는 순간 전광석화와 같은 동작으로 경찰의 주머니에 들어간 지폐를 고스란히 다시 훔쳐 왔다. 이어 아무 일도 없었다는 듯 자리를 떠나 다음 거리로 이동했다.

이른 새벽, 루양은 루샤오녠이 부르는 소리에 잠에서 깼다. 그랬다! 오늘은 그냥 평범한 날이 아니었다. 아버지의 마흔다섯 번째 생신이자 돌아가신 지 3년 되는 기일이었다. 루샤오녠이 루양에게 아버지의 사진 앞에 절을 올리라고 시켰다.

루샤오녠의 침실 한쪽에 있는 대추나무색 5단 서랍장 쪽의 벽 위에 아버지의 사진 액자가 걸려 있었다. 액자 앞에 놓인 초에는 이미 불이 켜져 있었다. 불꽃이 액자 유리에 반사되자 미동도 없이 지켜보는 사진 속의 아버지의 얼굴에 생기가 도는 것만 같았다. 루양이 고개를 돌려 아직도 문가에 서 있는 누나를 보며 외쳤다.

"누나는 가서 누나 볼일이나 봐!"

그리고 고개를 돌린 루양은 생각에 잠겼다. 3년 전 아버지가 일본인의 손에 암살당했던 모습이 너무나도 또렷하게 눈앞에 펼쳐졌다. 한동안 멍하니 아버지를 바라보다 액자 아래 놓인 촛불을 쳐다보았다. 최근 수년 동안 밤이면 자주 정전이 되었다. 갑자기 불이 나가 버리면, 그때마다 그의 누나는 숙련된 동작으로 초를 꺼내 불을 붙이곤 했다. 누나의 침실에 있는 초는 침대 머리에 놓인 협탁 아래 있었다. 자신의 침실에 놓인 초 역시 같은 위치에 있었다. 응접실에서 쓰는 초는 앵두나무 색깔로 칠한 목조 벽면의 삼각장 위에 놓여 있었다. 그 초들은 하나같이 흰색의 가늘고 긴 초들로 불을 붙이면 그을음이 매우 크게 일었다.

하지만 오늘 아버지의 액자 아래 놓인 양초의 모양은 아주 아름다웠다. 초는 마치 작은 찻잔 같은 굵기와 높이를 하고 있었다. 양초의 표면은 마치 은색으로 칠을 한 것처럼 금속과 같은 질감이었다. 양초는 바람에 꺼지는 것을 방지하기 위해 양초보다 조금 더 키가 높은 유리잔 속에 놓여 있었다.

누나의 음성은 평소보다 낮고, 여느 때보다 진지했다. 루양은 이런 누나의 모습이 맘에 들지 않았다. 그는 누나가 아버지를 사랑하는 방법이 옳지 않다고 생각했다. 그는 자신이 빨리 성장해서 돈을 많이 번

후 거리를 활보할 때 그 많은 일본인 남녀노소가 마치 귀족 나라를 대하듯 굽신거리며 절을 하게 해야 한다고 생각했다. 그것만으로도 부족했다. 그는 그해 숲 속에서 아버지를 돌아가시게 한 암살범을 잡아 내 자신의 손으로 숨통을 끊어 놓겠다고 생각했다.

아무리 잊기 힘든 고통일지라도 나이가 어리면 쉽게 잊을 수 있을지도 모른다. 하지만 루양은 하루하루 성장해 가면서 이미 오래전에 발생했던 일들이 그 어떤 일보다 소중하고 중요했던 일임을 인식했고, 그 고통은 삶을 포기하고 싶은 마음 대신 담담하고 오랜 그리움과 강인함으로 대체되어 가슴속 깊은 곳에 또렷하게 각인되어 있었다.

길게 한숨을 내쉬던 루양이 다시 한 번 아버지의 사진을 올려다본 후 고개를 돌려 누나를 보았다. 그녀는 아직도 엄숙한 얼굴로 문가에 서 있었다. 루양은 여자들은 걱정이 많고 감성적인 동물이라고 생각하며 차갑게 외쳤다.

"나갔다 올게!"

그는 곧 방에서 바이올린을 들고 나와 건들거리며 아래층으로 내려갔다.

루양의 아버지의 이름은 루넨양이었다. 그는 생전에 상하이 음악전문대학교의 바이올린 교수였다. 다른 모든 예술가들과 마찬가지로 그의 머릿속은 온통 음악으로 가득 차 있었다. 그에게 있어 다른 모든 물질적인 것들은 음악이라는 테두리 밖에 놓인 것과 같았다. 그의 아내는 호기심과 허영을 쫓는 부잣집 딸로 끝내 밋밋하고 단순한 결혼 생활을 견디지 못하고 그와 헤어졌다. 그 이후로 그녀의 행방은 감감 무소식이었다.

그는 아직 어린 두 남매를 데리고 공공조차지 내 파오젠지아에 있는 오랜 가옥에서 살았다. 이 2층짜리 건물은 루넨양 집안의 재산으로 대대로 물려 오고 있었다. 루녠양은 자신의 교육방식을 고집하며 남매를 가르쳤다. 일상적인 공부를 엄격하게 관리 감독하는 방식 외에 남매에게 외국어 학습을 유난히 강조하였다. 그와 동시에 어릴 적부터 음악에 대해 비범하리만큼 뛰어난 민감성과 흥미를 보인 아들 루양에게 자신의 예술적 포부를 전부 쏟아 붓다시피 했다.

1930년대의 어느 해, 그해는 일본의 중국 침략이 하나 둘 본격화되어 가며 중국에서 항일전쟁의 기운이 싹트던 해였다. 하지만 조차지로써 서방 각국의 힘에 의해 점유당한 상하이에는 어울리지 않는 평화가 깃들어 있었다. 사실 상하이는 이미 오래전부터 일본인들이 호시탐탐 기회를 노리던 비옥한 땅이었다. 상하이의 국경선을 장악하게 되면 양쯔강의 바닷길을 얻게 되는 것이며, 일본이 진행하고 있는 물자와 병력의 운송 및 보급을 위한 최고의 기지가 마련되는 것이기도 했다. 바로 이러한 이유 때문에 상하이에 주둔 중인 일본 군사력은 해군 위주였다.

1937년 가을, 상하이에서 중국군과 일본군 간의 전쟁이 발발했다. 참혹한 전쟁으로 인해 상하이 북쪽지역의 무수한 거리가 초토화되었으며 군인과 민간인들의 시신이 사방에 나뒹굴었다. 늦가을까지 계속된 전쟁은 주로 쑤저우강 북쪽에서만 진행되었다. 쑤저우강의 다른 한쪽은 영국과 미국이 관할하는 조차지로써 영국군이 전면적인 경계태세를 갖추고 있었다. 이곳에 사는 수천수만의 상하이 시민들은 제방에 올라서서 눈앞의 전쟁을 바라보며 피가 끓어오르는 심정으로 소리 질러 응원했다.

동포들의 참혹한 죽음과 죽어 가는 전우의 시신을 밟고 전진하는 용맹스런 군인들의 희생을 직접 목격한 후 격동한 루녠양은 잠을 이룰 수 없었다. 그날, 그는 바이올린 독주곡 '이날(the very day)'을 작곡했다. 그날 이후 이 작품이 상하이 항일전쟁을 홍보하는 공연에서 수많은 사람들의 손에 의해 연주되면서 일본인 특수부대가 그에게 주목하기 시작했다. 마침내 루녠양이 저녁이면 와이탄 최북단에 위치한 화원에서 산책한다는 정보를 입수한 일본 특수부대가 세 명의 변복 암살범을 보내 그를 처리했다.

루양은 여전히 조차지의 거리에서 바이올린을 연주했다. 황혼 녘은 바로 그가 장사를 시작하는 시간이었다. 주변에 열댓 명이 모여든 것을 보고 그가 쩌렁쩌렁 울리는 목소리로 외치기 시작했다.

"할아버지 할머니! 아저씨 아줌마! 사람들마다 판야링이 고급악기라고 말하는데 그럼 과연 어떤 악기를 고급악기라고 할까요? 고급이니까 뭐든 연주할 수 있고, 정말 고급이니까 어떤 소리도 다 만들어 내지 않겠습니까? 제 말을 못 믿으시겠으면 제가 하는 것을 어디 한번 들어 보십시오!"

말을 마친 루양이 땅바닥에 양반다리를 하고 앉았다. 이어 무릎을 세우더니 바이올린을 두 무릎 사이에 바짝 끼우고는 왼손으로는 마치 고쟁(古箏 : 중국 전통 악기)을 튕겨 연주하듯 현을 뜯고, 오른손으로는 톱질을 하듯 활을 움직였다. 바이올린에서 곧 물소가 우는 듯한 낮은 음색이 흘러나왔다. 그 순간 구경을 하러 모여든 사람들이 재미있다는 듯 웃음을 터트렸다. 분위기가 순식간에 고조되자 루양이 갑자기 켜던 바이올린을 멈추고 외쳤다.

"제가 오늘 또 다른 신선한 볼거리도 제공해 드리겠습니다!"

자리에서 일어선 그가 바이올린을 등에 멘 후 목 뒤쪽의 견갑골 위로 가로눕혔다. 이어 왼손을 구부려 엄지와 검지를 이용해 바이올린의 지판(손가락판)을 잡고 나머지 세 손가락을 뻗어 현에 댄 후 오른손으로 활을 잡아 뒤로 넘기니 가려운 등을 긁는 모습과 흡사했다. 구경꾼들이 또 웃기 시작하자 몇 번 활을 당긴 루양이 다시 외쳤다.

"어떻습니까? 내 말이 거짓말이 아니지요? 이제부터 제가 켜는 연주를 들어 보지 않으시렵니까?"

말을 마친 후 바이올린을 내려놓은 그가 주변을 향해 허리 숙여 인사를 했다. 그 자리에 모인 구경꾼들이 그가 뭘 원하는지 모를 리 없었다. 이내 한바탕 웃음소리가 울려 퍼지더니 그중 한 사람이 웃으며 외쳤다.

"어린 녀석이 아주 제법인데!"

"맹랑한 녀석! 이번엔 돈을 달라는 모양이군."

다시 또 누군가 말했다.

"저쪽 화이하이루淮海路에서도 본 적이 있는 아이야! 바이올린을 켜는 솜씨가 제법이던걸! 생긴 것도 시원스럽게 아주 잘생겼어!"

루양은 주변에서 떠들어 대는 이런저런 소리를 무시한 채 허리를 숙이고 있었다. 잠시 후 바이올린 케이스에 아무렇게나 지폐가 쌓이는 것을 곁눈질로 확인한 그가 생각했다.

'그렇지! 이게 바로 내가 원하는 것이라고! 이쯤 되면 내 솜씨를 좀 보여 줘야겠는걸!'

그가 다시 허리를 편 후 고개를 들고 팔을 비틀어 바이올린을 등 뒤로 대고 들었다. 이어 마치 리듬을 맞춰 가듯 머리를 흔들며 '장미, 장미, 사랑해'를 연주하기 시작했다. 이 곡은 요즘 상하이 사람이라면 모두 알고 있는 유행가로 상하이 음반가의 황태자인 천거신이라는 유명한 사람이 작곡한 곡이었다. 이를 계기로 거리공연이 더욱 뜨겁게 무르익으면서 길을 가던 행인들이 발길을 멈추고 루양의 주변으로 몰려들었다. 루양은 내심 쾌재를 부르며 이 곡을 다 연주한 후에 다시 돈을 거두어야겠다는 생각을 했다. 사실 이런 자세로 곡을 연주하는 것은 이마에 땀이 흐를 만큼 정말 힘든 일이었다. 주변에서 터져 나오는 환호성을 들으며 루양이 허리를 한 번 굽히며 외쳤다.

"여러분! 좀 도와주십시오!"

그가 돈을 걷기 시작하며 막 고개를 숙였을 때였다. 바이올린 케이스 옆의, 흰색 양말에 얌전하게 끈을 맨 검은색 여성화가 눈에 들어왔다. 그의 심장이 잠시 턱하고 막히는 듯했다.

'누나다! 누나가 왔어!'

그 여인은 루양의 예상대로 루샤오녠이었다. 말없이 고개를 숙인 그녀가 땅바닥에 놓인 바이올린 케이스의 뚜껑을 덮은 후 케이스를 들고 자리를 떠나자 구경꾼들이 웅성거리기 시작했다. 이내 아무도 돈을 내지 않고서 하나 둘씩 자리를 떠났다. 어찌할 바를 모르던 루양이 긴 한숨을 내쉰 후 케이스 없는 바이올린을 들고 불만스럽게 루샤오녠의 뒤를 따라 집으로 돌아갔다.

이날 저녁, 두 사람은 별다른 대화를 나누지 않았다. 루양은 오늘 저녁에 할 일을 잘 알고 있었다. 작년과 재작년의 오늘과 마찬가지로 자정이 될 무렵 황푸강 강가에 가서 촛불을 켜고 아버지와 인사를 나눌 것이 분명했다. 다만 오늘 저녁 스케줄에는 양초에 불을 붙일 때 루양이 아버지를 위해 '이날'을 연주하는 한 가지 일이 더 첨가되어 있을 뿐이었다. 루샤오녠은 작년과 재작년에는 루양의 연주 솜씨가 아버지의 기대에 못 미쳐서 연주를 했다면 아버지가 화를 내셨을 거라며 올해는 솜씨가 많이 나아졌으니 아버지가 연주를 들으시면 분명 기뻐하실 것이라고 말했다. 루샤오녠의 말대로라면 아버지의 기일이 되면 다른 세계에서 살던 아버지의 영혼이 집으로 돌아와 남매가 사는 모습을 보고, 다시 떠나야 할 때가 되면 서운한 마음에 남매 곁을 떠나지 못해야 했다.

"아버지가 우리를 보러 오는지 아닌지 누나가 어떻게 알아? 그딴 것은 전부 누나가 상상하이서 꾸며낸 것일 뿐이야!"

2년 전 오늘 루양은 누나에게 이렇게 말했었다.

"말도 안 되는 소리 하지 마!"

루샤오녠이 화를 내며 외쳤다.

"뭐가 말이 안 된다는 거야? 흥! 누나는 쓸데없는 걱정만 늘어놓는 감상주의자야!"

"이 불효막심한 자식 같으니라고! 그 입 다물지 못해! 더 이상 말대꾸를 했다간 가만두지 않을 거야!"

루샤오녠이 화를 내며 고함을 쳤다. 옛말에 어머니가 안 계시면 누나가 엄마 노릇을 한다고 했다. 루샤오녠의 고함에 루양이 이내 입을 다물었다.

"'이날'을 잊지는 않았겠지?"

루샤오녠이 물었다.

"저녁을 먹은 후에 다시 한 번 연습해 봐!"

루양의 가슴이 크게 떨려 오기 시작했다. 최근 두 달 동안 정식으로 바이올린 연습을 한 적이 없었으니 '이날'도 예외는 아니었다. 하지만 책망이 가득 담겨 있는 살기등등한 루샤오녠의 질문은 마치 "설마 아버지의 '이날'을 네가 잊을 리는 없을 거야!"라고 말하는 듯했다.

루양이 체면 때문이라도 단호하게 대답했다.

"그걸 내가 왜 잊어?"

다시 뭔가를 말하려던 루양은 자신을 똑바로 쳐다보고 있는 누나의 눈길과 마주친 후 더 이상 아무 소리 않고 고개를 옆으로 휙 돌렸다.

늦은 시각, 집을 나선 남매는 와이탄 쪽으로 걸어갔다. 강가에 도착한 남매는 강둑을 따라 사방을 훑어보았다. 이미 일찍부터 인적이 끊어진 텅 빈 강가에는 강물만이 제방에 부딪히며 공허한 메아리를 남겼다. 제방을 따라 꽃을 조각한 가로등이 나란히 늘어서 있었다. 기둥 꼭대기에 매달린 유리등에서 은은한 노란 불빛이 반짝였다. 공기 중에 섞인 수증기와 먼지가 열을 받은 후 유리등 주변에서 춤을 추다 마치 빛을 내는 균처럼 깊은 밤 엷은 안개 속으로 사라져 갔다. 남쪽 멀리 작은 선박을 위해 만들어진 부두 도크(선박을 수리·건조하기 위해 조선소·항만 등에 세워진 시설)에는 셀 수 없이 많은 목선들이 빼곡히 정박해 있었다. 돛을 내린 돛대가 들쑥날쑥 어수선하게 흩어져 있는 모습은 부두를 철새가 가득한 가을 숲처럼 보이게 했다.

루샤오녠 남매가 강가를 따라 북쪽으로 계속 올라간 지 얼마 되지 않아 벽돌을 깐 노면과 가로등이 사라졌다. 계단을 몇 개 내려가자 가로등도 없고, 강가 역시 진흙길로 변했다. 수목이 점점 무성해지더니 오래지 않아 크지도 작지도 않은 숲이 나타났다. 숲의 다른 한쪽으로 깨끗하게 정리된 잔디밭이 펼쳐져 있었고 잔디밭 중앙에는 인도식 작은 정자가 지어져 있었다. 이곳은 남매의 아버지가 암살을 당한 화원이었다. 이곳에 서서 강물을 바라보자 쑤저우강이 서북쪽에서 황푸강으로 흘러드는 모습이 눈에 들어왔다. 밀려오는 힘 때문인지 강물이 천천히 활처럼 휘어지자 순간 수면 위의 전경이 확 트이는 듯했다. 삽시간에 하나로 연결된 천지의 경계가 모호해지면서 자연의 거대함을 느끼게 했다.

숲 속 물가에 서 있던 루샤오녠이 웅크리고 앉아 푸른색 꽃무늬 보자기에서 종이로 잘 싸여 있는 양초와 유리사발을 꺼냈다. 양초는 아버지의 사진 앞에 놓고 계속 태우던 것으로 절반 정도밖에 남아 있지 않았으며 움푹 타들어 간 가운데 부분으로는 심지가 빠져 있었다. 유리사발은 판판한 나무판자를 고정시키는 데 사용되었다. 남매가 몸으로 바람을 막은 후 촛불을 밝혔다. 루샤오녠이 손으로 강물 속에 있는 이물질과 건초들을 밀어 낸 후 촛불을 실은 유리사발을 막대기로 조심스럽게 강물 저편으로 밀어 보냈다. 널찍한 나무판자가 마치 작은 배처럼 기우뚱거리며 흘러 내려가다 마침내 앞으로 가는 조류를 만난 듯 천천히 강물을 따라 멀리 떠내려 갔다.

이제 루양이 아버지가 작곡한 '이날'을 연주할 차례였다. 연주가 끝나면 그들만의 조촐한 추도식이 끝나는 셈이었다. 바이올린에 약음기(弱音器 : 악기 음의 진동이나 전파를 제어하여 음질에 변화를 주는 기구)를 낀 루양이 팔을 쭉 편 후 '이날'을 가볍게 연주하기 시작했다.

냉정히 말해 루양의 바이올린 연주 실력은 이미 상당한 수준에 오른 상태였다. 그가 연주해 낸 음색은 사람의 목소리처럼 길게 이어지며 흐느끼듯 뭔가를 호소했다. 그뿐만 아니라 연주되는 음폭 역시 매우 넓었다. 아직 나이가 어리고 키가 작긴 했지만 정교한 자세로 바이올린 머리를 아래로 내린 채 자아내는 고음에는 풍부한 장력이 담겨 있었다. 남동생의 바이올린 소리를 듣고 있는 루샤오녠은 만감이 교차하는 감정으로 어둠 속에서 눈물을 흘렸다. 루양은 아직 어린아이였다. 루샤오녠의 이런 감상적인 추도방식에 제대로 적응할 수 없었던 그는 바이올린을 켜며 자신만의 생각을 하기 시작했다.

'조금 전 그 양초가 혹시 강물 때문에 젖어 버린 것은 아닐까? 혹시 강물 속에 빠져 버리진 않았을까? 이런 일을 준비하면서 왜 진즉에 나하고 상의하지 않는 거야? 나랑 상의했다면 내가 나무로 작은 배를 만들어서 판자 대신 썼을 텐데…… 정말 멋진 배를 만들었을 텐데 말이야!'

루양은 머릿속으로 이런저런 생각들을 하면서도 손은 멈추지 않았다. 어느새 그의 연주가 '이날'의 중간 부분에 이르렀다.

'이날'은 표제음악의 특징을 강하게 갖고 있는 환상곡이었다. 연주를 하며 이어지는 전체 선율은 왼손의 삼도와 오도 그리고 현 위에서 이루어졌다. 그가 잠시 이런저런 생각으로 딴 생각을 하는 사이 그의 손이 제대로 움직이지 못하고 현 위에서 엉키자 루양은 얼른 곁눈질로 물가에 서 있는 누나의 모습을 훔쳐보았다. 그의 눈에 이미 애도의 표정은 사라진 채 고개를 꼬고 표독스러운 표정으로 자신을 노려보고 있는 누나의 모습이 들어왔다. 루양은 다시 한 번 어금니를 꼭 깨물며 애써 연주를 계속했지만 끊어졌다 이어지길 몇 번 반복하다 결국 어찌할 바를 모른 채 연주를 그만 멈추었다. 루샤오녠은 뜻밖의 상황에 너무나도 마음이 아픈 한편 화가 치밀어 올랐다.

"너…… 정말……!"

루샤오녠은 이 한마디 외에 다른 어떤 말을 하면 좋을지 알 수 없었다. 이미 짜증이 날 대로 나 있던 루양 역시 루샤오녠의 질책에 화를 참지 못하고서 제멋대로 바이올린을 내려놓은 후 고개를 들어 먼발치를 응시했다. 한동안 멍하니 있던 루샤오녠이 차갑게 외쳤다.

"그래! 그래! 이게 다 내 잘못이다! 바이올린을 너무 숭고한 음악으로 본 게 잘못이 아니라 널 너무 과대평가한 게 내 잘못이야! 매일 거리에서 원숭이가 쇼를 하는 것처럼 떠돌며 아무리 말을 해도 소용이 없으니 완전히 소 귀에 경 읽은 꼴이 됐어! 잘했다 아주 잘했어! 그 정도밖에 안 되는 바이올린 연주를 아버지께 들려 드리다니 아버지는 지하에서도 편히 눈을 못 감고 계실 거야!"

화가 치민 루양이 참지 못하고 외쳤다.

"내가 연주하고 싶어서 한 거야? 전부 누나 방식대로 결정한 추도식이었잖아! 그러니 난 책임 없어! very stupid, very fuuny!"

루양의 입에서 이런 거침없는 소리가 터져 나오자 루샤오녠 역시 자신도 모르게 소리를 버럭 질렀다.

"그만 닥치지 못해!"

이어 그녀가 손으로 동생의 얼굴을 세차게 때렸다. 그녀의 입에서 외마디 소리가 터지며 동생을 때린 자신에 대해서도 놀란 듯 울먹였다. 놀란 것은 루양도 마찬 가지였다. 잠시 멍해 있던 그가 몸을 획 돌려 자리를 떠나자 루샤오녠이 다급한 목소리로 루양을 부르며 쫓아갔다.

"루양! 루양!"

갑자기 두 남매의 발걸음이 멈춰졌다. 그들의 눈에 멀리 떨어지지 않은 거리에서 달빛을 받고 서 있는 한 사람의 모습이 들어왔다. 그들과 같은 집에 살고 있는 리랜드 비센돌프였다.

9

루샤오녠이 그동안 소중하게 보관해 오던 커피세트가 드디어 유용하게 쓰이고 있었다. 하지만 비센돌프의 거실 탁자 위에 놓여 있는 커피는 두 남매와 비센돌프가 마음을 터놓을 수 있도록 돕는 역할을 할 뿐이었다. 지금 이 순간 커피를 마시고자 하는 사람도 없는 데다 이미 너무 늦은 시각이라 커피를 마시기도 부적합했다. 게다가 대화가 점점 무르익어 가면서 화제 역시 어느새 진지하게 변해 있어 분위기는 이미 심각해져 있었다.

"부친께서 작곡한 이 곡에 표제가 있는가?"

비센돌프가 물었다. 그는 상하이말은 알아들을 수 없었지만 음악에 관한 깊은 조예를 바탕으로 조금 전 황푸강에서 발생한 사건의 7, 80%는 대략 짐작하고 있었다.

"있습니다!"

루양이 얼른 대답했다. 비센돌프와 영어로 대화를 하면서 루양은 곡의 제목을 '그날' 이라고 불러야 맞다고 생각했다.

"아버지의 곡은 '그날 : that day' 이라고 불러야 해!"

"아니야! '이날 : this day'이 맞아!"

루샤오녠이 말했다. 그들이 논의하고 있는 것은 아버지가 만든 곡의 적절한 영문 이름이었다.

"그만! '이날'이건 '그날'이건 상관없네! 사실 난 아주 감동했어. 동양인이 창작한 현대음악 작품을 듣게 된 것은 이번이 처음이야. 그 오랜 세월 푸치니의 가곡에 나오는 '쟈스민'이 내가 들은 전부라니 내 무지를 용서해 주게나. 그래서 말인데 루양 군! 다시 한 번 그 곡을 연주해 줄 수 있겠는가?"

"그야 물론 들려 드릴 수 있죠!"

루양이 생각할 겨를도 없이 대답한 사이 또다시 책망하는 시선으로 자신을 바라보고 있는 누나가 보이자 방금 전 강가에서 발생했던 난처했던 상황이 떠올랐다. 하지만 그는 이내 몸을 앞으로 쭉 내밀면서 비센돌프에게 물었다.

"선생님께서도 언젠가 이 곡을 연주해 주실 수 있나요?"

루샤오녠이 흥분된 목소리로 물었다.

"예, 맞아요! 연주해 주실 수 있으세요?"

남매의 얼굴을 바라보던 비센돌프는 이 질문이 그들의 마음속에 얼마나 크게 차지하고 있는지 분명히 느낄 수 있었다. 그가 진지한 얼굴로 대답했다.

"적당한 자리가 마련된다면야 당연히 할 수 있지!"

말을 마친 그는 남매의 표정을 살피며 기쁨의 기색을 기대했다. 이 순간 그는 남매의 아버지가 되어, 아버지로서의 책임을 다해야만 할 것 같았다. 하지만 뜻밖에도 루샤오녠은 전혀 웃지 않았다. 오히려 만감이 교차하는 것 같은 표정이었다. 루양이 그녀의 얼굴을 보고 입을 삐죽이며 얼른 말했다.

"또 시작이군!"

비센돌프는 지금 루샤오녠이 아버지를 떠올리고 있다는 것을 알았다. 그가 이내 화제를 바꾸며 루양에게 물었다.

"이 곡을 연주할 때 무엇보다 중요한 것은 바로 음색이라네!"

루양이 고개를 끄덕이며 대답했다.

"예전에 아버지도 그렇게 말씀하셨어요. 아버지는 바이올린이야말로 인간의 목소리와 가장 흡사한 악기라고 하셨어요. 하지만 선생님! 그런 것은 바이올린의 질과 관련이 있지 않나요?"

"그야, 당연하지! 하지만 그보다 중요한 것은 연주자의 기교에 달려 있네. 전에 러시아를 대표하는 바이올리니스트가 등장했었지만 그가 사용한 바이올린은 모두 훌륭한 제품들은 아니었지!"

그의 말에 호기심이 발동한 루양이 물었다.

"저어…… 이사 오시던 그날 선생님이 바이올린과 이야기하는 것을 본 것 같은데요……. 혹시 선생님은 어떤 바이올린을 쓰세요?"

그가 비센돌프를 올려다보며 다시 물었다.

"세계 최고의 바이올린을 갖고 계신 것 맞죠?"

"그야, 물론이지! 물론이야!"

비센돌프는 루양의 물음이 허공에 채 떨어지기도 전에 대답했다. 루양의 그 어떤 질문보다 빨리 대답했던 비센돌프가 갑자기 침묵했다. 잠시 후 마치 자신의 방금 전 대답에 자문자답하듯 설명하기 시작했다.

"자네 생각에 최고의 바이올린이란 어떤 바이올린인가? 도대체 어떤 바이올린이 최고의 바이올린일까? 자네에게 충만한 자신감과 사랑을 느끼게 하는 바이올린이라면 최고의 바이올린이 될 것일세. 자네가 바이올린을 연주할 때 누가 연주를 하고 있는 것인지 알 수 없게 되면 바이올린은 자네가 되고 자네는 바이올린이 된 것이네. 바이올린은 그런 악기일세! 바이올린은 자네의 세계가 되어 줄 거야. 자네가 바이올린을 사랑하는 만큼 바이올린 역시 그 사랑을 돌려줄 거야. 사실 자네의 사랑은 돌려받을 필요조차 없을 걸세! 그런 때가 되면 바이올린은 이미 자네가 되어 있고, 자네의 영혼이 되어 있을 거야!"

그의 말은 남매가 어떻게 대답하면 좋을지 모를 정도로 엄숙하면서도 추상적이었다. 잠시 후, 자리에서 일어난 비셴돌프가 침실로 들어가 푸른색 벨벳에 싸인 바이올린을 정중하게 들고 나와 세 사람이 둘러앉아 있는 탁자 위에 놓았다.

"이것이 바로 나의 바이올린일세! 내가 '멜라니의 바이올린' 이라는 아주 특이한 이름을 지어 주었지……."

그가 숙연한 목소리로 말했다.

"멜라니의 바이올린요? 무척 생소한 이름인데요! 제가 어렸을 적에 아버지께서 바이올린에 관해 이야기해 주신 적이 있어요. 그 때문에 스트라디바리, 아미티, 과르네리 같은 세계적인 바이올린 제작자들에 대해 아는데 멜라니의 바이올린은 처음 들어 봅니다!"

"흠!"

비셴돌프는 웃으며 대답을 하려 했지만 웃으려 애를 써도 웃음이 나오기는커녕 표정은 더욱 숙연해지기만 했다. 그가 말을 이었다.

"루양 군! 자네가 멜라니의 바이올린에 대해 모르는 것은 당연하네. 멜라니…… 그건 바로 내 딸의 이름이네. 그리고 이 바이올린은 그 아이가 처음으로 만든 바이올린이라네…… 처음이자 마지막 작품이었지! 이것은 그 아이가 내 생일날 만들어 준 선물이었어. 하지만 얼마 후……."

그가 갑자기 말을 멈추었다. 한참 후 마치 꿈을 꾸다 깨어난 사람처럼 손을 허공에 휘이 내두른 후 고개를 들고 말을 이어 갔다.

"그래! 얼마 되지 않아 죽었어! 사람들 손에 죽음을 당했다네!"

말을 이어 가는 그의 모습은 대단히 평온했다. 오랜 시간 동안의 비통함은 이미 비통함을 넘어 자신의 운명을 담담하게 받아들일 수 있는 힘이 되었기에 이렇듯 평온할 수 있었다. 그래서 그는 지금 서로가 마음을 열고 대화를 나누는 이 순간 자신의 무거운 과거를 털어놓기로 마음먹었다.

남부 독일의 수도 뮌헨은 라이프치히와 함께 베를린에 비견할 만한 음악도시였지만 최근 수년 사이 쇠퇴해 가고 있었다. 사실상 리랜드 비센돌프는 독일 음악의 상징적 존재였다. 히틀러가 집권한 지 얼마 안 된 1931년에서 1933년 사이 나치주의자들에 의한 유태인 종족말살 계획이 단계적으로 진행되고 있었다. 다만 유태인들에 대한 박해 단계가 훗날 참혹하게 벌어졌던 그 단계까지 이르지 않았을 뿐 음악계에 있는 유태인들도 그 화를 면해 갈 수는 없었다.

역사적으로나 현실적으로나 독일 음악계에서 유태인 음악가들이 빼어난 실력을 자랑한 것은 틀림없는 사실이었다. 하지만 히틀러의 나치정부의 아리안화(유태인에 대한 대규모 소유권 강제이전)가 공개적으로 진행되면서 수많은 유태인 음악가들이 계획한 연주회가 취소되고 이미 시작된 연주 시즌이 막을 내렸다. 그 후 대부분의 유태인들은 나치 당국에게 사직서를 강요했다. 이런 가혹한 정치 상황은 초기 음악사에 빛을 발한 유태인 혈통 작곡가들의 작품에까지 악영향을 미쳤으며, 시간이 좀 더 흐른 뒤에는 유태인 색채를 띤 비유태인 작곡가들까지 연루시켰다.

하지만 리랜드 비센돌프는 항상 자신은 우선 독일 국민인 후에 그 다음이 유태인이란 생각을 품고 살았다. 자신의 고국을 떠나는 것은 커다란 나무의 뿌리가 송두리째 뽑히는 것과 다를 바가 없다는 생각을 해 온 그였기에 독일을 떠난다는 것은 상상조차 할 수 없는 일이었다. 거기에 예술가로서 정치에 대해 늘 가져 온 순진함과 뒤떨어진 현실감까지 겹쳐져 그는 독일 내 반유태인 운동이 날로 심해지는 가운데서도 은거하다시피 하며 생활을 견뎌 냈던 것이다.

비센돌프를 독일에 남게 한 또 한 가지의 이유는 바로 사랑하는 딸 멜라니였다. 그에게 있어 멜라니는 음악과 함께 삶을 영위하게 하는 이유였다. 비센돌프는 늦게 결혼하여 마흔 살이 되어서야 소중한 딸을 얻게 되었다. 그의 아내가 멜라니를 낳고 숨진 후 그는 자신의 모든 사랑을 딸에게 쏟아 부었다.

멜라니는 똑똑하고 명랑한 소녀로 절대적 음감을 갖고 있었다. 비센돌프는 멜라니를 바이올리니스트로 키울 계획이었지만 멜라니가 열네 살이 되던 해 그녀와 진지한 대화를 마친 그는 자신의 계획을 수정했다. 멜라니가 말했다.

"아빠, 아빠에게 고백할 비밀이 하나 있는데 이제 고백할게요. 사실 전 바이올린 제작을 배우고 싶어요. 그래서 이다음에 훌륭한 바이올린 제작자가 되고 싶어요!"

비센돌프는 한동안 놀라움에 말을 잇지 못하다 다시 물었다.

"멜라니, 그 직업이 여자에게 적합한지 아닌지는 생각해 보았니? 그 일은 무척 힘든 일이거니와 극도의 정밀함을 요구하는 일이란다."

멜라니가 의욕이 넘치는 듯 눈을 반짝이며 대답했다.

"전 그렇게 생각하지 않아요! 전 정말로 그 일이 재미있는 일이라고 생각해요. 훌륭한 바이올린 제작가가 뛰어난 연주가라는 것도 전 알고 있어요. 사실 제작자들의 직감이야말로 가장 핵심 아니겠어요? 전 유명한 바이올린 제작자가 될 거라는 직감이 있어요!"

"직감, 직감이라고? 멜라니! 정말 그 일에 대해 깊이 생각을 하고 말하는 거니? 아니면 직감을 내세워 그냥 해 보는 말이냐?"

"아빠가 연주하시는 것을 지켜볼 때마다 저도 모르게 평생 아빠처럼 바이올린을 잘 켜지는 못할 거란 생각이 들었어요. 하지만 그 반대로 반드시 아빠처럼 유명한 바이올린 제작자가 될 거란 생각은 점점 확고해졌어요. 제가 만든 바이올린, 멜라니의 바이올린이 탄생하는 거죠!"

그렇게 해서 멜라니는 바이올린 제작에 관한 것을 배우기 시작했다. 이미 세계적으로 이름난 바이올린 제작자들을 탄생시키고 역사적으로 유럽 일류 바이올린을 제작한다는 명소에서 바이올린 제작 공부를 시작했다.

1938년, 비센돌프는 58세가 되었고 멜라니는 18살이 되었다. 그의 생일날 새벽, 푸른색 벨벳으로 정성스럽게 싼 케이스가 그의 눈앞에 놓여졌다. 멜라니가 잔뜩 신이 난 얼굴로 케이스를 여는 순간 비센돌프는 놀라움에 환호성을 내지를 뻔했다. 케이스 안에는 정교하게 잘 만들어진 바이올린이 단아한 모습을 뽐내고 있었다.

이것은 멜라니가 아버지를 위해 정성껏 제작한 생일 선물인 멜라니의 바이올린이었다. 바이올린의 모양은 대단히 특이했다. 바이올린의 공명이 이루어지는 울림통 옆에 작은 무당벌레가 검정색과 붉은색으로 그려져 있었다. 부친의 놀란 표정을 본 멜라니가 장난 섞인 말투로 설명했다.

"아빠! 이 무당벌레를 정말 좋아하시게 될 거예요! 이 무당벌레는 바로 저예요. 아빠가 바이올린을 켜실 때면 항상 아빠 얼굴로 바짝 날아갈 거예요. 귀엽죠? 하지만 아빠가 연주에 전념하실 수 있도록 함부로 말썽을 피우진 않을 거예요. 아주 얌전하게 있을게요!"

말을 마친 멜라니가 푸후 하고 웃음을 터트렸다. 행복감을 만끽하고 있던 비센돌프가 말했다.

"그래! 네 말대로 난 이미 이 무당벌레를 사랑하게 된 것 같구나!"

그가 멜라니의 이마에 살며시 입을 맞추었다. 갑자기 그가 심술궂게 장난을 치며 말했다.

"하지만 곤충학에서는 무당벌레가 꼭 사람한테 이로운 곤충은 아니라고 하던데…… 무당벌레 중에는 나뭇잎을 다 갉아먹는 것도 있다던데!"

장난을 치던 부녀는 정답게 웃음을 나누며 서로를 포옹했다. 그해 초겨울(1938년 11월 10일), 나치즘을 표방하는 이들이 전국적으로 유태인 상점과 유태인 교회를 공격하는 유태인 종족말살계획을 전개하면서 순식간에 유태인의 씨를 말리자는 추악한 국가정책이 전 국민을 선동하기에 이르렀다. 유태인의 생명과 재산은 이미 그 누구도 보장할 수 없었다. 며칠 후 저녁, 나치 정부의 문화선전부에 불려 간 비센돌프는 자신이 이미 파면되었음을 공식적으로 통고받는 동시에 그 누구도 자신을 환영하지 않는다는 말을 들었다. 솟구쳐 오르는 울분과 회의감에 휩싸여 귀가한 그의 눈앞에 엄청난 불행이 기다리고 있었다. 멜라니가 성난 폭도들의 손에 죽음을 당한 것이었다.

비센돌프는 가슴이 미어지는 그 광경을 평생 잊을 수 없을 것이다. 후들거리는 다리로 방 안으로 뛰어들어 간 그의 눈에 온통 어질러진 바닥에 소리 없이 쓰러져 있는 멜라니가 들어왔다. 그녀는 자신의 품 안에 바이올린을 꼭 껴안고 있었다. 푸른색 벨벳은 괜찮았지만 안에 들어 있는 바이올린은 이미 부서져 있었다.

그렇게 비센돌프는 망명을 결심했다. 독일에서 스위스를 거쳐 이탈리아로 간 그는 긴 시간을 이탈리아에 머무르면서 멜라니의 바이올린을 수리하기 위해 최선을 다했다. 마침내 그의 소원대로 유명한 바이올린 제작자를 찾아 섬세하고 정교하게 바이올린을 수리했다. 얼마 후 비센돌프는 푸른색 벨벳 천에 잘 싸인 그 바이올린을 들고 상하이로 가는 배에 올랐다.

천장에 매달린 전등이 점차 밝기를 잃어 가며 유리창 역시 점점 투명함을 더해 갔다. 잠시 창밖을 살펴보던 그가 갑자기 루양을 바라보며 엄숙한 표정으로 말했다.

"내 생각으로는 작년과 올해…… 아니 올해는 자네가 바이올린을 배우는 데 있어 가장 중요한 시기가 될 것 같아. 조금 전 강변에서도 들었지만 사실 예전에도 자네가 2층에서 연습하는 것을 들어 보았네. 들을 때마다 자네 왼쪽 손목의 지탱하는 힘이 부족하다는 생각을 했지. 아마 자네가 너무 자주 자세를 바꾸는 통에 힘의 중심이 계속 바뀔 수밖에 없었던 탓 때문일 거야. 게다가 더욱 치명적인 것은 자네의 활 움직임 역시 불안정할 수 있다는 점이네. 손가락 하나하나가 현을 지탱할 때의 위치와 팽팽함에 대해 생각해 본 적이 있는가? 식지와 새끼손가락은 어떠한가? 활법에 대해서는 생각해 본 적이 있는가? 이것은 훌륭한 바이올리니스트가 되기 위한 기교에서 가장 중요한 요인이네. 만약 또다시 바이올린을 가지고 잔재주나 부린다면 그것은 바로 자신을 파멸로 이끄는 길이 될 거야!"

입술을 몇 번 맞부딪친 루양은 길게 한숨을 내쉰 후 한동안 아무 말도 하지 않았다. 오히려 루샤오녠이 더욱 긴장한 시선으로 초조한 듯 두 사람을 번갈아 가며 쳐다보았다. 비센돌프가 다시 말을 이었다.

"루양! 내 말을 잘 듣고 진심으로 성심성의껏 대답해 줄 수 있겠나?"

잠시 멍해 있던 루양이 이내 고개를 끄덕였다.

"자네는 정말 자네 아버님이 생전에 그토록 바라신 대로 일류 바이올리니스트가 되고 싶은가?"

루양이 채 뭐라 대답을 하기도 전에 뭔가 낌새를 느낀 루샤오녠이 벌떡 일어나 흥분한 목소리로 외쳤다.

"널 제자로 받아 주시려는 모양이니까 어서 대답해, 어서!"

놀란 루양이 잠시 비센돌프를 똑바로 쳐다본 후 힘 있게 고개를 끄덕였다. 시원스레 웃음을 터트린 비센돌프가 소파 뒤로 몸을 기대며 확신에 찬 말투로 말했다.

"좋아! 자네에게 정식으로 말해 주지. 내일부터 매주 한 번 교습을 하도록 하세! 구체적인 시간은 나중에 다시 의논하세나!"

전등의 불빛과 햇빛이 서로 섞이면서 우윳빛을 쏟아 냈다. 이어 붉은색 아침 햇살이 벽을 물들였다. 마치 한 잔의 물속에 염료 한 방울을 떨어트리자 주변이 함께 물드는 것처럼 그들 한 사람 한 사람의 얼굴에도 붉은색이 걸려 있었다. 비센돌프가 몸을 굽히며 오랫동안 앉아 있었던 두 다리를 움직였다. 일어나서 전등을 끈 후 여전히 흥분된 상태로 상기되어 남매를 향해 말했다.

"아니 자네들은 졸리지도 않나? 난 늙은 몸이라 지금 몹시 졸리다네! 우리 모두 잠 좀 자야 할 것 같지 않나?"

자리에서 일어난 루샤오녠이 자신도 모르게 두 손을 뻗어 비센돌프의 어깨를 끌어안았다. 그것은 앞으로 자신이 멜라니처럼 그에게 많은 관심과 사랑을 쏟을 것이라는 고백과도 같은 것이었다. 그때, 그녀의 어깨에도 노인의 두 손이 다가왔다. 사랑스럽게 어루만지는 그의 손길을 느끼는 순간 그녀는 자신의 눈시울이 뜨거워지는 것을 느꼈다. 그녀의 얼굴 위로 흐르는 한 줄기 눈물이 간지럽지만 시원스럽게 턱 밑으로 흘러내렸다. 루양의 반응은 사내다웠다.

"정말 열심히 배우겠습니다. 일본 놈들이라면 제가 있으니 아무 걱정 마십시오! 제가 선생님을 정말 안전하게 보호하겠습니다!"

비센돌프가 웃으며 말했다.

"자네는 앞으로 길거리에서 잔재주를 부리지 않겠다고나 약속하게! 그 약속을 지키지 않는다면 자네의 보호 따위는 절대 받지 않을 거야!"

10

비센돌프는 점차 분주하고 생기 넘치는 생활에 적응해 갔다. 여느 봄보다 일찍 온 1941년의 봄이 시작되면서 비센돌프는 중국 강남江南 지역에서만 느낄 수 있는 따사로움을 만끽할 여유까지 갖게 되었다. 상하이에 온 후 처음 맞이하는 이 봄에 그는 나뭇가지를 한껏 늘어뜨린 버드나무와 나뭇가지 끝에 매달려 피어오르기 시작하는 꽃봉오리에 심취했다. 특히 일찍 피기 시작한 복숭아꽃은 산책길에 오른 그에게 사람과 복숭아꽃이 서로에게 전달하는 정감을 느끼게 했다. 수면을 타고 불어오는 습윤한 바람은 햇살 속에도 물기를 머금고 있었다. 골목 깊은 곳 자그마한 공터에 누군가 유채꽃을 잔뜩 심어 두었는지 황금색 유채꽃 위로 춤을 추며 날아다니는 흰색 나비들이 눈을 어지럽혔다.

서쪽에서 동쪽으로 흘러가는 황푸강은 도시 부근에 다다르면 서서히 그 물줄기를 북쪽으로 꺾어 서북쪽에서 동남쪽으로 흘러드는 쑤저우강와 만났다. 쑤저우강 물줄기와 서로 밀고 당긴 끝에 황푸강의 물줄기는 다시 물길을 돌려 동쪽을 향해 흘러갔다. 말없이 도도하게 흘러가는 물줄기는 태풍 속에서도 거센 파도를 만들어 낸 적이 없을 만큼 늘 담담하고 태연했다.

큰 강의 서안西岸은 날씨가 변화막측한 와이탄으로, 상하이 스리양창十里洋場의 기점이었다. 불쑥 솟아 있는 따칭종(大淸鍾 : 빅벤을 연상하게 하는 큰 시계)과 황푸탄 위에 위풍당당하게 세워진 유럽식 건축물들을 보며 비센돌프는 도나우강이 가로지르는 부다페스트 양안의 멋진 풍경을 떠올렸다.

또 한 가지 인상 깊은 것은 바로 쑤저우강이었다. 쑤저우강을 처음 보았을 때 비센돌프는 놀라움에 잠시 할 말을 잃었었다. 쑤저우강은 그야말로 더러움 자체였다. 제방 밑으로 가지각색의 온갖 쓰레기와 수초가 잔뜩 쌓여 있어, 강물이 흔들릴 때마다 서로 부딪치는 쓰레기 더미 사이로 녹색 강물이 보였다. 강물이 이렇게 더러워진 원인 가운데 일부는 쑤저우강이 너무 많은 일을 하기 때문이었다. 쑤저우강은 부지런하고 생기가 넘치는 강이었다. 수많은 사람들이 인공적으로 지류를 끌어다가 골목과 골목으로 연결시켜 사용하면서 쑤저우강이 닿지 않는 곳은 없었다.

새벽 시간, 거대한 검은색 유리 같은 강물 위로 감청색과 감귤색이 혼합된 하늘이 조용히 이동했다. 강가에 즐비하게 늘어서 있는 범선과 강변 위에 빼곡하게 들어서 있는 건물들의 윤곽이 수면 위에 그대로 반사되었다. 수많은 선박들이 강물 중앙에서 오가는 좁다란 수로를 그려 내고 있었고, 수로 위로는 원근 교외와 쑤베이蘇北 시골 마을에서 운반해 온 야채와 쌀 등의 농산물을 실은 배가 오갔다.

밤이 되었다! 밤은 마치 커다란 장벽처럼 선박 위에 사는 사람들로 하여금 강변에 살고 있는 사람들의 존재를 잊게 했다. 배 위에 불이 켜지고 저녁을 준비하는 손길이 분주해지면 일용품을 싣고 팔러 나온 작은 배들이 물고기가 헤엄을 치듯 선박 사이를 돌아다녔다. 사람들 끼리 주고받는 말소리와 개와 고양이가 우는 소리 위에 어느 배 위에 서 들려오는지 모를 구성진 노랫가락까지 더해지면 배 위에서 생활하 는 사람들의 고되지만 자적한 생활모습이 강변으로 그대로 전해졌다. 강변을 걷던 사람들이 자신도 모르게 가던 발을 멈추고 서서 호기심 어린 눈빛으로 그들을 쳐다보다 혹시 지금 이웃의 안방을 자신도 모 르게 훔쳐보고 있는 것이 아닌가라는 생각에 멈칫거리기도 했다.

"난 황푸강은 상하이라는 이 거대한 도시의 아버지이고 쑤저우강 은 어머니라고 생각한단다. 황푸강은 사람들에게 상상력을 불러일으 키는 반면 쑤저우강은 사람들에게 현실적인 태도를 갖고 생활에 직면 하는 법을 가르치고 있어."

비센돌프가 루샤오녠과 루양에게 진지한 어투로 자신의 느낌을 설 명했다. 사실 그의 말속에는 나름대로의 이치가 담겨 있었다. 그것은 자세히 생각해 보면 세계의 신조류와 유행을 추구하는 동시에 항시 현실에 발을 딛고 서서 꼼꼼하게 따져 보는 것 또한 잊지 않는 것이 상하이 사람이었기 때문이었다. 이런 점은 유태인과 흡사한 부분이라 해도 과언이 아니지 않을까?

상하이공부국교향악단과 비센돌프가 협연하는 첫 독주회가 4월 초 순으로 결정되었다. 교향악단의 지휘자인 마에스트로 피아치가 날짜 를 앞당기자는 제안을 하였지만 비센돌프의 고집을 꺾지 못하고 결국 양보했다. 비센돌프는 한동안 손을 놓다시피 한 연주기법에 관한 연 습을 철저히 해야 한다는 생각과 함께 교향악단 역시 연주기법에 대 해 많은 연습을 해야 한다고 판단했다.

그는 19세기 작곡가 멘델스존의 E 단조 바이올린 협주곡을 독주회 에서 가장 먼저 연주하기로 결정했다. 그 이유는 멘델스존이란 작곡가가 박학다식하고 고상한 품위를 갖고 있는 데다 음악교육과 사회활동을 열성적으로 전개했던 사람이었음에 있었다. 게다가 작품을 통해 사람의 마음을 움직이는 음악가로서 유태인의 혈통을 갖고 있는 것도 한 이유였다. 상하이에서 개최하는 첫 음악회에서 멘델스존의 작품을 하기로 것은 비센돌프에게 있어 전후 맥을 잇는 것은 물론 자신의 예술적 생명을 이어 가고자 하는 데 꼭 필요하기 때문이었다.

　비센돌프는 여지껏 살아오면서 지금처럼 자신이 유태인이란 것을 의식해 본 적이 없었다. 독일에서 살 때, 그는 예술적 성공을 통해 사람들의 존경을 한 몸에 받는 유명 인사였지만, 하루아침에 만신창이가 된 지금의 신세는 사건이 발생하기 전까지 그 누구도 예상치 못한 일이었다. 이 사건은 2천 년을 넘는 역사를 끊임없이 거슬러 올라가야 할 만큼 복잡한 일이었지만 유태인이라는 한마디로 간단하게 모든 것을 대신했다. 유태인, 유태인! 그 소리는 운석을 깨뜨리고 남을 만큼의 거대한 외침으로 그의 가슴속에 출렁이는 파도를 만들었다. 그래서 그는 홍커우에 가면 꼭 요나스의 손을 잡고 화더루에 있는 모세유태인회당에 찾아가 잠시 머물렀다. 비센돌프는 상하이 유태인들이 갈 수 있는 유태인 교회당 가운데 러시아 건축설계사가 디자인한 작고 우아한 양식의 4층 건물을 특히 좋아했다. 회당 앞에 있는 꽃밭에서 생각을 정리하고 2층과 3층의 복도에서 주변 길가의 풍경을 내려다보는 대신 그는 1층 기도실 앞에 놓인 성궤 앞에 그저 한동안 앉아 있을 뿐이었다. 성궤는 튼튼하고 아주 무거운 직사각형으로, 장엄하면서도 무척이나 화려하게 만들어져 있었다. 그것만 보아도 현세를 살아가고 있는 사람들이 세속의 심미적 감각을 신앙 위에 쏟아 붓는 태도를 알 수 있었다. 마치 벽 속에 준비된 페치카(pechka : 러시아와 만주를 비롯한 극한 지방에서 쓰는 난방 장치)처럼 감실(龕室 : 신상이나 위패를 모셔 두는 곳) 깊은 곳에 놓인 성궤에서 암갈색 광채가 은은히 뿜어져 나오고 있었다. 사실 유태인회당에 성궤를 마련한 것은 예루살렘 성전에서 사라진 하느님의 성궤를 대신하기 위한 것으로, 하느님께서 선택하신 백성들과 함께하신다는 증표였다. 비센돌프는 이미 60세가 넘은 자신의 마음속에 뭔지 모를 무언가가 새롭게 싹터 오르는 것을 느꼈다. 회귀라고 해도 상관 없었다. 모든 것이 그에게 평온한 행복을 전해 주고 있었다.

그 밖에 루샤오녠, 루양 남매와 날이 갈수록 친밀해지며 느끼는 가족 간의 충만함은 음악도 대신할 수 없는 것이었다. 루양은 비센돌프에게 비센돌프 할아버지라는 의미의 라오웨이란 중국 이름을 선사했고 라오웨이가 갖고 있는 의미를 알고 난 후 비센돌프는 그 이름을 흔쾌히 받아들였다. 비센돌프는 루양에게서 이전의 해이했던 모습이 사라지고 자신의 요구대로 바이올린 연습을 열심히 하는 단호한 모습을 보며 놀라움을 금치 못했다. 2층에서 루양이 연습하는 소리가 들려올 때마다 자신도 모르게 하던 일을 멈추고 모든 청력을 그 소리에 기울인 것이 몇 번인지 몰랐다. 심지어 어떤 때는 스스로 참지 못한 채 방문을 열고 나가 2층을 향해 소리쳤다.

"감정이 지나치게 실려 있어!"

"활을 당기는 힘에 주의하도록 해!"

그런 일이 있고 나면 즐거운 저녁식사가 준비되곤 했다. 그런 식사는 외식보다는 집 안에서 다 함께 식사를 즐기는 형식으로 이루어졌다. 장소는 2층 혹은 1층이었다. 그는 루샤오녠이 훈둔(餛飩: 중국 남방의 만두)을 잘 빚은 다음, 잘 익은 훈둔을 김과 야채, 말린 새우를 넣은 그릇에 잘 담아 자신과 루양 앞에 내놓는 것을 신기한 듯 쳐다보았다. 그는 이미 예전에 친구의 소개로 만두를 먹은 적이 있었다. 친구는 그에게 만두는 중국 북방 사람들이 먹는 것으로 상하이에서는 간식용이라고 설명했었다. 비센돌프는 간식으로 먹는다는 물만두와 별 차이가 없는 훈둔이 주식으로 간주되는 이유를 알 수 없었다. 그가 남매에게 유일하게 대접을 한 것은 어렸을 적에 자신의 어머니가 해 주었던 보르스치(borsch : 고기와 야채를 넣은 러시아식 수프)였다. 그는 자신의 어머니가 일부러 양파를 잘게 썰어 프라이팬에 오랫동안 익힌 다음 보르스치가 거의 다 되었을 즈음에 약간 누렇게 탄 양파조각을 수프 안에 넣고 다시 몇 분 동안 끓였던 것을 기억했다. 냄비 뚜껑을 열었을 때 나는 보르스치의 짙은 냄새가 입맛을 돋우었다.

아무튼, 비센돌프는 수년간의 격랑을 헤치고 마침내 완전한 생활을 할 수 있게 되었다. 다만 한 가지 마음에 걸리는 것이 있다면 그것은 일본인들이 자신에게 갖고 있는 관심과 환대였다. 그는 자주 알 수 없는 곤혹감에 시달렸다. 특히 일본이 중국에서 항일전쟁을 전개하고 있다는 현실을 알고 난 후부터는 더욱 그랬다. 하지만 그는 스스로를 위로할 수 있는 해답도 갖고 있었다. 그것은 바로 음악이었다. 그는 음악에는 전 세계 모든 사람들을 서로 이해하고 대화할 수 있게 하는 힘이 있다고 확신했다. 음악은 하느님께서 인류를 구원하시려는 최후의 도구임이 분명했다. 그가 아이즈 야스히로에게 상당한 호감을 느끼고 있는 것도 바로 그러한 이유 때문이었다. 그날 파티 이후 그들은 한 차례 더 만남을 가졌었다.

"선생님을 만나 뵐 때마다 어떤 신분으로 선생님과 대화를 해야 할지 자문하게 됩니다. 제게는 음악가와 서양인사부의 부장이라는 두 가지 신분이 있습니다만, 전자는 선생님 앞에 내놓기 너무 민망하고, 후자의 신분은 저 역시 아직 적응이 안 된 상태라 어려움이 많습니다. 게다가 명령에 따라 움직일 일이 많다 보니 아무래도 선생님이 불쾌하실 일도 피할 수 없을 것 같습니다."

"이번에 오신 게 사적인 일이 아니라 공적인 일이라는 말로 들리는 데요?"

비센돌프가 웃으며 말했다.

"이해해 주셔서 감사합니다!"

야스히로가 웃음을 거두며 말했다.

"제 생각에는 지금 이 집보다 좀 더 나은 집으로 이사를 하시는 게 좋을 것 같습니다! 제가 있는 힘껏 도와 드리겠습니다."

"이것도 윗분의 명령입니까?"

"아니, 아닙니다! 명령이라니요? 그냥 그렇게 하는 게 선생님께 더 좋지 않을까 해서 제의를 하는 것입니다!"

야스히로가 연신 고개를 가로저으며 대답했다.

"선생님의 신분에 걸맞은 주택에서 사셔야지요! 홍커우로 집을 옮기시는 것이 어떻겠습니까?"

이런 대화가 오간 사실을 비센돌프가 루샤오녠 남매에게 전할 리 만무했지만 이와 비슷한 대화가 이미 루샤오녠과 야스히로 사이에 오간 것도 그는 알지 못했다. 루샤오녠 남매 역시 비센돌프에게 아무 말도 하지 않았지만 이런 대화는 앞으로 그들이 함께 직면해야 할 고통이 다가오고 있음을 예고하고 있었다.

어느 날, 야스히로는 루샤오녠을 만나기 위해 혼자서 프랑스조차지에 위치한 천주교 후원 츠지 보건소를 찾아갔다. 그는 사람들이 많이 오가는 현관 앞에 서서 그녀를 기다렸다. 누군가 자신을 만나러 왔다는 전갈을 들은 루샤오녠은 누구인지 의아해하면서 서둘러 하던 일을 마쳤다. 걸음을 옮기며 간호 모자를 벗던 그녀는 먼발치에서 자신을 기다리고 있는 사람을 보고 무의식중에 걸음을 멈추고 주저했다. 잠시 머뭇거리던 그녀가 다시 걷기 시작했을 때 그녀는 이미 자신을 찾아온 불청객이 누구인지 짐작하고 있었다.

"혹시 아이즈 야스히로 부장님 되시나요? 절 찾아오신 분 맞죠?"

머리 위에 쓴 흰색 간호 모자를 벗자 아름다운 머리카락이 출렁이며 내려왔다.

"그런데 무슨 일로 절 찾아오신 거죠?"

야스히로는 그녀의 물음에 즉시 대답하지 않고 웃음을 띤 채 호감 어린 표정으로 그녀를 살펴보았다.

"그냥 아가씨를 좀 만나 보려고 왔습니다!"

"절 보러 오셨다고요? 일본 정부의 서양인사부 책임자가 절 그냥 만나러 오셨다는 말씀이세요?"

"제 직책까지 알고 계시다니 놀랍습니다!"

야스히로의 얼굴에 또다시 놀라움의 빛이 스쳐 갔다.

"역시 제 짐작대로 아름답고 똑똑한 아가씨인 것 같습니다. 그래서 리랜드 비센돌프 선생님께서 이사하라는 권유를 뿌리치셨나 봅니다!"

루샤오녠은 잠시 어리둥절했다.

"뭐라고요? 선생님이 이사를 할 생각이시라고요?"

"저희가 선생님께 더 좋은 집으로 이사를 가면 어떻겠느냐고 제안했습니다. 저희는 세계 제일의 바이올리니스트의 격에 맞는 좋은 숙소를 제공할 수 있습니다. 게다가 저희는 앞으로 그분과 문화적으로나 예술적으로 많은 협력을 기울일 계획을 갖고 있습니다. 이 모든 게 선생님의 미래를 위한 배려에서 나온 것입니다."

루샤오녠은 더욱 이해할 수 없었다.

"그런데 방금 선생님께서 이사하라는 일본 정부의 요구를 거절하셨다고 했나요?"

야스히로가 웃으며 대답했다.

"요구를 한 게 아니라 제안을 드린 겁니다!"

"제안이라고요?"

루샤오녠이 자신도 모르게 그의 말을 따라했다.

"그것 때문에 절 찾아오신 건가요? 저희 남매더러 선생님을 설득해 달라고 찾아오신 거예요? 이것 역시 제안입니까?"

야스히로가 돌아간 후 루샤오녠은 제대로 일을 할 수가 없었다. 처음 루양이 말한 것처럼 비센돌프 때문에 일본인들만 끌어들인 것은 아닐까 하는 의구심마저 들었다. 그녀는 퇴근 시간까지 기다릴 수 없었다. 아직 퇴근 시간이 아니었지만 그녀는 핑계를 대고 얼른 보건소를 빠져나와 루양이 있는 거리로 갔다. 그녀는 루양이 바이올린 연주를 하는 고정된 장소를 알고 있었다. 발걸음을 재촉하는 그녀의 마음은 내내 불안하고 초조하기만 했다. 하지만 루샤오녠의 말을 전해 들은 루양은 오히려 별일 아니라는 듯 느긋하게 웃음을 지으며 말했다.

"그깟 일본 놈의 말 한마디에 잔뜩 겁을 집어먹을 게 뭐 있어? 겁쟁이 같으니!"

"야!"

그녀가 빠른 걸음으로 루양을 쫓아가 나란히 걸으며 말했다.

"겁쟁이라고? 내가 이렇게 걱정하는 이유가 뭔데? 바로 우리 집이랑 널 위해 이렇게 걱정하는 거야! 아버지의 모든 꿈이 네 어깨에 걸려 있다는 것을 몰라서 그래? 게다가 넌 그때 집 밖으로 당장 나가라며 일본인들하고 하마터면 싸울 뻔도 했잖아!"

"그때는 내가 뭘 잘 몰라서 그랬지! 내 생각에는 지금 일본 놈들이 비센돌프 할아버지를 자기 편으로 끌어들이려고 잔뜩 비위를 맞추고 있는 것 같아! 그놈들이 겁을 줘도 할아버지는 눈도 깜짝 안 할 텐데 우리가 겁을 낼 게 뭐 있어?"

"그래도 일본인들이 괴롭히면 어떡해?"

"흥! 그깟 일본 놈들 난 하나도 안 무서워!"

루양의 태도에 점차 전염이 된 듯 루샤오녠도 서서히 여유를 되찾았다. 길을 가던 루양이 고개를 돌려 루샤오녠을 바라보며 말했다.

"황푸강 강가에 갔던 그날 밤, 할아버지는 숲속에서 자리를 뜨지 못한 채 한참을 계셨어."

루양이 말을 꺼낸 후 두 사람은 더 이상 말 없이 그냥 길을 걸었다. 한참 후 루샤오녠이 웃으며 말했다.

"말하는 게 어른 같은 게 네가 갑자기 다 커 버린 느낌이야. 정말 남자들끼리는 대화가 더 잘 통하는 걸까?"

말을 주고받으며 길모퉁이의 일본인 잡화점을 지날 때 루양이 걸음을 멈추었다.

"누나! 내가 저 주인 놈하고 얘기 좀 하고 올 테니 여기서 조금만 기다려 봐!"

루양이 말을 끝낸 후 바이올린을 어깨에 걸쳐 메고는 잡화점을 향해 걸어갔다. 이유를 알 수 없는 루샤오녠이 멀찌감치 서서 루양을 기다렸다. 잠시 후 일본 주인 남자가 일본어 억양이 섞인 상하이말로 욕을 하는 게 들려왔다.

"썩 꺼지지 못해! 당장 꺼져! 이 쥐새끼 같은 놈! 당장 내 눈에서 멀리 사라져! 사라지라고!"

루양이 돌아왔다.

"도대체 무슨 짓을 한 거야?"

루샤오녠이 물었지만 루양은 아무 대답도 하지 않았다. 다시 모퉁이를 돌자 그가 소매 안에서 배를 두 개 꺼내어 한 개를 루샤오녠에게 건네주었다. 의기양양한 모습으로 배를 들어 올린 후 방금 전 자신에게 소리를 지른 일본인의 말투를 흉내 내며 소리 질렀다.

"당장 꺼져! 이 쥐새끼 같은 놈! 당장 내 눈에서 멀리 사라져!"

두 사람 모두 깔깔거리며 웃음을 터트렸다.

11

사무실에 앉아 있는 게미츠 대좌는 어제 비서가 준비해 둔 신문 뭉치를 하나하나 살펴보고 있었다. 신문에 실린 리랜드 비센돌프와 상하이공부국교향악단이 협연하여 바이올린 독주회를 개최한다는 글과 사진의 밑에는 빠짐없이 빨간 줄이 그어져 있었다. 음악에 대해 문외한인 게미츠 대좌는 잠시 후에 있을 비센돌프와의 만남에서 실없는 소리를 하지 않기 위해 대충이라도 신문을 훑어보고 있는 참이었다.

시간은 정말 빨리 흘러갔다. 지난번 일본인클럽에서의 파티가 열린 지 이미 한 달이 지나고 있었다. 게미츠 대좌는 상하이에 망명한 세계 최고의 바이올리니스트가 순조롭게 적응하고 있는 것은 모두 일본인들이 상당히 중요한 역할을 했기 때문이라고 생각했다. 세상에서 친구가 되지 못할 사람은 없다! 그는 '친구'라는 관계에서 무엇보다도 중요한 것은 이익과 존중이라고 생각했다. 자신이 이미 리랜드 비센돌프의 입장과 체면을 배려한 만큼 리랜드 비센돌프 역시 자신에게 그만큼의 배려를 해야 할 것이여 지금이야말로 그가 자신을 위해 뭔가를 해 줘야 할 시기라고 생각했다.

리랜드 비센돌프가 정시에 도착하자 사무용 탁자 뒤에 앉아 있던 대좌가 웃음으로 그를 맞이했다.

"하하! 이것 좀 보십시오! 상하이에서의 첫 독주회가 성공한 것을 축하드립니다!"

그가 탁자 위를 손가락으로 가리키며 말했다. 탁자 위에는 일본어, 영어, 중국어, 독일어로 된 신문이 모두 놓여 있었다. 게미츠 대좌가 비센돌프에게 자신의 맞은편 의자에 앉으라고 권한 후 부드럽지만 권위적인 말투로 이야기를 꺼냈다.

"이곳에서의 모든 일이 잘 풀리고 있는 것 같아서 정말 다행입니다!"

"모든 것이 게미츠 대좌님과 야스히로 부장님의 도움 덕택입니다."

게미츠 대좌가 별것 아니라는 듯 대답했다.

"저희가 무슨 도움을 드렸다고 그러십니까! 모든 게 다 비센돌프 선생님께서 워낙 유명한 분이라 그런 거지요! 좋은 시작은 이미 절반의 성공을 거둔 것이나 마찬가지인 만큼 선생님께서 상하이에서 좋은 시작을 할 수 있게 되어 우리 일본인들은 정말 기쁩니다."

게미츠 대좌의 말속에 숨겨진 뜻을 알아채지 못한 비센돌프가 곧바로 그의 말을 이었다.

"언젠가 게미츠 대좌님의 관심에 보답할 수 있기를 바랄 뿐입니다."

비센돌프의 말은 대좌가 원하던 대답이었다. 그의 행동이 한층 더 권위적으로 바뀌었다.

"야스히로 부장은 다시 만나 보셨습니까? 야스히로 부장이야말로 선생님의 절친한 친구가 되길 간절히 바라는 것 같았습니다!"

잠시 말을 멈춘 그가 자리에서 일어났다.

"말이 나온 김에 한마디 더 하겠습니다. 제게 생각이 하나 있는데, 아마 선생님께서 상하이에서 보다 많은 영향력을 갖게 되시는 데 도움이 될 것 같습니다. 선생님께서 야스히로 부장과 공동연주회를 개최하신다면 많은 사람들이 좋아할 것입니다. 선생님께서 허락만 하신다면 모든 일은 저희 측에서 준비하겠습니다."

비센돌프는 생각지도 못한 급작스런 제의에 순간 어떻게 대답할지를 몰라 망설였다. 대좌가 다시 말을 이었다.

"세계 제일의 바이올리니스트인 선생님께서 야스히로 부장과의 연주회를 개최하신다면 선생님의 명성에 다소 누가 될 수 있겠지만 그의 실력은 이미 들어 보시지 않으셨습니까? 어떻습니까? 야스히로 부장의 연주 실력도 그만하면 쓸 만하지 않았습니까?"

말을 마친 그가 크게 웃기 시작했다. 입장이 난처해진 비센돌프가 잠시 침묵을 지킨 후 입을 열었다.

"지금 당장 이 자리에서 대답하기는 어려울 것 같습니다. 게다가 상하이공부국교향악단 사람들과도 상의를 해 봐야 할 것 같습니다."

"그야 선생님의 생각이 중요하지 그깟 사람들의 말이 뭐가 중요하겠습니까?"

게미츠 대좌가 책상을 돌아 나와 비센돌프의 뒤로 걸어간 후 말했다.

"제 계산이 맞는다면 최근 2년 동안 상하이에서만 3만 명이 되는 유태인들을 받아 주었고, 대부분의 유태인난민들이 우리 일본인들이 맡고 있는 훙커우에서 살고 있을 겁니다! 그 때문에 제가 아주 걱정이 많답니다. 그래서 유태인에 관해 배워 둬야 할 것도 정말 많습니다. 여기를 좀 보십시오!"

그가 벽 가까이에 놓인 책상 위를 뒤적이다 소리를 지르자 비서가 달려와 얼른 몇 권의 책을 대신 찾아 주었다.

"이것을 좀 보십시오!"

그가 책을 뒤적이며 말했다.

"유태인들의 최대 장점이 바로 생존을 위한 환경적응능력이라고 하는군요! 이 책에서는 모든 유태인들에게서 찾아 볼 수 있는 가장 두드러진 특징이 고집과 인내 그리고 지혜라고 말하고 있습니다. 선생님은 음악가이시니 이 세 가지 외에 이상理想이라는 한 가지를 더 갖고 계시겠죠? 흐흠! 하지만 전 선생님께서 이상 때문에 괜한 고집을 내세우지 않았으면 합니다! 따라서 전 선생님께서 이미 상하이를 잘 알고 계신 데다 앞으로 음악가로서 어떻게 활동할 것인지에 대한 계획도 잘 세워 두셨으리라 믿습니다."

비센돌프는 그제서야 대좌의 우회적인 말속에 담긴 뜻을 이해했다. 이 모든 것이 오페라의 전체 흐름을 암암리에 비춰 주는 오페라의 서곡처럼 느껴졌다. 야스히로가 이사를 제안한 것까지 포함하여 비센돌프는 일본인들의 마음속에 자신이 어떤 특정한 이미지로 부각되어 있는지를 확실히 느꼈다. 그 이유 때문에 그들은 자신의 이미지를 이용하여 뭔지 모를 목적을 달성하고자 하는 것이 확실했다. 일본인들은 도대체 이것을 통해 뭘 하려는 것일까? 비센돌프는 적절한 때를 찾아 야스히로에게 물어봐야겠다고 생각했다.

12

난민수용소에 중국어 교습반을 만드는 일은 아주 순조롭게 진행됐다. 코흐나와의 면접이 있은 지 보름쯤 후에 교습반이 정말 열리게 되었다. 수용소에서도 충분히 홍보를 했고, 상하이에 있는 몇몇 유태인 신문사에서도 광고를 게재했다.

교습반은 저녁 식사를 마친 후 대식당에서 진행됐으며 한 번에 한 시간에서 한 시간 반 동안 공부하기로 결정됐다. 후반 30분은 대화식의 프리토킹으로 구성됐다. 원래 수용소에서는 한 번에 두 시간씩 하길 원했지만 루샤오녠이 반대했다. 그녀는 중국어를 배우려는 사람들 대부분이 중년으로, 2시간을 연속해서 배운다는 것은 하루 종일 힘들게 일을 하고 돌아온 사람들에게 너무 버거운 과정이라고 주장했다.

교습반이 문을 연 첫날, 루샤오녠은 가슴이 두근거리며 흥분되는 것을 느꼈다. 사실 많은 시간을 들여 학습내용을 준비하지는 못했다. 마커스 부인을 가르쳐 본 경험이 있었기 때문에 노련한 선생님이라고 자랑할 수는 없어도 최소한의 자신감은 갖고 있었기에 평상시와 마찬가지로 이른 새벽 프랑스조차지 내의 츠지 보건소로 출근했다. 그녀는 첫 번째 주에 있을 두 번의 수업에서 20여 개의 명사와 네다섯 개의 동사를 가르치기로 마음먹었다. 두 번째 주엔 이미 배운 기초를 이용해 내용을 확대하여 좀 더 많은 것을 가르치기로 했다. 앞으로 실용적인 것을 위주로 배우는 사람들이 흥미를 잃지 않도록 내용을 늘리거나 줄일 계획도 세웠다. 형용사 부분에서 생략 가능한 부분은 생략하기로 했다. 형용사는 각각 세분화하여 나중에 심도 있는 설명을 하기로 했다. 특히 중국어처럼 역사가 길고 세분화된 언어에서 형용사는 가장 배우기 어려운 부분 중의 하나이기 때문에 지금 당장 말을 해야 하는 급박한 난민들에게 있어 절실한 부분은 아니라고 생각했다.

오후 퇴근 시간이 되어 간호반장과 인사를 나눈 루샤오녠은 곧 옷을 갈아입고 거리로 나왔다. 그제서야 그녀는 자신이 미처 생각지 못한 문제에 부딪친 것을 깨달았다. 오늘 오후 프랑스조차지와 공공조차지 경계 주변에서 발생한 반일시위로 인해 한창 퇴근 시간인 지금 도로는 꽉 막혀 있었다. 전차들은 모두 길 중간의 철로 위에 선 채 꼼짝도 하지 않고 있었고, 평상시에 부르기만 하면 탈 수 있었던 인력거들 역시 모두 손님들을 태우고 있었다. 간혹 빈 인력거가 지나가기도 했지만 그녀가 훙커우에 있는 화더루에 간다는 말을 하기가 무섭게 손을 내두르며 오던 길을 돌려 다른 손님에게로 달려갔다.

루샤오녠이 인력거를 잡기 위해 큰길에서 소리를 지르며 걷는 사이 시간도 빠르게 흘러갔다. 손목시계를 보니 수업시간까지 채 30여 분밖에 남아 있지 않았다. 지금부터 아무리 빨리 뛰어간다 해도 시간을 맞추는 것은 거의 불가능했다.

"수업 첫날부터 지각을 하다니…… 창피해서 이 일을 어쩌면 좋아!"

그녀는 조바심에 가슴이 바짝바짝 타들어 가고, 눈물까지 흘러내릴 것만 같았다. 그녀가 손님을 태우지 않은 인력거를 어렵사리 찾아 얼른 그 앞을 막아 세웠다. 하지만 그녀가 훙커우 화더루로 가자고 하자 인력거꾼은 이내 고개를 설레설레 흔들며 얼른 자리를 떠나가 버렸다. 그녀의 초조함이 절망으로 변하면서 눈물이 주르르 흘러내렸다. 어떡하면 좋을지 몰라 하는 그녀의 옆에 갑자기 자전거 한 대가 멈춰 섰다. 이어 한 남자의 경쾌한 영어가 들려왔다.

"이보세요! 제가 도와 드릴까요?"

고개를 돌리자 자신의 곁에 자전거를 세우고 있는 외국인이 보였다. 자전거를 멈춘 후에도 자리에서 내리지 않은 채 두 다리로 땅을 짚고 자전거를 끌며 루샤오녠의 걸음을 따라왔다. 루샤오녠이 길가로 얼른 몸을 피한 후 그와 1미터쯤 거리를 두었다. 자전거에서 내린 외국인 청년이 자전거를 끌며 빠른 걸음으로 다가와 말했다.

"조금 전에 인력거꾼에게 훙커우 화더루에 간다고 말하는 걸 들었습니다. 마침 저도 그쪽으로 가고 있으니 불편하시지 않다면 같이 가시죠?"

마침내 루샤오녠이 걸음을 멈추고 신속하게 외국인 청년을 훑어보았다. 그녀는 자신도 모르게 심장이 마구 뛰는 것을 느꼈다. 자신의 눈앞에 서 있는 젊은 남자는 말 그대로 잘생긴 외모의 준수한 청년이었다. 편안해 보이는 검은색 바지에 가죽구두, 큼직해 보이는 외투에 어깨에는 큰 책가방을 대각선으로 메고 있었다. 자연스럽게 헝클어져 있는 그의 아이보리색 머리카락은 거칠면서도 고상하이 보였다.

"조차지 주변에서 반일시위가 매번 발생하는 통에 인력거꾼들이 훙커우에 가길 꺼려한다는 것을 아직도 모르십니까? 시위가 심할 때는 전차도 가지 않는걸요!"

청년이 말했다. 그는 루샤오녠의 얼굴에 의심의 빛이 가득한 것을 보고 다시 말을 이었다.

"혹시 그거 아세요? 지난달 시위가 있을 때 자신의 인력거 뒤에 누가 반일구호를 붙여 놓은 줄 모르고 손님을 실은 채 홍커우로 갔던 인력거꾼이 일본 헌병의 총에 맞아 그 자리에서 죽었잖아요!"

그의 말에 마음이 움직이긴 했지만 루샤오녠은 여전히 부끄러웠다. 그의 자전거를 얼핏 살펴보니 썰렁한 게 보조 의자조차 없는 것이 아닌가? 청년이 갑자기 진지한 표정과 말투로 그녀에게 다그치듯 말했다.

"저 그렇게 나쁜 사람 아니니까 얼른 타세요! 사실 아까부터 거리에서 초조하게 서 있는 걸 봤거든요!"

"뭐라고요? 아까부터라고요?"

"저희 사무실이 저기 저쪽 건물 윗층에 있습니다. 제가 사무실에서 나오기 전부터 창문으로 아가씨를 보고 있었습니다!"

그가 고개를 돌려 저만큼 떨어진 곳의 건물을 가리켰다.

"저…… 그럼 성함이……."

"전 XMHA 상하이 유태인방송국에서 프로그램을 진행하고 있는 게리 슈나이더라고 합니다."

정시에 화더루에 있는 난민수용소 식당에 도착한 루샤오녠은 기다란 의자에 빽빽하게 앉아 있는 사람들을 보고 긴장하기 시작했다. 수업을 들으러 온 사람들 중에는 아무렇게나 차려입은 노동자와 한눈에 보기에도 가정주부 같은 사람들이 섞여 있었다. 하지만 그 속에 학식이 뛰어나 보이는 점잖은 신사들이 섞여 있는 것은 그녀의 예상 밖이었다. 나중에야 그녀는 그들이 상하이로 망명을 하기 이전에 교수나 변호사를 한 사람들이라는 것을 알았다. 상하이에 온 후 자신에게 맞는 적합한 직업을 찾지 못한 사람들이 어려운 환경 속에서 노동력을 바탕으로 생계를 도모하고 있었다. 루샤오녠이 오는 것을 본 코흐나가 마치 큰 짐을 벗어 버린 듯 반갑게 달려오며 외쳤다.

"드디어 오셨군요! 정말 다행입니다! 사람들마다 쑤저우강 쪽의 교통이 꼭 막혀서 화위엔챠오花園橋를 지날 수 없다고 야단법석이었는데 루샤오녠 양은 어떻게 무사히 오셨습니까?"

루샤오녠은 게리 슈나이더의 자전거 앞에 끼어 타고 왔다는 소리를 차마 하기 쑥스러운지 우물쭈물하며 대답을 대충 넘겼다. 이어 그녀는 코흐나의 질문을 받으며 점점 더 긴장하고 있었다. 게다가 알고 보니 슈나이더 역시 난민수용소에 용무가 있었다. 함께 자전거를 타고 오며 이야기를 하는 가운데 그가 이제 막 수업을 시작한 중국어 교습반에 관한 인터뷰 때문에 오는 것이라는 것도 알게 되었다. 헤어질 때 게리 슈나이더가 말했다.

"루샤오녠 씨는 잘할 수 있을 겁니다. 여기 모인 사람들 모두 루샤오녠 씨를 좋아하는 것을 느낄 수 있었습니다!"

그녀가 애원하듯 말했다.

"제발 제 강의는 듣지 마세요! 뭔가 필요한게 있으면 코흐나 씨가 다 알고 있으니 그분을 찾아가도록 하세요. 아주 재미있는 분이세요. 수용소 사람들은 모두 그분을 뱀부라고 부르고 있어요!"

"그분이라면 예전부터 이미 잘 알고 있습니다! 하지만 전 루샤오녠 씨가 강의하는 것을 저기 뒤쪽에 서서 꼭 지켜보겠습니다. 강의하다가 문제가 생기면 절 보고 웃도록 하십시오. 그럼 제가 다시 웃음으로 화답하겠습니다! 그럼 아마 루샤오녠 씨를 찾아왔던 문제가 '뭐야 이거 날 무서워하지 않잖아? 아 재미없어!' 하고 그냥 도망갈 겁니다!"

루샤오녠이 푸하 웃음을 터트리며 말했다.

"당신은 정말 재미있고 다정한 사람이에요!"

교사 자리에 서 있는 루샤오녠의 모습은 등 뒤에 걸린 칠판과 더불어 의젓하고 당당해 보였다. 이 칠판은 코호나가 ORT 내의 직업 훈련 반 사람들을 시켜 준비한 것이었다. 루샤오녠이 정신을 잘 가다듬은 후 말했다.

"중국어, 아니 좀 더 정확하게 말해서 상하이말을 배운다는 것은 결코 어려운 것이 아닙니다. 특히 문법은 영어와 흡사한 점이 대단히 많습니다."

"그 말이 사실입니까? 정말이지 선생님의 말씀대로 어렵지 않았으면 좋겠습니다. 사실 제게는 중국말이 라틴어보다 더 어렵게 느껴지거든요! 어떨 때는 아예 외계인의 말 같기도 합니다!"

사람들 속에 섞인 누군가가 외쳤다.

"이미 이 자리를 찾아오신 것 자체가 배움에 대한 그만큼의 자신감이 있다는 증거예요! 아마 빠른 시일 내에 상하이말을 배우실 수 있을 거예요."

"전 그냥 한번 배워 보려고 왔을 뿐입니다! 중국어, 아니 상하이말이 노랫가락처럼 듣기 좋은 것은 사실이지만 전 좀 음치거든요!"

사람들 사이에서 웃음이 터져 나왔다. 잠시 당황한 루샤오녠의 눈동자가 서둘러 슈나이더가 있는 쪽을 향했다. 문 쪽 창가 구석에 서 있는 그를 바라보자, 그녀의 눈과 마주친 그가 형광등 불빛 안으로 몸을 내밀어 고개를 끄덕이며 웃어 보였다. 그를 따라 미소를 지어 보인 그녀가 장내에 모인 사람들을 바라보며 말했다.

"이곳에 계신 분들 중에 상하이말을 조금이라도 하시는 분이 있을 줄로 압니다. 할 줄 아시는 분은 한번 들려 주시겠어요?"

"아阿 라拉 아이愛 농儂. (당신을 사랑합니다.)"

한쪽 구석에서 누군가 한마디 외치자 장내에 있는 사람들 중에 그 말뜻을 아는 사람들이 이내 웃음을 터트렸다. 서로 무슨 말뜻인지를 물으며 웅성거리던 사람들이 그 말의 의미를 안 후 더욱 큰 웃음이 식당 안에 가득했다. 루샤오녠이 말했다.

"영광인데요! 저도 여러분을 사랑합니다."

그녀의 대답에 식당 안이 또다시 웃음바다가 되었다. 루샤오녠 역시 무의식중에 함께 웃으며 다시 한 번 확인하듯 슈나이더의 모습을 찾았을 때 그녀의 눈에 가볍게 고개를 가로저으며 엄지손가락을 가슴 앞으로 내밀어 보이는 그가 들어왔다. 긴장감이 완전히 사라진 루샤오녠이 다시 즐거운 듯 물었다.

"또 다른 말 할 줄 아는 사람 없나요?"

잠시 후 대여섯 살 되어 보이는 여자 아이가 아버지의 무릎에서 내려와 걸어 나오는 것이 보였다. 여자 아이가 말했다.

"선생님, 선생님께 드릴 선물이 있어요!"

아이가 고개를 돌려 부모가 앉아 있는 쪽을 바라본 후 다시 고개를 돌려 루샤오녠에게 다가왔다. 아이의 손에는 조개껍데기 두 개가 튼튼해 보이는 줄에 꿰어 있었다.

"이건 목걸이예요. 이 조개껍데기가 맘에 드세요?"

"그럼 들고말고……! 참 예쁜 조개껍데기구나!"

소녀의 물음에 루샤오녠이 얼른 대답했다.

"그리고 다른 것은요?"

소녀가 무엇을 묻고 있는지 몰라 루샤오녠이 고개를 가로젓자 아이가 말했다.

"조개껍데기를 귀에 가져다 대 보세요."

루샤오녠이 아이의 말대로 조개껍데기를 귀에 가져다 댔다.

"뭐가 들리세요?"

고개를 가로젓던 루샤오녠이 조개껍데기를 귀에 가져다 댄 채 다시 한 번 열심히 듣고 있는 것을 보고 여자 아이가 말했다.

"거기 둥근 거 있잖아요! 아버지가 그걸 귀에 대면 황푸강의 소리를 들을 수 있다고 했어요. 그리고 그곳이 지금 우리가 살고 있는 집이라고도 했어요."

여자 아이가 계속 말을 이었다.

"그리고 여기 타원형으로 생긴 조개껍데기에서는 잘 들어 보시면 바다 소리가 날 거예요. 우리 아버지가 그건 우리가 앞으로 미래에 살 곳이라고 했어요. 아주 멀리에 있대요."

"그게 어디인데?"

"그건 저도 몰라요. 하지만 우리 아버지가 우리에게는 반드시 집이 생길 거라고 했어요. 전쟁이 다 끝나고 나면 우리는 그곳으로 돌아가야 한다고도 하셨어요."

순식간에 식당 안은 물을 끼얹은 듯 고요해졌다. 여자 아이가 건네주는 목걸이를 정중하게 받아 든 그녀는 자신이 늘상 차고 다니는 목걸이를 떠올렸다. 끝에 귀여운 구식 중국 자물쇠가 달린 목걸이였다. 하지만 안타깝게도 오늘 그녀는 그 목걸이를 걸고 있지 않았다. 그녀는 '다음 수업시간에 이 어린 소녀에게 가져다 주어야지' 하고 다짐했다. 그녀가 두 개의 조개껍데기가 매달린 목걸이를 목에 걸며 물었다.

"얘야, 넌 이름이 뭐니?"

"사라예요!"

"사라, 고마워!"

사라의 얼굴에 힘 있게 입맞춤을 한 그녀는 자신의 행동에 얼굴이 붉어져 버렸다. 줄곧 식당 배식구 탁자에 기대서 있던 코흐나는 이때 사람들이 자신의 얼굴을 보지 못하도록 고개를 숙인 채 기침을 몇 번 한 후 주방을 거쳐 조용히 마당으로 걸어 나왔다. 조금 더 멀리 떨어진 화단 주변을 돌다가 담배에 불을 붙인 후 길게 한 모금 빨았다. 이어 담벼락을 따라 돌면서 식당 뒷문 쪽으로 걸어갔다. 멀리서 창문을 쳐다보는 그의 눈에 어둠 속에 누군가 서 있는 모습이 희미하게 들어왔다. 강의를 듣는 것 같기도 하고 뭔가 호기심에 서 있는 것 같기도 했지만 꼼짝도 않은 채 집중하는 모습이었다. 그가 바로 유태인방송국에서 프로그램을 진행하는 게리 슈나이더라는 것을 한눈에 알아차린 코흐나가 그에게 다가가 살며시 물었다.

"게리! 지금 여기서 뭘 하는 건가? 자네가 진행하는 〈이산가족찾기〉 때문에 여기서는 매일 밥도 편히 먹지 못하는 걸 알기는 아나?"

코흐나를 본 슈나이더가 고개를 돌린 채 나지막이 말했다.

"새로운 프로그램을 하나 더 편성할 계획이었는데 마침 이곳에서 중국어 교습반을 만들었다고 해서 일부러 찾아온 것입니다."

슈나이더가 계획한 프로그램은 〈안녕, 상하이!〉였다. 그는 이 프로그램이 높은 청취율을 기록할 것을 확신했다. 그는 사람들의 일상생활이야말로 가장 관심을 끄는 요인이라고 생각했다. 〈이산가족찾기〉가 비극적 요소가 담긴 내용이라면, 〈안녕, 상하이〉라는 프로그램은 예상치 못한 발견, 오해, 재미있는 이야깃거리 등을 포함하여 희극적 특색을 지니게 할 작정이었다. 이 두 가지 프로그램은 짝을 이뤄 자매처럼 편성될 예정이었다. 슈나이더의 말을 다 들은 코흐나가 말했다.

"오늘 겨우 첫 수업을 한 걸 가지고 호들갑을 떨다니 자네도 참 성질 한번 급하군!"

코흐나가 머리로 루샤오넨이 있는 곳을 가리키며 말했다.

"잠시 후에 내가 소개시켜 주지."

"루샤오넨 선생님이라면 이미 알고 있습니다."

잠시 멍한 눈으로 게리 슈나이더를 바라보던 코흐나가 말했다.

"어허! 참 성질 한번 되게 급한 사람이군! 그나저나 정말 예쁘게 생긴 아가씨 아닌가?"

슈나이더는 더 이상 아무 대답도 하지 않았다. 사실 그는 진즉에 루샤오녠의 미모에 끌렸었다. 이날 루샤오녠은 강의를 위해 신경을 많이 쓴 상태로 상아색 체크무늬 외투를 입고 있었다. 날씨도 춥고, 긴장한 탓에 코트를 벗진 않았지만 앞을 열어 놓은 코트 사이로 보이는 안쪽의 차이나칼라도 코트와 함께 돋보였다. 나이가 어리고 가정교육으로 인해 화장을 배우지 못한 그녀는 희고 고운 피부 위에 남방 특유의 오목조목한 눈, 코, 입을 그대로 드러내고 있었다. 어릴 때부터 아버지에게 받아 온 현대식 교육 때문인지 그녀의 행동은 동양여인들에게서 보이는 아가씨의 이미지보다는 대범한 식민지현대여성다웠다. 슈나이더는 좌불안석이었다. 심지어 방금 전 루샤오녠이 칠판 앞에서 강의를 하기 시작했을 무렵 자신도 긴장하는 것을 느꼈다. 그것은 마치 2년 전 방송실에서 처음 마이크를 잡던 그 순간 같았다. 루샤오녠이 긴장감을 풀고 편안해하면서 그 역시 편안해지는 것을 느꼈다.

"여자는 참 묘한 존재야! 여자들이 사회 안에서 수행하는 역할의 다양성 때문일 거야."

이 말은 슈나이더가 비엔나에서 대학을 다닐 때 늘상 머리에 까치집을 하고 다니던 노교수의 말이었다.

"이것은 사회에서 여자들에게 요구하는 것 때문이기도 하고 여자가 자신에게 요구하는 것 때문이기도 하지. 이 부분에 있어서만큼은 윤리와 도덕이 아무 힘을 발휘하지 못한다네."

"그렇다면 여자의 아름다움에도 분명 다중성이 내포되어 있다는 말씀인가요? 그렇습니까?"

그의 말이 수업을 듣는 학생 전체의 상쾌한 웃음을 자아냈다.

"괜히 쓸데없는 소리 하지 말게! 학생!"

노교수 역시 미소를 지었다. 하지만 금세 엄숙한 얼굴로 대답했다.

"하지만 자네의 질문을 받으니 『탈무드』 안에 있는 한 구절이 생각 나는군……. '하느님께서는 남자보다 여자에게 더 많은 지혜를 주셨 다…….'"

슈나이더는 마음속에서 갑자기 생겨난 로맨틱한 감정과 잡다한 생 각에 대해 진지한 해명을 하고 있는 자신을 발견하고 웃음을 터트리 지 않을 수 없었다. 그는 수업이 끝난 후 루샤오녠을 찾아가 많은 이 야기를 나누어 봐야겠다고 생각했다.

13

 야스히로는 기사에게 자동차를 마오밍루茂明路 부근에 있는 난신대
극장의 광고간판 앞에 세우라고 명령했다.

 "날 기다릴 필요 없으니 자네는 그만 돌아가도록 해!"

 운전기사에게 말을 한 후 차 문을 열고 나온 그는 고개를 들고서 새
로 세운 광고간판을 면밀히 살펴보았다. 바닥 위에 서 있는 2미터 높
이의 광고간판 위에는 지금보다 훨씬 젊어 보이는 리랜드 비센돌프의
얼굴이 크게 그려져 있었다.

 "세월 앞에서는 누구도 어쩔 수가 없구나……."

 야스히로가 감회에 젖은 듯 무의식적으로 중얼거렸다. 그는 이 대
형 초상화가 그려진 원본 사진을 잘 알고 있었다. 2년 전 그가 상하이
에서 구한 리랜드 비센돌프의 멘델스존 바이올린 협주곡 앨범 표지에
있는 사진이었다. 1934년에 녹음한 앨범의 표지는 푸른색으로 인쇄되
어 있었다. 사진사는 광선을 잘 이용하여 측면에서 쏟아지는 역광으
로 비센돌프의 여윈 윤곽과 다부진 입매를 잘 찍어 낸 듯했다. 그가
광고간판 위에 써 있는 글자들을 읽었다. '세계 최고의 바이올리니스

트 리랜드 비센돌프, 상하이에서 첫 독주회를 열다!' 라고 크게 써 내려간 글자들 외에 작은 글자들을 통해 세부사항을 자세하게 설명한 글이 몇 줄 쓰여 있었다.

야스히로는 곧 난신대극장을 향해 걸어갔다. 비센돌프와의 교류에 있어 그는 그다지 자신감이 없었지만 처음 시작할 때에 비해 마음이 많이 홀가분해진 것도 사실이었다. 상하이에서 이제 막 생활을 하기 시작한 유태인 노인은 약자일 수밖에 없는 데다 지난번 환영파티 때 있었던 변주곡 대결에서 어이없게도 자신이 승자가 돼 버린 것이 그 이유였다. 그는 자신의 변주곡 솜씨가 겨우 음악학교 학생의 수준이라는 것은 알고 있었지만 그 당시 관중의 열렬한 반응 때문에 결국 대결의 승자가 되었던 기억은 상당히 짜릿하고 달콤한 자신감을 안겨 주었다. 이유가 어떻든 간에 자신이 그토록 오랫동안 존경하고 흠모해 온 세계적 음악가와 한순간이나마 어깨를 나란히 했다는 사실로 인해 그는 자신이 예전에 비해 더욱더 출세한 사람처럼 느껴졌다.

문 앞에 있던 사환이 그를 한눈에 알아보고 얼른 앞으로 나와 관중석으로 향하는 벨벳 커튼을 열어 주었다. 연주 연습이 막 끝난 무대를 밝히는 조명 두 개가 높은 곳에서 밝게 빛나고 있었다. 검은색 옷을 입고 있는 네다섯 명의 관계자들이 어수선하게 늘어진 의자와 보면대 사이를 소리 없이 오가고 있는 것이 보였다. 야스히로는 아무도 없는 관중석에 잠시 앉아 있다가 옆으로 나 있는 태평문太平門으로 걸어 나왔다. 그 옆 계단을 걸어 올라가 무대 뒤편으로 갔다. 그는 익숙한 발걸음으로 단원들의 분장실을 찾아갔다. '리랜드 비센돌프' 라는 이름이 문 위에 걸려 있는 것을 확인한 후 가볍게 노크해 보았지만 아무 반응이 없었다. 그가 문을 가볍게 밀자 큰 유리 거울 위에 전등이 켜져 있는 게 보였다. 거울에 반사된 전등 불빛이 눈을 자극할 만큼 밝게 빛났다. 사방을 쳐다보았지만 열린 바이올린 케이스 옆에 바이올린이 비스듬히 세워져 있을 뿐 아무도 없었다. 바이올린 케이스는 푸른색 벨벳 천으로 반쯤 덮여 있었다. 이 모습은 마치 정교하고도 섬세하기 이를 데 없는 18세기 네델란드 화파가 그린 정물화를 보는 것 같았다.

야스히로에게 이 모습은 정말 거부하기 힘든 유혹 그 자체였다. 고개를 돌려 복도 양쪽을 잘 살펴본 후 실내로 성큼 걸음을 옮겼다. 바이올린을 두 손으로 잘 받쳐 든 그가 호기심 어린 눈빛으로 바이올린을 감상하듯 세세하게 쳐다보았다.

세계 최고의 바이올리니스트가 사용하는 바이올린이었다. 그는 두근거리는 마음을 달래며 자신도 모르게 손으로 바이올린을 어루만졌다. 다시 한 번 그의 호기심이 작동했다. 최고의 바이올리니스트가 사용하는 바이올린이라면 그 가치만 해도 어마어마할 텐데 도대체 누가 만든 바이올린일까?

순간, 바이올린의 울림통 말단에 검은색과 붉은색으로 그려진 무당벌레가 그의 눈에 들어왔다. 동전 크기만 한 무당벌레는 안정감 있는 붉은색 위에 따뜻한 느낌의 검은색 원형으로 그려져 있었다. 바이올린 특유의 검은색과 어우러지는 검은색과 바이올린을 만드는 단풍목과 붉은색이 조화를 이루어 마치 동화 속의 요정이 성스러운 영지를 소리 없이 수호하고 있는 것 같았다.

야스히로는 놀라움에 아무 말도 할 수 없었다. 그는 이토록 특이한 모양의 바이올린을 본 적이 없었다. 거세한 서양악사가 고전악기 연주에 맞추어 부르는 고운 가성이 그의 귓가에 아련하게 들려오는 듯, 이미 오래전부터 알고 있던 서양음악사 가운데 존재했던 오래된 전설들이 그의 머릿속에서 조용히 되살아나기 시작했다.

그때 비센돌프는 옆방에서 피아치와 함께 앙코르에 연주할 곡목을 결정하고 있었다. 포스터가 붙여지기 무섭게 상하이 각계에서 일어난 뜨거운 반응을 보고 피아치는 많은 관중들의 관심과 사랑에 보답하기 위해서 더 많은 곡을 준비해 둬야 한다고 생각했다. 의논을 마친 후 분장실로 돌아온 비센돌프는 반쯤 열린 문틈 사이로 자신의 바이올린을 만지고 있는 야스히로를 보고 걸음을 멈추었다. 하지만 그는 곧 마음속 의혹들을 풀어 낼 좋은 기회가 생겼다는 것을 알고 기쁜 마음이 되었다.

두 사람은 몇 블록을 지나친 후, 러시아인이 경영하는 샤페이루의 커피숍에 들어갔다. 마침 오후 티타임이라 커피숍 안은 손님으로 몹시 붐볐다. 어두컴컴한 구석에 푸트라이트가 켜진 피아노 옆에서 여가수가 진한 애정이 담긴 유럽 최신 유행곡을 부르고 있었다. 비센돌프와 야스히로는 사람이 없는 곳을 찾아 와인을 한 잔씩 들고 마주앉았다. 야스히로가 한껏 들뜬 목소리로 말했다.

"상하이는 정말 재미있는 곳입니다! 상하이에서 스트라디바리가 만든 바이올린을 본 사람도 있다는 말을 들었습니다!"

그의 바이올린에 대한 관심이 계속되고 있었다.

"아, 그래요? 그게 정말입니까?"

"방금 전 선생님의 바이올린을 보고서도 정말 감동했습니다. 세계 최고의 바이올리니스트가 갖고 있는 바이올린은 역시 뭐가 달라도 다릅니다! 게다가 바이올린 위에 그려진 무당벌레는 너무나도 신비로웠습니다! 도대체 누구의 작품입니까?"

"그건 내 딸이 만든 멜라니의 바이올린입니다. 사실 제가 개인적으로 사용할 뿐이지 야스히로 부장님의 말처럼 그렇게 신비로울 것은 없는 바이올린이죠."

야스히로가 호기심에 들떠 물었다.

"멜라니의 바이올린이요? 선생님의 따님이 만드셨다고요? 그런데 따님은 왜 선생님과 함께 상하이에 오지 않았나요?"

비센돌프는 대답을 회피하며 화제를 돌렸다.

"바이올린을 아주 잘 켜시던데 왜 음악가가 아닌 군인이 되어 중국에서 전쟁을 하고 계신 겁니까?"

잠시 생각에 잠겨 있던 야스히로가 대답했다.

"선생님의 말씀을 듣고 있으니 '사내대장부로 태어났으면 앵두나무 꽃잎이 대지 위로 떨어지듯 전쟁터로 전진하라' 라는 오래된 일본 군가가 떠오르는데요!"

"그 말은 바이올리니스트가 될 수 있었는데도 결국……. 결국 이 길을 선택했다는 말인가요?"

비센돌프의 말이 야스히로의 고민과 번민을 건드린 것 같았다. 그가 고개를 가로저으며 어쩔 수 없었다는 어투로 말했다.

"음악…… 정말 무력한 존재라는 생각을 했습니다. 음악뿐만 아니라 사실 고귀하다고 생각되는 모든 것은 너무나도 무력한 존재인 것 같습니다……."

"그런데 왜 아직도 음악에 대한 미련을 갖고 있는 것입니까?"

그 순간 야스히로가 비센돌프의 눈을 똑바로 들여다보며 진지한 표정으로 대답했다.

"이렇게 설명할 수 있습니다! 리랜드! 제가 이렇게 선생님의 존함을 직접 불러도 되겠습니까? 전 선생님께서 가장 존경하고 숭배까지 하는 사람들이 바흐, 모차르트, 베토벤이라고 생각합니다. 제 말이 맞습니까?"

"그래요, 그 말은 맞습니다!"

"이런 위대한 음악가들은 사실 모두 한평생을 고통 속에 살던 사람들입니다. 그분들이 왜 그토록 고통 속에 살다 삶을 마감해야 했을까요? 왜 그렇게 삶이 고통스러웠는지 비센돌프 선생님이 한번 설명해 보십시오! 곡을 쓰지 못해서 고통스러웠습니까? 아닙니다! 그것은 바로 자존심을 버렸기 때문이었습니다. 모두들 한평생을 가난하게 살았고, 가난했기 때문에 자신들이 싫어하는 사람들에게조차 머리를 조아려야만 했습니다. 바흐는 자식들을 부양하지 못할 만큼 가난했고, 베토벤은 가난 때문에 미치광이가 됐고, 모차르트는 몇 푼 때문에 '진혼곡'을 썼고, 자신을 무덤 속에 파 묻어 버리게 된 것입니다."

"모두가 야스히로 부장님이 말한 것 같지는 않습니다. 전부가 다 그런 것은 절대 아닙니다. 하지만 무슨 말을 하는지는 이해합니다. 이해해요! 야스히로 부장님은 지금 음악가들이 직면할 현실에 대해 말을 하고 있는 거지요."

"그렇습니다. 바로 현실! 그 현실 문제를 말하는 것입니다. 우리가 지금 어떤 시대를 살아가고 있는지는 선생님도 잘 아실 겁니다. 지금 이런 시대에 우리한테 필요한 게 음악입니까? 우리에게 필요한 것은 바로 전쟁입니다!"

"야스히로 부장님은 음악을 너무 실용적인 대상으로만 본 것 같습니다. 음악과 대포를 놓고 비교하고 있는 것 같아요!"

"아니, 그런 뜻은 아닙니다. 하지만 너무 나약하고 무력한 존재인 것만은 사실 아닙니까? 그래서 그 사실을 인정하게 되었을 때 전 정말이지 너무 괴로웠습니다."

"그렇다면 야스히로 부장님이 말하는 자존심은 무엇입니까?"

"제가 말하는 자존심이란 우선 강함입니다! 여기서 강함은 우선 물질적인 것입니다. 물질은 눈으로 보고 손으로 만져지는 힘을 가지고 있으니까요! 그런 의미에서 보면 이런 시대에 예술가로 살아가야 한다는 운명은 참으로 기구하기도 하지요."

그는 순간 자신의 말이 너무 당돌했다는 생각에 서둘러 사과했다.

"아, 제 말 때문에 기분이 상하셨다면 정말 죄송합니다."

"음악은 최종적으로 대포와 총을 무력하게 만들 힘을 가지고 있습니다. 그것은 영원히 변치 않는 진실입니다. 음악이야말로 인류 공통의 언어이자 누구나 알아들을 수 있는 언어이니까요. 이런 언어는 하느님만이 만드실 수 있을 겁니다."

"그걸 제게 증명해 보일 수 있으십니까? 음악이 인류 공통의 언어로써 궁극적으로 대포와 총마저 이길 수 있다는 것을 증명하실 수 있느냐는 말입니다."

비센돌프가 진지한 태도로 말했다.

"기회만 주어진다면 증명할 수 있고말고요! 음악가의 자존심이라는 것은 음악에 대한 자신의 열정으로써, 사람이 자신의 생명을 사랑하는 것과 마찬가지 논리라고 할 수 있습니다. 생명력은 끈질기게 이어지고, 굴복할 줄 모르는 것은 바로 자존심입니다. 그래서 난 자존심은 자신의 신앙에서 온다고 생각하고 있습니다."

야스히로가 비센돌프의 말에 동의할 수 없다는 듯이 고개를 설레설레 가로저었다. 그때, 가짜 향수장사가 그들 곁으로 다가왔다. 양복 주머니 속에 넣은 두 손으로 옷을 펼치자 마치 총기 멜빵에 총알이 매달려 있듯 양복 안쪽 셔츠에 형형색색으로 걸려 있는 작은 향수병이 드러났다. 두 사람 모두 별다른 반응을 보이지 않자 향수장사가 조용히 자리를 떠났다. 야스히로가 길게 한숨을 내쉰 후 테이블 위의 재떨이를 가져다가 성냥으로 담배에 불을 붙였다.

"제가 일 때문에 난징南京에 잠시 다녀와야 하는 이유로 선생님의 첫 공연을 놓치게 되어 정말 안타깝습니다."

야스히로가 긴장된 분위기를 완화시키기 위해 일부러 화제를 돌렸다.

"난징에 가신다고요?"

"예! 지나인(1900년경에는 중국(china)을 지나라 부르고, 중국인을 지나인이라 부름)의 수도인 난징을 공략하기 위해서입니다."

"음악에 대해 그런 주관을 갖고 있으면서 저와의 협연을 제의하신 이유는 무엇입니까?"

비센돌프가 다시 좀 전의 화제로 되돌아가며 단도직입적으로 물었다. 순간 말문이 막힌 야스히로가 어떻게 대답해야 할지 몰라 망설이는 사이 비센돌프가 질문의 고삐를 늦추지 않고 물었다.

"내 물음에 성심성의껏 대답해 주기를 진심으로 바랍니다. 그래, 맞아요! 예전에 나와 얘기할 때 언급했던 후자의 신분, 서양인사부 부장의 신분으로 대답을 해 주시오."

야스히로가 어쩔 수 없다는 듯 고개를 천천히 가로저으며 웃음으로 대답했다.

"선생님도 정말…… 사실대로 말씀드리겠습니다. 그건 게미츠 대좌께서 직접 계획하신 일입니다. 저희는 유태인들이 홍커우 개발에 투자하기를 바라고 있습니다. 게다가 우리 일본인들은 유태인들에게 보다 많은 특혜를 제공하고 보호조치를 취할 수 있습니다. 그런 이유에서 선생님이 저희 일본인과 유태인들을 잇는 친선대사가 되어 주셨으면 하고 바라는 것입니다. 그게 나쁜 일은 아니지 않습니까!"

비센돌프가 납득이 잘 안 간다는 어투로 다시 물었다.

"뭐라고요? 홍커우를 개발한다고요? 지금 일본은 중국과 전쟁 중 아닙니까?"

"전쟁이요? 훙커우는 이미 우리 땅인데 무슨 상관이 있습니까?"

"우리 땅이라고요?"

"그렇습니다! 우리 땅입니다!"

비센돌프는 깊은 생각에 잠겼다. 비센돌프의 시선을 보고 그가 담배 상표에 관심을 두고 있다고 착각한 야스히로가 얼른 말을 꺼냈다.

"좋은 담배도 아닙니다. 지나에 있는 우리들은 담배, 술, 설탕과 과자 모두 군표로 공급을 받습니다."

그가 담배 연기를 길게 뿜어 낸 후 다시 말했다.

"군표도 받지만 월급도 받습니다. 하지만 전쟁을 치르고 있는 병사들은 월급은 없고 군표만 받고 있습니다."

비센돌프는 계속 방금 전 야스히로와 주고받은 말에 의혹을 담고 입을 열었다.

"흐음…… 이제야 알겠습니다. 정치적인 이야기였군요. 그런 음악회라면 음악 자체의 의미를 이미 넘어선 개념이겠네요. 제가…… 일개 음악가인 제가…… 음악을 발전시키고 교향악단을 세우는 등의 일 외에 할 수 있는 것이 무엇이 있겠습니까?"

"방금 전 음악의 힘을 믿는다고 말씀하시지 않으셨습니까? 지금 우리가 선생님의 음악적 힘이 필요하다고 했는데 그렇게 말씀하시는 것은 좀 앞뒤가 안 맞는 이야기 같습니다!"

"아니, 이건 그런 이야기가 아니오. 난 아무래도 그 제의를 받아들이지 못할 것 같습니다."

야스히로가 약간 흥분한 어조로 물었다.

"왜요? 이유가 뭡니까? 이 제안은 선생님에게 유리한 조건입니다. 우리 일본이 선생님을 위해 대대적인 홍보를 펼친다면 앞으로 선생님의 상하이 생활이 더욱 보장을 받을 수 있을 것입니다. 모든 게 아무

탈 없이 잘 진행될 것입니다! 선생님도 유태인이신 만큼 이 점은 저 보다 더 잘 이해하시리라 믿습니다."

비센돌프가 거듭 거절하며 말했다.

"아니오! 난 그 제안을 받아들일 수 없소."

야스히로가 길게 한숨을 내쉬며 말했다.

"물론 선생님께서 유태인을 대표하고, 제가 어찌됐던 일본인을 대표하게 된 일은 저도 송구스럽고 당황스럽습니다. 하하! 제가 또 음악가의 신분으로 선생님과 이야기를 하고 있네요! 사실 전 평생 음악가의 자격으로 선생님과의 교분을 쌓고 싶은 심정입니다."

그가 약간 얼굴을 붉히며 말했다.

"선생님 같은 세계 최고의 바이올리니스트와 협연을 한다는 일은…… 저에게는 평생 잊을 수 없는 경험이 될 것입니다!"

"야스히로 부장님이 실력 있는 바이올리니스트라는 것은 잘 알고 있으며, 또 부장님의 음악을 좋아하지만 그것은 협연 제안과는 전혀 무관한 일이라고 생각합니다. 미안하지만 그런 협연이라면 함께할 수 없다고 게미츠 대좌님께 전해 주십시오."

그는 이미 결정을 내린 듯 단호했다. 야스히로의 말투도 강경해지기 시작했다.

"비센돌프 선생님! 전쟁이 벌어지고 있는 비상시국인 만큼 어떤 일도 일어날 수 있다는 것을 잊지 마십시오!"

방금 전 다녀간 향수장사가 되돌아와 넌지시 말을 걸었다.

"이것들은 모두 진짜 제품으로 가격도 아주 저렴합니다!"

그가 손에 든 향수를 테이블 위의 허공으로 뿌리자 무의식적으로 몸을 피한 야스히로가 짜증스럽게 소리를 질렀다.

"당장 꺼지지 못해?"

비센돌프의 차가운 시선이 자신의 행동을 주시하고 있다는 것을 눈치 챈 순간 그는 자신의 거친 말투를 후회했다. 찰나였지만 그는 눈앞에 앉아 있는 유태인 노인이 마치 영화 속의 흔들리는 장면처럼 서서히 멀어져 가는 것을 느꼈다.

14

자동차 뒷자석에 탄 야스히로는 거리 여기저기를 돌며 루양을 찾아
다녔다. 그가 입수한 정보에 따르면 리랜드 비센돌프가 상하이에서
처음으로 제자를 받아들인 대상이 다름 아닌 중국인 소년이라고 했
다. 시짱루西藏路를 따라 천천히 남쪽으로 가다 보니 길가에 녹색으로
칠해진 경마장 관람석과 여러 색깔의 깃발들이 쭉 늘어서 있는 것이
보였다. 좀 더 가다 보니 프랑스조차지가 나왔다. 상하이 주재 외국인
들은 모두 프랑스조차지인 이곳을 프렌치 타운French Town이라고 불
렀고 그들에게 이곳은 상하이에서 품격 있는 장소로 통했다. 길가에
심은 잎이 큰 오동나무들이 초여름 푸른색 하늘 아래 반짝였다. 나무
그림자가 자동차 차창에 부딪치며 자동차 실내의 모든 것을 흔들리듯
조명했다.

리랜드 비센돌프의 독주회가 열린 그날 밤 야스히로는 난징에 있는
한 여관에 투숙하고 있었다. 야스히로는 방 안의 라디오를 켠 후 라디
오의 위치를 이리저리 옮겨 가면서까지 주파수를 찾아 가까스로 상하
이 쪽 방송을 찾아냈다. 비센돌프의 독주회 정도쯤 되면 실황중계가

있으리라는 것을 그는 잘 알고 있었다. 방송위원의 해설은 마치 흐르는 물처럼 끊임없이 이어져 그가 전문가라는 것을 눈치 챌 수 있었지만 난신대극장의 관람석이 만석을 이루었으며, 자리에 모인 사람들은 모두 상하이 각계의 거물인사들이라는 등 다분히 표면적인 내용을 방송하는 것에 치중하고 있었다. 게다가 눈부신 의상과, 보석, 유럽문화의 중진들이 모인 예술과 사교의 장이라고 호들갑을 떨며 우아하고 화려한 치파오를 차려입은 중국인 여인들과 온화하고 귀티나게 차려입은 일본인 여인들이 턱시도를 잘 차려입은 신사들 사이를 수놓고 있다는 말과 함께 동방의 파리인 상하이의 독특한 품격에 대해 늘어놓고 있었다.

천장 위에 달린 화려한 조명등이 서서히 어두워지면서 우레와 같은 박수소리와 함께 한 손에 바이올린을 든 비센돌프가 무대 위에 나타나자 교향악단 전체가 기립하여 세계 최고의 바이올리니스트에 대한 경의를 표했다. 교향악단 역시 비센돌프가 보여 주는 화려한 기교에 감동한 듯 정통파 유럽 교향악단의 음색을 처음으로 관중에게 선사했다는 등의 내용들이 라디오를 통해 전해지고 있었다.

얼마 후 야스히로가 찰칵 소리와 함께 라디오를 꺼 버렸다. 난징의 후덥지근한 날씨 속에 침대에 누운 그는 이런저런 생각으로 한동안 잠을 이루지 못했다. 라디오에서 우레처럼 터져 나오던 박수갈채가 아직도 그의 귓가에 생생하게 맴도는 듯했다. 그는 만약 비센돌프가 자신과의 협연을 거절하지만 않았다면 자신도 이런 박수갈채와 청송을 한 몸에 받을 수 있지 않았을까 하는 생각에 빠져들었다.

"저 앞입니다!"

기사 옆에 앉아 있는 오가와 가쯔오가 건널목 오른쪽을 가리키며 말했다.

"저 아이의 아버지도 바이올리니스트였습니다. 반일분자인 저놈 아비는 결국 우리 손에 의해 처단되었습니다. 그놈은 죽기 전 '이날'이라는 바이올린 독주곡을 작곡했고 지금도 지나인의 가슴에 그놈과 연주곡 모두 상당한 영향을 주고 있는 것 같습니다."

말을 마친 가쯔오가 '이날'의 악보를 야스히로에게 건네며 말했다.

"이 악보를 구하느라 정말 애 많이 먹었습니다."

판화루繁華路 쪽으로 차가 들어가는 것을 보고 야스히로가 창문을 반쯤 열고 말없이 앉아 있자 어느새 바이올린 연주 소리가 귀에 들려왔다. 멘델스존의 바이올린 협주곡 중 느린 템포가 이어지는 감미로운 부분이었다. 연주곡의 경중온급輕重緩急을 처리하는 솜씨와 고귀한 음색은 며칠 전에 들었던 리랜드 비센돌프의 연주와 판에 박은 듯 흡사했다. 가쯔오가 말했다.

"차를 여기 세워! 바로 저기 저 녀석입니다!"

가쯔오가 고개를 돌려 야스히로를 쳐다보자 그가 두 눈을 감고 팔짱을 낀 자세로 고개를 뒤로 기대고 앉아 미동도 하지 않고 있는 게 보였다. 가쯔오가 뭔가 더 말을 하려는 순간 야스히로가 손을 올려 보이며 그의 말을 제지했다. 한참 후, 길게 한숨을 내쉰 야스히로가 말했다.

"한번 가 보세!"

"저 어린 녀석의 이름은 루양이라고 합니다!"

가쯔오가 다시 고개를 돌려 야스히로를 바라보며 말했다.

"루샤오녠이라고 츠지 보건소에서 일하는 누나가 한 명 있습니다. 보고에 따르면 화두루에 있는 제일난민수용소에서 유태인들에게 상하이말을 가르치고 있다고 합니다. 루양은 원래 홍커우에 있는 런아이중학교에 다녔는데 2년 전 저희 황군부대진영이 그 자리를 차지하면서 아예 학업을 때려치우고 거리에서 연주를 하고 있다고 합니다."

"그런 내용이라면 이미 다 알고 있네! 한번 가 보도록 하세!"

잠시 생각을 한 가쯔오가 다시 말했다.

"저 녀석과 싸운 적도 있습니다!"

야스히로가 웃으며 말했다.

"그게 어떻다는 것인가? 저 어린 녀석이 무섭기라도 하단 말인가?"

구경꾼들이 모여 있는 곳으로 다가간 두 사람은 틈새를 찾아 루양의 공연을 구경하기 시작했다. 약간 옆으로 기울어진 얼굴, 반쯤 감은 두 눈, 약간 찌푸린 미간, 루양은 모든 정신을 현 위에서 울려 퍼지는 소리에 집중하고 있었다.

멘델스존의 E 단조 바이올린 협주곡은 야스히로 역시 예전에 연습한 적이 있는 곡으로 특히 2악장은 모두 외웠다고 해도 과언이 아니었다. 심지어 그는 점점 세게, 점점 약하게라는 기호까지도 기억하고 있었다. 따라서 그의 눈은 사람을 보고 있었지만, 그의 모든 청각은 자신도 모르는 새 연주 소리를 놓치지 않고 있었다. 감미롭고 서정적인 제1주제에서 제2주제로 이어지는 순간 이어지는 관현악의 연주가 그의 마음속에 조용히 울려 퍼지는 것 같았다.

루양의 연주 속도는 조금 빠른 편이었다. 거리에서 아무런 교향악단과의 협력 없이 단독으로 연주하는 것과 상관이 있으리라……. 게다가 아직 어린 나이였기 때문에 미숙하게 보이기도 했지만 오히려 또 그만의 개성을 갖게 하기도 했다.

"흐흠! 연주 솜씨가 정말 대단한걸!"

야스히로는 내키지는 않지만 그의 실력을 인정했다. 그는 자신이 예전에 수많은 고생 끝에 어렵게 해결한 모든 문제들을 거리에서 연주를 하고 있는 소년이 너무나도 자유롭고 경쾌하게 해결하는 것을 발견했다.

"어린 녀석이……."

그는 루양을 증오하며 생각했다.

"이런 애송이 녀석도 세계 최고의 바이올리니스트와 더할 수 없는 우정과 신뢰를 쌓아 가는데 상하이 주재 대일본 서양인사부 부장인 내가 비위를 맞추기 위해 온갖 아양을 다 떨어 보이고도 그 유태인 늙은이와 아무런 친분을 쌓을 수 없었다니……."

눈앞에 있는 어린 중국인 소년이 자신이 그동안 너무나도 흠모해 온 리랜드 비센돌프의 마음을 빼앗기라도 한 것처럼 야스히로의 오장 육부가 질투심으로 맹렬히 타오르며 증오심이 부글부글 들끓어 오르기 시작했다.

"헤이, 아저씨! 이봐요!"

야스히로가 깜짝 놀라며 자신만의 생각에서 깨어났다. 그는 한 손에는 바이올린을 들고, 다른 한 손에는 뒤집은 모자를 흔들며 자신의 앞에 서 있는 루양을 그제서야 발견했다. 루양은 원래 한 단락을 연주하면 돈을 걸었다. 구경꾼들은 이미 많이 자리를 뜬 상태로 야스히로 혼자 여전히 넋을 잃은 사람처럼 서 있었다. 마침내 야스히로가 루양을 눈여겨 살펴보았다. 루양은 미소년이었다. 약간 검은 피부에 야성미가 넘치는 눈썹, 아이보리색 반팔 셔츠와 진회색 긴 바지는 낡은 옷을 수선해 입은 것이었지만 제법 잘 어울려 보였다. 만약 손에 바이올린만 들고 있지 않다면 공중회전을 일삼는 서커스단의 단원처럼 보였을 것이다. 야스히로가 누구인지를 눈치 챈 루양이 다시 외쳤다.

"아하! 이제 보니 아저씨였군요! 설마 남의 연주를 공짜로 구경하려는 것은 아니죠? 자 어서 돈을 내요, 어서!"

야스히로는 순간 루양을 골탕 먹이기로 작정했다. 아무 말 없이 루양의 눈을 똑바로 쳐다보던 그는 손을 내민 채 돈을 요구하는 루양의 얼굴에서 비굴함이나 노예근성이 엿보이기는커녕 거칠다고 느껴질 만큼의 당당함이 드러나는 것을 보고 놀라움을 금할 수 없었다.

"지금 뭐 하는 거예요? 빨리 돈이나 내요!"

루양이 손에 들고 있는 모자를 흔들자 안에 있는 동전들이 땡그랑거리며 부딪치는 소리를 냈다. 야스히로가 손을 위로 들어 올리자 가쯔오가 백 위안짜리 지폐 한 장을 건네주었다. 돈을 받아 든 야스히로가 엄지와 검지 사이에 지폐를 쥐고 허공에 흔들며 말했다.

"이봐, 바이올린을 아주 잘 켜는군! 하지만 어린아이가 이봐, 헤이 같은 말을 써서야 되겠어? 정말 배운 게 없군! 정말 교양 없어. 그런 상스러움은 고귀한 바이올린과는 전혀 어울리지 않는다는 것을 알아야지!"

"뭐라고? 지금 뭐라고 했어?"

루양은 야스히로의 입에서 쏟아지는 예상치 못한 말들을 들으며 자신의 귀를 의심했다.

"내 말은……!"

그가 더 큰 목소리로 외쳤다.

"어린 녀석이 너무 교양이 없다 이 말이야! 잘 들어 둬! 남한테 돈을 받을 때는 먼저 고맙다는 인사를 한 후에 '고맙습니다'라는 말을 해야 하는 거야! 내 말 알아 듣겠나!"

잠시 멍해 있던 루양이 손에 든 모자를 홱 가져오자 안에 있던 동전들이 다시 한 번 땡그랑 소리를 내며 부딪쳤다. 야스히로 역시 가차 없이 돈을 다시 거둬들이며 팔짱을 낀 채 무표정한 얼굴을 드러냈다. 한 치의 양보도 할 수 없다는 듯 두 사람이 모두 상대방을 뚫어져라 쳐다보았다. 루양이 갑자기 웃기 시작했다. 귀에 거슬리는 웃음소리는 일부러 코를 통해 울려 퍼지게 하여 음산하게 들리기까지 했다.

"하하! 하하하하! 하하! 하하하하!"

갑자기 웃음을 멈춘 그가 괴상한 표정을 하기 시작했다. 혐오스런 표정에 코와 눈, 눈썹을 일자로 끌어 모은 후 갑자기 새빨간 혀를 날름거렸다. 루양이 도대체 무슨 꿍꿍이속으로 하는 짓인지 모르던 야스히로는 움찔하여 뒤로 몇 걸음 물러서다 하마터면 넘어질 뻔했다. 자신의 행동 때문에 깜짝 놀라 허둥거리는 야스히로의 모습을 본 루양이 더욱더 과장된 웃음을 터트리기 시작했다. 화가 끓어올랐지만 야스히로는 비센돌프가 상하이에 와서 맨 처음 제자로 받아들인 대상이 루양임을 잊지 않았다. 야스히로는 성질대로 함부로 대하지 못한 채 노기를 억지로 누르며 말했다.

"대단해, 역시 대단해! 그야말로 거리 위의 깡패답게 못된 짓을 해대는군! 흥! 버르장머리 없는 깡패 자식 같으니!"

루양 역시 한마디도 뒤지지 않고 맞받아쳤다.

"깡패 자식이라면 당신이야말로 깡패 자식이지! 일본 깡패 새끼!"

"이런……! 감히 나에게 욕하고서도 무사할 줄 알아?"

하지만 그의 예상을 깨고 루양은 겁을 먹기는커녕 오히려 한 발 앞으로 나오며 덤볐다.

"흥! 때리겠다고? 어디 한번 때려 보시지? 나도 진작부터 일본 깡패 새끼들을 혼내 주고 싶었다고!"

루양이 말을 마친 후 손에 든 바이올린과 모자를 땅에 내려놓으려고 몸을 돌린 찰나 야스히로가 잽싸게 선제공격을 했다. 그는 루양이 고개를 숙인 틈을 타서 삽시간에 루양의 사타구니를 발로 가격했다. 힘에 밀린 루양이 앞으로 고꾸라지며 손에 들고 있던 바이올린과 모자가 날아가자 어렵사리 번 돈이 쨍그랑 소리를 내며 사방으로 흩어졌다. 머리 끝까지 화가 치민 루양이 재빠르게 달려들며 소리를 질렀다.

"덤벼, 덤비라고!"

루양이 야스히로를 향해 달려들었지만 어린 나이 탓에 역부족이었다. 힘껏 달려들었지만 루양은 상대를 제압하기는커녕 야스히로가 내민 발에 걸려 땅바닥에 그대로 나동그라졌다. 싸움에서 우세를 점한 후 화가 어느 정도 수그러든 야스히로가 루양의 곁으로 성큼성큼 걸어가 그의 바이올린을 빼앗아 들고 허공에서 빙글빙글 돌리며 그를 비웃듯 외쳤다.

"야, 이 깡패 자식아! 나한테 무릎을 꿇고 빌기 전까지 이 바이올린을 다시 볼 생각은 아예 하지 말도록 해!"

"야스히로 부장님, 어린아이를 상대로 이게 무슨 짓입니까? 당장 그만두십시오!"

그의 뒤에서 날카로운 질책의 목소리가 울려 퍼지더니 이어 한 손이 허공에 들려 있는 자신의 손을 내리누르는 게 느껴졌다. 고개를 획 돌려 그 뒤를 쳐다본 야스히로는 놀라지 않을 수 없었다. 리랜드 비센돌프와 루샤오녠이 서 있는 것이 아닌가?

"루양!"

루샤오녠이 동생을 부르며 재빨리 달려가 부축했다. 처음에 먼발치서 구경을 하던 행인들이 하나 둘씩 주변으로 모여들며 수군거리기 시작했다. 야스히로의 손에 힘이 빠지는 것을 본 루샤오녠은 마치 그가 바이올린을 빼앗아 갈 것이 걱정이라도 되는 듯 그의 손에 들린 바이올린을 재빨리 가로챈 후 루양 곁으로 되돌아갔다. 이 모든 과정에서 비센돌프는 단 한마디도 하지 않고 침묵했다. 이글이글 타오르는 비센돌프의 따가운 눈총을 느낀 야스히로는 난감한 표정으로 웃어 보인 후 곧 길가에 서 있는 차로 걸음을 옮겼다.

15

월말이 되면서 슈나이더가 제작한 〈안녕, 상하이〉가 본 궤도에 오르기 시작했다. 프로그램은 매주 두 번씩 오후 티타임인 3시 30분부터 4시 15분까지의 시간에 편성되었다. 슈나이더가 새로운 프로그램에 온갖 정성을 들이는 사이 〈이산가족찾기〉에 관련된 편지는 점점 줄어들고 있었다. 그는 이미 3주 분량의 총 6개 프로그램을 준비하고 있었다. 그 첫 번째 순서로 세계 최고의 바이올리니스트 리랜드 비센돌프와 난민수용소 야학에서 상하이말을 가르치는 루샤오녠을 초청했다. 그들 외에 시청자들을 내빈으로 초청하여 대화를 가짐으로써 프로그램을 더욱 활기차게 꾸려 갔다.

음악 프로그램이 3시 반 이전에 진행되고 있었기 때문에 방송 시간보다 일찍 도착한 사람들은 모두 옆 방송실에서 기다리고 있었다. 루샤오녠과 비센돌프를 제외하고 초청된 사람은 모두 네 사람이었다. 독일 함부르크에 있는 레코드가게 판매원이었던 홀츠는 현재 프랑스 조차지 내에 있는 레코드가게에서 일을 한다. 체코 태생의 흑발 미인인 야파는 평일에는 우유공장에서 일을 하며 난민수용소에서 하는 중국어 야학에 열심인 학생이었다. 후겐버그 부부는 의사로서 현재 홍커우에서 개인 병원을 운영하고 있다.

XMHA 유태인방송국에서 츠지 보건소는 그다지 멀지 않았다. 슈나이더의 요청을 받은 보건소 간호반장이 특별히 루샤오녠을 3시간이나 일찍 퇴근시켜 준 덕분에 루샤오녠 역시 방송 시간보다 훨씬 일찍 도착해 있었다. 루샤오녠은 방송실의 큰 유리창을 통해 보이는 기기들과 접시처럼 둥근 마이크를 보며 호기심을 감추지 못했다. 음악 프로그램을 진행하는 여자 진행자가 마지막 레코드를 유성기 위에 걸어 놓은 뒤 마이크에 대고 몇 마디 더 이야기한 후 방송실에서 조용히 걸어 나오자 슈나이더가 고개를 돌려 문밖에 있는 사람들에게 안으로 들어오라는 신호를 보냈다.

45분 동안 이어지는 프로그램은 매우 순조롭게 진행되었다. 재미있는 에피소드라면 슈나이더가 청취자들에게 게스트를 소개할 때 후겐버그 씨가 너무 긴장한 탓에 마이크를 향해 모자까지 벗은 채 연신 인사를 했고, 결국 그의 부인에 의해 얼른 제지를 당한 일이었다. 이 프로그램의 절정은 맨 마지막 부분에 있었다. 음악적 지식이 풍부한 홀츠 씨가 비센돌프에게 모두를 위해 즉흥연주를 해 줄 수 있는지를 흥분된 어조로 물었다.

"히틀러정부가 바흐, 베토벤, 브람스, 슈만, 특히 바그너를 추천음악가에 포함한 것으로 알고 있습니다. 선생님께서 이곳 상하이에 오신 이후로 유럽의 고전음악을 연주하시는 것 외에 중국의 현대음악 작품에 접해 보신 적이 있으십니까?"

무슨 영감이라도 갑자기 떠오른 듯 비센돌프가 대답했다.

"얼마 전 아주 아름다운 바이올린 연주곡을 들었습니다. 전곡을 또렷하게 기억할 수는 없지만 여러분께 한번 들려 드리도록 노력해 보겠습니다."

이어 그가 바이올린을 꺼낸 후 잠시 생각에 잠기더니 '이날'을 연주하기 시작했다. '이날' 원곡과 약간의 차이가 있긴 했지만 류사오녠은 아버지의 작품을 세계 최고의 바이올리니스트가 직접 연주하고 있다는 사실에 흥분을 가눌 길이 없었다. 그런 이유에서 연주가 끝난후 그녀의 박수소리가 유난히 크게 울려 퍼졌다. 방송이 끝난 후 슈나이더가 중요한 할말이 있다며 루샤오녠을 붙잡았다. 다른 사람들이 모두 자리를 뜬 후 머쓱해진 그가 어색한 듯 입을 열었다.

"오…… 오늘 아주 잘했어요! 아주 잘했어요! 참! 칠판 앞에서도 아주 참 잘했어요! 정말 잘했어요!"

그가 두서없이 말을 늘어놓았다.

"정말이요? 그런데 그 말 하려고 절 붙잡은 거예요?"

"아니, 아닙니다! 저…… 잠깐만요!"

그가 재빨리 방송실 안으로 들어가 알루미늄 도시락을 가지고 나왔다. 얼핏 보기에 아주 두꺼운 사전처럼 보였다.

"시장하죠? 우선 뭘 좀 먹도록 해요! 오늘 저랑 어디에 좀 같이 가주었으면 해요. 거기서 우리 저녁 식사를 맛있게 합시다."

"네? 아…… 아니에요! 전 됐어요! 전 집에 일찍 가야 해요!"

그녀가 당황하며 얼른 대답했다.

"제발 거절하지 말고 내 말을 좀 들어 봐 주세요! 사실 제 친구 레오가 상하이에서 첫 전시회를 오늘 개최하는데 함께 가지 않겠습니까?"

"화가 레오말인가요?"

"맞아요! 폴란드 출신 레오 브라츠 화가 말입니다. 아주 재미있는 친구죠. 사람들이 폴란드 태생 유태인들을 냉정하다거나 신앙적으로 순수하지 못하다고 하는데 레오는 아주 개방적이고 활달한 친구입니다. 이미 바이루헤이라는 중국 이름도 지었습니다!"

"바이루헤이요? 정말 재미있는 이름이네요! 중국어로 흰색, 녹색, 검은색의 세 가지 색을 의미하는 이름은 화가니까 만들 수 있었을 거예요!"

두 사람은 도시락에서 노릇노릇하게 구워진 둥근 빵을 꺼내 한 개씩 먹었다.

"정말 맛있어요!"

루샤오녠이 말했다.

"계란과 고기, 설탕에 밀가루를 넣고 만든 겁니다. 예전에 기념일이 되면 어머니가 이런 종류의 빵을 많이 만들어 주셨지요. 그래서 어릴 적부터 즐겨 먹었습니다."

"그래서 이젠 혼자서도 잘 만들어 먹나요?"

"그렇습니다! 우리 부모님이 이곳에 계셨다면 얼마나 좋았겠습니까? 그랬다면 그분들을 제가 하는 〈이산가족찾기〉 프로그램에 꼭 모셨을 거예요!"

그가 마지막 남은 빵을 입에 넣으며 대답했다.

"그런데 앞으로 이런 알루미늄 도시락은 사용하지 마세요. 그래도 에나멜을 입힌 도시락이 좀 더 위생적인 걸 알아야죠. 제 말을 못 믿겠다면 이 도시락 바닥을 종이로 닦아 보세요. 아마 종이가 새까맣게 더러워질걸! 아님 적당한 것으로 제가 하나 사 드릴까요?"

그녀는 무심결에 튀어나온 말에 스스로 놀랐다.

"지금 한 말은 아마 여자의 본능에서 나온 말일 거예요! 그래 주신다면 정말 고맙게 받겠습니다!"

슈나이더가 아주 즐거운 듯 흔쾌히 루샤오녠의 제안을 받아들였다. 바이루헤이의 전시장은 홍커우 싱저우루荊州路에 있는 유태인 문예클럽으로 그 옆 건물은 유태인 청년학교였다. 전시장 입구에 네 폭짜리 병풍을 설치하여 참관하는 사람들을 병풍 양측으로 출입하도록 배려함으로써 정중한 분위기를 자아냈다. 병풍 위 도안에는 가루를 뿌려 선을 메운 '팔선과해八仙過海' 라는 글이 쓰여 있었고, **빽빽하고 화려하게 짜인 도안은 병풍의 흰색 도화지에 의해 윗부분이 거의 가려져** 있었다. 병풍 각각의 도화지 위에는 아주 큰 팔레트가 그려져 있었고, 물감을 놓는 위치에는 각각 중국어, 영어, 일어, 독어로 '브라츠의 상하이 작품전시회' 라고 쓰여 있었다. 중국어로 된 병풍 쪽에는 브라츠의 이름이 바이루헤이로 명기되어 있었다.

"바로 이곳인가요?"

루샤오녠이 물었다. 슈나이더의 자전거 앞쪽의 기둥에 앉아 있던 그녀가 자전거가 멈추길 기다렸다가 발끝을 세워 바닥으로 내려섰다.

"짧지만 달콤한 여정이었습니다!"

슈나이더 역시 자전거에서 내리며 말했다. 루샤오녠이 고개를 숙이며 웃음을 보였다.

'남자들은 다 이런가? 아마 바람둥이일 거야!'

그녀가 속으로 생각했다. 루샤오녠은 남자를 통해 자신이 소중한 존재라는 느낌을 처음 받았다. 그런 느낌은 허영이나 만족감 같은 말로는 절대 형용할 수 없는 것이었다.

시간이 이른 탓인지 전시장 안에는 일고여덟 명쯤의 손님밖에 없었다. 슈나이더와 루샤오녠이 들어서자 바이루헤이가 반갑게 달려왔다. 왜소한 체구에 장발을 한 청년이었다. 머리 위에 자신과 전혀 어울리지 않는 빨간색 챙이 큰 모자를 쓴 것과, 코끝에 걸쳐진 돋보기 같은 도수 높은 안경만 보아도 그가 낙천적이고 활동적이며 민감하다는 것을 알 수 있었다.

"하이, 게리!"

슈나이더에게 큼지막한 손을 내밀며 인사를 하면서도 그의 얼굴은 시종 루샤오녠의 얼굴을 떠나지 못했다.

"레오, 내가 소개해 줄게……."

"아! 내가 맞춰 볼 테니 우선 기다려 봐!"

그가 말을 이었다.

"'중국어에 대해 모두 알고 계시죠? 그중에 상하이말은 사실 어렵지 않아요!' 라고 외치는 루샤오녠 씨 아닌가?"

세 사람 모두 웃음을 터트렸다. 전시회 내의 임시직원이 와인을 가져온 후 그들은 모두 그림 쪽으로 걸음을 옮겼다. 전시회의 규모는 그다지 크지 않았다. 대략 40여 점의 그림들이 준비되었고, 대부분 수채화와 소묘로 구성된 작은 화폭의 그림들이 적당한 간격을 두고 배치되어 있었다. 전시회장의 왼쪽과 오른쪽에 각각 발이 두개씩 달린 전람판展覽板을 놓았고, 중간에 위치한 탁자에는 음료와 간식이 놓여 있었다. 슈나이더가 말했다.

"이봐, 레오! 모자가 그게 뭐야? 무슨 동화 속 인물처럼 정말 볼썽사납군!"

"뭐가 볼썽사납다고 그래? 이건 볼썽사납다고 하는 게 아니라 남들과 달라서 눈에 띈다라고 해야 맞는 거야! 유일한 판단기준은 통속적이냐 예술적이냐라는 것밖에 없어."

바이루헤이가 손을 들어 둥그렇게 돌리며 말했다.

"이 작품들 전부 상하이에 온 후에 그린 거야!"

"그림 속에 상하이 아가씨들이 적지 않은데! 왜 관심 있어?"

바이루헤이가 2, 3미터쯤 떨어져 있는 루샤오녠을 향해 입을 삐죽이며 나지막이 물었다.

"어때?"

슈나이더 역시 목소리를 나지막이 내어 대답했다.

"지금 노력하고 있어!"

바이루헤이가 진지한 얼굴로 말했다.

"상하이 아가씨라! 상하이 아가씨들에게는 아주 특별한 아름다움이 있어. 거 뭐더라…… 영어로 Sopho…… 뭔데…… 그게 뭐였지?"

"Sophisticate(세련된 사람) 말하는 거야?"

"맞았어! 바로 그 단어 말이야! 아주 적절한 단어인 것 같아. 상하이 아가씨들은 모두 똑똑한 것 같아. 게다가 예쁘면 예쁠수록 더 똑똑한 것 같으니 참으로 불가사의한 일 아니야? 안 그래?"

"예쁘다면 뭐가 예쁜 건데?"

"그야 물론 육체적인 아름다움 아니겠어? 솔직히 말해 봐! 육체적으로 뭐 발견한 것 없어? 상하이 아가씨들 어디가 제일 아름다운 것 같아?"

"어디냐고?"

바이루헤이가 똑바로 서서 몸을 돌려 예술가의 자세로 말했다.

"그래, 그렇지! 통속적인 조형각도에서 여인의 신체를 보면 가장 뛰어난 미감을 갖춘 부분은 바로 가슴과 엉덩이 그리고 허벅지라네. 하지만……."

"하하하하! 망명생활을 하더니 여자한테 한참 굶주렸나 보군!"

바이루헤이가 손을 휘저으며 슈나이더의 야유를 모르는 체하고는 계속해서 자신의 의견을 피력했다.

"하지만 누가 뭐래도 목 선이 최고지! 측면에서 보는 목 선이 가장 아름답다는 말을 하려는 거야! 앞으로 유심히 관찰해 봐. 측면에서 봤을 때 어깨, 등, 그리고 목의 선을 말하는 거야! 정말 아름다운걸!"

슈나이더 역시 웃음을 멈추고 대화를 잠시 중단한 채 루샤오녠을 향해 시선을 던졌다.

"지금 소곤거리며 무슨 이야기를 나눈 거예요? 남자들이 소리를 죽여 소곤거리다가 크게 웃는 것은 좋은 소리가 아니라고 사람들이 말하던걸요!"

"우린 그저 미학에 대해 이야기를 나누었을 뿐입니다."

안경 뒤편에서 웃고 있는 바이루헤이의 눈은 거의 보이지 않는 듯했다.

"미학이라고요? 그래서 결론은 어떻게 났나요?"

루샤오녠의 물음에 슈나이더가 웃음을 터트리며 대답했다.

"하하! 결론이라면…… 저 모자가 너무 볼썽사납다고 났습니다!"

"허허 참 그게 아니라니까! 조금 전에 내가 말했잖아! 문제는 볼썽사납고 아니고가 아니라 남들과 다르냐 똑같냐에 있다고 했지 않는가?"

"남들과 다르기 위해 일부러 다르게 꾸미는 것은 좀 세속적이지 않나?"

"물론 아니지! 천만의 말씀이야! 그렇게 말하자면 전시회 자체도 세속적인 일이 되지 않겠는가?"

전시회장을 찾은 사람들이 점점 많아졌다. 바이루헤이가 슈나이더와 루샤오녠에게 다시 술을 가져다준 후 말했다.

"가지 말고 여기서 한 바퀴 더 보고 있어. 조금 있다가 함께 나가서 저녁이나 먹자고!"

그가 곧 다른 사람들에게 다가가며 인사를 했다. 슈나이더가 손목시계를 바라본 후 중얼거렸다.

"비센돌프 선생님께서 레오의 상하이 첫 전시회에 안 오실 리가 없는데 웬일로 지금까지 안 오시지?"

전시회장의 분위기가 떠들썩하게 점점 무르익을 때 갑자기 바이루헤이가 침중한 얼굴로 들어오며 외쳤다.

"게리! 큰일났네! 비센돌프 선생님께서 귀가하시는 중에 공공조차지 부근에서 일본 군인들에게 잡혀 가셨다는군!"

16

이날 아침, 저우산루와 후이산루가 만나는 삼거리 입구는 많은 사람들의 행렬 때문에 시끌벅적했다. 삼거리 서북쪽에 예쁘게 단장한 2층짜리 유태인 백화점이 새로 들어선 것이다. 1층과 2층에 총 17개의 점포가 입주한 상태로 오늘은 다 함께 백화점 개업축하행사를 하기로 약속한 날이었다. 이곳 점포 주인들은 모두 얼마 전 상하이로 망명한 유럽 출신 유태인들로 JDC를 통해 상하이 맨해튼 은행에서 대출을 받아 이곳을 건립했다. 게다가 홍커우에 있는 일본 당국이 이곳 점포들에게 세금에 관한 상당한 특혜를 부여했다.

역사적으로 홍커우라는 이름은 홍강紅港이라 불리우는 작은 하천이 북쪽에서 황푸강로 흘러드는 것에서 유래되었다. 홍커우는 바로 홍강 하천의 하구였다. 일본무장세력이 홍커우를 점령한 후 이 지역을 강제적으로 일본조차지화한 것이었다. 상하이에 주둔하고 있는 서방열강들과 필적할 만한 힘을 보유하고 있으면서도 일본국민을 홍커우지역으로 대거 이민시킴으로써 홍커우를 진정한 자신들의 해외영토화 하려는 야심은 서방열강들과는 분명히 다른 점이었다. 그러한 이유 때문에 일본 당국은 유태인난민들의 날로 왕성해지는 상업활동을 낙관적인 태도로 지켜보고 있었다. 사실 대다수의 유태인난민들은 홍커우의 방세와 물가가 저렴한 것을 이유로 이곳을 새로운 안착지 혹은 상업거점으로 삼고 있었다. 활발하게 이루어지는 유태인들의 경제활동으로 인해 평범했던 홍커우는 빠르게 중심지로 변화하고 있었다. 번영하는 유태인 상업지역이 일본인들이 살고 있는 리틀 재팬에서 멀지 않은 탓에 이곳에 리틀 비엔나라는 예쁜 이름이 붙여지게 된 것은 아주 자연스러운 일이었다.

스필버그는 조금 이른 시각에 마그리 대표와 함께 백화점 개업축하 행사에 도착했다. 그는 점포를 하나하나 빠짐없이 돌며 개점한 점포의 주인들을 만나 상하이구제위원회에서 도와줄 수 있는 점이 없는지에 대해 물었다. 사실 이런 사람들에게 실제적인 어려움이 닥쳤을 때 그가 해결해 줄 수 있는 문제는 제한적이었다. 그는 마그리 대표가 상하이지역 유태인의 활동을 몹시 못마땅하게 여기고 있는 것을 알고 있었다. 하지만 그는 말로 자신의 의견을 피력하기보다는 자질구레한 일로 보이지만 어려운 일들이 상당히 많다는 것을 마그리 대표가 직접 느껴야 한다고 생각했다.

이 외에도 스필버그에게는 잘 만들어진 감사장에 점포 상인들의 친필 서명을 받아 내는 중요한 일이 남아 있었다. 이 감사장은 일본해군 육상부海軍陸上部를 책임지는 관방장관官房長官 게미츠 대좌에게 전해 줄 것이었다. 그는 이미 이곳 개업축하행사에 참석할 것이라는 의사를 밝힌 게미츠 대좌에게 직접 감사장을 전달하는 순서를 개업축하행사의 한 절차로 마련해 놓았다. 오늘 개업하는 17개의 점포 가운데 현재 5개 점포 주인이 서명을 안 한 상태였다.

3일 전 저녁 공공조차지에서 평상복 차림의 일본 군인에게 잡혀 간 리랜드 비센돌프의 일을 처리하기 위해 홍커우 일본 헌병대와 상하이 시정 경찰서로 교섭을 하러 간 코흐나는 아직 모습을 보이지 않고 있었다.

파파엘 부부가 두 아들을 데리고 나왔다. 파파엘의 안사람이 중국식 작은 술잔이 20여 개 놓인 큰 쟁반을 받쳐 들고 나왔다. 그녀가 진한 향의 커피가 담긴 잔을 사람들에게 나눠 주며 맛을 보라고 권했다. 한 모금을 마셔 본 스필버그가 진지한 어투로 말했다.

"파파엘! 리틀 비엔나라니…… 상점 이름을 정말 기막히게 지었는걸! 이미 이 거리를 리틀 비엔나로 부르고 있으니 따로 광고하지 않아도 되겠어! 이 거리 자체가 자네 상점을 광고해 주고 있으니 말이야!"

자리에 모인 사람들이 모두 웃음을 터트리자 웃음소리와 함께 사람들 사이에서 불빛이 반짝거렸다. 상하이신문사 기자들이 앞을 다투어 사진을 찍으면서 나오는 플래시의 섬광이었다.

2층에 있는 점포들을 모두 둘러본 후 스필버그는 마그리 대표와 함께 건물 정중앙에 있는 계단을 통해 1층으로 내려왔다. 이때 같은 업종에 종사하는 중국인들의 개업을 축하하기 위한 사자춤 공연이 막 끝이 났다. 황금색 술을 잔뜩 단 두꺼운 사자탈에서 나온 사람들의 이마에는 땀방울이 송글송글 맺혀 있었다. 그들의 공연에 이어 유태인 문예클럽 소속의 합창단이 공연을 했다. 우선 여가수 한 명이 일어나 스페인어로 길게 음을 끌어낸 후 '왕과 세 딸'이라는 제목의 유태인 가요를 부르기 시작했다. 노래는 참 듣기 편안했다. 노래를 들으며 천천히 걸음을 옮기던 스필버그와 마그리가 마침내 걸음을 멈추고 노래에 심취되기 시작했다. 그때 홍커우의 일본신문 기자가 인터뷰할 기회를 놓치지 않고 얼른 달려와 질문을 던졌다.

"바이올리니스트 리랜드 비센돌프 씨가 체포된 것을 어떻게 생각하십니까?"

스필버그의 고개가 채 돌아가기도 전에 마그리 대표가 이미 입을 열고 자신의 의견을 피력했다.

"그건 일본이 완전히 잘못한 일입니다! 비센돌프 선생님은 분명 공공조차지에 살고 계신데 일본 군인이……."

"그건 모두가 오해에서 비롯된 일입니다!"

마그리의 말을 가로챈 스필버그가 얼른 끼어들었다.

"우리는 모든 게 오해 때문에 생긴 것이라고 믿고 있습니다. 모두 이곳에 투자하고 장사를 한다는 것만 보아도 일본이 우리를 지원하고 협력한다는 사실을 믿고 있으며, 이곳에서 희망찬 미래를 꿈꾸고 있다는 것을 알 수 있지 않습니까? 제게는 두 가지 희망이 있습니다. 한 가지는 게미츠 대좌님이 오늘 개업축하행사에 참석하셔서 모두 대좌님을 만나 뵐 수 있는 것이며, 또 한 가지는 비센돌프 선생님이 하루속히 석방되시는 것입니다. 오늘 그분이 이곳에 계셨다면 바이올린 연주를 청했을 것입니다."

주변 사람들에 비해 머리 하나가 더 솟아 있는 미스터 대나무 코흐나의 모습이 큰길 모퉁이에 나타난 것을 본 스필버그가 주변에 잠시 실례하겠다는 말을 남긴 후 그를 향해 걸어갔다.

"나도 자네처럼 저 미국인이 정말 싫어지려고 하네!"

"미국인? 누구 말인가?"

그때 유태인 문예클럽의 합창단에서 곡을 바꾸어 부르기 시작했다.

아달월(유태인들의 12월)의 11번째 밤,

이상한 그 밤.

전투 화염이 번쩍이는 그 밤.

누군가 부르짖는구나!

갈릴리를 위하여!

나의 땅 갈릴리를 위해 기꺼이 죽을지라도

아무 원망 없으리!

'아달월의 11번째 밤'이라고 불리는 이 곡은 이스라엘의 민족영웅 트루모페드를 기리는 유태인 가곡이었다. 그는 중국의 동북지역에서 생활한 적이 있는 인물로 그 당시 러일전쟁의 포로로서 감옥에 수감된 적도 있으며 출감한 후에는 하얼빈에서 일정 기간을 보냈다. 이 노래를 들으며 가슴에 뜨거운 무언가가 차오른 스필버그는 자신도 모르는 새 각진 얼굴의 마그리 대표를 흘긋 쳐다보아 오히려 그녀에 대한 반감이 수그러드는 것을 느꼈다.

"지금 누구한테 그러는 거야?"

코흐나가 영문을 몰라 하며 물었다.

"아니, 아닐세!"

스필버그가 화제를 돌리며 다시 물었다.

"그런데 자네가 갔던 일은 어찌 되었는가?"

"별로 큰일은 없는 것 같네. 한 3, 4일 정도면 풀어 줄 것 같아. 대좌는 이런 처리방식에 동의하지 않는다고 말하는 것을 보니 이번 일은 모두 그 야스히로란 녀석이 꾸민 것 같아!"

"교활한 녀석 같으니! 하지만 우리도 이 일을 계기로 새로 부임한 그 땅달보 녀석을 경계해야겠네!"

"지금 모두 도착해서 저기 길가 자동차 안에 있다네. 게미츠 대좌가 자네를 먼저 보자고 하더군!"

"젠장!"

남몰래 욕을 내뱉은 스필버그는 무의식적으로 자신의 양복 상의 주머니에 들어 있는 감사장을 매만졌다. 이곳 17개 점포 점주들의 친필 서명이 담긴 감사장으로 게미츠 대좌에게 건넬 생각이었다. 그는 이 감사장을 마치 서커스단의 조련사가 곰을 무대에서 공연시킬 때 곰에게 주려고 주머니에 넣어 둔 사탕처럼 생각했다.

"알겠으니 자네는 가 봐. 기자들 앞에서 입 조심하는 것을 잊지 말게!"

말을 마친 후 넥타이를 잘 조여 맨 스필버그가 뚱뚱한 몸을 이끌고 길가 모퉁이를 돌아 후이산루를 향해 갔다. 멀리서도 이미 차에서 내린 게미츠 대좌가 길가에 있는 작은 공원 입구에 서 있는 모습이 눈에 들어왔다. 걸음을 재촉한 스필버그가 정중하게 두 손을 내밀며 말했다.

"아! 대좌님! 드디어 오셨군요! 우리 모두 기다리고 있었습니다."

얼굴에 미소를 띠긴 했지만 아무런 동작도 취하지 않은 게미츠 대좌의 행동 때문에 스필버그의 두 손은 여전히 허공에 덩그러니 놓여 있었다.

"온다고 약속을 해 놓았으니 당연히 와야지요!"

스필버그가 말했다.

"대좌님이 바쁜 분이라는 것은 우리 모두 알고 있습니다."

그때 야스히로가 나서며 말했다.

"우리 일본인은 말을 하면 반드시 지키고, 행동을 하면 반드시 그 결과를 보고 맙니다!"

대좌가 그제서야 손을 들어 허공에 있는 스필버그의 손을 잡았다. 한창 공연이 벌어지고 있는 곳을 향해 걸으며 대좌가 말했다.

"코흐나 씨가 비센돌프 선생 일 때문에 영국인과 홍커우 헌병대를 찾아갔다는 전화를 야스히로 부장에게서 받았습니다. 이보게, 자네가 맡고 있는 서양인인사부를 유태인인사부로 개명하는 게 낫지 않겠는가?"

스필버그가 얼른 말꼬리를 물어 대답했다.

"우리 유태인들은 일본인들의 공부국 이사회 선거를 위해 이미 기부를 했습니다. 우리는 일본 역시 영국이나 미국처럼 4명의 이사가 선출되기를 바라고 있습니다."

게미츠 대좌가 스필버그의 말을 무시하며 다시 말을 이었다.

"화더루에 있는 난민수용소에서 매일 점심을 제공하기 위해 쓰는 비용이 막대하고, 그 비용은 모두 미국에 있는 부자 유태인들에게서 나온다는 이야기를 코흐나 씨를 통해 들었습니다. 그렇게 매일 돈을 쓰다니…… 도대체 그게 얼마입니까? 그런 것을 보면 유태인들이 미국의 돈을 전부 틀어쥐고 있다는 사람들의 말이 거짓말이 아닌 것 같습니다!"

게미츠 대좌의 말에 숨겨진 의도를 추측하던 스필버그가 그의 비위를 맞추려 최대한 노력하며 말했다.

"지금 말씀하신 내용이 틀린 것은 아니지만 점심은 무료로 제공하는 게 아닙니다. 이것저것을 자세히 따져 본 다음 난민들이 낼 수 있는 최소한의 돈은 받고 있습니다. 상하이에 위치한 모든 난민수용소 가운데 제일 저렴한 가격이지요. 그래서 뭐 이렇다 할 돈이라고 남는 것도 없습니다."

대좌가 웃으며 말했다.

"그래요? 그렇다면 앞으로 유태인들을 위해 우리가 애쓸 일도 없겠군요. 한 가지 더! 저기 저 점주들에게 앞으로 홍커우의 치안을 바로잡기 위해서라도 유태인들을 더 이상 봐주지 않을 것이라고 알려 주고,

배에서 내리기 전에 읽어 준 주의사항들을 잘 되짚어 보라고 경고하시오! 그것은 절대 말로만 하는 허튼소리가 아니오! 보안대에서 야간 통행금지령을 어긴 채 저녁 야간영업을 끝내고 귀가하는 유태인들과 매일 마주치는 데다 납세 부분에서도 탈루의 기미가 있다는 것을 잘 알고 있소. 앞으로 보안대가 봐주는 일은 없을 것이오. 감옥살이를 하거나 심한 경우 그 자리에서 사살할 것이오!"

게미츠 대좌의 태도가 갑자기 강경해진 것을 본 스필버그가 주머니에서 감사장을 꺼내며 말했다.

"이것은 오늘 개업을 한 17개 점포의 점주들이 대좌님의 관심과 은혜에 감격한다는 표시로 빠짐없이 친필서명을 한 감사장입니다. 제가 직접 대좌님께 전해 주길 정중하게 요청해 왔습니다. 이 밖에 내일 신문 게재를 위해 감사장 사본을 만들어 기자들에게도 나누어 주었습니다."

감사장을 받아 든 게미츠 대좌가 딱딱한 감사장 겉봉투를 흔들어 보다 펴 보지도 않고는 뒤에 서 있는 야스히로에게 건네주었다. 다시 두어 걸음 옮기던 대좌가 갑자기 걸음을 멈추더니 말했다.

"당신 유태인들이 다 연대해서 미국정부와 국회에도 편지를 좀 쓰는 게 어떻겠소? 개인적인 것이나 공개적인 것이나 다 상관없소이다!"

스필버그가 얼른 물었다.

"아니 뭘 쓰라는 것입니까?"

"뭘 쓰느냐고? 그야 상하이, 이 홍커우에서 우리 일본인들이 당신네 유태인들에게 얼마나 잘해 주는지를 쓰면 되지 않겠소?"

잠시 말을 멈춘 게미츠 대좌가 자신의 생각을 좀 더 확실하게 정리한 후 다시 말을 이어 갔다.

"우리 대일본제국이 건설하려는 대동아공영권大東亞共榮圈은 미국이 아시아와 태평양에서 차지하고 있는 어떤 이익에도 해를 가하지 않을 것이란 사실을 당신 유태인들이 직접 보고 느낀 것을 통해 그들을 이해시키도록 하시오. 미국에게 로스앤젤레스에 있는 미국기지를 하와이로 이전할 필요가 전혀 없다고 말해 주시오. 일본은 미국과 정면충돌을 할 생각이 전혀 없소이다!"

"하지만…… 저희처럼 이름도 없는 장사치들의 말을 미국인들이 들으려 하겠습니까?"

"흥! 쓸데없는 소리 그만두시오! 미국의 경제, 금융 전체가 당신들 유태인들의 손에 있다는 것을 모르는 사람도 있소? 세상에 미국정부에 그토록 엄청난 영향력을 끼칠 수 있는 존재가 당신네 유태인을 빼면 또 누가 있겠소? 미국정부는 본질적으로 유태인정부라 해도 과언이 아닐 것이오!"

"대좌님! 이 일은 제가 혼자서 단독으로 결정할 수 있는 일이 아닌 것 같습니다. 이곳의 영향력 있는 단체장들과 만나서 상의를 좀 해야 할 것 같으니 시간을 좀 주십시오!"

대좌가 코웃음을 치며 말했다.

"흥! 당신이야말로 이곳에서 제일 영향력 있는 단체의 단체장 아니오? 내 생각에는 당신이 바로 핵심인물이오! 당신이 결정을 한 후 다른 사람들을 설득하도록 하시오! 참! 랍비들도 잊어서는 안 될 것이오!"

스필버그는 뭐라 대답해야 할지 판단을 내릴 수 없었다. 스필버그의 안절부절못하는 모습을 흘긋 바라본 게미츠 대좌가 다시 입을 열었다.

"참으로 불가사의한 일이오. 러시아에서 볼셰비키혁명을 일으킨 장본인도 유태인이고, 미국에서 자본주의를 정립한 것도 유태인인 것을 보면 불가사의한 일이 아니라고 할 수 없소! 게다가 상하이마저 유

158

태인들 때문에 엉망이 된 것을 보면 당신네 유태인들은 민족이라고 하기보다는 괴상망측한 인간집단이라고 말해야 더 적합할 것 같다는 생각이 드는군요!"

말을 마친 후 걸음을 멈춘 그가 고개를 돌려 스필버그를 직시하며 냉소했다.

"칼 스필버그 씨! 유태인이 어떤 특수집단인지 좀 말을 해 주시오!"

스필버그가 말을 채 꺼내기도 전에 게미츠 대좌의 머리가 그의 귓가 쪽으로 기울어지더니 천천히 그리고 아주 다정한 말투로 속삭였다.

"악…… 마……!"

게미츠 대좌는 말을 마치고 웃음을 터트리더니 이내 걸음을 빨리했다. 백화점 건물 앞거리에서 펼쳐지는 공연은 점점 클라이맥스를 향해 치닫고 있었다. 다음은 유태인 문예클럽이 계속해서 펼치는 공연 중 하나로, 반주에 맞추어 등장한 것은 서커스단의 어릿광대였다. 어릿광대는 앞뒤로 파란색과 흰색을 칠한 큼지막한 팻말을 손으로 쥐고 있었다. 양면에는 개업을 축하하는 의미의 글자가 화려하게 쓰여 있었다. 어릿광대가 팻말의 막대를 이리저리 던졌지만 팻말은 그의 몸 이곳저곳을 누비면서도 떨어질 때마다 수직으로 서 있었다. 어릿광대가 춤을 추거나 물구나무서기를 하거나 회전을 할 때도 몸에 딱 달라붙어 있었다. 그의 기묘한 동작과 그에 걸맞은 익살스런 표정을 보며 주위에 모인 사람들은 연신 웃음을 토해 냈다.

갑자기 어릿광대가 온몸의 힘을 실어 팻말을 공중으로 던지며 그 틈을 이용해 회전돌기를 하다 실수를 한 듯 균형을 잃으며 땅바닥에 널부러졌지만 실수한 와중에도 다리를 쭉 내밀어 떨어지는 팻말을 보기 좋게 받아 냈다. 그 순간 팻말 위에 있던 글자가 순식간에 영문인 쇄체로 선명하게 바뀌었다.

"일어나라! 고귀한 유태인이여!"

주변에 모여 있는 사람들이 사방에서 환호와 갈채를 보냈다. 무대 위에서 반주를 하던 악단 역시 북과 징을 요란스럽게 쳐 대기 시작했다. 스필버그와 게미츠 대좌 일행이 빌딩 입구에 도착한 것은 바로 그 순간이었다. 자신을 환영하기 위한 북소리라고 생각한 게미츠 대좌는 정중한 답례를 하기 시작했다. 자신의 어깨보다 조금 위로 손을 올리고 이리저리 흔들던 그는 곧 자신의 행동이 착각에서 비롯된 것임을 깨닫고 자연스럽게 손을 내린 후 뒷짐을 진 채 오만함과 자신감이 섞인 미소를 지으며 걸어갔다.

17

비센돌프를 티란챠오감옥(상하이 거주 외국인들은 이곳을 브리지 하우스 (bridge house)라고 불렀다)으로 끌고 간 일이 야스히로의 주도하에 일어났다는 것은 말을 하지 않아도 추측할 수 있는 일이었다. 비센돌프의 죄명은 지나인들의 반일음악을 공공장소에서 연주한 것이었다. 〈안녕, 상하이〉가 채 끝나기도 전에 서양인사부의 감청과에서 비센돌프가 '이날'을 연주했다는 사실을 야스히로에게 보고했다. 곧이어 게미츠 대좌 역시 전화를 걸어 홍커우 헌병대가 이 사실을 전화로 통보했다고 알려 주었다. 게미츠 대좌가 야스히로에게 은혜를 모르는 유태인 노인에게 약간의 쓴맛을 보여 주라고 지시했다.

입장이 난처해진 상황에서 〈안녕, 상하이〉가 끝나고 우유광고가 나올 때까지도 야스히로는 사무실 안을 왔다 갔다 하며 난감해했다. 맨 처음 야스히로는 이 일을 즉시 홍커우 헌병대에 통보하여 리랜드 비센돌프를 연행한 뒤 징계의 의미로 며칠 동안 감금해 둘 것을 요청하려고 했지만 그는 징계 수위가 적당한지를 놓고 다시 고민했다. 하지만 어쨌든 좌시할 수는 없는 일이었다. '이날'이 반일음악 가운데

서도 명곡인 데다가 리랜드 비센돌프가 이 곡을 공개적으로 연주했다는 사실은 절대 간과할 수 없었다. 오랜 세월 자신이 그토록 흠모해 오던 뮌헨 바이올리니스트의 이미지와 거리공연을 하던 어린 깡패 녀석의 모습이 겹쳐 보였다.

홍커우 헌병대에 전화를 하려는 순간 그는 갑자기 무당벌레가 신비스럽게 그려져 있는 리랜드 비센돌프의 바이올린을 떠올렸다. 이어 새로운 생각이 야스히로의 머릿속을 전광석화처럼 스쳐 갔다. 야스히로는 다시 전화기를 내려놓았다. 그렇다! 그는 이번 기회를 이용하여 비센돌프가 갖고 있는 멜라니의 바이올린을 손에 넣을 수가 있었다.

생각이 정해지가 야스히로는 곧 가쯔오를 불렀다. 평상복 차림의 변복 경찰을 공공조차지로 보내 비센돌프와 바이올린을 함께 붙잡은 후 비센돌프는 헌병대로 보내고 바이올린은 반드시 자신에게 가져오라고 지시했다. 야스히로는 득의양양해졌다. 게미츠 대좌의 반대를 피하기 위해 그에게는 알리지도 않았다. 지나인의 반일음악을 연주했다는 죄목으로 비센돌프를 티란챠오감옥에 보낼 경우 바이올린은 몰수되는 게 통상적인 경우라는 것을 알고 있는 야스히로는 내심 멜라니의 바이올린이 자연스럽게 자신의 소유물이 되길 기대했다. 한 걸음 물러나서 그는 상부에서 자신이 이런 행동을 반대할 경우도 생각했다. 이미 수차례에 걸쳐 자신에게 냉담한 반응을 보인 비센돌프가 자신이 바이올린을 최선을 다해 보호하려 했었다고 생각한다면 다시 교류가 시작될 수 있다고 생각했다. 아울러 비센돌프가 지금처럼 고집스럽게 자신의 주장만을 고수할 수는 없을 것이라고 확신했다.

야스히로는 이미 헌병대와 감옥에 연락하여 하루빨리 리랜드 비센돌프를 석방하라는 게미츠 대좌의 전화를 받았다. 아울러 게미츠 대좌는 바이올린을 주인에게 반드시 돌려주라는 말도 잊지 않았다. 야스히로는 혼자 즐거운 일장춘몽을 꾼 듯했다. 눈 깜짝할 사이에 윗사람들은 또다시 유태인들에게 양보를 하고 있었다.

"흥! 유태인 놈들이 또 돈지랄을 한 모양이군!"

불만에 찬 야스히로의 마음을 시커먼 홍수 같은 답답함이 짓눌러 왔다. 서양인사부 부장으로 승진한 이후 야스히로가 알게 된 유태인들의 세력은 상상을 초월했다. 만약 리랜드 비센돌프가 중국인이었으면 진즉에 총살을 당했을 것이다. 지금 배은망덕한 유태인 노인에게 약간의 본때를 보여 주긴 했지만 결국 무승부가 되고 말았다. 그 유태인 노인이 쉽게 풀려나는 것은 상하이에 있는 부자 유태인들 덕분이었다. 그는 순간 언젠가 자신을 우습게 만들어 버린 유태인들에게 보복할 기회가 있을 것이라고 생각했다. 상상만으로도 정말 통쾌했다.

그는 바이올린을 돌려보내기 전 다시 한 번 살펴볼 생각에 안으로 들어갔다. 책장 맨 위에 놓인 바이올린을 조심스레 꺼내 와 벨벳 천을 풀어낸 후 케이스를 열고 바이올린을 찬찬히 감상했다.

"아! 멜라니의 바이올린! 정말 대단한 바이올린이야!"

야스히로가 탄성을 내지르듯 말했다. 그는 이 바이올린의 고귀함이 외적인 아름다움에 있거나 골동품이기 때문은 아니라는 것을 잘 알고 있었다. 바로 일류 바이올리니스트가 사용하였다는 것이 고귀함의 이유였다. 리랜드 비센돌프의 연주기법이 멜라니의 바이올린과 서로 조화를 이루며 바이올린 예술의 극치를 만들어 내는 것이 분명했다. 그런 이유에서 이 바이올린을 소장하는 것은 그저 바이올린 하나를 소장하는 것이 아니라 바이올린 역사의 일부분을 함께 소장한다는 의미를 갖고 있었다.

최근 상하이의 수많은 신문들은 멜라니의 바이올린에 얽힌 감동적인 이야기들을 앞을 다투어 게재하면서 마치 연재소설처럼 생생하고 재미있게 묘사하고 있었다. 신문사 가운데 멜라니를 리랜드 비센돌프의 연인으로 대두시키면서 멜라니가 이별을 슬퍼하여 죽은 것처럼 다룬 신문사도 있었고 심지어 비센돌프가 이태리로 망명을 갔을 때 비센돌프 자신의 평안을 위해 집시 출신 법술사에게 무당벌레를 그려 달라고 한 것이라고 떠들어 대는 신문사도 있었다.

'게미츠 대좌는 왜 나의 고충을 이해하지 못하는 것일까?'

게미츠 대좌는 자신의 상사일 뿐 게미츠 대좌와 자신의 관계는 필연적인 것이 아니었다. 그는 권모술수에 능한 군인으로서 다른 유혹 때문에 천직을 바꾸는 일 따위는 하지 않을 사람이었다. 이런 부류의 사람들은 너무 많은 것을 알 필요도 없었다. 오히려 사고가 단순하여 고집스럽고 자신의 판단에 확고했으며 사실을 제대로 파악하지 못하는 것이 그들의 장점이기도 했다. 그들은 이러한 장점 때문에 세상에 모르는 것이 아무것도 없다고 믿는 사람들이었다.

야스히로는 가쯔오에게 전화를 걸어 자신의 집으로 와서 바이올린을 가져가라고 지시했다. 그는 가쯔오를 통해 자신이 갖고 있던 바이올린을 오마쯔 쯔네히코 감옥대장에게 줄 생각이었지만 야스히로가 전화를 끊기 무섭게 게미츠 대좌로부터 전화가 다시 걸려 왔다. 대좌는 이미 사람을 보내 감옥으로 직접 가져다주라고 지시했으며 그 사람이 이미 야스히로의 집 쪽으로 가고 있는 중이라고도 설명했다.

야스히로는 아직 대좌가 보낸 사람이 오지 않은 터라 답답한 마음으로 술을 한잔 했다. 술잔을 밀어 놓은 후 손으로 바이올린을 만지작거리다 무릎 위에 세웠다. 그가 손가락 사이에 벨벳 천을 끼고 바이올린을 살살 닦기 시작했다. 그사이 가쯔오가 도착했다.

"부장님!"

탁자 위에 놓인 술과 술잔을 바라본 가쯔오가 바이올린을 닦고 있는 상사를 보더니 문가에 서서 어찌할 바를 몰라 하며 서 있었다. 실내에는 사삭거리며 바이올린을 닦는 소리만 들렸다.

"앉게!"

"저기…… 저한테……."

"자네 대신 다른 사람이 간다고 하니 자네는 나와 술이나 한잔 하세!"

가쯔오는 직접 술을 반 잔 정도 따라 한 모금 마시다 잠시 후 궁금증을 참지 못하고 입을 열었다.

"저도 신문지상에서 떠드는 여러 가지 이야기들을 들었습니다. 정말로 이 바이올린에 그렇게 특별한 점이 있습니까?"

야스히로가 고개를 쳐들며 대답했다.

"물론이지! 이 바이올린은 정말 재미있는 바이올린이야. 아주 재미있어."

야스히로는 손에 들고 있던 벨벳 천을 내려놓은 후 바이올린을 무릎 위에 수직으로 세웠다.

"내가 백러시아 출신 감정가를 두 사람이나 불러 감정해 봤는데 그들 모두 이 바이올린의 길이와 바이올린 허리의 길이 두 가지 모두 아주 특이하다고 하더군. 특히 이 바이올린의 울림통이 다른 바이올린에 비해 길다고 하더군. 전문가들은 그 부분을 바이올린의 배라고 하지."

야스히로가 손으로 바이올린의 부위를 가리키며 말했다.

"배라고요?"

호기심이 가득한 눈으로 가쯔오가 몸을 당겨 앉았다.

"내가 아는 바에 따르면 일반적으로 몸이 긴 바이올린은 비교적 낮은 음색을 띠는 것이 보통인데 이 바이올린은 아주 맑은 소리를 내고 있어."

165

"네……."

가쯔오가 중요한 내용을 귀 기울여 듣는 것처럼 낮은 탄성을 쏟아 냈다.

"비센돌프 선생님의 딸이 죽은 후 바이올린이 심하게 훼손되어 나중에 이탈리아에 있을 때 그곳의 유명한 바이올린 제작자가 수리를 해 주었다고 신문에서 말하던데요?"

"그래! 그 말은 맞네!"

가쯔오에게 감염된 듯 다소 흥분하기 시작한 야스히로가 외쳤다.

"그렇다면 혹시 그 바이올린 제작자가 잘 만들어서 이렇게 된 것이 아닐까?"

야스히로는 불현듯 뭔가 떠오른 사람처럼 이야기를 하다 이내 자신의 추측을 부인했다.

"아니, 아니야! 선생님의 딸이 바이올린을 만들 때부터 원래 이런 모양이었어."

그가 서랍 속에서 돋보기를 꺼낸 후 가쯔오에게 손을 흔들었다. 그가 바이올린을 평평하게 눕힌 후 불빛 아래 비춰 보며 말했다.

"여기 이 안쪽을 잘 봐! 안에 있는 사인이 보이지? 이 바이올린의 판은 바뀌지 않았어. 원래 이런 모양이었다고!"

가쯔오는 야스히로가 가리킨 곳으로 돋보기를 들고 바이올린에 있는 소리구멍을 통해 안쪽을 자세히 살펴보았다. 바이올린 판의 안쪽 면에 어두운 갈색으로 쓰인 '멜라니'라는 글자가 보였다. 이런 것을 한 번도 구경한 적이 없는 가쯔오가 자신도 모르게 긴 탄성을 토해 냈다. 이때 게미츠 대좌가 보낸 사람이 도착했다. 콧수염을 기른 통신병으로 야스히로는 통신병의 이름이 야마가타 타쿠미라는 것을 확인했다.

"펑!"

"따다다닥!"

밖에서 들려오는 뭔가 터지는 굉음에 야스히로가 깜짝 놀라자 타쿠미가 얼른 말했다.

"폭죽을 터트리고 있습니다. 요즘이 중국인들의 무슨 절기인지 길거리가 아주 난리통입니다. 내일은 중국성中國城 안팎에서 모두 환등제를 할 것이라고 합니다."

"그런데 왜 자네 혼자 왔나? 바이올린은 어떻게 가져갈 거지?"

"자전거를 타고 왔으니 뒷자석에 잘 묶어서 가져가면 됩니다. 아무 걱정 마십시오! 게미츠 대좌께서 제게 바이올린을 잘 받아다가 티란챠오감옥으로 가져다주라고 명령하셨습니다. 그리고 이미 연로한 노인이라 자칫 잘못되기라도 하면 골치 아픈 일이 생길 수 있다고 하시며 하루속히 석방하라고 하셨습니다."

통신병의 말을 듣고 있는 야스히로의 가슴에 반감이 차올랐다. 이렇게 소중한 물건을 이런 허술한 방식을 통해 주인에게 돌려주다니! 그는 이 바이올린에 대해 몇 마디하고 싶은 충동을 느꼈지만 자신의 말 자체가 소 귀에 경 읽기라는 것을 잘 알고 있었기에 입을 다물었다. 그는 바이올린을 잘 놓은 후 원래의 모습대로 벨벳 천으로 잘 감쌌다. 이어 탁자 위에 놓은 술을 단숨에 들이켰다. 야스히로는 대문 앞까지 나와 통신병이 가는 것을 배웅하며 그가 바이올린의 자전거 뒷자석에 밧줄로 매는 것을 보았다. 야스히로가 담담한 어조로 당부했다.

"자전거를 천천히 몰도록 하게!"

야스히로가 다시 집 안으로 들어올 때까지 가쯔오는 단정한 자세로 앉아 있었다. 야스히로가 갑자기 웃음을 터뜨리며 말했다.

"자, 우리 술이나 한잔 더 하세!"

사실 티란챠오감옥은 사람의 이목을 끄는 건물이 아니었다. 내부는 아주 깊었지만 문은 그다지 눈에 띄지 않았다. 티란챠오감옥은 복잡하고 붐비는 디쓰루狄斯路 남단에 위치했다. 바오에따샤 백화점이 그 옆에 있는 데다 일본교민들이 제일 좋아하는 홍커우 일본 상점가도 멀지 않은 곳에 있었다. 만약 가깝게 접근해서 관찰하지 않는다면 그 옆을 지나치는 사람들조차도 티란챠오감옥이 주는 공포를 느끼기는 힘들었다.

감옥 건너편 4, 50미터 부근에는 유태인난민이 운영을 하는 작은 커피숍이 있었다. 지역적 특수성 때문에 감옥에 면회를 오거나 출옥하는 사람들이 감정을 수습하는 공간으로 자리 잡고 있었다. 저녁 무렵, 하늘은 아직 밝았지만 거리에는 어둠이 내리고 있었다. 공교롭게도 비센돌프는 음력 7월 7일 저녁에 석방되었다. 몇 걸음을 옮기던 그는 이내 하체에 아무 힘도 남아 있지 않은 것을 느꼈다. 잠시 멍해 있던 그의 눈에 맞은편에 있는 커피숍이 들어왔다. 그는 그곳에서 잠시 쉬며 기운을 차리고 마음을 다스려야겠다는 생각을 했다. 방금 전 멜라니의 바이올린이 사라져 버렸다는 통고를 받은 상황에서 비센돌프의 심정은 그야말로 분노와 슬픔 혹은 울고 싶어도 흘릴 눈물이 없다는 말로 형용될 수 있었다.

"당신의 바이올린을 감옥으로 갖고 오는 도중 도둑맞았습니다. 뭐라 말하기가 참…… 어쨌든 정말 미안합니다."

통신병 야마가타 타쿠미가 당혹감에 젖은 얼굴로 말했다.

"아니! 아니야! 당신은 지금 거짓말을 하고 있는 거야! 이 뻔뻔한 자식들!"

비센돌프가 소리를 고래고래 지르다 자리에서 벌떡 일어서서 비칠거리며 그에게 달려들어 멱살을 잡았다. 통신병이 그의 공격에 놀라

있는 동안 비센돌프가 다시 그를 거칠게 밀자 통신병이 바닥에 나동
그라졌다. 몇몇 군사들이 번뜩이는 칼을 빼 들고 비센돌프에게 달려
들었지만 오마쯔 쯔네히코 감옥대장이 그들을 제지했다.

일본인들의 누그러진 태도를 보면서 비센돌프는 그들의 말이 사실
이란 것을 믿지 않을 수 없었다. 그는 또다시 딸을 잃은 것이었다! 고
통을 참으며 감옥에서 나오자 그동안 참아 온 뜨거운 눈물이 두 볼을
타고 흘러내렸다. 그가 어금니를 물며 눈물을 닦아 냈다.

커피숍 입구에 다다랐을 때 비센돌프는 본능적으로 입고 있던 옷의
주머니를 뒤졌다. 주머니란 주머니에는 아무것도 남아 있지 않았다.
갖고 있던 돈은 감옥을 지키는 간수들에게 몰수된 지 이미 오래였다.
커피 한 잔은커녕 물론 집으로 돌아갈 차비도 문제였다. 진퇴양난의
순간 갑자기 커피숍의 문이 활짝 열리더니 보행이 불편한 듯한 월터
요나스가 나왔다. 그리고 그의 뒤쪽에 의젓한 모습으로 상기된 채 미
소를 짓고 있는 루양도 보였다. 순식간에 모든 것이 해결되었다. 게 눈
감추듯 수프 한 그릇을 순식간에 비운 비센돌프는 뜨거운 열기로 온몸
이 훈훈하게 덥혀지는 것을 느꼈다. 며칠 동안 속옷도 갈아입지 못한
데다 감옥 안의 곰팡이 냄새와 악취까지 몸에 배어 있었고 그의 몸에
서 스멀스멀 움직이는 것도 있었다. 그는 그것이 이라는 것을 잘 알고
있었다. 마음이 찢어질 대로 찢어지고 지칠 대로 지친 그는 어서 집에
돌아가 목욕을 한 후 푹 자고 싶었다. 요나스가 말했다.

"이봐, 친구! 이제 좀 괜찮은가? 기운이 좀 나냐고? 자네에게 기쁜
소식을 전하고 싶은 마음에 우리는 지금 안달이 나 있다네!"

잠시 말을 멈춘 그가 사방을 한 번 훑어보았다. 칠월칠석을 맞이한
커피숍에는 그들 일행 세 사람밖에 없었다. 월터 요나스가 몸을 바짝
당겨 앉으며 나지막한 음성으로 독일어로 말했다.

"이곳이 그리 안전한 곳은 아니지만 자네에게 꼭 해 줘야 할 말이 있네! 멜라니의 바이올린은 내 악기점에 잘 감춰 두었어! 아무도 모르니 아주 안전하네!"

자신의 귀를 믿을 수 없었는지 비센돌프가 초조하게 다시 물었다.

"뭐라고? 월터! 지금 뭐라고 했는가?"

월터 요나스가 얼른 손가락을 입으로 가져가 소리를 낮추라는 시늉을 한 후 다시 한 번 독일어로 나지막이 설명했다.

"내 말은 자네의 바이올린이 멀쩡하게 내 악기점에 숨겨져 있다는 말이야! 하지만 앞으로 다시는 공개적으로 사용해서는 안 될 것이네! 공개적으로는 사용할 수 없다 해도 야스히로 그놈이 다시 눈독 들이는 일도 없을 테니 그것만으로도 기쁜 일 아니겠나?"

"아니 어떻게 된 일이야? 내 바이올린을 도둑맞았다는 일본인들의 말이 거짓말인 줄 알았는데 도대체 어찌 된 일인가?"

월터 요나스가 말을 하는 대신 입을 삐죽이 내밀어 루양을 가리켰다. 루양이 의기양양한 모습을 애써 감추며 나지막이 말했다.

"그냥 간단해요! 어제 오후 턱에 수염 난 일본 놈이 자전거를 타고 바오에따샤 쪽으로 오는 것을 봤어요. 그놈이 자전거를 무지무지하게 천천히 몰면서 등 구경을 하고 있더라고요."

"등 구경?"

"예! 오늘이 우리나라 전통 명절 중 하나인 음력 칠월칠석이거든요! 그래서 절 부근 여기저기에 시장이 열리고 사람들도 엄청 많아요!"

월터 요나스가 얼른 끼어들며 말했다.

"이봐, 자네가 잡혀간 후 상하이신문에는 자네 소식으로 난리가 났었다네. 아무래도 자네가 걱정된 탓에 루양 군이 거리공연 장소를 감옥 부근으로 옮겼고, 상하이구제위원회 사람들이 자네가 오늘 석방된다는 말을 전해 줘서 나도 이렇게 온 것이네!"

루양이 말을 이어 갔다.

"제가 집으로 막 돌아가려는데 그 일본 놈 자전거 뒤에 선생님의 바이올린이 묶여 있는 게 보이지 않겠어요? 그 푸른색 벨벳 천을 제가 어떻게 모를 수 있었겠어요? 그놈이 자전거를 세우고 등을 구경하고 있는 틈을 타서 제가 슬쩍했습니다."

비센돌프가 소리를 지르듯이 외쳤다.

"그거 너무 위험한 일이 아닌가?"

월터 요나스가 얼른 말을 막았다.

"더 많은 얘기는 이제 돌아가서 하세!"

18

루샤오녠과 슈나이더의 만남이 점점 잦아졌다. 그녀에게 돌봐 줘야 할 동생이 있는 데다, 난민수용소에서 야학까지 하고 있다는 것을 잘 알고 있는 츠지 보건소 사람들은 그녀에게 가능한 한 야간근무를 시키지 않았다. 하지만 사실 이미 독립적인 생활을 하고 있는 루양을 위해 가끔씩 빨래와 식사를 해 주는 것 외에 더 이상 신경을 쓸 일이 없게 된 루샤오녠은 퇴근을 한 후 게리 슈나이더와 많은 시간을 함께했다. 슈나이더가 제일 좋아하는 장소는 와이탄이었다. 강물이 사람에게 무한한 상상의 나래를 펼 수 있게 도와준다는 말을 하는 그는 과거를 더듬어 보고 미래를 떠올리면 가슴이 후련해진다고 했다.

그들의 교제가 점점 깊어 가면서 슈나이더가 갖고 있는 고통에 대한 루샤오녠의 이해도 점점 깊어 갔다. 비엔나대학 재학 시절 그는 사회활동에 열심인 정치학과 학생이었다. 그의 가족은 상하이에 가겠다는 그의 결정을 모두 반대했었다. 그의 아버지와 어머니 그리고 여동생은 모두 고국에 남아 있었다. 훗날 상황이 급변하면서 가족 모두 비엔나 부근의 작고 평화로운 마을로 이사했고 시간이 지나면서 연락이 두절되었다. 슈나이더는 〈이산가족찾기〉 프로그램에 대한 영감을 얻은 것도 바로 자신의 가족 때문이라고 설명했다.

　루샤오녠의 마음은 너무나도 평온했다. 슈나이더와 함께 있는 순간에는 언제나 말로 형용할 수 없는 충만함을 느꼈다. 일반적으로 아버지의 사랑을 충분히 받고 자라지 못한 여성은 자신보다 나이가 훨씬 많은 남성에게 사랑을 느낀다고 하지만 슈나이더는 그녀보다 겨우 2살 많은 나이임에도 과단성과 나이를 뛰어넘는 성숙함을 갖고 있었다. 그래서 그녀는 그와 함께 있으면 안전하다는 생각을 했고, 심지어 그의 독단적인 행동도 자신감의 표출로 느껴지기까지 했다. 예를 들어 슈나이더는 길을 걸을 때 남자의 왼쪽에 서서 가는 여성들을 별로 좋아하지 않는다고 말했다. 그의 말에 따르면 남자의 왼쪽에 서서 가는 여인들은 대부분 상대에 대한 이해심이나 부드러움, 자상함 등의 여성미가 없는 사람들이었다. 게다가 그는 갈색 옷을 즐겨 입는 여성이 싫다고도 말했다. 어느 날 루샤오녠이 입고 있는 옷을 칭찬하던 슈나이더가 진지한 어투로 말했다.

　"내 말을 못 믿겠으면 잘 관찰해 봐요. 사회적으로 성공하려는 여성들은 거의 갈색 계열의 옷을 입고 있어요!"

　그의 말은 그녀에게 놀라움과 신기함의 대상이었다. 루샤오녠은 슈나이더의 오른쪽에 서서 걸었다. 와이탄을 걸을 때면 늘 제방에 손을 올려놓았다. 오랜 세월에 걸쳐 풍화된 벽돌은 여기저기 부서져 있었다. 차가운 안개에 침식당한 거칠거칠한 표면을 만지는 느낌은 편안함의 극치를 느끼게 했다. 제방 한쪽 저 멀리 황푸탄루黃浦灘路 한쪽에 즐비하게 늘어서 있는 우뚝 솟은 고층 빌딩이 높은 곳에서 그들을 내려다보았다.

　그들은 세상 돌아가는 모든 일에 대해 이런저런 이야기들을 주고받았다. 그는 유태인들에 대한 많은 상식들을 자주 그녀에게 들려주었다. 대부분 경전을 인용해서 흥미진진하게 이야기를 들려주었기 때문에 루샤오녠은 그의 해박함이 그저 놀라울 뿐이었다. 한번은 슈나이더가 유태인들이 즐겨 읽는 『탈무드』의 내용 중 하나를 이야기해서 그녀가 한참을 웃은 적이 있었다.

아주 훌륭한 과수원을 갖고 있는 임금님은 두 사람을 보내 그 과수원의 신선한 과일들을 지키라고 했습니다. 그 두 사람은 소경과 앉은뱅이였어요. 두 사람은 모두 욕심이 많은 사람들이었어요. 앉은뱅이가 소경에게 말했습니다.

"내가 네 등 위로 올라가면 과일을 따 먹을 수 있어!"

두 사람은 그런 방식으로 과일을 따 먹었습니다. 나중에 과수원 관리인이 그 사실을 발견하고 두 사람에게 어찌 된 영문인지 묻자 앉은뱅이가 말했어요.

"다리도 없는 내가 어떻게 과일을 따 먹었겠습니까?"

소경이 말했어요.

"앞도 보이지 않는 제가 어떻게 따 먹었겠습니까?"

임금님이 그 두 사람을 어떻게 했을까요?

슈나이더는 임금님이 앉은뱅이에게 소경의 등 위로 올라가라고 명령한 후 두 사람을 한 사람으로 간주해 판결을 내리셨다고 말했다.

그녀는 강가에서 슈나이더가 유태인의 민족영웅인 모세에 관한 이야기를 한 일을 가장 또렷하게 기억했다. 그것은 모세가 하느님과의 약속에 따라 고통받고 있는 이스라엘 백성을 애급에서 탈출시켜 가나안 복지로 데리고 간 이야기였다. 사실 성경을 읽은 사람들이라면 뻔

174

히 다 알고 있는 이야기였다. 사실 그녀에게 있어 이런 이야기는 중국 신화에서 잘 알려진 여와보천이나 대우치수 이야기와 별로 다를 것이 없었다. 하지만 그랬음에도 불구하고 이야기 자체가 아니라 이야기를 하고 있는 슈나이더에게서 느껴지는 특별한 격정에 매료된 탓에 그녀는 흥미진진하게 귀를 기울일 수 있었다.

"애급에서 도망친 것이 아니라 애급에서 탈출을 한 거야!"

이야기를 하는 그의 눈에서 불꽃 같은 빛이 쏟아졌다.

"애급에서 탈출했다는 것은 모든 압박과 싸워 죽음으로 자유를 쟁취한 것과 같은 이야기지. 그때……."

슈나이더가 갑자기 깊은 한숨을 길게 토해 낸 후 말을 이었다.

"갑자기 끝없이 펼쳐졌던 바다가 둘로 쪼개지면서 바다 밑으로 길이 나는 게 아니겠어? 이스라엘 백성들은 치솟아 있는 물기둥 가운데로 홍해를 건너 자유를 향해 떠난 거지!"

"바닷물이 어떻게 둘로 쪼개질 수 있겠어요? 그건 그냥 신화에 불과해요! 당신은 정말 무슨 시인처럼 이야기를 하는군요! 지금 이야기도 마치 시인이 시를 낭독하듯 이야기한 것 알아요?"

"어? 내가 그랬나?"

그가 격동의 이야기 속에서 현실로 돌아오며 싱긋 웃음을 지었다.

"당신 말이 맞긴 맞아! 종교에서 나타나는 수많은 일들을 물리적 방법으로는 증명할 길이 없는 것도 사실이거든!"

서서히 영웅의 기개를 담고 있던 그의 눈 속에 부드러움과 자상한 빛이 감돌았다. 두 사람은 다시 걸음을 옮겼다. 꽃이 새겨진 가로등이 늘어선 끝을 지나 시민공원의 작은 숲이 눈앞에 보였다. 걸음을 멈추고 고개를 돌린 그녀의 눈에 오른쪽 저 멀리를 바라보고 있는 슈나이더가 들어왔다. 그녀가 말했다.

"저쪽이 스리우푸 부두일 거예요. 돈만 있으면 배표를 사서 전 세계 가고 싶은 곳을 갈 수 있을 거예요. 런던, 뉴욕, 시드니, 마닐라, 리오 데자이네루, 하바나……."

루샤오녠을 쳐다보던 슈나이더가 다시 불빛이 반짝거리는 공간을 응시했다.

"맞아요! 바로 저기예요! 저기가 바로 부두예요! 이제 돈만 있으면 되는 거예요!"

"정말 돈만 있으면 어디든 갈 수 있을까?"

그녀를 뒤따라 걷던 슈나이더가 갑자기 걸음을 멈추고 농담을 하는지 자신의 신세를 자조하는지 모를 쓴웃음을 지으며 말했다.

"수많은 사람들의 머릿속에 유태인이 아니라면 하는 단서가 붙어 있을 거야!"

슈나이더의 모습이 갑자기 무척이나 엄숙해졌다.

"이것은 역사이자 현실이고, 내가 상하이에 왜 왔는지에 대한 대답이기도 해! 물론 상하이를 좋아하게 된 이유이기도 하고…… 이건 내게 정말 중요한 사실이니 꼭 기억해 두길 바라!"

"게리……!"

슈나이더가 웃었다.

"그래, 정말 중요하다는 것을 꼭 기억해 둬. 내게 있어서는 이중의 의미가 있으니 말이야. 그게 무엇인지 알 수 있지?"

루샤오녠은 그가 말하는 이중의 의미가 뭘 이야기하는지를 이미 잘 알고 있었다. 처음엔 "몰라요" 하고 장난을 칠 생각이었지만 슈나이더의 얼굴에 나타난 진지한 표정을 통해 슈나이더가 정말 중요한 일을 거론하고 있음을 알고 고개를 끄덕여 응답했다. 그녀가 슈나이더의 팔짱을 끼며 진지한 음성으로 말했다.

"알아요! 정말 잘 알고 있어요!"

리랜드 비센돌프, 월터 요나스, 루양이 티란챠오감옥 옆의 커피숍에 앉아 나지막한 음성으로 경각심을 돋우며 멜라니의 바이올린에 관한 이야기를 주고받을 무렵 루샤오녠은 슈나이더의 손을 잡고 성 안팎을 거닐며 등 구경을 했다. 그녀는 슈나이더에게 깜짝 선물을 하기위해 그를 데리고 직접 성황묘로 갔다. 사실 가난한 곳일수록 명절의본질이 더 잘 나타는 것 같다. 잘 살고 고상한 곳은 고상한 품격을 동원하여 이성적인 배치를 하는 만큼 화려하고 심도 있게 명절을 표현하긴 했지만 모든 것이 너무 질서정연했다. 성 주변 성황묘 일대는 상하이 서민들이 사는 곳으로 순수한 중국인 사회였다. 차이나타운이라불리는 이곳에서 명절을 보내는 것은 그곳에 사는 모든 사람들이 마음속 고통을 내려놓고 축복을 기원할 수 있는 얻기 힘든 기회였다.

사람들로 가장 붐비는 곳은 성황묘 입구였다. 좋은 자리를 먼저 잡으려고 애를 쓰는 잡상인들이 서로 어깨를 부대끼며 먹을거리를 팔고있었다. 저 멀리 길게 늘어진 그들의 좌판이 명절 분위기를 한껏 돋우고 있어 성황묘 안으로 들어가기조차 어려울 정도였다. 대로변에서는한껏 틀어 올린 머리에 비녀를 꽂은 여배우가 유창하고 구성진 노래를 부르고 있었다. 2층 위에 설치된 높은 무대 위에서는 경극이 한창이었다. 등 구경의 핵심 장소는 다름 아닌 성황묘 안쪽이었다. 이미인산인해를 이루고 있는 후신팅湖心亭과 구취챠오九曲橋는 날이 저물시간에야 시작하는 불꽃놀이를 기다리는 사람들로 발 디딜 틈조차 없었다. 연화등이 자그마한 수면 위를 수놓고 있었고, 물가를 둘러싸고있는 여러 점포들도 오색등에 반사되어 빛을 뿜고 있었다. 등불이 수면 위에서 흔들리는 것인지 수면 아래 수정궁전이 있는 것인지 분간하기 어려웠다. 하늘 위에 번진 저녁노을과 어우러진 천지가 몽환 세상을 방불케 했다.

　루샤오녠은 자랑스러운 생각에 아무 말도 않은 채 슈나이더의 입에서 탄성이 터져 나오기만을 기다렸지만, 슈나이더는 동양에서 처음 접하는 등 구경에 놀란 듯 입을 벌린 채 한동안 아무 말 없이 서 있을 뿐이었다. 루샤오녠이 인내심을 잃은 듯 넋을 놓은 채 구경하고 있는 슈나이더를 툭툭 치며 말했다.

　"이봐요! 오늘이 무슨 날인지는 알고 있어요? 왜 아무 말도 없는 거예요?"

　"우아, 중국인들의 원소절은 정말 대단한데! 우리 유태인에게도 원소절 같은 명절이 있어!"

　"원소절은 무슨 원소절이에요? 원소절이라고 하기에는 너무 이르죠! 겨울이 되고 설날도 지난 정월대보름이 원소절인데 지금은 여름이 잖아요! 오늘은 원소절이 아니라 음력 7월 7일, 바로 칠월칠석이에요!"

　영어로 대화를 주고받는 이유 때문에 루샤오녠은 칠월칠석을 'Seven Seven'이라고 이야기했다. 그녀의 말에 슈나이더가 더욱 들뜬 모습으로 이야기했다.

　"정말 공교로운걸! 우리 유태인들이 말하는 Weeks가 Seven Seven과 딱 맞아떨어지는 것 같아. 매주가 7일로 만들어져 있으니 Seven Seven 아니겠어?"

　그녀는 슈나이더에게 견우와 직녀에 관한 전설을 들려주었다. 견우가 옥황상제의 손녀인 직녀를 어떻게 사랑하게 됐는지, 왕모마마가 왜 인간세상에서 직녀를 붙잡아 왔는지, 견우가 소의 도움을 받아 하늘나라까지 사랑하는 아내를 찾아왔음에도 왕모마마가 왜 머리에 꽂고 있던 금비녀로 은하수를 만들어 두 사람을 만나지 못하게 했는지를 이야기해 주었다. 이렇게 떨어져 있는 사랑하는 두 사람이 1년에

한 번 음력 7월 7일, 은하수에서 까치가 만들어 준 다리를 통해 겨우 만날 수 있다고 설명했다. 슈나이더가 말했다.

"그렇다면 오늘이 바로 중국인들의 밸런타인데이가 되겠네!"

그는 한껏 들뜬 심정으로 오늘 등 구경이 자신에게 지니는 의미를 음미했다. 그의 얼굴에 곧 말로는 다할 수 없는 내면의 의미가 가득 담긴 웃음이 걸렸다.

구춰챠오를 어렵사리 건넌 그들의 눈에 후신팅 쪽에서 무슨 공연을 하는지 사람들의 박수소리와 웃음소리가 끊이지 않고 이어지는 것이 들어왔다. 가까이 가 보니 땅바닥에 7개의 오색원반이 놓여 있는 것이 보였다. 오색원반은 각각 신문지 한 장 정도의 크기로, 그 위에는 까치들이 그려져 있었다. 원반 주변에 놓인 벽돌바닥 위에는 1부터 7까지의 번호가 쓰여 있었다. 이 게임에 참여하는 사람들은 일단 돈을 낸 후에야 놀이마당 안으로 들어올 수 있었다. 이어 징과 북이 울리는 만큼 한 원반에서 다른 원반으로 이동할 수 있었으며, 원반에 새겨진 숫자와 징과 북의 수가 일치되어야만 이기는 게임이었다. 하지만 원반의 간격이 일정하지 않고, 울리는 징과 북의 소리도 일률적이지 않았기 때문에 원반 뛰기를 하는 사람이 잠시 방심을 했다가는 관성의 법칙에 따라 원반 위에 제대로 서 있지 못한 채 땅을 밟기 십상이었다. 그러면 지는 것이었다. 게임에 이긴 사람은 무대 앞에 나가 추첨을 하여 상품을 탈 수 있었다. 이미 몇 사람째 게임에 참가했지만 길고 짧게, 빨랐다가 느려지는 징과 북소리로 인해 손발이 엉켜 게임이 시작된 지 얼마 되지도 않아 땅바닥으로 발을 헛디디며 사람들의 웃음을 자아냈다.

게임을 어떻게 하는지 파악한 슈나이더가 2위안을 꺼내 들고 루샤오녠과 함께 공연장으로 내려갔다. 서양인이 상하이 아가씨를 데리고 들어오는 것을 본 주변 사람들이 더욱더 큰 소리로 환호성을 내질렀다. 류샤오녠이 화를 내듯 말했다.

"나오려면 혼자 나올 것이지 난 왜 또 끌어들이는 거예요?"

"이 원반이 바로 까치 다리인 걸 아직도 모르겠어? 이 다리 위에서 나와 만나기 싫은 거야?"

그의 말에 신이 난 류사오녠은 손으로 치마를 잡고 슈나이더와 다른 원반 위에 자리를 잡고 섰다. 이때, 북소리와 징소리가 교차해서 울려 퍼지기 시작했다. 슈나이더는 북소리에 맞춰 루샤오녠은 징소리에 맞춰 조심스레 원반을 건너뛰었다. 그들이 원반을 이동할 때마다 구경꾼들의 고함소리가 마치 축구경기를 방불케 하듯 울려 퍼졌다. 이미 몇 차례에 걸쳐 원반 뛰기를 했음에도 불구하고 두 사람은 아무 실수 없이 제대로 이동을 하고 있었다. 루샤오녠은 7번 원반에 서 있었지만 슈나이더는 교활한 고수의 북소리에 맞춰 7번에서 멀리 떨어진 1번 원반 위에 서 있었다. 그 주위에 모여 있는 구경꾼들은 고수가 슈나이더가 게임에서 이기지 못하도록 일부러 상황을 어렵게 만든다는 것을 알고 있었다. 그때 약속이나 한 듯 구경꾼 모두가 일제히 7번을 외치기 시작했다.

"7번, 7번, 7번!"

우레와 같은 고함소리 때문에 많은 북과 징이 울리더라도 듣기 어려울 정도였다. 상황을 눈치 챈 고수가 북채를 올려 주변 고함소리를 잦아들게 만들었다. 이어 일곱 번의 북소리가 이어지자 주변이 쥐죽은 듯 고요해졌다.

슈나이더는 곧 자신과 루샤오녠 사이의 거리를 계산했다. 대략 4, 5미터의 간격이 벌어져 있었다. 평상시라면 자신이 그 간격을 뛰어넘을 수 있을지 확신할 수 없었지만 수많은 눈동자가 자신을 주시하고 있는 데다 자신이 가장 사랑하는 여인이 눈앞에 있었으니 4, 5미터가 아니라 그보다 더한 간격도 그의 흥분된 마음과 육체를 가로막을 수는 없었다. 슈나이더가 거리를 계산하는 모습을 본 루샤오녠 역시 기지를 발휘하여 원반 한쪽 끝에 발끝을 모으고 슈나이더가 밟을 수 있는 원반 위의 공간을 가능한 많이 남겨 두었다.

"내가 잡아 줄 테니 안심하고 뛰도록 해요!"

"알았어! 내가 갈게!"

슈나이더는 무릎을 숙이고 몸을 활처럼 구부린 후 두 팔을 좍 벌려 허공에서 힘차게 휘둘렀다. 5, 6초 후 그의 고함소리가 울려 퍼졌다.

"간다!"

말소리가 끝나기 무섭게 두 팔을 휘두른 그가 공중에서 선을 그리며 활처럼 루샤오녠의 원반을 향해 날아갔다. 결국 손바닥 두 개만 한 원반 위에 두 사람이 함께 서는데 성공했다.

19

　성황묘에 다녀온 이후 루샤오녠은 매주 슈나이더의 집을 한 번씩 방문했다. 그의 옷도 빨아 주고, 방을 정리해 주기도 했다. 그들은 아직도 원반게임에 대한 이야기를 나누곤 했다. 자신들이 한 게임이 한 나라 때부터 이어진 것으로 이미 2천 년에 가까운 역사를 가지고 있다는 사실을 안 루샤오녠이 이 사실을 슈나이더에게도 말해 주었다. 그날의 일이 자랑스러운 듯 슈나이더가 허공에 팔을 휘둘러 활선을 그려 냈다. 하지만 슈나이더는 그날 자신이 마지막 7번 원반으로 뛰기에서 너무 힘을 준 탓에 1주일 내내 배 근육이 땅겨 방송할 때 말도 크게 못했다는 사실을 얼떨결에 털어놓았다.

　루샤오녠이 웃음을 지었다. 아버지가 돌아가신 이후 그녀는 이렇게 즐거운 시간을 보낸 적이 없었다. 상하이 밖에서는 전쟁이 계속되고 일본이 미국, 영국을 상대로 난양南洋에서 곧 전쟁을 하게 될 것이라는 소문이 조차지 내에 파다하게 퍼진 상태였지만 그날 슈나이더의 힘찬 원반 뛰기는 그녀의 마음을 얻기에 충분한 것이었다. 그것은 단순히 상징적 의미뿐만이 아니라 슈나이더가 자신이 위험하고 어려울 때 그의 어깨에 머리를 기대고 쉬며 안전하다고 느낄 수 있는 강한 남자임을 보여 준 것이었다.

시간은 정말 빨리 흐르고 있었다. 눈 깜짝할 사이에 다시 가을이 되었다. 그날 밤 슈나이더의 방에 혼자 있던 루샤오녠은 조금씩 초조해지기 시작했다. 야간통행금지 시간이 이제 1시간밖에 남지 않았는데 슈나이더는 아직도 귀가하지 않은 상태였다. 그녀는 집을 나설 수가 없었다. 한 개밖에 없는 열쇠를 자신이 갖고 있었기 때문에 자신이 가고 나면 그는 방 안으로 들어올 수 없었다. 달리 할 일도 없던 차에 그녀의 시야로 책상 위에 놓인 신문지 몇 장과 서류철 사이에 낀 편지 몇 통이 들어왔다. 그것은 그녀가 슈나이더를 도와 준비한 〈이산가족 찾기〉 마지막 편의 내용이었다. 내일 점심 방송을 마지막으로 프로그램은 공식적으로 막을 내린다. 통상 45분으로 꾸며지는 프로그램을 소식만으로 채우기는 역부족이었다. 온갖 아이디어를 짜내 광고를 방송하고 음악을 틀어 주며 청취자와의 현장연결도 늘렸다. 방송국으로 보낸 편지 덕분에 가족을 찾은 사람들의 뒷이야기도 보도했다. 처음 편지를 보내 온 사람들과 슈나이더는 이미 친한 사이였다. 하지만 현재 상하이로 건너온 사람들이 평안하게 사는 반면 유럽 쪽에 있는 사람들의 소식은 거의 알 수가 없는 상태였다.

슈나이더는 16㎡밖에 안 되는 작은 방에 살고 있었다. 루샤오녠이 처음 방에 찾아왔을 때는 말도 못하게 지저분했지만 이제는 모든 것이 정리되어 있었다. 무엇이든 아쉬운 대로 그럭저럭 지낼 수 있는 것이 총각의 특권이기도 했기에 루샤오녠이 산처럼 쌓여 있던, 언제 입었던 옷인지도 모를 만큼 더러운 옷을 다 끄집어 냈을 때도 슈나이더는 별로 창피하다는 생각을 하지 않았다. 오히려 자신이 갖고 있는 옷들 가운데 몇 벌을 골라 옷이 갖고 있는 내력을 흥미진진하게 설명해 주었다. 그는 루샤오녠에게 꽃무늬가 곁들어진 체크무늬 셔츠는 3년 전 그가 상하이에 오기 전에 그의 누이가 사 준 것이었기 때문에 셔츠 소매가 다 낡았는데도 옷을 버리지 않고 잘 보관해 두고 있다고 말했고 그의 검은색 바지는 상하이 암거래시장에서 산 명품바지지만 가격은 유럽의 십 분의 일밖에 되지 않는다고 말해 주었다. 그의 방을 정리해 줄 때마다 그는 항상 수많은 물건들에 얽힌 내력과 그것들을 산 이유를 이야기해 주었다. 그중 가장 대표적인 것이 큼지막한 손전등과 많은 건전지였다. 그것들은 슈나이더가 화장실에 갈 때 쓰는 것이었다. 복도 끝에 위치한 화장실은 전 층의 거주자들이 함께 쓰는 공용 화장실이었다. 게다가 계단과 복도는 각 거주자들이 내놓은 짐으로 쌓여 있어 다니기 여간 비좁은 게 아니었다. 불이 없이 화장실에 가거나 계단을 다니는 것은 마치 곡예를 하는 것처럼 위태위태했다.

슈나이더는 그가 중국인들만 살고 있던 이 건물로 이사 온 지 얼마 안 되었을 때 일어난 일화를 이야기해 주었다. 상하이 사람들이 계산에 밝은 것은 세상 사람 모두가 아는 일이다. 전기요금을 확실하게 계산하기 위해 그 건물에 살고 있는 집에서 모두 화장실과 부엌 전용 전등을 달았다. 복도와 계단에 있는 전등도 마찬가지였다. 따라서 몇 가구가 사느냐에 따라 전등도 몇 개가 달리는지 결정되었다. 하지만 스위치는 모두 자신의 방에 설치해 놓은 상태로, 가끔 매달려 있는 전등들이 동시에 켜지는 적도 있다고 했다. 따라서 그 누구도 자신의 볼일을 위해 다른 사람의 전기를 끌어다 쓸 수 없는 상황이었다. 맨 처음 그런 상황에 익숙해지지 않은 상태에서 슈나이더가 화장실에 막 들어갔을 때 갑자기 불이 나갔다. 잠시 멍해 있던 그가 상황을 파악한 후 얼른 옷을 추켜 입고 자신의 방으로 돌아와 불을 켰다. 하지만 불을 켜고 다시 화장실에 갔을 때는 이미 누군가가 화장실을 차지하고 있었다. 하는 수 없이 방으로 돌아와 다시 불을 끄고 기다렸다. 더 이상 참을 수 없는 지경에 이르러서 가까스로 후다닥 화장실에 들어갔을 때 다시 불이 꺼졌다. 그런 우여곡절 끝에 겨우 용변을 마친 심정은 그날 하루 종일 화장실에 있었던 것 같은 기묘한 느낌이었다. 그래서 그날 이후 아예 큼지막한 손전등을 사서 언제든지 휴대함으로써 상황을 단순화하게 되었다.

그가 한 말을 생각하던 루샤오녠의 입에서 가벼운 웃음이 터져 나왔다. 손을 뻗어 의자에 걸려 있는 슈나이더의 검은색 스웨터를 가져와 품에 꼭 안았다. 털실로 짜서 두껍고 무거운 스웨터에서 남자의 땀 냄새와 엷은 향수 냄새가 은은하게 느껴졌다. 루샤오녠에게는 아주 익숙한 냄새였다. 또 얼마의 시간이 흘러갔다. 마침내 아래층에서 사람의 움직임이 느껴졌다. 그녀가 얼른 일어나 문을 열고 손전등을 켠 후 아래층을 비추었다. 어깨에 자전거를 멘 그가 위층을 향해 성큼성큼 올라오는 것이 보였다.

"하느님이 가라사대 빛이 있으라 하시매 빛이 있었고, 그 빛이 하느님 보시기에 좋았더라. 하느님이 빛과 어둠을 나누사 빛을 낮이라 칭하시고 어두움을 밤이라 칭하시니라. 저녁이 되며 아침이 되니 이는 첫째 날이니라."

"맞아요! 맞아! 아침이 되는 것은 맞는데 지금은 첫째 날이 아니라 둘째 날이 된다고요! 일하다 이미 다음 날이 되고 있는 것 알아요? 저녁은 먹었어요?"

"그럼, 당연히 먹었지! 오늘 오후에 굉장한 사건이 벌어졌어."

그가 자전거를 계단 한쪽에 비스듬히 기대어 세운 후 열쇠로 잠갔다. 방 안으로 들어온 그가 말했다.

"일본인들이 공공조차지에서 반일중국인유격대를 발견했다면서 오토바이와 탱크를 몰고 화위엔챠오로 넘어와서 아직까지도 홍커우로 후퇴를 안 한 상태로 대치 중이야. 그 때문에 방송사 사장이 우리한테 뭔가 뉴스거리가 없나 잘 지켜보라고 지시한 상태야."

"그럼 영국인들은요?"

"영국인? 그자들은 별 말도 못하고 있는 상태야."

"저 빨리 가야겠어요! 테이블 위에 〈이산가족찾기〉 원고 있으니까 일찍 자도록 해요."

그녀가 방문 뒤에 걸려 있는 외투를 꺼내 들고 벽 모퉁이에 걸려 있는 거울 앞으로 다가가 옷을 입었다. 고개를 숙인 후 외투 깃 안쪽에 들어간 긴 머리를 꺼내 올렸다. 루샤오녠의 경쾌한 동작을 보며 슈나이더는 자신도 모르는 새 바이루헤이가 상하이 아가씨에 대해 말했던 내용을 떠올리며 잠시 넋을 놓았다.

"아참, 열쇠요! 열쇠는 늘 있던 곳에 있어요!"

루샤오녠이 거울을 통해 보이는 슈나이더에게 말했다.

"아…… 알았어, 알았어."

슈나이더가 건성으로 대답하며 일어나 그녀에게 다가간 후 뒤에서 그녀를 끌어안았다.

"알았어."

그가 다시 한 번 기계적으로 반복했다.

"하지만 곧 통금이 시작되는데 어쩌려고?"

우물쭈물거리는 말투가 순식간에 조심스러워지며, 동작 역시 조심스러워졌다. 그가 그녀를 돌려세운 후 자신의 몸 쪽으로 바짝 당겼다. 그녀의 얼굴이 자신의 얼굴 가까이로 다가왔지만 오히려 아무 할 말을 찾지 못했다. 두 사람 모두 약속이나 한 듯 침묵 속으로 빠져 들었다. 정말 어색하고 야릇한 침묵이 감돌았다. 어떤 무엇인가가 그들을 향해 돌진해 오며 그들의 마음을 야릇하고 당혹스럽게 만들고 있는 듯했다.

"따르릉……."

그때 마침 맹렬하게 울리기 시작한 전화벨 때문에 두 사람 모두 혼비백산했다. 때를 모르고 울린 전화벨 소리가 그들에게 돌진해 오던 그 무엇인가를 서둘러 내쫓는 듯했다. 두 사람이 긴장의 끈을 놓으며 서로를 바라보고 미소 지었다. 슈나이더는 뭔가를 더 말하려고 했지만 전화벨이 계속해서 울리고 있었다. 전화 거는 쪽의 사람이 전화를 받기 전에는 끊지 않겠다고 작정이라도 한 듯 시끄럽게 울려 댔다.

"얼른 전화 받아요!"

루샤오녠이 부드러운 목소리로 그를 재촉했다. 김이 빠진 듯했지만 그는 여전히 그녀의 손을 잡고 수화기를 들었다.

"여보세요? 제시, 이렇게 늦은 시간에 무슨 일이에요? 예? 뭐라고요?…… 그럴리가요?…… 그게 정말이에요?"

그의 표정이 순식간에 굳어졌다. 내용을 모르는 루샤오녠 역시 긴장하기 시작했다. 슈나이더가 그녀를 쳐다보며 나지막이 말했다.

"펜과 종이를 좀 가져다 줘."

슈나이더가 발을 이용해 의자를 편한 위치로 옮긴 뒤 자리에 앉았다. 그가 큰 소리로 대답했다.

"알겠어! 알아들었어! 내일 1분 15초 정도의 길이로 방송을 내보내라는 거지? 오케이! 그럼 시작해!"

그의 손이 종이 위에서 빠르게 움직이기 시작했다. 류샤오녠이 얼른 스탠드의 불을 켰다. 연필이 사사삭거리며 종이 위에 다음 내용을 글들을 받아 적고 있었다.

"……불과 몇 시간 전에 일본해군의 대형함대와 수백 대의 전투기가 선전포고도 없이 진주만에 위치한 미해군 태평양함대 및 지상건물을 공격하기 시작하여 미친 듯이 폭격을 쏟아 붓고 있다……."

루샤오녠의 심장이 빨리 뛰기 시작했다. 어릴 적 아버지와 함께 피난을 가며 본 상황이 눈앞에 주마등처럼 스쳐 갔다. 시뻘건 일장기가 붙은 일본군의 소형전투기가 울부짖듯 내려오며 전투기에 달린 기관총으로 들판을 난사했고 지면 위에는 흰 연기가 여기저기서 솟아올랐다. 슈나이더는 루샤오녠과 함께 침통한 얼굴로 마주 앉아 있었다.

"방송국에 원고를 전할 방법이 없어 이런 방법을 통해 내게 사실을 알렸다는군!"

슈나이더가 방송국으로 전화를 했다. 한동안 통화가 계속됐다. 잠시 후, 슈나이더가 갑자기 자리에서 일어나며 말했다.

"방송국에 한번 가 봐야 할 것 같아. 모든 일이 한꺼번에 발생했다는 사실 자체가 우연일 리가 없어! 어찌 됐던 간에 이런 소식은 늦어도 내일 새벽뉴스에는 제일 먼저 내보내야 해. 아니면 속보로라도 내보내야 해! 일본이 미국을 선제공격한 사실을 첫 번째로 내보내야 해!"

"꼭 지금 이렇게 가야만 해요? 하루 늦추면 안 되나요?"

"그야 당연히 안 되지! 이런 일에 종사하는 우리들에게는 정확성과 신속성이 제일 중요해! 다른 방송국보다 몇 초라도 빨리 내보내는 게 얼마나 가치 있는 일인데! 일본이 선전포고도 없이 미국을 공격한 이 일이 무엇을 의미하는지 알아? 일본이 독일과 같은 편이 되었다는 것을 의미하는 거야!"

"알았어요! 그럼 저도 갈래요! 저도 당신과 함께 갈래요!"

슈나이더가 단호하게 고개를 가로저으며 말했다.

"안 돼! 그건 절대로 안 돼!"

그가 다시 온화한 어투로 그녀에게 말했다.

"이 일대의 길이라면 이미 수천 번도 더 왔다 갔다 했어. 게다가 10분 정도밖에 안 되는 길인걸 뭐!"

두 사람은 방의 불을 끈 후 어둠을 더듬으며 아래층으로 내려왔다.

"밤, 깊은 밤이야말로 여인을 가장 아름답게 만드는 시각이지!"

슈나이더가 이런 말을 하며 아까 루샤오넨이 꼭 안았던 스웨터 안으로 목을 끼워 넣었다.

"왜요? 당신은 가끔 시인처럼 말을 하는 것 같아요. 아니 오히려 매일 술집이나 클럽에서 여자나 꼬시는 바람둥이 같다는 말이 더 맞겠네요."

"깊은 밤은 모든 것을 집어삼키거든…… 아니, 아니…… 집어삼키는 게 아니라 모든 것을 가린다고 할 수 있지. 렘브란트의 그림처럼 암영을 이용해 복잡함을 가리면 인물의 형상이 더욱 두드러져 보이잖아."

복잡한 심경으로 그가 옷 입는 것을 지켜보고 있던 루샤오넨은 도대체 그가 무슨 말을 하는지 알아들을 수 없었다.

"당신이 설명을 하면 할수록 전 더 못 알아듣겠어요!"

"더 위험할수록, 더 큰 고비가 닥칠수록 상황은 훨씬 더 단순하게 바뀔 수 있다는 말이야. 렘브란트의 초상화 배경처럼 말이야. 그래서 바로 그런 배경에서는 당신이 더 돋보인다는 말이야. 지금 당신은 제일 아름다워!"

"난 정말 당신이 무슨 말을 하는지 모르겠어요!"

"내 말은 이런 위험한 시기에 보여 준 당신의 용기를 내 마음 깊은 곳에 영원히 간직하겠다는 의미야! 앞으로 어떤 순간이 닥쳐도 난 이제 혼자가 아니라 누군가 내 곁에 있어 줄 것이라는 사실을 믿어 의심치 않게 되었어."

"아……! 그야 물론이죠!"

그녀가 정신을 놓은 듯 대답하다 갑자기 슈나이더의 팔을 세게 끌며 말했다.

"게리! 사실 난 너무 겁이 나고 두려워서 심장이 터질 것만 같아요! 당신도 지금이 위험한 때라고 말했잖아요!"

두 사람의 모습이 통금 후의 한적한 거리 위에 나타났다.

"정말 조심해야 해! 가능하면 어둠 속으로 다녀! 하지만 벽에 너무 기대어 걸어서도 안 되는 것 알지?"

슈나이더가 나즈막이 당부했다. 백 미터 정도를 함께 걸어온 두 사람은 이제 각자 다른 방향을 향해 걸어야 했다.

"게리!"

그녀가 갑자기 그의 이름을 불렀다.

"당신도 제발 조심해요!"

슈나이더가 고개를 끄덕인 후 자리를 뜨려다 걱정에 휩싸인 루샤오녠의 모습을 보고 발길을 멈추었다.

"루샤오녠, 날 봐! 날 보고 한 번 웃어 봐!"

그가 순간 그녀를 끌어안고 자신의 입술을 그녀의 입술 위에 포개었다. 모든 것이 너무나도 급작스레 일어났다. 남자와의 첫 입맞춤으로 인해 마치 번개에 맞은 듯 루샤오녠은 정신을 차릴 수 없었다. 정신을 차렸을 무렵 사방은 이미 조용했고, 슈나이더는 이미 저만큼 걸어가 어둠 속으로 자취를 감추고 있었다.

루샤오녠은 파오젠지아의 집을 향해 빠르게 달려갔다. 한밤중에 탁탁거리며 울려 퍼지는 발소리가 온 동네 사람을 깨우기라도 할까 봐 귀에 아주 거슬리게 들렸다. 그녀는 지금 자신이 처음 와 보는 생소한 곳을 달려가고 있다는 느낌을 받았다. 그녀가 지나치고 있는 모든 가옥과 상점들이 살벌한 괴물의 모습으로 다가왔다가 그녀가 다가서면 이내 한밤중의 혼돈 속으로 모습을 감추었다.

일반적으로, 통금 이후의 밤길을 혼자 걷는 것은 몹시 위험한 일이었다. 통금시간을 어긴 자들을 잡으러 다니는 순경을 피하는 동시에 거지나 깡패와 같은 자들의 해코지를 피하기 위해서는 귀를 쫑긋 세운 채 재빠르게 걸음을 옮겨야만 했다. 어두컴컴하고 잘 보이지 않는 구석진 길과 처마는 그들이 숨어 있는 둥지와도 같은 장소였다. 이렇듯 밤을 타고 살아가는 존재들과 순경들은 서로가 서로를 봐주는 묵계가 있는 관계였다. 매일 아침, 특히 겨울에는 한두 대의 흰색 병원차가 거리를 돌며 굶어 죽거나, 얼어 죽은 사람들, 그리고 무슨 이유인지 모르지만 거리에서 쓰러져 죽은 이들의 시체를 수습하고 다녔다. 따라서 통금이 지난 시각 어두운 밤길을 루샤오녠처럼 예쁜 여자가 혼자 다니는 것은 정말 위험한 일이었다.

루샤오녠은 더 이상 뛸 힘이 없자 큰 보폭으로 빠르게 걷기 시작했다. 지금 이 순간 오히려 그녀의 머릿속은 맑아지는 것 같았다. 그녀는 사방을 살펴보며 거리가 이상하게 여겨질 만큼 고요하다고 생각했다. 거지 떼들과 부랑자들의 자취가 전부 사라진 것이다. 엄청난 천재지변이 일어나기 전 짐승들이 자연에서 보내는 불길한 징후를 미리 읽고 사전에 피난을 간 것처럼 고요했다. 파오젠지아 모퉁이를 돌 때 입구에서 경찰들과 영국군들이 고함을 지르며 와이탄 방향으로 달려가는 것이 보였다. 공기 중으로 장갑차가 움직이는 진동소리가 전해지더니 마침내 기관총이 난사되는 소리가 들려왔다. 이어 거리 위에 나란히 줄을 지어 서 있던 가로등의 불빛이 모두 꺼져 버렸다. 당황한 루샤오녠이 걸음을 더 빠르게 하며 고개를 들어 앞을 보니 비셴돌프가 문 앞에 나와 그녀를 기다리고 있는 게 보였다.

"할아버지!"

그녀가 숨을 몰아쉬며 비센돌프를 불렀다.

"어서 라디오를 켜 봐요! XMHA 방송을 들어 보세요! 게리는 지금 중요한 뉴스가 있다며 방송국 쪽으로 갔어요! 일본군들이 진주만에 있는 미국함대를 공격했대요! 전쟁이에요! 전쟁! 전쟁이 시작됐어요!"

"정말이냐? 정말 믿을 만한 소식이냐?"

"그럼요! 믿을 만한 소식이고말고요! 슈나이더가 직접 종이 위에 쓰는 것을 제가 봤어요. 방송국 사람들과 로스앤젤레스에 본부가 있는 미국 CBA(미 NBC 방송국의 전신) 방송국과는 협력관계로 매일 뉴스거리를 교환한다고 했어요. 일이 이렇게 돌아가면 상하이에 사는 유태인들에게 큰 문제가 생길 것이라며 초조한 듯 방송국으로 갔어요!"

층계에서 인기척이 느껴지더니 루양의 얼굴이 보였다. 멀리서 기관총소리와 비명소리가 또다시 전해졌다. 비센돌프가 외쳤다.

"자! 어서 집 안으로 들어가자! 창문을 잘 닫고 불은 절대 켜지 말거라! 나는 월터와 코흐나에게 전화를 좀 해야겠다."

세 사람이 자리에 앉기 무섭게 전화벨이 울렸다. 월터 요나스에게서 온 전화였다. 비센돌프의 집 근처에서 총소리가 난 것으로 판단한 월터 요나스가 그들의 안전을 당부하면서 자신의 집 바로 옆은 이미 일본군의 탱크와 장갑차로 에워싸여 있다고 말했다.

비센돌프는 다시 코흐나에게 전화를 걸어 루샤오녠이 말한 내용을 알려 주었다. 코흐나는 군인들이 홍커우 거리를 가득 메우고 있으며, 난민수용소 안의 잠들었던 난민들도 모두 잠에서 깬 상태라고 말했다.

라디오 옆에 앉은 세 사람이 초조하게 슈나이더의 방송을 기다렸지만 XMHA 방송국 채널에서는 치지직거리는 소리만 나고 있었다. 평상시 심야방송의 프로그램은 주로 신문보도용 다큐멘터리였다. 일반적으로 아나운서들은 한 글자 한 글자를 모두 또박또박 읽어 주었으며 표제와 구두점 등을 포함한 한 문장을 반복해서 읽어 주었었다. 루양이 계속해서 채널을 이리저리 돌리는 사이 일본어가 흘러나오는 두세 개의 채널에서 방송을 하는 것 외에 상하이에 위치한 대부분의 방송국에서는 아무런 소리도 흘러나오지 않는 것을 발견했다. 그때 이웃집에서도 누군가 라디오를 켜는 것 같았다. 라디오를 켠 사람은 정신이 아예 나갔든지 아니면 음악으로 자신의 용기를 증명하기라도 하겠다는 듯 라디오 볼륨을 갑자기 있는 대로 높이 올렸다. 한 일본인 여인이 마치 신음이라도 하듯 흐느적거리는 소리를 내며 반복해서 부르는 단순한 선율에 루샤오녠의 머리는 곧 터져 버릴 것만 같았다.

"펑! 펑!"

와이탄 쪽에서 고막이 터질 듯한 폭탄음이 갑자기 들려오더니 바로 그 뒤를 이어 중화기의 연속적이 발사음이 전해졌다. 창문 유리가 마치 채반에 얹은 알갱이처럼 흔들렸다. 하늘이 삽시간에 밝아지면서 나무와 거리의 어두운 그림자를 반사시켰다. 바로 그 순간 거리 위에서는 총소리와 누군가 달리는 소리, 구령소리, 개 짖는 소리, 오토바이 소리 등이 다 함께 어우러져 대혼란이었다. XMHA 방송국 채널에서 치지직거리는 소리가 갑자기 멈춘 것을 듣고 루양이 외쳤다.

"조용히 하고 들어 보세요!"

그의 말이 떨어지기 무섭게 라디오에서 갑자기 탕! 탕! 소리가 들리더니 일본인이 내지르는 욕설이 들려왔다.

"빠가야로! 당장 일어나!"

"당장 손을 들고, 그 일을 멈추지 못해?"

누군가 라디오 기계를 땅바닥에 내던진 듯 와장창하는 소리가 들렸다. 총성이 들리고 누군가 육박전을 하는 듯했다. 루샤오녠이 비명을 질렀다.

"게리! 게리가 틀림없어요!"

루샤오녠이 자리에서 벌떡 일어나며 외쳤다. 루양과 비센돌프 역시
함께 자리에서 일어났다. 또다시 유리창이 깨지는 듯한 엄청난 소리
가 전해졌다. 갑자기 문 쪽으로 뛰어가려던 루샤오녠의 팔을 루양이
잽싸게 잡았다. 비센돌프도 달려와 그녀에게 말했다.

"루샤오녠! 지금 가서는 안 된다!"

라디오에서 나던 소리가 멈추더니 조용해졌다. 넋이 나간 사람처럼
서 있던 루샤오녠이 더 이상 자신의 감정을 자제하지 못한 채 비센돌
프의 어깨에 기대어 대성통곡하기 시작했다.

해가 떴다. 황푸강의 수면 위로 붉은 햇살이 쏟아졌다. 1941년 12월
7일 상하이의 아침을 누구도 잊지는 못할 것이다. 그날 새벽, 상하이
에 주둔 중이던 일본의 무력부대는 진주만 기습과 때를 맞추어, 수 시
간 후 황푸강에서 임무를 수행 중이던 영국군과 미국군 순찰선에 공
격을 가했으며 그와 같은 시각 지상부대는 서방열강이 차지한 상하이
조차지를 공격하여 상하이 전역을 거의 장악하다시피 했다.

불안한 심정으로 잠 못 이루는 밤을 보낸 상하이 대부분의 시민들
은 날이 밝은 후에도 감히 문밖으로 나가지 못했다. 거리를 나다니는
사람들은 찾아보기 힘들었다. 소상인들도 두려움 속에 좌판을 열었다
가 이내 문을 닫고 돌아갔다. 심지어 거리를 집으로 삼아 살아가는 거
지 떼들도 그림자를 감춘 채 나오지 않고 있었다. 남쪽 배를 타는 부
두 부근만 사람들로 가득 차 난리통을 이루고 있었다.

그날 밤, 난민수용소에 살고 있는 유태인들은 마치 약속이나 한 듯
나치 독일의 손길이 일본군의 총소리와 더불어 자신들을 향해 점점

다가오고 있다는 것을 감지했다. 수많은 사람들이 관제와 성황신을 모셔 둔 식당에 모여 날이 밝을 때까지 불안하게 앉아 있었다.

멀리 보이는 와이탄 쪽에서는 아직도 시커먼 연기가 뭉게뭉게 솟아오르고 있었다. 가든 브리지의 부근 공공조차지 한쪽에는 파괴된 영국장갑차가 다리 서쪽 부근의 인도 위에 두 대나 쓰러져 곧 쑤저우강 쪽으로 흘러갈 태세였다. 다리를 사수하던 영국부대는 격렬한 교전을 마친 후 일본군의 총에 전멸했다. 지금은 모래부대를 쌓아 둔 곳에서 영국군 대신 일본 기관총 사수가 언제 교전이 있었느냐는 듯 삼엄한 경계를 펼치고 있었다. 가든 브리지 외에 쑤저우강 부근의 자푸루챠오^{乍浦路橋}, 쓰찬루챠오^{四川路橋}, 쯔라이수이챠오^{自來水橋} 등의 몇몇 다리에도 일본인들이 초소를 세운 채 경계 태세를 갖추고 있었다.

와이탄 시계가 7시를 알리자 수문 북쪽에서 웅웅거리는 소리가 들려오기 시작했다. 일본의 탱크부대가 텐룽과 철도 부근에서 상하이시 쪽으로 이동을 하는 소리로, 같은 간격을 두고 있는 탱크들이 안정된 속도를 유지하며 행진했다. 모든 탱크의 문은 열려 있고 건장한 탱크병들이 그 위로 나와 있었다. 행진하는 탱크들을 자세히 살펴보니 탱크 자체의 녹색이 보이지 않을 만큼 먼지를 온통 뒤집어쓰고 있었다. 화포가 뿜어 나가는 부분은 일부러 바른 진흙과 나뭇가지와 마른 갈대로 덮여 있었다. 이런 갈대와 나뭇가지가 철사와 밧줄, 심지어 땅에서 뽑은 지 얼마 안 된 풀로 꼰 새끼줄로 이어져 탱크의 몸을 덮고 있었다. 이런 모습만 봐도 행진하고 있는 탱크들이 쑤베이전쟁^{蘇北戰爭} 쪽에서 이곳으로 이동하고 있음을 짐작할 수 있었다.

여덟 시가 조금 넘자 일본인들의 군대배치가 완료되었다. 공공조차지와 프랑스조차지의 주요 거리에는 탱크가 버티고 서 있었고, 무장한 일본군들이 탱크 주위를 오가며 사방을 경계했다.

갑자기 한두 발의 총소리가 허공을 갈랐다. 12시 정각, 난징루南京路에 임시로 매달아 둔 확성기에서 군함행진곡이 요란하게 울려 퍼지면서 일본군들이 구령소리와 함께 공식 퍼레이드를 하기 시작했다. 철모를 쓰고 목이 높은 군화를 신은 여섯 명의 의장대가 군기를 들고 맨 앞에서 퍼레이드를 이끌며 한껏 발을 들어 올려 서로 맞추며 걸었다. 그들 뒤로 말을 탄 여러 명의 군관이 이끄는 보병부대가 지나갔다. 상점이 문을 닫고 인적이 드문 거리 전체에 상하이에 살고 있는 소수의 일본교민들만 나와 길 양쪽에 나란히 서서 일장기와 오색기를 흔들며 환호했다.

의장대가 시짱루 입구의 신세계게임장에 다다랐을 때 하늘 위로 허공을 가르는 굉음이 들려왔다. 일본해군의 소형전투기 편대가 퍼레이드에 동참하면서 위세를 더하고 있었다. 낮게 허공을 가르는 전투기들이 황푸강을 지나 푸동 벌판 위로 솟구쳐 올랐다가 다시 제자리로 돌아오기를 반복했다.

퍼레이드의 대미는 퍼레이드가 끝나 갈 무렵 갑자기 거리에서 시작된 고함소리였다. 심지어 목청을 있는 대로 돋우어 큰 소리로 노래를 부르는 사람도 있었다. 그들은 상하이 현지에 살고 있는 낭인들과, 교민으로 구성된 4천여 명의 무장민단이었다.

이날, 새벽 비센돌프와 루양의 시선을 피해 재빨리 집에서 빠져나온 루샤오녠은 위험을 무릅쓴 채 일본 군인차가 깔려 있는 거리를 지나 프랑스조차지 내에 있는 유태인방송국으로 슈나이더를 찾아갔다. 하지만 이미 일본군들에 의해 봉쇄된 건물 입구 양쪽 바닥에는 일본군들이 모래부대를 쌓아 올린 후 기관총을 탑재해 두고 있어 들어갈 수 없었다.

"당장 꺼져!"

기관총 뒤의 일본군의 경고에 이어 그 뒤에 있던 셰퍼드까지 맹렬하게 짖어 댔다. 하는 수 없이 발걸음을 돌린 그 시각 이미 날이 훤히 밝아 오고 있었다. 기관총 뒤에 있는 어두컴컴한 건물 입구를 자세히 들여다보았지만 커다란 유리문은 굳게 닫혀 있었다. 그녀는 순식간에 유리문이 활짝 열리며 자신감 있고 장난기 가득한 미소를 가득 띤 채 슈나이더가 자신을 향해 한걸음에 달려오는 것을 상상했다. 길모퉁이를 돌던 그녀가 자신도 모르는 새 다시 고개를 돌려 건물 쪽을 바라보았다.

"게리! 당신은 꼭 살아 있어야 해요! 반드시 이 세상에 있어야 해요! 제가 당신을 기다릴게요. 내 죽을 때까지 당신이 오길 기다릴게요!"

그녀는 기도하는 마음으로 조용히 다짐했다.

2부
Chapter 02

우리는 바벨론의 여러 강변에 앉아서

시온을 기억하며 울었도다.

그중 버드나무에 우리의 수금을 걸었나니,

이는 우리를 사로잡은 자가 거기서 우리에게 노래를 청하고,

우리를 황폐케 한 자가 기쁨을 청하고,

자기들을 위하여 시온의 노래 중 하나를 노래하라 함이로다.

(성경, 시편 137편)

20

1943년 봄은 정말 예측하기 어려운 이상한 날씨였다. 5월에 들어선 후에도 연일 쏟아지는 차가운 비에 사람들은 생활의 불편을 호소했다. 날씨가 확 갠 후에도 우기 때의 기온을 보여 주긴 했지만 여름은 이미 시작된 지 오래였다. 하지만 변화무쌍한 날씨보다 유태인들의 심정을 어지럽히는 일은 상하이 점령국인 일본이 훙커우지역에 유럽 무국적난민지정주거소(歐洲無國籍難民指定住居地 : the designated Area for the Stateless Refugees from Europe)를 설치한다는 소식이었다. 이것은 사실 유럽계 유태인난민 격리수용소에 관한 포고문이기도 했다. 포고문은 1933년 이후 상하이에 도착한 유태인들은 지정된 기간 내에 격리지역 으로 반드시 이주하라는 내용을 담고 있었다.

무국적난민의 거주와 영업에 관한 포고문

(1) 오늘부터 군사적 필요에 의해 상하이지역에 거주하고 있는 무국적난민들의 거주지역과 영업지역을 다음 지역으로 제한한다 : 공공조차지 내 자오평루兆豊路,

마오하이루茂海路, 덩투어루鄧脫路 동쪽, 양수푸허楊樹浦路 서쪽, 동시화더루東熙, 華德路, 후이산루匯山路 이북, 공공조차지 경계 이남.

(2) 상술한 지정지역 외에서 거주하거나 영업 중인 무국적난민들은 본 포고문을 공표한 날부터 1934년 5월 18일까지 주거지는 물론 영업장소를 모두 상술한 지정지역 내로 이동해야 한다. 현재 상술한 지정지역 외에서 살고 있는 무국적난민들은 거주와 영업에 필요한 모든 부동산과 점포 및 관련 장비의 매매, 양도, 임대에 관한 사업에 있어 당국의 비준을 받아야 한다.

(3) 무국적난민 이외의 사람들은 허가 없이 제1항에 명기된 지역 내로 절대 이주할 수 없다.

(4) 본 포고문을 위반하거나 본 포고문의 이행에 방해가 되는 자는 엄벌에 처할 것이다.

상하이지역 대일본 육군 최고 지휘관
상하이지역 대일본 해군 최고 지휘관
1943년 2월 18일

일본군이 상하이 전역을 점령하게 된 이후 상하이에 살고 있던 미국와 영국인 교민들은 된서리를 맞았다. 적대국 국민으로 간주되어 격리지역에 갇힌 신세로 전락한 그들은 자신의 신분을 알리듯 팔에 붉은색 완장을 차고 다녀야만 했다. 그들의 뒤를 이어 이제 유태인들의 순서가 되었다. 일본인들이 큰 선심을 쓰듯 유태인들에게 3개월이라는 준비 기간을 부여했지만 결국 상하이에도 유태인 격리지역인 '게토ghetto' 가 등장했다. 이 포고문은 신문과 방송에 공표되었을 뿐만 아니라 길거리 곳곳에도 붙어 있었다. 포고문을 자세히 보면 포고문 내용은 인쇄되었지만 날짜는 손으로 써 넣은 흔적이 역력했다. 이것은 일본 당국이 오랫동안 이 일을 준비해 왔다는 사실을 잘 보여 주는 증거였다.

포고문에서 정한 기한이 10일 정도 남아 있을 때부터 일본인들은 대담하게 자신들의 말을 행동으로 이행하기 시작했다. 게토 밖의 번화가에 일본병사와 보안대를 대대적으로 배치했다. 그들은 사전조사를 마친 유태인 상점에 진입하여 간판을 떼어 낸 후, 간판들을 트럭 위로 실어 올렸다. 떼기 쉽지 않은 간판은 그 자리에서 파손시켰다. 간판을 빼앗기지 않은 소수의 상점들도 있긴 했지만 간판 위의 글자는 이미 페인트로 모두 지워진 상태였다. 이 모든 것은 장사를 하고 있는 일본교민들을 위한 배려에서 나온 것으로 예전부터 유태인들의 가게를 눈여겨봐 오던 일본교민들이 고위군인과의 관계나 돈을 이용해서 가게를 선점한 것이었다. 이와 때를 같이하여 상하이에 살고 있던 일본교민들은 앞을 다투어 홍커우에서 쑤저우강으로 이동하면서 지난날 유럽인들이 살았던 품격 있는 공공조차지와 프랑스조차지로 주거지를 옮겼다. 이런 추세는 일본인이 상하이 전역을 점령했을 당시부터 서서히 시작된 것이긴 했지만 상하이에 살고 있는 유태인난민들이 홍커우로 격리되면서 다시 한 번 기승을 부리고 있었다.

포고문에서 정한 기한 중 마지막 주말이 됐다. 불쌍한 유태인들은 안식일을 지켜야 한다는 최후의 희망을 포기한 채 서둘러 격리지역으로 이주하고 있었다.

이른 아침부터 홍커우로 가는 길 위에는 마치 서둘러 장터에 가는 사람들처럼 거마車馬가 꼬리를 물고 이어지며 사람들로 북새통을 이루었다. 점심 때가 되자 격리지역 부근의 칭저우루青州路 입구, 후이안루匯安路 입구, 샤오산루簫山路 입구, 광핑루廣平路 입구는 꽉 막힌 채 움직일 생각조차 안 했다. 순간순간 구름 사이를 오가는 햇살이 밝게 모습을 드러내다 구름 속에 갇혀 어두어지길 반복했다. 그 모습은 그렇지 않아도 조급한 사람들의 마음을 더욱 분주하게 만들고 있었다.

점심시간이 막 지난 무렵 가든 브리지에서 홍커우 방향으로 자전거 행렬이 이어졌다. 등에 장총을 걸쳐 멘 검은색 옷의 경찰들이 맨 앞에서 자전거 대열을 이끌었고, 그 뒤를 몇몇 일본병사들이 뒤따랐다. 중간에서 자전거를 타고 오는 것은 야스히로와 그의 조수 가쯔오였다.

현재 상하이에서 휘발유와 중유는 모두 군용물자 항목에 포함되어 있었다. 비군용자동차들만 엄격한 과정을 통해 휘발유를 분배받고 통제받는 게 아니라 심지어 소형 군용자동차들도 그 예외가 아니었다. 상하이 거리에서 말이 끄는 자동차가 과시하듯 지나다니는 우스꽝스런 상황이 벌어진 적도 있었다.

야스히로는 지금 날아갈 듯 기분이 상쾌한 순간을 즐기고 있다. 지난달 야스히로는 게미츠 대좌로부터 서양인사부 부장이라는 직함 외에 유럽무국적난민지정주거소의 관리자를 겸임하라는 새로운 지시를 받았다. 태평양전쟁이 발발한 후 벌어진 상황변화로 인해 상하이에 사는 일본인과 서양인들이 서로 얽힌 업무는 현저히 줄어든 상태였다. 지금 야스히로는 자전거를 타고 자신의 새 사무실에 방문하여 책임자가 왔음을 알리며 자신의 위세를 한껏 과시하고 있었다.

점점 더 많은 사람들이 거리로 몰리면서 수많은 사람들이 서둘러 차에서 내렸다. 검은색 옷을 입은 경찰이 야스히로의 자전거를 얼른 받아 든 후 그를 대신해서 끌었다.

차 뒤에 크고 작은 짐을 가득 실은 트럭들이 인력거의 물결 속에서 꿈틀거렸다. 유태인들의 모습도 가지각색이었다. 인력거에 탄 사람, 보따리를 안고 걸어가는 사람, 아기를 품에 앉고 노인의 손을 잡고 가는 사람들도 쉽게 눈에 띄었다. 갑자기 고함소리가 들린 후 두 명의 여인을 태운 중국 일륜차가 비틀비틀 쓰러질듯 사람들 사이를 비집고 지나가는 모습을 본 야스히로가 웃음을 터트렸다. 이어 그는 부대원들의 호위를 받으며 유유자적한 모습으로 다시 자전거를 타고 자리를 떠났다.

야스히로가 일을 하게 된 사무실의 공식명칭은 상하이무국적난민처리사무소로써 사무실은 한적한 마오하이루에 위치했다. 이곳은 원래 상업지역이 아닌 탓에 오가는 인적이 드문 곳이었다. 그의 사무실은 붉은색 벽돌로 지은 1층 건물로써, 길가와 맞닿은 벽은 외부와 단절되었고, 높게 위치한 창문에는 안전을 위해 철망이 쳐져 있었다.

포고문에 기재된 규정들이 실시된 후 유태인들의 활동은 엄격하게 제한되었다. 규정에 따라 유태인난민들은 한 명도 빠짐없이 유태인난민조사표에 기재하고 새로운 등기를 받아야 했다. 사실 확인 후 난민신분증을 재발급해 주었다. 독일계 유태인들의 신분증에는 특수한 황색무늬가 첨가되었다. 외출을 신청하는 특별통행증은 모두 신분증을 근거로 발급되었다. 외출통행증은 양면으로 나뉘어졌다. 앞면은 사진을 비롯해 상세한 등기항목이 기재되어 있었고 뒷면에는 간단한 지도가 그려져 있었다. 지도 위에는 신청 전에 간 장소와 통행을 허락한 지역의 범위가 그려져 있었다.

이 밖에 비준을 받은 사람들은 앞가슴이나 상의 옷깃에 원형배지를 달아야만 했다. 원형배지 위에는 한자로 '통通' 자가 쓰여 있었다. 녹색, 백색, 청색으로 분류된 배지 가운데 녹색은 2-3일간의 단기통행을 나타냈고, 백색은 1주일, 청색은 대략 1개월-3개월간의 장기통행을 표시했다. 일반적인 상황하에서 통행증은 3주 동안 유효했다. 반경 1㎢ 도 안 되는 작은 지역은 10만 명이 넘는 가난한 중국인들이 사는 지역으로 이 협소한 땅덩이 안에 1만 5천이 넘는 유태인난민을 강제

이전시킨 지금 이곳의 인구밀도는 발 디딜 틈이 없다 해도 과언이 아니었다. 난민들에게 살아남는 가장 좋은 방법은 가능한 한 게토 밖의 활로를 모색하는 것이었다. 통행증을 손에 넣을 수 있느냐 없느냐가 관건이었으며 모든 것은 아이즈 야스히로의 손에 의해 좌우되었다.

이때, 야스히로는 새롭게 일하게 된 자신의 사무실에 앉아 화가 바이루헤이를 기다리고 있었다. 바이루헤이가 유화를 잘 싼 보자기를 들고 정시에 당도했다.

"빨리 풀어 보시오!"

야스히로가 흥분한 듯 외쳤다. 다소 긴장한 듯 한 바이루헤이가 보자기를 풀자 누군가의 초상화가 나타났다. 이것은 프랑스 19세기의 유명한 신고전주의 화가 앵그르(Ingres)가 그린 나폴레옹 초상화의 모사품이었다. 초상화 속에서 황좌에 앉아 있는 나폴레옹은 손에 권력을 상징하는 지팡이를 들고 있었다.

바이루헤이가 그림을 테이블 위에 세운 후 손으로 그림을 잡고 한쪽으로 비켜 섰다. 열심히 그림을 들여다보던 야스히로의 얼굴에 만족의 빛이 감돌았다. 그의 모습을 보고 안도의 한숨을 내쉬던 바이루헤이는 그 틈을 이용하여 그림에 대한 대가를 언급하려고 했지만 야스히로가 갑자기 고개를 들어 선수치듯 물었다.

"내가 이 그림을 왜 좋아하는지 압니까?"

그의 생각을 읽을 수 없는 바이루헤이가 고개를 가로저었다. 야스히로가 말했다.

"내 평생 제일 싫어하는 바람이 바로 키 큰 남자지! 하지만 나폴레옹을 보시오! 키는 작아도 정말 위대한 인물 아니오?"

바이루헤이가 자신도 모르게 재빨리 야스히로를 흘긋 쳐다보았다.

"나 역시 키는 작아도 위대한 인물 아니겠소? 그렇게 생각하지 않소?"

순간이었지만 야스히로는 이미 바이루헤이의 반응을 눈치 채고 있었다.

"그…… 그렇게 생각합니다! 예! 그럼믄요!"

갑자기 야스히로가 웃기 시작했다!

"하하하하! 당신이 내 말에 동의할 것을 내 진즉 알고 있었소! 당신네 유태인들도 결국 아첨하는 것을 배웠군! 하하하하!"

야스히로가 신이 난 듯 말을 계속 이었다.

"당신네 유태인들이 꼭 명심해 둬야 할 것이 있어! 우리 일본인들에게 제대로 협력해야만 한다는 것을 알아야만 한다고! 금세기 초, 대일본제국이 황해에서 러시아의 함대를 무너뜨릴 수 있었던 것은 당신네 유태인들의 돈 덕분이라고도 할 수 있지!"

바이루헤이를 똑바로 쳐다보던 야스히로는 사람을 궁지에 몰아넣으며 느끼는 쾌감을 만끽했다. 역사적 지식이 부족한 바이루헤이가 서투르게 반응하며 나지막이 중얼거렸다.

"하지만, 나폴레옹은……."

"하지만 돈이면 뭐든지 원하는 것을 모두 얻을 수 있다는 망상은 버려야 할 것이오! 예를 들어 당신네들의 돈은 나에게 아무짝에도 쓸모없는 게 될 것이오!"

야스히로는 계속 자신의 말에만 열중했다.

"저기…… 이 그림에 대한 대가가……."

야스히로가 그의 말을 완전히 무시하며 말했다.

"레오 브라츠 씨! 지금 당신은 누구와 이야기를 하고 있다고 생각하시오?"

그가 테이블 뒤쪽으로 걸어갔다.

"내가 바로 격리지역 최고의 책임자로서 모든 유태인들을 관리하는 사람이란 것을 알고 있소?"

야스히로가 잠시 말을 멈추었다 다시 입을 열었다.

"당신네 랍비들은 유태인의 율법을 하느님이 만드셨고, 그 율법은 다윗이 집행한다고 떠들었을 것이오. 하지만 지금 당신네들에 대한 법을 만들고 집행하는 사람은 바로 나, 아이즈 야스히로요! 그러니 날 유태인들의 왕이라 불러도 되지 않겠소? 내 말이 틀린가?"

바이루헤이는 마지막으로 최선을 다해 자신이 하고자 하는 말을 중얼거리듯 꺼냈다.

"저기…… 우리가 사전에 한 약속은……."

야스히로는 이번에도 역시 그의 말을 무시했다. 그가 벽 위에 걸린 큼지막한 상하이지도를 가리키며 바이루헤이를 손짓으로 불렀다. 몇 걸음 걸어 나간 바이루헤이가 고개를 들고 지도를 살펴보았다. 지도에서 방위를 표시하는 + 표시에서 약간 우측으로 올라간 긴 삼각형지대에 빨간 선이 굵게 그려진 것이 보였다.

"이제 제대로 보았겠지? 이게 바로 내 왕국이 아니고 무엇이겠나?"

지도 앞에 서 있던 바이루헤이의 표정이 서서히 굳어졌다. 붉은색으로 굵게 테가 둘러진 삼각형지대를 한동안 바라보던 그의 입에서는 더 이상 아무 소리도 나오지 않았다.

21

　이날은 유태인난민들이 통행증을 가져야만 게토 밖 출입이 가능한 첫날이었다.

　이른 새벽, 달빛이 채 가시지도 않은 시각, 높은 하늘은 한 조각 엷은 박사薄紗 같았다. 난민처리사무소 입구 좌측에서 붉은 벽돌담을 따라 이미 2, 3백 명의 사람들이 줄을 서 있었다. 일을 하기 위해 도구주머니를 들고 있는 사람, 보따리를 메고 있는 사람, 자전거를 끌고 온 사람, 현장에서 입을 옷을 돌돌 말아 손에 쥐고 있는 사람을 포함하여 별의별 사람들이 모여 있었다. 그들은 모두 게토 밖으로 나갈 통행증을 신청하기 위해 모인 사람들로서 얼굴에는 긴장감이 감돌았고, 나지막이 말을 주고받는 모습도 조심스러웠다. 그들 가운데 거의 대부분은 이름을 등록하고, 다시 줄을 서고, 다시 이름을 등록하는 이런 줄서기에 이력이 나 있었다.

　사무실 벽에는 나폴레옹의 초상화가 높이 걸려 있었다. 테이블 옆에 놓인 큰 대나무 광주리 안에는 '통' 자가 쓰인 세 가지 색의 원형배지가 들어 있었다. 계란만 한 크기의 원형배지는 이제 막 거둬들여 팔려 나가길 기다리는 과일처럼 보였다.

새벽바람 속에서 대여섯 명의 유태인 관리대원들이 질서를 유지시키고 있었다. 사람들은 오래 서 있었던 탓에 저려 오는 다리를 흔들었다. 행렬이 더 길어졌다. 총을 멘 일본병사들이 길게 늘어선 사람들의 행렬을 뚫고 작은 골목 모퉁이로 지나갔다.

날이 점점 밝아 오면서 줄을 서 있던 사람들의 자세도 조금씩 달라졌다. 사람들은 자신들도 모르는 새 앞사람에게 바짝 다가가 있었다. 자신들의 행동이 기다리는 시간과 거리를 줄여 주기라도 하는 것처럼 느껴졌다. 말을 하는 사람은 없었다. 5미터쯤 떨어진 곳에서 아이들이 몰려들기 시작하더니 이내 입을 헤 벌린 채 호기심 어린 눈빛으로 떼를 지어 몰려 있는 어른들을 구경했다. 조금 더 멀리 떨어진 곳에서는 인력거꾼들이 인력거 머리를 땅바닥에 내리박은 채 미동도 없이 그들을 주시하고 있었다. 그들은 사냥감의 일거수일투족을 예리하게 지켜보는 사냥꾼처럼 유태인들을 지켜보고 있었다. 길모퉁이 한적한 곳에서 쏴아 하고 오줌을 갈기는 소리가 들렸다.

야스히로와 가쯔오는 출근 시간보다 일찍 사무실에 도착했다. 야스히로는 사무실로 곧장 들어가는 대신 백 미터 이상 늘어선 난민들의 대열을 순시하며 남녀노소의 얼굴을 하나하나 살펴보았다. 유태인들은 차분하고 질서정연하게 줄을 서 있었다. 길게 늘어선 대열의 각 간격마다 질서를 유지하는 유태인 관리대원이 서 있었다. 대략 2, 30여 명의 사람을 남겨 두고 야스히로는 드디어 자신이 찾고자 했던 사람을 발견했다.

"아! 비센돌프 씨! 그간 안녕하셨습니까? 이렇게 다시 만났네요?"

리랜드 비센돌프에게 즐거운 듯 인사를 한 야스히로는 그가 뭐라 인사를 건네기도 전에 가쯔오를 향해 소리를 질렀다.

"이봐! 바로 여기야! 그렇지 바로 여기 말이야! 여기서 기념촬영을 좀 해야겠어!"

자세를 잡고 사진 찍기를 기다리던 야스히로가 갑자기 생각이 바뀐 듯 외쳤다.

"잠깐, 기다려 봐!"

그가 가쯔오를 향해 손을 휘이 내저었다.

앞으로 몇 걸음 나온 그가 가쯔오에게 뒤로 물러나라는 시늉을 했다. 그는 마치 천자가 하늘에서 막 내려온 것 같은 자세를 취하고서 신임 책임자로서의 기념사진을 찍었다. 야스히로는 앞쪽에, 비센돌프를 포함한 유태인난민과 관리대원들은 뒤쪽에 서 있었다.

훗날, 그는 이 사진을 액자에 잘 넣어 사무실 탁자 위에 놓아 두었다. 그는 사진에서 희미하게 보이는 비센돌프의 얼굴을 보며 스스로 붙인 유태인의 왕이란 직함이 명실상부하다는 생각을 했다. 게다가 그는 사진을 보는 사람들에게 이렇게 설명하곤 했다.

"내 뒤에 서 있는 이 늙은이가 누군지 알아? 바로 그 유명하다던 세계적인 바이올리니스트 리랜드 비센돌프라네!"

8시 정각, 야스히로는 사무실 탁자 뒤편에 앉아 있었다. 그의 옆에서 약간 떨어진 곳에 자리를 잡고 앉아 있는 가쯔오는 단기통행증 발급을 책임지고 있었다. 문밖에 서 있는 일본인이 소리쳤다.

"장기통행증은 이쪽으로 줄을 서고, 단기통행증은 저쪽으로 줄을 서도록 해!"

길 옆의 유태인 관리대원들이 서둘러 그들의 말을 전달했다.

"장기통행증은 이쪽으로 줄을 서고, 단기통행증은 저쪽으로 줄을 서시오!"

질서정연하게 정리되어 있던 대열이 일순간에 혼란 속에 빠지며 사람들이 웅성거리기 시작했다.

"장기는 뭐고 단기는 또 뭐야?"

"일주일이면 장기야 단기야?"

누군가 사람들에게 떠밀려 넘어졌다. 그 순간 갑자기 부근 골목에서 들려온 격렬한 총소리와 비명소리가 대열의 소란스러움을 순식간에 잠재웠다. 모두 본능적으로 그 자리에서 달아나고 싶었지만 새벽 내내 기다린 노력이 물거품이 될 것을 걱정하면서 서로를 의지해 몰려들었다. 대열은 이내 한 덩어리가 되었다. 하지만 아이들은 재미있다는 듯 바람처럼 골목을 향해 달려가 무슨 일인지 구경했다.

잠시 후 골목 어귀에서 서너 명의 일본 군인이 부상당한 동료를 부축하고 나왔다. 절뚝거리며 걷는 부상당한 군인의 입에서 연신 신음소리가 터졌다. 그 뒤를 이어 일본 군인들이 피범벅이 된 두 구의 시체를 끌고 나왔다. 흉부와 머리가 길바닥에 질질 끌리면서 바닥 위에 검붉은 자국을 남겼다. 몇몇 아이들이 길모퉁이에 숨어 일본 군인을 향해 돌멩이를 던진 후 바람처럼 사라져 버렸다.

난민들 사이에 쥐 죽은 듯한 고요함이 감돌았다. 손가락을 입에 넣고 세게 깨무는 여인도 있었다. 갑자기 사무실 안에서 누군가 외치는 소리가 들려왔다.

"이유가 뭡니까? 도대체 무슨 이유로 통행증을 발급해 주지 않는 겁니까? 제가 이 일을 얻기 위해 얼마나 애를 썼는지 아십니까? 일이 없으면 우리 가족은 도대체 무엇을 먹고살라는 말입니까?"

잠시 후 서너 명의 사람들이 각기 다른 표정을 한 채 사무실에서 나왔다. 안도의 빛이 역력한 사람도 있었고, 흥분에 들떠 '통'이라고 쓰인 원형배지를 가슴에 다는 사람도 있었다. 그들은 인력거꾼들이 자신의 인력거를 타라는 소리에도 아랑곳하지 않고 게토의 출구 쪽을 향해 분주히 발걸음을 옮겨 갔다. 사방을 막아 둔 철조망과 목책 중간의 뻥 뚫린 곳이 바로 출구였다. 출구 양옆으로는 통행증을 검사하는 유태인 관리대원들이 한 명씩 서 있었다.

태양이 떠올랐다. 태양의 햇살이 삽시간에 사방을 내리쬐자 주변이 환해지기 시작했다. 햇살을 내리받은 모든 사물의 색깔이 선명해지면서 밝아졌다. 유태인 관리대원이 팔에 끼고 있는 백색 완장이 마치 길을 안내하는 밝은 표지판처럼 철조망과 목책 사이를 좌우로 나누며 빛을 발했다.

22

　오후 세 시가 될 때까지 점심도 못 먹을 만큼 바쁜 일과를 보낸 야스히로는 머리가 어질어질할 정도로 피곤했다. 문밖에서 일본 군인과 유태인 관리대원이 질서를 유지하기 위해 시도 때도 없이 질러 대던 고함소리 외에 지금까지 몇 명에게 통행증을 발급해 주었는지 이미 잊어버린 지 오래였다. 하지만 그래도 기억에 남는 사람들이 있었다. 야코프 만헤임! 키가 크고 건장한 동유럽 출신 유태인이었다.

　"예! 접니다!"

　그는 자신을 부르는 소리에 대답을 한 후 긴장한 듯 몇 걸음 앞으로 나와 서며 야스히로의 사무용 탁자 가까이에 바짝 섰다.

　"1938년 폴란드에서 왔다고?"

　야스히로가 그의 신분증을 보며 말했다.

　"그렇습니다! 1938년 폴란드에서 왔습니다."

　그가 몸을 약간 움직이며 강한 악센트로 '폴란드'를 발음했다.

　"자네는 예전에 폴란드에서 뭘 했나?"

　야스히로가 마치 포커 카드를 뒤집듯 그에 관련된 문서와 자료들을 손으로 뒤적뒤적거리며 물었다.

"유태인 경찰, 경찰이었습니다!"

야스히로는 자신도 모르게 그를 올려다보았다. 마치 큰 산을 올려다보고 있는 느낌이었다.

"올해 몇 살이지? 혹시 유태인 관대대원 소속인가?"

"올해 51세입니다! 관리대원 연령제한에 걸렸습니다."

"내 눈에는 관리대원이 되어도 아무 손색이 없을 것 같은데? 그래! 경험도 있으니 관리대원 대장을 하면 되겠네!"

야코프 만헤임이 침묵했다.

"그런데 나가서 뭘 하려는 거지? 명확한 장소를 기재하지 않은 이유가 뭐야?"

"전 거리에서 전문적으로 칼을 갈아 주는 일을 합니다. 사방을 돌아다녀야 하니 고정된 장소가 없습니다. 만약 있다면 호텔들과 술집 뒷문 혹은 감옥입니다. 감옥에서도 가끔 절 부르거든요!"

전문 칼갈이? 얼핏 듣기에 상당히 신선한 직업이었다. 화제가 사적으로 변해 갔다.

"뭐 특별한 묘법이라도 있는가? 칼갈이에도 전문 칼갈이가 있어?"

"전 칼 가는 기계를 이용해서 칼을 갑니다."

야스히로의 태도가 서서히 누그러지는 것을 본 야코프 만헤임이 안도하며 말했다.

"칼갈이 기계도 제가 직접 만들었습니다."

"칼갈이 기계라고? 그런 말은 생전 처음 들어 보는군! 그럼 그 기계를 우선 이리로 가져와 보게! 우선 기계부터 살펴본 후에 다시 이야기해 보자고!"

뜻밖의 요구에 잠시 멍해져 있던 야코프 만헤임말했다.

"칼갈이 기계는…… 기계가 많이 무거운 편이라 가져오기 쉽지 않습니다!"

"흥! 말도 안 되는 소리 하지 마! 그렇게 무겁고 갖고 다니기 힘든 물건을 어떻게 싣고 거리를 누비며 돌아다닌다는 거야?"

야스히로가 그의 신청서를 집어 허공에 휙 뿌렸다. 한 시간 후 야코프 만헤임이란 전직 폴란드 경찰이 다시 돌아왔을 때 야스히로는 이미 칼갈이 기계의 존재를 잊은 지 오래였다. 하지만 호기심이 발동했는지 그가 기계를 가져왔다는 소리를 듣고 자리에서 일어나 그를 따라 문밖 칼갈이 기계가 있는 쪽으로 나갔다.

정말 독특하고 재미있는 설계로 만들어진 기계였다. 바퀴가 하나뿐인 중국 손수레와 자전거가 기묘하게 결합되어 있었다. 손수레의 바퀴는 자전거 바퀴로 대체되었고, 또 다른 바퀴는 기계 윗부분에 설치되어 있었다. 체인과 작은 축을 연결하여 칼 가는 바퀴를 돌리는 전동장치로 사용했다. 칼을 갈 때 손수레의 하단에 달려 있는 페달을 발로 밟으면 바퀴가 돌아가며 칼 가는 바퀴를 돌리면서 칼을 갈기 시작했다. 정말로 아무 힘도 안 들이고 칼을 갈 수 있는 장치였다. 가장 절묘한 것은 칼 가는 돌의 중간축에 있는 작은 나무조각이었다. 칼 가는 돌이 돌아가기 시작하면 나무조각이 가죽 관을 건드리며 연속적으로 칼 가는 돌 위에 물을 뿌렸다.

야코프 만헤임이 야스히로의 앞에서 시범을 보이자 그 역시 재미있다는 듯 칼 가는 전 과정을 지켜보았다. 그는 전직 경찰관을 이쯤에서 봐줘야겠다는 생각을 하며 유쾌하게 웃기 시작했다.

그를 따라 웃던 야코프 만헤임이 허리를 곧게 펴고 뒤로 몇 걸음 물러나 구경을 하고 있던 사람들 앞에 똑바로 섰다. 그의 얼굴에 자신감이 깃들었다. 뒤에 모인 사람들과 어우러진 그의 모습은 마치 그들의 제사장처럼 보였다. 일순간 야스히로의 눈에서 어두운 불꽃이 피어올랐다. 한마디도 없이 사무실도 돌아가 버린 그는 야코프 만헤임의 통행증을 끝내 발급해 주지 않았다. 가엾은 전직 폴란드 경찰관은 애원하는 심정으로 문 앞에 서서 통행증 발급을 기다렸다.

야스히로는 또 한 명의 사람을 기억해 냈다. 그는 홀츠라는 이름을 내내 기억하고 있었다. 그 이름은 야스히로의 뇌리에 리랜드 비센돌프라는 이름과 함께 박혀 있었다. 홀츠는 2년 전 〈안녕, 상하이〉라는 프로그램에서 리랜드 비센돌프에게 중국 현대음악을 접해 본 적이 있느냐는 질문을 던진 인물이었다. 야스히로는 그 프로그램 진행자였던 게리 슈나이더가 홀츠에 대해 독일 함부르크에 있는 레코드가게 판매원이었다고 말한 사실조차 기억하고 있었다. 홀츠가 강가 부두 화물 집하장에 가겠다는 신청서를 가지고 자신의 눈앞에 나타났을 때 야스히로는 놀라움을 금할 수 없었다.

"이런 곳에서 잡부로 일을 한 적이 있나?"

그가 호기심이 가득한 눈으로 홀츠를 바라보았다.

"당신은 음악에 상당한 조예가 있는 것으로 알고 있는데…… 내 말이 틀리나?"

잠시 놀라 움찔해 있던 홀츠가 뭐라 말을 하려고 입을 움직이다 이내 말문을 닫았다. 야스히로의 마음에 한 줄기 동정의 빛이 흘렀다.

"제발 제게 통행증을 발급해 주십시오! 지금 사정으로는 일자리 찾기가 정말 쉽지 않습니다. 제 안사람은 한 달 전 훙커우로 막 이주를 하기 전에 세상을 떠났습니다. 이제 제 딸하고……."

그는 금방이라도 눈물을 쏟을 것 같았다. 야스히로는 더 이상 아무 말을 하지 않고 그의 통행증 위에 도장을 찍어 주었다. 탁자 한쪽에 놓인 바구니를 입으로 비쭉이 가리키며 말했다.

"당신이 알아서 배지를 가져가도록 해! 나갈 때 가슴에 다는 것을 잊어서는 안 될 거야! 그래! 저기 저 청색배지를 가져가!"

이런 식으로 이날 그는 절반은 통행증을 발급해 주었고, 나머지 절반은 통행증 발급을 거부했다. 거부당한 사람들의 반응은 가지각색이었다. 고함을 지르는 사람, 대성통곡하는 사람, 애원하는 사람, 침묵으로 일관하는 사람…… 정말 가지각색이었다.

그럼 도대체 무슨 이유 때문에 그들에게 통행증을 발급해 주지 않은 것일까? 구체적인 이유는 없었다. 그저 거부 자체가 거부의 이유였다. 거부는 그가 격리지역 책임자로서 갖고 있는 권위를 돋보이게 했다. 모든 일은 시작이 중요했다. 그는 시작부터 유태인들에게 자신의 존재를 알려 경외심을 느끼게 하고 싶었다.

"인간의 마음은 참으로 나약하고 비겁하지……."

그는 경외심이 있어야 감사할 줄도 알게 된다고 생각했다. 두려움은 존경의 전제조건이었다. 다시 말해 모든 사람들이 손쉽게 통행증을 받게 될 경우 이곳은 유태인들이 홍커우 밖으로 나갈 때 거쳐야만 하는 문턱으로 전락할 게 뻔했다. 게다가 그들은 이 문턱을 조만간에 대단히 귀찮게 여기게 될 게 분명했다.

"흠…… 중세 이태리 사람들은 남자가 보여 주는 유창한 말과 품위는 모두 여자 앞에서만 진정한 가치를 발휘한다고 했지."

그가 자리에 편안하게 앉은 채로 고개를 젖힌 후 눈을 가늘게 떴다. 하지만 그는 곧 스스로 동정을 금치 못하듯 말했다.

"하지만 이 사람들은 결국 오갈 데 없는 난민들에 불과한데 말이야……."

한탄을 하고 있는 그의 눈앞에 한 유태인의 얼굴이 스쳐 갔다. 그 순간 그는 리랜드 비센돌프를 떠올렸다. 그렇지! 그 늙은이도 오늘 새벽부터 줄을 서 있었는데 말이야! 어째서 아직까지 사무실에 코빼기도 내비치지 않은 거지? 단기통행증을 맡고 있는 가쯔오한테 가서 통행증을 받았나?

"오늘 오지 않았어? 왜 발급 신청을 하지 않은 거지?"

야스히로가 가쯔오를 향해 몸을 돌리며 물었다.

"누구 말씀이십니까?"

하지만 그는 곧 야스히로가 가리키는 사람이 누구인지 알아차렸다.

"리랜드 비센돌프 말입니까?"

야스히로의 가슴속으로 뭔지 모를 것이 무겁게 가라앉고 있었다.

23

리랜드 비센돌프는 통행증 발급을 신청하지 않았다. 그는 자신의 차례가 다가오는 순간 신청을 포기했다. 그는 너무 피곤하다는 생각을 했다. 그가 느끼는 피곤함은 정서적인 격동과 정신적인 압박이 부딪쳐 생긴 결과물이었다. 그는 난민들이 이유도 없이 행동의 자유와 생계를 지키기 위해 어렵사리 마련한 기회를 박탈당하는 것을 지켜보는 동시에 통행증을 발급받은 난민들의 기쁨과 감격에 찬 모습을 보았다. 그들의 누리는 기쁨과 감격은 그저 '짐을 벗어버린 것 같다'는 단순한 말로는 형용하기 어려운 것들이었다.

"유태인의 고초와 유태인의 비극이라고 말해야 하겠지……."

비센돌프는 생각했다. 그런 이유 때문에 그는 자신의 순서가 다 되었을 무렵 가슴속에서 스멀스멀 피어오르는 반항의식을 감지했다. 그의 반항의식은 그를 순간적인 공황상태로 몰고 갔다.

"이봐! 신청서는 어디 있어? 이봐! 신청서를 먼저 내놓으라고! 이봐 당신! 당신 말이야!"

문서를 담당하고 있는 일본인이 소리를 질렀다. 그를 알아 본 한 유태인 관리대원이 공손하게 이야기했다.

"선생님! 선생님 차례입니다. 지금 선생님을 부르고 있습니다."

"아! 그래요! 미안하지만 다른 일이 있어서 그냥 가 봐야 할 것 같습니다."

비센돌프는 자리를 떠났다. 정말 놀라운 일이었다. 유태민족……! 굽힐 줄 모르는 불굴의 민족! 인류에게 성경을 선사한 민족! 서서히 누군가의 둥지에서 기생을 하며 이리저리 눈치를 보는 가운데 생존할 수밖에 없는 존재로 전락한 비센돌프는 그 민족이 차분하게 아니 오히려 만족스럽게 자신이 기생하고 있는 그 사회에 순응하고 있다고 생각했다. 정신적인 면과 물질적인 면에서 그들이 이룩한 모든 부는 실로 대단한 것이었다. 하지만 그들이 갖고 있는 만족과 순응의 뒷면에 유태인들의 역사와 유태민족의 또 다른 면이 존재하고 있는 것은 아닐까? 그 다른 한 면을 유태인들의 상실감이라고 불러야 하지는 않을까?

그는 자신의 질문에 대답할 수 없었다. 그 자신은 역사학자도 철학자도 아니었다. 하지만 눈앞에 닥친 이런 상황 앞에서 고개 숙이기 싫어 하는 성격과 예술가로서의 감각은 일반인들에 비해 예민하고 예리하게 발동하고 있었다. 누군가 나지막한 목소리로 끊임없이 그의 귓가에서 이야기하는 듯했다.

"뭔가 해야 하지 않겠어? 혼자만의 자존심과 체면을 지키는 것 말고 유태인으로서의 자존심과 체면도 지켜야 하지 않겠느냔 말이야?"

하지만 그의 마음속에 왜 하필이면 자신들이 살고 있는 게토의 책임자가 아이즈 야스히로인 것인가라는 생각이 자신도 모르게 꿈틀거리기도 했다.

비센돌프가 이사 온 이 골목에는 모두 열다섯 가구가 살고 있었다.

그중 아홉 가구는 중국인이고, 두 집은 수년 전에 이곳으로 이사 온 유태인이었으며 나머지 네 집은 포고문이 발효된 후 새로 이사 온 유태인난민들이었다. 집주인들은 약속이나 한 듯 앞을 다투어 방세를 올렸다. 비센돌프는 예술가로서는 뛰어난 사람이었지만 일상생활을 영위하고 사회에서 다양한 사람들과의 관계를 맺는 능력이 부족한 사람으로 거래가 순탄하지 않았다. 다행히 루샤오녠과 루양의 도움으로 2층 방을 얻을 수 있었다. 외부의 소음에서 자유로운 것은 물론 집주인이 방세 역시 원래 받던 가격으로 받겠다고 약속했다.

리랜드 비센돌프는 포고문이 발효되기 3일 전에 이곳으로 이사했다. 그날 오후 월터 요나스도 그의 이사를 도우러 왔다. 그는 이미 두 달 전에 프랑스조차지에서 운영하던 악기점을 닫고 게토 안에 있는 탕산루唐山路에 20㎡쯤 되는 공간에 가게를 열었다. 가게 2층에는 숙식을 할 수 있게 되어 있어 방세도 절약할 수 있는 데다 장사하는 데도 편리했다. 게다가 점원을 한 명 더 둔 탓에 예전에 비해 훨씬 한가한 시간을 보낼 수 있었다.

비센돌프의 이삿짐은 이삿짐이라고 할 것도 없이 단순했다. 네 사람이서 트렁크 몇 개를 두 대의 인력거에 나눠 실었다. 비센돌프와 루양이 함께 타고 월터와 루샤오녠이 다른 인력거에 함께 탔다. 인력거가 가든 브리지를 지나 홍커우를 향했다. 자오펑루에 다다르자 교통이 서서히 복잡해지기 시작했다. 광핑루 사거리에서는 인력거가 꼼짝도 하지 않았다. 일본공병대가 게토에 철조망과 목책을 설치하면서 트럭 한 대 정도가 출입할 수 있을 만큼의 좁은 공간을 남겨 놓은 것이 원인이었다. 모든 행인과 인력거들은 한곳에 모였다가 좁은 입구를 통해 한 명씩 들어가는 수밖에 없었다. 월터 요나스가 앞사람이 이동하며 남기는 빈틈을 보고 인력거꾼에게 바짝 앞으로 다가설 것을 지시했다. 루양과 비센돌프가 탄 인력거와 나란히 선 후 고개를 내밀고 외쳤다.

"저것 좀 보게! 일본인들이 지금 우리가 살 유태인 낙원을 짓고 있군!"

월터의 말에 호응하듯 비센돌프가 독일어로 한 자 한 자 읊기 시작했다.

"자네 말이 정말 맞는데!

"Waldung, sie schwankt heran, Felsen, sie lasten dran, Wurzeln, sie klammern an, Stamm dicht an Stamm hinan, Ehren geweihten Ort, Heiligen Liebeshort. (숲은 바람에 흔들려 이쪽으로 쏠리고, 바위는 그것에 묵직하게 몸을 기대며, 나무뿌리는 서로 얼크러지고, 줄기들은 빽빽이 늘어서 하늘로 치솟아 있네, 축복받은 이곳, 거룩한 사랑의 보고를 우러른다.)"

비센돌프의 말을 알아듣지 못한 루양이 말했다.

"할아버지! 그때 3주나 걸려서 상하이에 오실 때 배 위에서 생활하기 정말 힘드셨겠어요!"

비센돌프가 농담을 하듯 대꾸했다.

"멘델스존의 서곡 가운데 '고요한 바다와 행복한 항해' 라는 곡이 있단다. 그때 매일 심심하다고 여겨질 때마다 이 곡을 흥얼거리곤 했지. 상하이에 거의 다 도착했을 때쯤 어떻게 된 줄 아니? 이 곡을 너무너무 사랑하게 되었단다!"

루양이 대답했다.

"그 곡이라면 저도 알아요. 멘델스존이 괴테의 시를 읽고 난 후에 만든 서곡이잖아요!"

월터 요나스가 인력거 받침을 손으로 치며 말했다.

"그 스승에 그 제자로군! 두 사람은 어째 나날이 닮아 가는 것 같아!"

마침내 목적지에 도착했다. 비센돌프의 짐을 모두 집 안 구석구석 정리를 해 준 남매가 볼일이 있다며 곧 떠날 채비를 했다. 날은 이미 저물어 있었다. 태양이 창문 아래 뜰 안을 비추었다. 유태인 소녀가 중국인 이웃에게 석탄난로 피우는 법을 배우고 있었다. 짙은 연기가 창문 안으로 들어오자 일제히 기침이 나오기 시작했다. 루샤오녠이 말했다.

"선생님, 일본 놈들이 버틸 날도 머지않았어요! 저희 집 아래층은 이제 세를 놓지 않을 거예요. 그곳은 이제 선생님 집이에요. 선생님이 돌아오시길 기다릴게요!"

비센돌프가 대답했다.

"얘야, 나도 이 동물원과 같은 곳이 오래 가지 않을 것이라고 믿고 있단다."

대문 앞에 다다르자 루샤오녠이 뭔가 불현듯 떠오른 듯 말했다.

"하마터면 잊을 뻔했어요! 영어와 중국어로 쓴 이 집 주소예요!"

말을 마치고는 주머니에서 종이 한 장을 꺼내 비센돌프에게 건넸다. 종이 위에는 홍커우 화더루 55번지 1호 2층이라는 주소가 적혀 있었다. 비센돌프가 웃으며 말했다.

"얘야, 이 위에 네 이름과 전화번호를 적는 게 나을 뻔했구나! 잊어버리면 네가 와서 직접 날 데려가게 말이야!"

이것은 모두 이미 수일 전에 일어났던 일이었다. 지금 그는 야스히로의 사무실에서 곧장 집으로 돌아왔다. 뜰 안으로 들어오자마자 유태인 소녀가 석탄난로를 피우는 게 보였다. 집 안은 연기로 메케했다. 그는 루샤오녠 남매가 무척이나 보고 싶었다.

루샤오녠과 루양의 생활은 최근 들어 큰 변화를 맞이하고 있었다. 유태인들이 게토로 강제이주당한 후에야 상하이 전역의 병원들은 상하이로 망명한 유태인 가운데 많은 여성이 전문 간호사 출신이었음을 발견했으며, 그중 오스트리아 출신의 간호사들이 가장 우수한 실력을 가졌음을 알았다. 게토에 사는 대부분의 유태인들이 행동의 자유를 잃어버린 후 많은 병원 간호사들은 불편을 감수해야만 했다. 따라서 가난한 사람들을 대상으로 의술을 펼치던 츠지 보건소에서 루샤오녠은 수간호사로 승진했다. 루양은 이제 17세를 눈앞에 두고 있었다. 수개월 전 누나와 비센돌프의 설득에 따라 그는 거리공연을 그만두고 학업을 계속할 준비 중에 있었다. 그동안 밀린 공부를 열심히 따라하면서도 비센돌프의 요구대로 매주 한 번씩 화더루에 가서 바이올린을 배웠다. 루양은 자신의 연주 실력이 눈에 띄게 향상되고 있음을 느꼈다.

24

월터 요나스가 느끼던 한가로움이 지루함과 초조함으로 바뀌는 데는 별로 긴 시간이 필요하지 않았다. 게토로 이사를 한 후 악기점의 장사는 프랑스조차지에 있을 때와는 비교할 수 없을 정도로 형편없어졌다. 전쟁 중의 외로운 고도孤島 상하이는 여전히 화려했지만 그곳에 사는 사람이면 누구나 맡을 수 있을 만큼 화약 냄새도 진동했다. 미래에 대한 장기계획을 세우는 사람은 없는 까닭에 악기점 같은 상점은 이 시대에 다소 부적합한 듯 느껴졌다. 본격적으로 생계를 걱정할 무렵 월터 요나스는 공공조차지에 있는 블랙캣이라는 호텔에서 가까스로 첼로 연주를 할 수 있게 되었다. 시간은 주말 두 시간이었다. 한 달에 8일을 연주하고 얻는 수입은 그의 경제생활에 더없이 중요한 수입원이 되었다.

블랙캣이라는 호텔은 사실 얼마 전만 해도 블랙스완이란 이름으로 운영을 하던 호텔이었지만 일본인이 상하이 전역을 점령해 버린 지금은 주인이 바뀌어 있었다.

매일 밤 12시부터는 통행금지였다. 주말에 바이올린 연주를 마친

225

후에는 집으로 갈 시간적 여유가 없었기 때문에 월터 요나스는 호텔 뒷방의 긴 소파에서 잠을 잔 후 날이 밝으면 집으로 돌아갔다. 집으로 돌아가는 길이면 그는 1위안짜리 군고구마를 사 먹었다. 그는 이제 거리에서 먹는 새벽 조찬을 사랑하게 되었다.

하지만 그런 날도 오래가지는 못했다. 그는 첼로 연주를 한 지 얼마 안 돼 바이올린을 연주하는 파트너와 불화를 느끼며 울분을 삭였다. 월터 요나스의 울분은 사실 사소한 사건으로부터 시작되었다. 유진이라는 이름의 파트너는 중국에서 이미 유랑생활을 많이 한 사람으로 만주 하얼빈에서 이곳 상하이로 건너온 러시아인이었다. 월터 요나스가 뮌헨 교향악단의 첼리스트였던 것을 안 그는 일부러 문제를 만들려는 것인지 아니면 질투심에서 비롯된 것인지는 몰라도 연주를 하면서 일부러 월터 요나스의 입장을 곤란하게 만들었다. 호텔 술집과 클럽에서 연주생활을 오래 한 그는 언제 어떻게 관객의 환심을 살 수 있는지 잘 알고 있었다. 남들보다 긴 팔을 자랑하는 그가 시시 때때로 바이올린의 위치를 들었다 내리며 묘기를 부리는 동안 그가 연주하는 음색과 음량 역시 그의 자세와 마찬가지로 차마 듣기 힘든 소리를 자아냈다. 화가 머리끝까지 치민 월터는 더 이상 그의 잔재주를 참지 못한 채 첼로 연주를 멈춘 후 외투를 들고 인력거를 불러 곧장 집으로 돌아갔다.

"비센돌프! 내가 급한 일로 자네와 상의할 게 있으니 지금 가겠네!"

전화를 끊은 그가 장롱에서 와인을 꺼내 품에 집어넣고 비센돌프의 집을 향해 걸음을 재촉했다. 그는 자신의 오랜 연주 파트너인 벗을 찾아가 술집과 호텔에서 자신과 함께 협연을 하면 어떻겠느냐는 설득을 할 생각이었다.

한여름의 저녁…… 날씨는 맑고 상쾌했다. 대낮의 열기가 사라지고 이제 하나 둘씩 불빛이 들어오는 거리에는 오가는 사람들의 발길이 분주해지고 있었다. 이미 저녁 8시를 넘어섰지만 하늘 위에는 금빛을 수놓은 구름이 길게 이어져 있었다. 가게 주인들도 이 황금시간의 장사를 놓치지 않으려는 듯 아예 밥공기를 든 채 손님을 부르고 있었다.

인파 속을 걷다 멈추다를 반복하던 월터 요나스는 사람들이 많이 모인 곳에서 나는 악취와 땀 냄새가 코를 찌르는 것을 느꼈다. 게다가 공기 중에 퍼져 있는 매연과 음식 냄새는 빈민지역 특유의 분위기를 자아내고 있었다. 그런 분위기 속에서도 그는 자신과 비센돌프가 협연을 하는 모습을 상상하며 흥분하고 있었다. 뮌헨대극장이나 음악홀처럼 품격을 갖춘 곳은 아니더라도 관객의 환호성과 갈채가 있는 곳이라면 만족했다. 그는 비센돌프역시 자신과 같은 생각을 갖고 있을 것이라고 굳게 믿었다. 상하이 전역이 일본인들의 세상이 되어 버린 2년 동안 공부국 교향악단은 해산되었다. 마에스트로 피아치 단장은 미국으로 떠났고, 나머지 단원들도 대부분 상하이를 떠났다. 상하이에 남아 있는 사람들은 격리지역으로 들어갔거나 호텔 혹은 술집에서 생계를 꾸려 나갔다. 그 후 월터 요나스와 리랜드 비센돌프 모두 연주다운 연주를 해 본 적이 없었다. 하지만 리랜드 비센돌프가 한 달 동안 외출통행증을 신청한 적조차 없다는 소식을 알고 월터 요나스는 놀라움을 금치 못했다.

"자네 혼자만 이런 차별대우를 용납 못하겠다는 것이야? 현실이 이러한 것을 어쩌겠나? 유태민족의 떠돌이 생활은 이미 천 년이 넘는 역사를 갖고 있지 않나? 그러니 자네도 이런 현실을 받아들여야만 하지 않겠는가?"

"월터! 바로 그 말로 설명할 수조차 없는 무엇인가가 지금 날 괴롭히고 있다네. 수년 전 나치주의자들에 의해 당했던 상황을 떠올리며 지금과 그때를 비교해 보았지…… 자네도 생각해 보게! 유럽에서 유태인들이 사는 곳에 게토가 없는 곳이 어디 있는가? 그런데 지금 이제 이 상하이에마저 게토가 생겼으니!"

"그래서 뭘 어쩌겠다는 거야? 혼자 돈키호테라도 되어 돌격하겠다는 거야? 그것도 모자라서 나마저 자네의 산초(돈키호테의 충복)가 되어 달라고 설득하는 거야?"

월터 요나스가 웃으며 말했다. 그때 갑자기 집 안의 불이 깜박이더니 아예 나가 버렸다. 창문 밖을 내다보니 그곳도 칠흑처럼 어두웠다. 이 지역 일대의 불이 모두 나가 버린 듯했다. 거리가 소란스러워졌다. 누군가 탁탁탁 소리를 내며 달려갔다. 덜크덩 하며 창문을 닫는 사람도 있었다. 비센돌프가 탁자 위의 초에 불을 붙였다.

"그러는 자네는 날 무슨 일에 끌어들이려고 왔는가? 무슨 말로 날 유혹할 거지?"

"하하! 능구렁이 같은 친구 같으니! 난 자네와 함께 무대에서 다시 한 번 협연을 하고 싶네. 자네 생각은 어떠한가? 내 말에 구미가 당기지 않는가? 어서 말 좀 해 보게! 술집에서 바이올린을 켜는 게 자존심이 상하이에서 그러는 것인가? 이곳 사람들의 예술을 감상하는 수준이나 요구하는 수준 모두 유럽 대도시들에 비해 거의 손색이 없을 정도라네!"

촛불의 심지가 갑자기 마구 흔들리더니 마치 횃불처럼 불꽃의 길이가 길어지며 검은 연기를 토해 냈다.

"정말 엉망이라니까!"

비센돌프가 한숨을 토하며 말했다.

"블랙캣 호텔에 있는 초는 좀 질이 좋은 것 같던데…… 지금은 세이코라는 일본인 주인이 맡아서 경영하는데 일본군과 좋은 관계를 맺고 있는 것 같더군."

월터 요나스가 와인을 한 모금 삼킨 후 말을 이었다.

"다음에 올 때 내가 몇 개 가져다줄게."

"하하! 그런 보너스까지 준다고 하니 제안을 거절하기도 어렵겠는걸!"

리랜드 비센돌프는 통행증 발급을 받기 위해 줄 서 있는 대열을 찾아갔다. 물론 월터 요나스가 설득한 결과이기도 했지만 비센돌프 자신이 갖고 있는 협연에 대한 기대와 오랜 벗에게 실망을 안겨 주기 싫은 우정도 함께 내포되어 있었다. 이미 그가 처음 통행증을 발급받고자 왔었던 때보다 많은 시간이 흘러 있었다. 그는 처음 줄을 섰을 때보다 관심을 갖고 유심히 주변을 살펴보았다. 그는 주변에서 구두닦이, 아침밥 장사를 하는 상인, 다른 사람 대신 줄을 서 주고 푼돈을 벌어 가기 위해 늘어선 대열을 오가는 사람들을 볼 수 있었다. 대열을 오가며 명함을 뿌리는 사람들도 있었다. 그들은 모닝콜 서비스를 제공하는 사람들로 그날의 일기예보도 해 주고 있었다. 손님을 기다리고 있는 인력거들도 화려한 호텔 정문 앞에서 줄을 서 있는 택시들처럼 나란히 줄지어 서 있었다. 8시가 되자 야스히로가 도착했다. 마당을 지나 사무실 후문으로 들어가자 문 앞의 유태인 관리대원이 대열을 정리하는 소리가 들려왔다.

"부장님! 리랜드 비센돌프가 왔습니다!"

가쯔오가 야스히로의 귓가에 나지막이 소곤거렸다. 야스히로는 심장박동이 빨라지며 약간 긴장되는 것을 느꼈다. 그 속에는 뭔지 모를 흥분도 뒤섞여 있었다. 그 흥분은 그에게 약간의 당황스러움과 비센돌프가 자신에게 아부 섞인 웃음을 지어 보일 것이라는 상당한 심리적 쾌감을 제공했다.

통행증을 신청한 사람들은 모두 관리대원들의 호명에 따라 다섯 명씩 사무실 안으로 들어간 뒤 사무실 안의 작은 공간에서 자기의 차례를 기다리다 한 명씩 신청했다. 비센돌프는 다섯 명 가운데 맨 마지막 차례였다. 단기통행증을 신청하는 두 사람이 가쯔오의 책상 쪽으로 걸어가 차례를 기다렸기 때문에 비센돌프의 앞에는 두 사람이 남아 있었다.

비센돌프를 흘긋 본 후에도 야스히로는 그의 존재를 모른 척하며 첫 번째 신청자의 신청서를 가져갔다.

얼 스타니츠, 여자처럼 부드럽고 잘생긴 외모를 가진 중년의 산부인과 의사였다. 공공조차지에서 운영하던 개인진료소의 문을 닫고 외부 병원에서 일을 하고 있으며, 통행증을 연기하기 위해 온 사람이었다.

"지난번에 드린 차*는 괜찮으셨습니까? 전 녹차만 드시는 줄 알고…… 죄송합니다!"

"홍커우에 개인진료소를 내 보는 것은 어떻소?"

"지금 상황을 지켜보며 기다리고 있습니다."

그 남자가 작은 목소리로 대답했다.

"왜요?"

"지금은 홍커우의 집세나 점포세가 너무 비싼 편입니다. 3개월 전과 비교해 보았더니 평균 30%나 오른 상태였습니다. 부장님도 아시다시피 저희 유태인이 이곳으로 이주를 하기 무섭게 집주인들이 별안간에 열쇠 값이라며 1개월치 월세를 더 내라고 하는 일이 생기지 않았습니까? 하지만 제 생각으로는 3개월 내에 월세가 다시 떨어질 것 같아서 좀 더 기다리고 있는 중입니다."

"과연 유태인답군!"

도장을 들어 막 찍으려는 찰나 동작을 멈춘 야스히로가 그 남자의 눈을 노려보며 말했다.

"사람들에게 인공유산을 해 주고 있소? 그게 불법이라는 사실은 알고 있소?"

"네……? 저…… 절대 그런 일은 없습니다!"

잠시 당황한 그 남자가 얼른 자신을 진정시키며 대답했다.

"그 말이 사실인가?"

"사실이고말고요! 맹세할 수 있습니다! 그런 일은 절대 없습니다!"

"그럼 이런 시국에 낙태를 하는 것 외에 누가 산부인과 의사를 필요로 한다는 말이요?"

"낙퇴는 죄악입니다! 하느님께서도 이를 허락지 않고 계십니다! 『성경』 잠언 6장과 7장에 보면……."

"성경 어디에 그런 말이 있는 것까지 외우고 있는 이유가 무엇이오? 그렇게 또렷이 외우고 있는 것만 보아도 낙태를 해 본 적이 있다는 것을 알 수 있소!"

얼 스타니츠가 여자처럼 비명을 지르며 사람들의 손에 끌려 나갔다. 그 다음 여인은 원래 단기통행증을 발급받으려던 사람인데 영어를 잘 몰라 줄을 잘못 선 것이었다. 이어 비센돌프의 차례가 되었다.

"비센돌프 씨 그간 안녕하셨습니까? 오래 기다리셨겠습니다."

야스히로가 자리에서 일어서며 말했다.

"정말 오래간만입니다."

서로 악수를 나누며 기뻐하는 모습 같지만 상대방을 쳐다보는 부자연스러운 시선 속에는 은연중에 흐르는 어색함이 배어 있었다.

"전 그리 급한 사람이 아니니 좀 더 기다려도 됩니다……. 게다가 저기 저……."

대답을 하던 비센돌프는 갑자기 무슨 말을 이어 가야 할지 난감해졌다.

"저기 저 의사를 보셨습니까?"

"산부인과 의사 같더군요."

"아! 바로 맞추셨습니다! 모두 보고 계셨군요! 선생님께서는 제가 통행증을 저자에게 발급했어야 했다고 보십니까?"

비센돌프는 아무 대답을 하지 않았다. 그는 통행증 신청서를 손에 든 채 꼼짝도 않고 서 있었다. 야스히로는 지금 비센돌프가 내심 고민을 하고 있다고 생각했다. 발급했어야 한다는 대답, 하지 말았어야 한다는 대답, 아니면 당신이 알아서 할 일이라는 대답 등등. 비센돌프의 대답은 자신에게 번거로움을 안겨 줄 수 있었기에 아무런 반응 없이 묵묵부답으로 일관했다. 그의 모습은 비센돌프가 마침내 순응하고 있음을 설명했다. 갑자기 기분이 좋아진 듯 야스히로가 말했다.

"선생님도 많이 변하셨네요! 언제부터 저와의 대화에 그토록 진지해지셨습니까?"

그가 고개를 좌우로 흔들며 애석하다는 듯 말했다. 하지만 그가 막 입가에 미소를 보이는 순간 고개를 든 비센돌프가 대답했다.

"부장님이 통행증을 발급했어야 한다고 생각합니다!"

"불법의료행위나 일삼는 저런 음흉한 작자한테 내 주었어야 한다는 말입니까?"

"불법행위를 했는지 어떻게 아십니까? 게다가 이미 그가 보낸 차도 받지 않으셨습니까?"

"차요?"

야스히로가 잠시 멍해졌다. 그리고 얼 스타니츠가 녹차에 대해 언급한 것을 떠올렸다.

'이런 제기랄!'

그가 속으로 뇌까렸다.

"그 의사는 통행증을 얻기 위해 이미 최선을 다한 것이라 할 수 있지요. 심지어 부장님께 선물까지 하지 않았습니까? 게다가 불법의료 행위를 했다는 명백한 증거도 없는 상태에서 이렇게 살아갈 기회를 박탈하는 것은 다소 부적절한 결정이 아니었나 하고 생각합니다."

"지금 내 결정이 부적절했다고 말씀하시는 겁니까?"

"그 의사는 부장님께 통행증 발급을 받기 위해 애원까지 하지 않았 습니까? 이제 앞으로는 부장님께 더 많은 선물들을 보내오겠지요!"

야스히로는 지금 이 순간 자신이 주도권을 빼앗겼다는 생각에 부아 가 치밀어 오르는 것을 느꼈다. 게다가 비센돌프가 마지막으로 자신 에게 한 말은 비야냥으로 들렸다.

"그렇다면 지금 그렇게 말하는 선생님도 통행증을 발급받기 위해 제게 애원이라도 하시겠습니까?"

그가 자신의 자리를 이용해 교묘하게 비센돌프의 허를 찔렀다. 비 센돌프는 당황했다. 오른손으로 쥐고 있던 신청서가 허공에서 바르르 떨렸다. 다시 기분이 좋아진 야스히로가 오른쪽 서랍을 열어 구겨진 종이를 꺼낸 후 비센돌프에게 건네주며 말했다.

"한번 읽어 보십시오! 당신네 유태인들이 뿌린 유인물입니다. 익명 의 겁쟁이들이 뿌린 유인물입니다!"

마치 시를 적은 듯해 보이는 유인물 위에는 비센돌프가 돋보기를 꺼내어 보지 않아도 될 만큼 글자가 큼지막하게 쓰여 있었다.

> 위선자들!
> 아무것도 모르는 체 위선을 부리지 말라!
> 너희들은 이렇게
> 우리들의 머리 위에 '무국적'이라는
> 모자를 강제로 덮어씌웠구나!

우리는 참을 것이다.

우리에겐 아무런 무기도 없다.

우리는 게토로 이주했으며

모든 것을 순순히 지키고 따를 것이다.

그러나

이것이 모욕임을

우리는 기억하고 있다.

그렇다면

너희들도 기억하라!

우리는 죽음도 격리수용도 두렵지 않다.

전쟁의 승리자가

과연 파시스트들일까? 아니면 너희들일까?

우리는 폴란드인이다!

우리는 폴란드인이다!

우리가 죽는 그날까지

우리는 영원히 폴란드인이다!

　

"아하, 그렇지! 여기에 당신네 유태인 문예클럽에서 내보냈던 유인물도 있지!"

야스히로가 말을 마친 후 재빨리 서랍 속을 다시 뒤적거리다 대여섯 장의 알록달록한 종이를 꺼내 들었다. 그중 한 장을 꺼낸 후 읽어 내려갔다.

"잘 들어 보십시오! '지금 이 순간부터 난 더 이상 독일인이 아니다. 체코인도 아니다. 폴라드인은 더더욱 아니다. 난 유태인이다!'"

유인물을 다 읽은 야스히로가 그 종이를 비센돌프에게 휙 던진 후 말했다.

"정말 앞뒤가 안 맞는 말 아닙니까? 도대체 유태인들이 되고자 하는 것이 무엇입니까? 바로 그런 이유에서 우리 일본인들은 당신네들을 유럽무국적난민이라고 부르는 겁니다! 어떻습니까? 불쾌하십니까? 그렇습니까?"

비센돌프의 얼굴이 창백해지며 손에 들고 있던 신청서가 더욱 심하게 흔들렸다.

"어서 대답해 보십시오! 제 말이 틀립니까?"

야스히로의 외침에는 위엄까지 실려 있었다. 한마디도 하지 않은 채 고개를 숙이고 있는 비센돌프의 모습은 마치 어린 학생이 선생님의 훈계를 다소곳이 듣고 있는 모습처럼 보였다. 하지만 다시 고개를 들고 말하는 그의 대답은 야스히로의 예상을 다시 한 번 뒤엎었다.

"부장님의 말이 맞습니다! 전적으로 그 말에 동의합니다. 그것뿐만 아니라 익명으로 뿌린 그 유인물도 모두 겁쟁이들이 모여 벌인 일이 분명합니다."

"그게…… 지금 무슨 뜻으로 그런 말씀을 하시는 겁니까?"

당황한 채 어쩔 줄 모르는 것은 오히려 야스히로였다.

"제 말은 들고 계신 유태인들의 여권을 보면 알 수 있듯이 유태인에게 조국이 있는 것도 분명한 사실이라는 겁니다. 하지만 유태인들에게 조국이 없다고 말씀하신다면 그 쓰디쓴 잔을 마셔야 하는 것도 우리의 운명이란 말입니다. 그렇지 않았다면 유럽에 있는 수많은 국가에서 흩어져 살던 우리들이 상하이까지 일제히 도망 나올 필요도 없었을 겁니다."

"좋습니다!"

아이즈 야스히로가 또다시 목에 힘을 주며 외쳤다.

"훌륭합니다! 그 점을 기억하고 상황을 잘 살펴보면서 말만 좀 잘 들으면 모든 게 편해질 겁니다! 하지만 그렇지 않을 경우 상당히 괴로운 생활을 하게 될 것이라고 내가 장담합니다!"

비센돌프의 반응은 아랑곳하지 않은 채 손을 쭉 뻗어 그가 들고 있던 신청서를 가져갔다. 이어 쾅 소리와 함께 도장을 찍힌 신청서를 다시 그에게 건네주었다.

"선생님께 청색배지를 드리도록 해!"

벽 쪽에 서 있는 관리대원에게 명령하자 관리대원이 큰 바구니 안에서 '통'이라고 적힌 청색배지를 꺼내 비센돌프에게 가져다주며 말했다.

"선생님, 여기 있습니다. 외출하실 때 가슴에 달아 주십시오!"

비센돌프의 입가가 미미하게 떨려 왔다. 그는 배지를 받아 드는 대신 눈앞에 있는 관리대원을 자세히 살펴보며 물었다.

"올해 몇 살이나 됐습니까?"

"스물넷입니다. 39년도에 뮌헨에서 왔습니다."

"그래요?"

"저희 부모님께서 음악을 좋아하셔서 저도 선생님을 잘 알고 있습니다."

"그럼 부모님도 이곳 상하이에 함께 계십니까?"

"아닙니다. 전 삼촌과 함께 왔습니다. 저희 가족들은 제가 먼저 상하이에 온 후에 이곳에 올지 안 올지를 결정한다고 했는데 결국 나중에 연락이 두절되고 말았습니다."

청년의 얼굴 표정이 어두워졌다.

"여기 배지 받으세요. 외출하실 때 반드시 가슴에 다셔야 합니다."

청년이 조심스럽게 비센돌프를 재촉했다. 푸른빛이 도는 배지를 바라보는 비센돌프의 숨결이 거칠어졌다. 배지를 받아 든 후 얼어붙은 사람처럼 그 자리에 서 있던 그가 갑자기 배지를 광주리 안에 던진 후 아이즈 야스히로에게 외쳤다.

"솔직히 말해 통행증을 신청하는 일 자체를 내내 망설였습니다. 하지만 이제 더 이상 망설이지 않겠습니다. 야스히로 선생! 선생이 내게 시기적절하게 유인물을 보여 준 게 얼마나 다행인지 모르겠습니다. 이 유인물과 선생의 말을 통해 정말로 많은 것을 느끼게 되었습니다. 정말 많은 것을 느꼈습니다."

그는 탁자 위에 도장이 찍힌 채 놓여 있는 신청서를 아이즈 야스히로 앞으로 밀었다. 이어 곧 아이즈 야스히로의 사무실을 빠져나왔다. 리랜드 비센돌프는 아무 목적 없이 거리를 배회했다.

"나의 행동이 올바른 것이었을까?"

그는 거듭해서 반문했다. 등줄기에 식은땀이 흐르고 호흡조차 가빠지는 것 같았다. 고개를 들어 앞에 보이는 큰 간판을 들여다보았다. 간판 위에는 루프가든 호텔이라는 글자가 예쁜 글씨체로 쓰여 있었다. 그의 머릿속에 불현듯 이미 오래전부터 사람들이 말했던 이곳의 이름이 떠올랐다. 이곳은 음식이 맛있을 뿐만 아니라 매일 오후 해피 타임에는 상하이 유태인 문화예술계 인사들이 모이는 살롱이기도 했다. 게다가 수년 전 살기 편안했던 시절에는 미스상하이선발대회를 거행한 적도 있었다. 그제서야 비센돌프는 자신이 오늘 아침 일찍 나오기 위해 커피 몇 모금밖에 입에 대지 않았다는 것을 떠올렸다. 손목시계를 쳐다보니 이미 열한 시가 다 되어 있었다. 그는 아침 겸 점심을 먹기로 결정했다. 사방을 둘러보았지만 호텔 입구를 찾을 수 없었다. 입구를 찾아 조금 더 걷다 보니 영화관 안으로 들어서게 되었다. 영화관 직원이 이곳은 바이라오후이영화관이라며 호텔은 이 영화관 꼭대기에 있다고 말해 주었다. 지붕 꼭대기 노천에 위치한 호텔은 영화관이나 외부 계단을 통해서 드나들 수 있었다.

길가가 보이는 위치에 자리 잡고 앉은 비센돌프는 간단한 음심을 주문했다. 방금 구워 낸 빵은 정말 고소한 냄새를 풍겼다. 황금색과 커피색을 띤 빵 껍질은 두터웠으며 빵 위에는 약간의 밀가루도 묻어 있었다. 빵 껍질 안쪽의 살은 너무나도 찰지고 부드러웠다. 벌집 같은 구멍들이 송송 나 있는 빵을 한 입 베어 물자 말가루 내음에 섞인 약간의 신맛이 입 안 가득 감돌며 그의 미각을 자극했다.

"으흠……."

그는 자신의 모든 주의력을 빵에 집중시켰다. 그는 이 빵이 정말 맛있다고 생각했다. 수천 년 동안 사람들이 빵과 소금에 대한 예의를 지키며 자신들의 존경심과 애정을 표현한 것도 당연했다. 그는 자신의 재산 상태와 기본생활을 하기 위해 드는 최저비용을 상세하게 따져 봐야겠다고 생각했다. 그는 자신이 갖고 있는 돈을 대충 계산해 본 후 게토를 나가지 않고도 생활을 유지할 수 있는 가능성에 대해 생각했다. 그는 자신의 상황이 그렇게 나쁘지 않다고 판단했다. 특히 루샤오녠과 루양 남매를 떠올리는 순간 가슴에 뭔가 따뜻한 것이 가득 차오르는 것을 느꼈다.

'그렇지! 월터 요나스 그 친구가 있지! 오늘 밤에 신바람이 나서 날 찾아와 협연하는 즐거움에 대해 이야기를 하자고 할 텐데……!'

'친구! 날 용서해 주게!'

그는 월터에 대한 미안함을 느끼며 생각에 잠겼다.

'통행증을 발급받기 위해 그곳에 찾아가는 일은 절대 없을 것이며, 유태인을 상징하는 배지 나부랭이를 차는 일 따위는 더더구나 없을 것이야!'

비센돌프가 눈을 들어 사방을 쳐다보았다. 무더운 여름이었지만 그의 시선이 미치는 저 멀리까지 회색 기와와 빨간색 기와가 줄지어 늘어서 있는 것 외에 초록색이라고는 어느 곳에서도 찾아볼 수 없었다. 그는 또다시 고개를 들고 더 멀리 쳐다보았다. 몇몇 큰 길이 보이는 것 외에 황토색의 콘크리트 기둥이 혼자 불쑥 솟아 있는 게 보였다. 그 모양이 마치 파리 수녀원의 종루와 흡사했다. 그는 그 건물을 보자마자 그곳이 티란챠오감옥의 망루라는 것을 한눈에 알아차렸다. 그곳에서 경계를 서고 있는 일본병사가 망원경을 통해 자신을 보고 있을지도 모를 일이었다.

3년 전 체포되어 감옥으로 끌려갔던 그 순간과 몇 시간 전 통행증을 발급받기 위해 난민 대열에 서 있던 순간이 삽시간에 한순간으로 연결되었다.

"그래! 내 결정은 옳은 것이었어!"

그는 스스로에게 이렇게 외치고 있었다.

25

1943년 여름과 가을은 세계대전의 포성과 화염 속에서 언제 지나는지도 모르게 지나갔다. 게토에 감금당하다시피 한 유태인들은 별다른 노력 없이 마치 중간쯤 진행되고 있는 체스경기를 구경하듯 세계대전의 흐름을 지켜볼 수 있었지만 일본인들은 자신들에게 불리한 모든 소식을 철저히 봉쇄하고 있었다. 비친일계 신문이나 방송국들은 남김없이 봉쇄되었고 단파 기능을 갖춘 라디오들은 빠짐없이 수거되었다. 강제적으로 무국적난민이 되어 버린 유태인들에게 세계는 아주 요원한 곳에 있는 것처럼 느껴졌다.

마오하이루난민처리사무소가 있는 거리 일대는 짧은 시간 내 홍커우 일대에서 가장 활기가 넘치는 장소이자 볼거리가 되었다. 매일 일대를 오가는 사람들과 통행증 발급 수속을 위해 오는 유태인난민 대열을 제외하고도 길 건너편에는 자그마한 노천시장이 우후죽순처럼 생겨났다. 시장은 매일 새벽 난민들이 도착하는 시간에 맞추어 문을 열었다. 큰길을 따라 작은 좌판들이 빼곡하게 들어섰다. 군고구마를 파는 사람, 뻥튀기를 파는 사람, 옷 수선을 하는 사람, 구두를 닦는 사람 등에 이어 일렬로 늘어선 인력거꾼들이 아이즈 야스히로의 사무실에서 나오는 사람을 보면 곧 벌 떼처럼 몰려들어 손님을 끌어당겼다. 난민들도 이제 경험이 생겼다. 우선 가고자 하는 곳을 외치면 인력거꾼들이 서로 다른 가격을 제시하게 되고 그중 가장 싼 인력거를 타는 것이 일반적이었다. 가장 놀라운 것은 인력거꾼 가운데 상하이말은 물론 영어와 독일어까지 구사하는 사람이 있다는 것이었다. 좀 떨어진 곳에서는 유태인들이 좌판을 벌여 놓고 옷과 신발, 모자와 넥타이, 책과 레코드 및 다양한 잡동사니를 팔고 있었다.

그 가운데 장사가 제일 잘되는 곳은 차를 파는 할머니네 가게였다. 두 개의 석탄난로 위에 놓인 커다란 철제 주전자에서는 뜨거운 김이 한껏 피어오르고 있었다. 난로 옆 서랍 모양의 바구니에는 향기 좋은 회향두茴香豆가 담겨 있었다. 주변에는 긴 의자가 몇 개 놓여 있었고, 차를 마시며 잡담하는 난민들이 늘 의자를 가득 메우고 있었다. 그들의 차림새는 허름하기 짝이 없었다. 먹고살기 위해 외모를 치장하는 일 따위는 잊은 지 오래였다. 스카프로 머리와 귀를 잔뜩 가린 후 그 위에 모자를 썼다. 중국식 면장갑과 두꺼운 모자를 쓴 모습은 어디서나 흔히 볼 수 있었다. 줄을 서며 기다림에 지친 사람들이 이곳에 와서 몸을 녹이고 아픈 다리를 쉬어 갔다. 시간이 지나면 유태인 관리대원들이 휘발유 통을 가지고 들어오거나 마련해 온 장작에 불을 지폈다. 차를 마시지 않는 사람들마저 이곳을 찾아 북새통에 합류했다. 마지막으로 집 안이나 수용소 안에서 달리 할 일이 없어 심심한 사람들도 이곳에 들러 시간을 보냈다. 할머니네 가게는 임시적으로나마 난민들이 소식을 주고받고 활동을 펼치는 장소라고 해도 과언이 아니었다.

연일 궂은비가 내리더니 화창하고 따뜻한 날씨가 며칠간 계속되었다. 하지만 또다시 차가운 가을비가 내리기 시작했다. 상하이의 늦가을은 매우 차고 조습燥濕했다.

이날도 관리대원들이 마련해 온 장작에 불을 지피자 가게 안에 어느새 활기가 넘쳐 났다. 밝게 피어오르는 장작불빛과 메케한 연기 속에 사람들은 저마다 나름대로의 이야기꽃을 피웠다. 난민들만 모여서 잡담을 나누는 것이 아니라 주변의 상인들과 인력거꾼들도 몰려들었다. 차를 파는 할머니도 더욱 목청 돋워 가며 괴상한 발음의 영어까지 동원해서 소리를 질러 댔다.

관리대원 한 명이 가게 안으로 들어와 몸을 녹이며 할머니에게 동전을 한 개 주자 할머니가 곧 신문지로 만 종이 안에 회향두를 담아 준 후 뜨거운 차를 주었다. 차를 한 모금 들이마신 그가 뜨거움에 눈을 가늘게 떴다. 차를 마시던 사람이 관리대원에게 물었다.

"그 일본원숭이가 어제도 사람을 때렸다면서요?"

"그랬죠! 어제도 신청한 사람의 반밖에 통행증을 못 얻었어요!"

"왜요?"

"왜라고요? 이유가 어디 있습니까? 자기가 주고 싶으면 주고 주기 싫으면 그만이지요. 여러분도 예전에 함부르크 공격수로 있던 지미선수 다 아시죠? 그 키가 큰 사람 말이에요! 그 사람이 독일어 가정교사 직을 구해서 통행증을 발급받으러 왔더니 그 원숭이가 뭐라고 했는 줄 아세요? '아니 독일어를 그렇게 잘하는 사람이 그깟 가정교사나 하다니 너무 억울한 일 아니야?' 지미가 얼른 독일어 실력이 별로 안 좋다고 하니까 그 원숭이가 또 뭐라고 했는 줄 아세요? '좋지도 않은 실력으로 누구 돈을 후려 내려고 그러나?'"

그가 어깨를 으쓱해 보인 후 차를 마시며 회향두를 먹었다. 주변에 있던 사람들이 갑자기 웅성거리며 말을 하기 시작했다.

"지미가 키가 커서 당한 거야! 아이즈 야스히로 그놈이 질투를 한

게 분명해!"

"그 난쟁이가 뭐라는 줄 알아? 자기가 유태인의 왕이래!"

"우리더러 자기를 아이즈 야스히로 1세라고 부르라고 시킨다니까!"

울분이 뒤섞인 목소리가 가게 안에 울려 퍼졌다.

"두고 봐! 내 조만간에 그놈을 한번 혼내 줄 거야!"

누군가 나지막한 목소리로 조심스럽게 사람들을 경계시켰다.

"쉬! 다들 목소리를 낮추세요! 소문에 의하면 우리들 속에 아이즈 야스히로한테 돈을 받고 이야기를 받아 적어 고해 바치는 사람이 있답니다. 누군가 헤임에서 주는 반찬타박을 하며 일본인 욕을 했는데 이튿날 코호나 씨가 곧바로 헌병대에 끌려가 욕을 먹었다고 하더라고요!"

"헤임에서 주는 식사랑 일본인이 무슨 관계가 있는데요?"

관리대원이 얼른 말을 받았다.

"어째서 관계가 없겠습니까? 전쟁시국이니 수용소 안에서 먹는 것은 전부 일본인들이 배급을 하고 있지요. 게다가 일본이 미국과 전쟁 중인 지금 미국에서 오는 지원물자가 끊긴 지 이미 오래입니다. 그 이야기도 못 들으셨어요. 전에 JDC의 대표인 마그리 여사는 일본인들에 의해 홍콩에 억류되어 있었다고 하던걸요!"

월터 요나스는 난민처리사무소에서 통행증을 발급받는 것에 늘 불안감을 느꼈다. 어느 난민들처럼 비웃음이나 모욕을 당한 후 발급 자체를 거부당하는 것은 상관없었다. 오히려 그런 상황이라면 그의 마음은 오히려 부담이 없을 수 있었지만 아이즈 야스히로는 월터에게 무슨 특권이라도 있는 것처럼 아주 친절했다.

공공조차지 내에서 가정교사직을 얻은 월터 요나스는 통행증을 얻기 위한 수속을 밟아야 했다. 그의 일은 매달 계산되는 일이었기 때문에 중기통행증임을 알리는 '통' 이 쓰인 흰색배지를 가슴에 달아야 했다. 두말없이 신청서에 도장을 찍어 준 야스히로가 막 사무실을 빠져나가려는 요나스를 불러 세우고 물었다.

"비센돌프 선생님은 잘 계십니까?"

"아…… 잘 있습니다!"

월터는 도무지 야스히로의 속셈이 뭔지 읽을 수 없었다.

"그분이 여지껏 단 한 번도 통행증을 신청한 적이 없으니 참으로 이상하지 않습니까? 일 년이 다 되도록 한 번도 홍커우를 떠난 적이 없다니 정말 이상합니다. 세계 일류 바이올리니스트가 집에서 한가하게 틀어박혀 있어서야 되겠습니까?"

"그 친구는……."

"평상시에 뭘 하고 지내십니까?"

"학생을 가르치고 있습니다."

"루양이라는 아이 말인가요?"

"루양 말고 다른 학생도 몇 명 있습니다."

"그게 전부입니까?"

"제가 알기로는 그게 전부입니다!"

월터 요나스는 어서 빨리 이곳에서 벗어나고 싶은 마음뿐이었다.

"비센돌프 선생님께서 절 오해하고 계신 것 같습니다."

"그게……."

"제가 그냥 월터라고 이름을 불러도 되겠습니까? 요나스 선생님?"

"아! 무…… 물론입니다! 다들 절 월터라고 부르는걸요, 뭘!"

"그럼 좋습니다! 월터! 내일 제가 모시고 가고 싶은 데가 있습니다. 내일 다시 와 주시겠습니까?"

야스히로는 월터 요나스가 채 대답을 하기도 전에 사무용 탁자 뒤로 돌아가 버렸다. 이튿날 점심 무렵 정장을 말끔하게 차려입은 월터 요나스가 사무실에 도착했다. 하지만 아이즈 야스히로가 자신을 데려 가고자 하는 곳이 티란챠오감옥일 줄은 꿈에도 상상하지 못했다. 그 는 아이즈 야스히로가 자신을 점심 식사에 초대했다고 생각했었다.

"아! 개인적으로 평생 한 번 가 볼까 말까 한 곳이 바로 감옥 아니겠 습니까? 생과 사의 갈림길이라고도 할 수 있는 곳이지요!"

"난 그저 점심 식사나 하려는 줄……."

월터 요나스가 중얼거렸다.

"월터 씨는 지금 귀빈 자격으로 가시는 겁니다. 이 지역 명사들만 우리들의 초대를 받았습니다."

아이즈 야스히로의 뒤를 따라가며 사방을 살펴보자 대문 우측에 모 래자루를 쌓아 둔 엄호물과 경계를 서고 있는 군인들의 기관총이 보 였다. 다시 고개를 들어 모퉁이 높은 곳에 둘러쳐진 철조망과 망루를 올려다보았다. 망루 위에 서 있는 일본병사가 당장이라도 집어삼킬 듯 자신을 노려보고 있는 것 같았다. 월터는 자신의 손바닥에 땀이 배 고 있는 것을 느꼈다.

검정색 하카마(남성 전통 정장)와 게다를 신고 온 아이즈 야스히로가 월터를 데리고 옆문으로 들어가 복도를 지난 뒤 감옥 안마당으로 들 어갔다. 이곳은 파티 분위기가 한창이었다. 마당 한복판에는 2, 30명 의 잘 차려입은 일본인들이 한담을 주고받고 있었다. 여인들의 손에 는 작은 일본 국기가 들려 있었고, 남자들은 대동아공영권이라는 글 자가 쓰인 머리띠를 두르고 있었다. 그들은 현지 기자들과 함께 모여 즐거운 듯 웃음을 터트리며 이야기하고 있었다.

그 사람들 외에 열 명 남짓의 사람들이 복도 쪽으로 기대어 서 있었 다. 아이즈 야스히로가 손을 들어 중간에 모여 있는 사람들을 가리키며 그 사람들이 바로 일본 본토에서 대동아성전大東亞聖戰을 참관하러 온 시찰단이라고 설명했다. 끝 쪽에는 상하이 현지의 명망 있는 사람들과 사회유지들이 모여 있었고 잠시 후면 이즈카 게미츠 대좌도 이곳에 도착할 예정이었다. 월터 요나스는 몹시 곤혹스러웠다. 그의 눈이 끝 쪽에 모여 있는 사람들에게 향했다. 그들의 얼굴을 요리조리 살펴보며 자신과 면식이 있는 사람은 단 한 명도 없다는 것을 확인한 후에야 안도의 한숨을 내쉬었다.

얼마 지나지 않아 완전무장을 한 게미츠 대좌가 서너 명의 보좌를 받으며 안으로 들어섰다. 마당에 모여 있던 사람들과 게미츠 대좌가 함께 짝짝짝 박수를 친 후 티란챠오감옥의 책임자의 안내를 받으며 복도를 거쳐 감옥으로 들어갔다. 감옥 안의 죄수들은 이미 다른 어떠한 자세도 허용되지 않는다는 명령 하에 책상다리를 하고 단정하게 앉아 있었다.

얼핏 보면 2층 감옥은 지하의 엄폐된 토치카(두꺼운 철근콘크리트 같은 것으로 공고하게 구축된 구축물) 위에 지어져 있는 것처럼 보였다. 실제로 이곳은 지하 부분이 드러난 있는 곳이었기 때문에 3미터 간격마다 철책이 환기통을 가리고 있는 것이 보였다. 중범들이 갇혀 있는 독방과 죄인을 심문하거나 고문할 때 사용하는 고문실은 지하에 있었다. 지상으로 상당히 가파른 계단이 나 있었다. 지상 위의 2층건물은 아래 위층 모두 단체감옥이었다. 일반적으로 한 방에 18명씩 수감했다. 봄 여름 가을 겨울에 상관없이 수감자들은 바닥 위에 깔린 지푸라기 위에서 잠을 잤고, 대소변은 담 모퉁이에 흉한 몰골을 내밀고 있는 변기통에서 해결했다. 그들은 담요 한 장을 덮고 잤으며 오랜 세월 반복해서 사용한 탓에 담요는 더럽고 다 낡아 참기 힘든 악취를 풍기고 있었다.

넓지 않은 복도는 보안상의 이유로 마당과 접하고 있는 쪽에 폭이 넓고 두꺼운 나무판자를 대어 봉쇄했다. 천장과 가까운 부분에 통풍을 하기 위한 틈새가 열려 있을 뿐이었다. 비가 오면 그 틈새를 통해 빗물이 들어왔고, 여름이 되면 파리와 모기 떼가 자기 집 안방인 양 떼를 지어 날아들었으며, 뜨거운 열기와 내리쬐는 햇볕이 감옥 안을 찜통처럼 달구는 데 가세했다.

마당은 평소 수감자들이 바람을 쐬는 장소였다. 담벼락 위에 있는 망루에서 수감자들의 일거수일투족을 감시할 수 있었다. 감옥 뒤에는 병사들과 간수들이 운동을 하거나 죄인들을 총살시키는 작은 운동장이 있었다. 그곳의 지형은 아주 낮았다. 구불구불한 계단과 문을 지나면 앞마당과 연결됐다.

모든 손님들을 안내해서 감옥 안을 한 바퀴 돌아 본 게미츠 대좌가 지하 독방에 도달했을 때 월터 요나스는 상하이 유태인 사회에서 알고 지내던 몇몇 인사들을 알아보고 긴장한 끝에 숨조차 제대로 쉴 수 없었다. 그는 작은 방에서 피골이 상접하도록 마른 노인을 보았다. 그는 다름 아닌 스필버그였다. 월터 요나스는 지난날 그의 윤기 흐르는 얼굴과 살이 조금 쪘던 모습을 또렷하게 기억하고 있었다. 스필버그는 끝내 일본인들의 손에 잡혀 감옥에 버려지는 신세가 된 것이다. 월터 요나스는 두려웠다. 하지만 두려움보다 더 강렬하게 가슴속에서 치밀어 오르는 감정은 바로 수치심이었다. 그는 자신이 도대체 어쩌다 이곳에 오게 되었는지를 생각했다. 일본인들과 함께 몰려다니고 있다니! 사정을 잘 모르는 사람들은 자신 역시 일본 패거리라고 오해할 수 있는 상황이지 않은가? 그는 가능한 한 바깥쪽에 붙어 걸음을 옮겼다. 그리고 사람들 뒤를 따라가다 아이즈 야스히로가 다른 볼일을 보는 동안 살며시 지상으로 빠져나왔다.

2, 30분 후 참관이 끝나자 점심이 준비되었다. 점심 식사 장소는 간

수와 사병들의 식당이었다. 사람들이 모두 긴 테이블에 자리를 잡고 앉았다. 임시로 충당된 접대원이 음식을 날랐다. 쌀밥 외에 반찬이라고는 소금물에 끓인 노란 콩과 채소 뿐이었다. 다시 조금 더 기다리자 사람들 앞에 각각 일본 청주를 담은 작은 술잔과 생김새가 길고 날카로운 생선이 놓여졌다. 그리고 더 이상 아무런 음식도 나오지 않았다.

게미츠 대좌가 자리에서 일어나 이야기를 시작했다. 그는 우선 조촐한 점심 식사를 손님들에게 사과하며 천황의 군인으로서 한 푼의 돈도 헛되이 쓸 수 없다고 강조했다. 하지만 말은 그랬어도 손님들의 눈앞에는 상하이에서는 거의 먹어 볼 수 없는 꽁치가 놓여 있었다. 게미츠 대좌가 웃으며 이야기했다.

"일본에는 가을 꽁치는 마누라에게도 주지 않는다는 소리가 있습니다."

자리에 모인 사람들이 웃음을 터트리자 대좌가 모두 일어서서 앞에 놓인 잔을 들고 천왕을 위해 건배할 것을 제안했다. 이어 대좌가 열 명 남짓의 상하이 현지 인사들에게 말머리를 돌렸다.

"용맹무쌍한 일본 황군들은 지금 대동아의 공존공영을 위해 중국, 동남아, 태평양 각 섬에서 치열한 전투를 벌이고 있습니다. 아울러 상하이는 우리 일본제국의 적극적인 협조하에 번영을 누리고 있습니다. 하지만 겉으로는 우리를 돕는 척하며 뒤로는 말도 안 되는 이유를 갖다 붙이면서 적대행위를 하는 자들도 있습니다. 전 그게 누구인지 이미 잘 알고 있습니다. 따라서 오늘 여러분을 이 자리에 초대해 감옥을 참관한 것은 향후 여러분의 긴밀한 협조를 부탁하기 위함입니다."

조촐한 점심 식사가 눈 깜짝 할 사이에 지나갔다. 그 다음 순서는 참관단이 감옥에 수감 중인 죄인들에게 삶은 계란을 하나씩 선사하는 특별한 행사였다. 이것은 천황이 죄인을 포함하여 자신의 백성들에게 베푸는 은혜와 같은 것이었다.

회색 함석통이 일찍부터 복도에 즐비하게 놓여 있었다. 잘 삶은 계란에서 올라오는 열기가 감옥의 악취 섞인 공기 속으로 스며들었다. 맨 처음 감옥 책임자인 오마쯔 쯔네히코가 마당에 놓인 스피커를 통해 수감자들 모두에게 천황의 은혜를 공포하고 계란을 받아먹기 전에 반드시 "천황 만세, 만세, 만만세"를 외쳐야 한다고 경고했다. 말을 마친 그가 "천황 만세, 만세, 만만세"라는 구호로 끝을 맺었다. 그곳에 모인 모든 일본인들이 다 함께 두 손을 허공으로 펼치고 만세를 연호하기 시작했다. 이어 활기찬 모습으로 계란을 나눠 주러 갔다.

기자들의 플래시가 번쩍이고, 참관단들의 낭랑한 웃음소리가 퍼지더니 죄수들이 외치는 "만세" 소리가 여기저기서 흘러나왔다. 감옥 안이 온통 파티 분위기로 무르익는 듯했다. 계란을 허겁지겁 먹던 죄수 한 명이 목이 메어 켁켁거리자 참관원 중의 한 여성이 간수의 도움을 받아 좁은 철창 사이로 물 컵을 건네주었다.

월터 요나스의 손에도 계란 몇 개가 들려 있었다. 하지만 행여 사진 기자의 컷 안에 자신의 모습이 찍힐까 두려움에 떨며 요리조리 몸을 피해 있었다. 어렵사리 감옥 한쪽으로 몸을 피했을 때 야스히로가 갑자기 그에게 다가오더니 신이 난 사람처럼 이야기했다.

"월터, 제가 아는 분을 소개시켜 드리죠!"

월터 요나스의 머릿속에서 윙 하는 소리가 났다. 하지만 야스히로가 이끄는 손에 이끌려 앞으로 나아갔다. 어두컴컴한 복도 끝, 철창 뒤에 앉아 있는 깡마른 얼굴에, 머리와 수염이 마구 자라 있는 죄수가 보였다. 상의를 벗고 있는 가슴과 어깨에 검붉은 흉터가 한 줄 한 줄 나 있는 게 보였다. 죄수는 책상다리를 한 후, 두 손을 그 위에 올리고서 마치 조각처럼 미동도 하지 않고 있었다. 몇 초가 지났을까…….

그는 곧 그 죄수가 누구인지 알아차렸다. 그의 입에서 자신도 모르게 죄수의 이름이 튀어나왔다.

"게리! 자네 게리 슈나이더 아닌가?"

월터의 손에 들려 있던 계란들이 무의식중에 바닥으로 굴러 떨어졌다. 앞으로 다가서려는 그를 야스히로가 손을 뻗어 제지했다. 천천히 걸음을 옮기던 야스히로가 철창 앞에 섰지만 야스히로의 존재를 전혀 의식하지 못한 듯 게리 슈나이더는 여전히 미동도 하지 않았다. 아이즈 야스히로가 외쳤다.

"그 이름도 유명하던 유태인방송국 사회자 게리 슈나이더 씨 아닙니까?"

아무런 대답이 없었다. 뭐라 말을 하려던 야스히로가 다시 입을 다문 후 월터를 바라보며 말했다.

"월터! 당신이 가서 저놈에게 계란을 먹이십시오!"

말을 마친 후 입으로 땅바닥을 가리켰다. 월터의 눈에 마침 철창 바로 아래 떨어진 계란 하나가 들어왔지만 순간 그는 어찌하면 좋을지 알 수 없었다.

"어서 주라니까!"

야스히로가 버럭 소리를 질렀다. 월터 요나스는 전신의 피가 요동치듯 빨리 흐르기 시작하는 것을 느꼈다. 싫다고 말하고 싶었지만 결국 어쩔 수 없이 허리를 숙이고 계란을 주워 들었다. 그가 무거운 발걸음을 옮긴 후 말했다.

"게리!"

월터의 입이 약간 움직이긴 했진만 목소리가 너무 작아 자신의 귀에도 잘 들리지 않았다. 태양혈의 혈관이 급속도로 팽창하면서 귓속에서조차 웅웅거리는 소리가 났다.

"게리!"

그가 다시 한 번 목소리에 힘을 주어 게리 슈나이더를 불렀지만 그는 여전히 아무 대답도 하지 않았다.

"이보게! 이 계란을 좀 먹게! 자네 몸을 좀 보게! 그렇게 말라서 어떻게 견디겠나. 여기에서 영양실조에 걸린 게 틀림없네!"

그는 금방 자신이 한 말을 후회했다. 이곳이 도대체 어디란 말인가? 이곳은 산 사람도 죽어 나가고, 펄펄하던 사람도 곧 산송장이 되어 버리는 곳이 아니던가? 그런데 어떻게 이런 곳에서 영양 타령을 할 수 있다는 말인가?

"아…… 아니…… 그게 아니라 내 말은…… 내 말은 자네가 반드시 살아남아야 한다는 것일세! 반드시 살아남아야만 하네!"

말을 마치면서 어느새 자신이 하고 있는 말에 스스로 용기가 생기는 듯했다. 월터 요나스의 눈에 어느새 눈물이 고이고 있었다. 그가 목을 가다듬은 후 다시 말했다.

"게리! 정말 다행일세! 정말 다행이야! 우리들은 그날 밤 모두 자네가 죽은 줄 알았다네! 어서 이 계란을 먹게. 어찌 됐던 먹어야 살 것이 아닌가?"

이어 오랜 세월 첼로를 연주한 탓에 둥글 평평해진 손가락으로 계란을 쥔 후 좁다란 철창 사이로 계란을 조심스레 밀어 넣었다. 그 순간 복도 천장에 매달려 있는 불빛이 백색의 계란 껍질에 반사되면서 게리 슈나이더의 눈동자가 반짝였다. 이어 그의 얼굴에서 사람을 감동시킬 만한 광채가 흘러나왔다.

"내가 다른 사람들에게 이 사실을 반드시 알리겠네! 자네가 아직 살아 있다는 말을 꼭 전해 줄게!"

감동한 월터가 울먹이며 말을 이었다. 마침내 슈나이더가 월터 요

나스를 바라보았다. 여전히 아무 말도 하지 않고 있었지만 표정만큼
은 더없이 온화해져 있었다. 야스히로가 무표정한 얼굴로 외쳤다.

"월터! 왜 시키지도 않은 말을 하는 겁니까?"

"야스히로 부장님! 이 젊은이는 좋은 사람입니다! 참 괜찮은 젊은이
입니다!"

월터 요나스의 대답에는 간절함이 담겨 있었다. 그의 반응을 더 이
상 참지 못한 야스히로가 외쳤다.

"이런 바보 같은 녀석을 보았나?"

소리를 지른 후 한 손으로 월터의 멱살을 쥔 후 다른 한 손으로 고
개를 들어 올려 세차게 뺨을 때렸다. 이어 월터의 손에서 계란을 빼앗
아 슈나이더의 입에 그대로 처넣어 버렸다. 계란이 으깨지면서 슈나
이더의 입가와 수염에 잔뜩 묻었다. 슈나이더의 입술과 두 뺨이 깨진
계란 껍질 때문에 찢어지면서 피가 흘렀다.

26

    월터 요나스는 악기점을 며칠 내내 열지 않은 채 전화를 받을 때마다 아프다고 말했다. 하지만 불시에 아래층으로 내려와 후문을 통해 가게 안으로 들어가서는 상처 입은 늙은 개처럼 카운터에 잠시 앉아서 고개를 떨어뜨리고 있다가 다시 2층으로 올라갔다. 2층으로 올라갈 때는 일부러 계단을 쿵쾅쿵쾅 소리를 내며 올라갔다.

    황혼 무렵, 그는 자그마한 화장실에 몸을 숨긴 채 한동안 거울만 뚫어지게 쳐다보았다. 그의 왼쪽 뺨은 아직도 조금 부어 있었다. 입가에 난 상처를 혀로 살짝 핥으면 녹이 슨 듯한 비린내가 느껴졌다. 그는 거울을 보며 여러 가지 표정을 지어 보았다. 웃는 얼굴, 아부하는 얼굴, 겸손한 표정을 지어 본 후 마지막으로 위엄이 가득한 엄숙한 얼굴을 지어 보았다. 그는 이 표정이야말로 자신이 앞으로 살아가면서 취해야 할 표정이라고 생각했다.

    "일본원숭이 녀석!"

    나지막이 욕을 하였지만 원숭이라는 표현에는 욕이라는 느낌이 별로 담겨 있지 않은 듯했다. 결국 그는 사람들이 가장 흔히 쓰는 말로 다시 욕을 했다.

"개자식!"

그는 평생 신중하게 삶을 살아온 사람으로서 첼로를 연주할 때 나는 음색조차 중후했다. 하지만 그는 많은 사람들 앞에서 겨우 155센티미터밖에 안 되는 땅딸보 야스히로에게 뺨을 맞고 땅바닥에 나동그라질 뻔했다. 그러나 맞는 순간 감옥 창살을 붙잡아 간신히 넘어지지 않고 몸을 지탱할 수 있었다. 더욱 아이러니한 것은 자신은 귀빈으로서 상하이의 유명 인사들과 더불어 그 파티에 참석했다는 점이었다. 이날의 사건을 통해 그의 생각에는 커다란 변화가 일고 있었다. 그가 괴로워하는 것은 야스히로에게 모욕을 당해서가 아니라 자신이 일본인들 앞에서 유약하고 애매모호한 태도를 보였다는 것에 있었다. 반년 전 리랜드 비센돌프에게 한 수 배웠고, 감옥에 있는 게리 슈나이더에게서 또 한 수 배운 상태였다. 하지만 아이즈 야스히로를 통해 얻은 이번 교훈은 너무나도 간결하고 빈틈없이 일본인에 대한 그의 환상을 산산이 부서 버렸다. 그때 누군가 가게 문을 두드렸다. 끊임없이 가게 문을 두드리는 소리에 월터는 하는 수 없이 아래층으로 내려가 가게 문을 열었다. 문밖에는 뜻밖에도 리랜드 비센돌프가 서 있었다.

"월터! 난 자네 없이는 못 살 것 같으이……."

비센돌프가 와인 한 병을 계산대 위에 내려놓으며 말했다. 뜻밖의 방문에 신이 난 월터는 소리라도 지르고 싶은 심정이었지만 아무런 내색도 하지 않고서 무뚝뚝하게 말했다

"흥! 귀하신 돈키호테 나리가 웬일로 산초를 찾아오셨나?"

리랜드 비센돌프는 월터가 감옥에서 겪은 일을 알지 못했다. 그는 20일 후 난민수용소에서 개최할 자선음악회에 대해 상의하기 위해 월터를 찾아왔다. 유태인난민들이 게토로 강제이주되면서 모든 난민수

용소와 구제지원기구는 해체되었지만 주방기금회廚房基金會라는 이름의 난민수용소가 유일하게 일본정부의 허가를 받고 운영되었다. 그곳은 화더루의 큰 앞마당 안에 위치했다. 폴 코흐나가 아직도 그곳의 관리 당담이었지만 모든 물자의 공급은 일본인들이 직접 관리했다. 제공되는 모든 물품에 대한 어떠한 선택의 여지도 주어지지 않고 있었으며, 중개인들의 착복으로 어려운 생활을 이어 가고 있었다.

난민들을 위해 자선음악회를 개최하자는 의견은 폴 코흐나가 직접 제안한 것으로 일본인들에게 보고를 마친 후 바이루헤이를 찾아가 함께 상의했다. 유태인 문예클럽과 난민수용소가 공동 개최하기로 계획한 가운데 수용소 뒷마당의 큰 식당을 장소로 선택했다. 그곳은 루샤오녠이 난민들에게 상하이말을 가르쳤던 바로 그 장소이기도 했다.

사람들은 한결같이 리랜드 비센돌프와 월터 요나스가 자선음악회에 참여해 주길 기대했다. 레드와인의 향이 짙어 가면서 월터의 말수가 점점 많아졌다.

"리랜드! 이런 생각 해 본 적 있나? 산초가 늘 당나귀를 타고 다녔기 때문에 그의 운명이 그렇게 결정된 것이었다면 이제 말로 갈아타야 하지 않을까 하는 생각 말이야."

"뜬금없이 그게 무슨 말이야? 무슨 말인지 도무지 이해할 수가 없지 않은가!"

"내 말은 한 사람의 운명이 과연 무엇으로 결정되느냐는 말일세!"

"그야 물론 당나귀 때문은 아니지!"

"허허! 이봐! 난 지금 농담이나 하려는 게 아닐세. 난 지금 자네와 진지한 대화를 하고 있는 거야!"

"그렇다면 한 사람의 운명을 결정하는 것은 성격이라고 봐야지! 개개인이 타고난 성격 말이야!"

"그렇다면 그 성격이라는 것도 변할 수 있는 것일까?"

"월터! 정말 우리가 오랜만에 만나긴 한 모양일세! 우리가 못 보는 사이 혼자 심리학이라도 공부한 것인가?"

"심리학? 심리학이라면 정말 요상한 학문 아닌가? 무당이나 점술가들이 심리학의 극단적인 면을 잘 보여 주고 있지!"

"자네의 말을 듣자 하니 내게 뭔가 이야기하고 싶은 게 분명 있는 것 같은데 도대체 무슨 일인가? 근래 무슨 범상치 않은 일을 당했기에 그런 말들을 하는 것인가?"

비센돌프의 추궁에 감옥에서 발생했던 일들을 이야기하려던 월터 요나스는 결국 입을 다물었다. 하지만 비센돌프는 오랜 벗에게 생긴 미묘한 변화를 눈치 채지 못했다. 그가 분위기에 맞춰 짐짓 진지한 척을 하며 말했다.

"심리학적 관점에서 보자면 음악은 사람의 마음을 변화시켜 행동과 감정에 영향을 줄 수 있다네. 예를 들면 사람들이 자신의 주머니에서 돈을 꺼내 지정된 상자에 넣게 하는 마력을 갖고 있지."

"아하! 이제야 알겠네! 자네와 나의 입장이 완전히 뒤바뀌었군! 오늘 날 찾아온 이유가 바로 예전에 우리가 같이 논의했던 이야기를 계속하자는 것이지? 맞지? 그때 내가 자네를 설득하려고 했을 때보다 훨씬 엉터리 생각을 갖고 내게 온 게 틀림없을 것이네! 자네는 지금 거리 공연처럼 편한 곳에서 빈 상자나 바이올린 케이스를 열어 놓고 "도와주십시오" 하려고 생각하는 것 아닌가? 하하! 이보게 리랜드! 기왕 하려면 상자 위에 바흐나 베토벤 같은 음악가의 초상화를 붙이고 하면 어떻겠는가? 아마 그것을 보려는 구경꾼들이 훨씬 더 많이 모여들걸! 어떤가? 내 아이디어가 기막히지 않은가!"

"하하하! 자네 말이 맞네! 정말 좋은 생각이야! 바흐와 베토벤 초상화를 붙여 보세! 하하하하!"

"정말 미안하지만 난 하지 않겠네."

월터가 재미있다는 듯 이야기를 하며 마치 춤을 추는 사람처럼 두 팔을 허공에 펼치고 가볍게 흔들었다.

"리랜드 자네는 정말 좋은 친구야! 지난번 자네가 내 제안을 거절한 것에 대해 내게 복수할 기회를 주려고 온 것인가?"

비센돌프가 농담을 거둔 후 수용소와 문예클럽의 계획을 설명했다. 그는 월터가 원래 소심한 성격임을 알고 있었기에 그를 설득하기 위해서는 많은 대화의 시간이 필요할 것이라고 생각했었다. 게다가 술을 마신 후 월터가 종잡기 힘든 말을 하자 더 불안해지기 시작했다. 월터가 얼굴에서 웃음을 거두고 진지하게 말했다.

"자네는 어떤 곡을 연주할 생각인가?"

"난 원래 자네와 함께 브람스와 베토벤의 2중주를 연주하려고 했지만 이런 자선음악회에서는 아무래도 대중들이 널리 알고 있는 곡이 좋을 것 같다는 생각이네. 게다가 자기가 원하는 만큼 모금함에 돈을 넣는 것 이외에 공연 후반부에는 신청곡마다 100원 정도부터 시작해서 청중들의 희망곡을 연주하는 게 좋을 것 같다는 게 관계자들의 공통된 생각이네."

"그거 좋은 생각이군! 뮌헨에서도 똑같은 행사를 하지 않았는가! 하지만 이번 공연에서는 첼로 연주가 주가 될 수 있는 곡을 한두 곡 넣었으면 하는데 자네 생각은 어떤가?"

"그야 당연하지! 나도 정말 원하는 바이지만 공연 시간을 잘 계산해야만 하네!"

"난 유태인 소재의 곡을 연주했으면 하네. 가령 막스 브루흐의 '콜니드레이 : 첼로와 오케스트라를 위한 아디지오 작품 47번'이나 에르

네스트 블로흐의 '셀로모 랩소디'를 함께 연주했으면 정말 좋겠네. 만약 곡이 너무 길다면 1악장이나 2악장만 연주해도 상관없네!"

그의 말에 기쁜 표정을 짓던 비센돌프가 다시 걱정이 깃든 음색으로 말했다.

"관현악단은 물론 피아노 반주도 없는 공연에서 곡을 연주하게 될 텐데 바이올린 연주만으로도 괜찮을까?"

"상관없어! '콜 니드레이'는 나 혼자서도 가능하네. 다만 '셀로모 랩소디'라면…… 이렇게 하지. 그냥 둘째 단락만 연주하세! 클라리넷이 들어오는 시작 부분을 자네가 바이올린으로 연주해 준다면 큰 무리는 없을 거야! 그렇게 하면 아마 두 곡을 합쳐 2, 30분이면 충분할 걸세!"

"그런데 난 그 곡들을 잘 모르니 걱정일세. 상세한 부분들을 잘 기억하지 못해 걱정이네만 자네에게 악보가 있겠지?"

"물론이네! 잠시 후에 내가 찾아 주겠네."

"요즘 자네 뭔가 내게 숨기고 있는 것 같은데…… 아닌가? 입술은 어쩌다 그렇게 된 것인가?"

요나스는 아무런 대답도 하지 않았다. 잠시 후 그가 교활하게 눈을 깜박이며 입을 열었다.

"리랜드! 난 자네가 파우스트를 잘 인용하는 걸 알고 있네. 그래서 요즘 나도 자네처럼 몇 마디 외워 보았다네. Sieh, wie er jedem Erdenbande Der alten Hulle sich entrafft Und aus atherischem Gewande Herortritt erste Jugendkraft. (보라! 그가 세상 굴레에서 벗어나 옛날의 부패한 껍질을 벗어 던졌노라. 구름 속에서 청춘의 힘이 느껴지는도다.)"

요나스는 악단의 지휘자처럼 두 팔을 허공에 뻗어 휘휘 내저은 후 하하 웃음을 터트렸다.

27

난민수용소 안에 오랫동안 찾아 볼 수 없었던 유쾌한 기운이 감돌았다. 공연 입장권은 불티나게 팔려 나간 상태였다. 분위기에 압도된 코흐나는 온갖 방법을 동원하여 암거래상에서 원하는 물건들을 구했다. 이날 저녁 식사 시간에 성인들에게는 작은 버터가 제공되었고, 아이들에게는 치즈가 제공되었다.

이번 공연에서 가장 바쁜 사람은 다름 아닌 바이루헤이였다. 정오가 지나기 무섭게 그는 문예클럽 사람들을 데려와 식당 안에 무대를 꾸미고 파란색과 흰색의 전광지를 오려 별을 이어 붙였다. 그는 모금함을 들고 돈을 받을 때를 생각해서 갖가지 색을 칠한 피에로 옷까지 준비했다. 하지만 옷을 너무 이른 시각에 입는 통에 어린아이들이 재잘거리며 그의 뒤를 쫓아다니고 있었다.

이번 공연의 입장료는 15원이었다. 코흐나는 입장권의 가격을 좀 더 받고 싶었지만 바이루헤이가 강력하게 반대했다. 그는 문예클럽에서 거의 1년간 공연을 하며 사람들은 점점 가난해지는 것을 실감했다. 일본군이 상하이 전역을 점령하면서 영국인과 미국인들의 장사는 거의 이뤄지지 않았고, 중국인들의 장사 역시 활기를 잃고 있었기 때문에 유태인들을 동정하는 사람들은 대부분 돈이 많지 않았다.

공연이 시작되기 1시간 전쯤, 갑자기 공연에 차질이 빚어졌다. 아이즈 야스히로가 거리치안경찰소 주변 반응에 근거해서 문예클럽에서 공연을 할 때마다 주변 상인들과 주민들의 원성이 자자했다는 이유로 이번 자선음악회 시간을 원래 허락된 2시간 반에서 1시간 반으로 단축한다는 통보를 수용소와 문예클럽 사람들에게 보내 왔다. 코흐나와 바이루헤이 모두 몹시 화가 났지만 달리 방도가 없었다. 그들은 어쩔 수 없는 상황에서 비센돌프, 요나스와 더불어 곡목을 조정하는 일을 논의했다. 하지만 그들은 너무나 오랜만에 펼쳐지는 기념일과도 같은 광경을 보며 불쾌한 상황을 곧 기억 저편으로 던져 버렸다.

저녁 7시 30분 공연이 시작되었다. 어두컴컴한 식당 안의 모든 자리는 빈틈없이 가득 차 있었다. 그리고 창문 밖도 공연을 보려는 사람들로 가득했다. 난신대극장에서 공연을 했을 때 입었던 정장을 입고 있는 리랜드 비센돌프와 붉은색 나비넥타이를 하고 나온 월터 요나스의 모습은 화려하고 눈부셨다.

공연장은 공연을 하는 내내 열기로 가득했다. 사전에 약속한 곡목의 연주가 삽시간에 지나가고, 관중들의 희망곡을 연주할 차례가 금세 다가왔다. 바이루헤이가 희망곡을 적은 종이를 가지고 무대 위로 올라와 곡명을 불렀다. 희망곡을 적어 낼 때마다 내는 돈의 액수가 다양했지만 최소한 100원 이상은 기부했다. 비센돌프가 종이에 적힌 대로 4곡을 연주한 후 요나스 역시 '백조'를 요청대로 연주했다. 그들은 마치 약속이나 한 듯 곡목들을 평상시보다 빠르게 연주하고 있었다. 공연장이 후끈 달아오르면서 두 연주자 모두 급하게 흐르는 땀을 닦았다. 이때 코흐나가 얼른 물을 건네며 말했다.

"선생님! 이미 허락된 시간을 훨씬 넘겼습니다!"

비센돌프가 고개를 돌려 바이루헤이를 쳐다보았다. 무대 아래에서 바쁘게 희망곡이 적힌 종이와 기부금을 받고 있던 바이루헤이가 자신을 쳐다보고 있는 비센돌프를 발견하고 반갑게 손을 흔들었다. 피에로 복장을 한 그의 우스꽝스러운 모습을 보고 비센돌프도 웃음 참지 못하고 웃음으로 대답했다.

"내 생각에는 공연을 좀 더 진행하는 게 좋을 것 같습니다. 어떻게든 좀 더 많이 모금하는 게 중요하지 않겠습니까?"

"알겠습니다. 하지만 제가 가서 바이루헤이에게 더 이상의 희망곡을 받지 말라고 말해 줘야겠습니다."

그의 말이 끝나기가 무섭게 객석이 아수라장이 되었다. 장총을 든 일본병사들이 담벼락을 타고 경계 대열로 늘어섰다. 일본병사들이 총의 머리로 사람들을 밀쳐 내며 전후좌우 공간을 마련했다. 그 때문에 객석을 가득 메웠던 사람들 가운데 넘어지는 사람이 속출했고, 그곳을 빠져나가려다 군인들의 고함에 다시 제자리로 돌아온 사람들도 있었다. 삽시간에 객석에는 비명소리와 울음소리가 가득했다. 입구에 아이즈 야스히로가 나타났다. 그는 곧장 무대 위로 올라간 후 소리를 질렀다.

"폴 코흐나 선생! 이번 공연은 전시의 문예공연심사법을 위반했소! 그 죄를 알고 있소?"

눈을 동그랗게 뜬 코흐나가 억울하다는 표정으로 어깨를 크게 들썩인 후 말했다.

"전…… 다만…… 수용소난민들을 위한 자선음악회를 열었을 뿐입니다. 저희가 이미 사전에 모든 것을 신고하고 프로그램표까지 드리지 않았습니까!"

"흥! 허튼소리 집어치워! 내 눈앞에서 하는 짓거리와 내 뒤에서 하는 짓거리가 완전히 딴판인 게 바로 문제인 거야! 한 시간 반만 공연을 하라고 했는데 지금 벌써 두 시간 반이 되어 가는 것을 알기나 하나? 게다가 실제로 연주한 곡목도 우리에게 보고한 곡목과는 완전히 딴판이잖아! 어차피 우리 일본인은 알지도 못한다고 생각해서 지금 속이려고 하는 거야?"

코흐나가 여전히 억울하다는 표정을 거두지 않고서 말했다.

"사람들이 어떤 곡을 희망할지 저희도 알 수 없는 일이지 않습니까?"

야스히로가 가쯔오에게 고개를 끄덕이자 명령을 받은 가쯔오가 군인 몇 명을 향해 손짓을 한 후 외쳤다.

"여기 이놈들을 끌고 가라! 저기 두 놈이랑 저놈, 저놈, 그리고 저놈을 데려가!"

일본병사가 질서를 유지시키던 난민수용소 직원 세 명과 코흐나, 바이루헤이의 팔을 잡고 입구를 향해 끌고 가려 하자 무대 아래 객석에 또다시 동요가 일었다. 자리에서 일어난 비셴돌프가 야스히로를 보고 또랑또랑한 목소리로 말했다.

"그 사람들은 아무 상관도 없는 사람들이오. 연주는 내가 했으니 잡아 가려거든 날 잡아 가고 저들은 그냥 놓아 주시오!"

잠시 멍해 있던 야스히로가 냉소를 날리며 나지막이 외쳤다.

"비셴돌프! 참 대단한 사람이군! 같은 동포를 위해 죄를 대신 뒤집어쓰시겠다는 말씀인가? 내가 격리지역 최고의 행정 책임자란 사실을 잊었나? 뒤로 순순히 물러나시오, 어서! 어서 물러나!"

비셴돌프가 꼼짝도 하지 않자 야스히로가 낮은 음성에 힘을 실어 외쳤다.

"비셴돌프! 당신과 나의 친구관계는 이미 끝난 지 오래지만 난 언제나 당신을 존중했소. 허니 괜히 날 적으로 만들지 말고 어서 물러나시오!"

그의 말은 아랑곳하지 않은 채 오히려 한 걸음 더 앞으로 걸어 나온 비센돌프가 역시 낮지만 힘 있는 목소리로 대답했다.

"야스히로 부장님! 나 역시 당신을 적으로 삼고 싶지는 않습니다. 당신도 우리 유태인을 당신의 적으로 만들지 말아 주길 부탁합니다. 아울러 나 역시 그동안 당신을 존중하고 인정했지만 오늘만큼은 내가 직접 당신의 행동을 막아야 할 것 같군요."

"흥! 이보시오! 지금 자신을 너무 과대평가하고 있는 것 아니오? 도대체 무엇으로 날 막겠다는 것이오?"

아무것도 들지 않은 비센돌프의 모습을 지켜보던 야스히로가 손에 든 바이올린을 보고 비웃으며 말했다.

"왜요? 그 잘난 바이올린으로 날 막아 보시겠소?"

야스히로가 기세등등하게 비센돌프를 몰아붙였다.

"흥! 신경질적이고 제멋대로인 고약한 늙은이 같으니! 당신이 상하이에 도착한 지 얼마 되지 않았을 때 내가 얼마나 도와줬는지를 기억이나 하고 있는 거야? 하지만 자기가 자기 무덤을 파고 말았지! 변주곡조차 제대로 연주하지 못해서 비웃음거리가 된 걸 벌써 잊은 거야? 세계 최고의 낭만파 바이올리니스트…… 개나 물어 가라고 그래!"

비센돌프는 쏟아지는 야스히로의 야유에 아랑곳하지 않고 흔들림 없이 차분하게 이야기했다.

"하하! 야스히로 부장님! 그 일을 생각나게 해 줘서 고맙습니다! 그래요! 바로 이 바이올린, 음악으로 내가 당신을 막아 보겠소! 우리 오늘 다시 한 번 변주곡 대결을 하는 게 어떻겠소? 아무한테나 선곡하라고 시켜도 좋습니다!"

야스히로가 잠시 멍해진 듯 다시 물었다.

"지금 뭐라고 했소?"

"다시 한 번 대결을 해 보자고 했습니다. 내가 이기면 저 사람들을 풀어 주시오!"

결투에서 상대방이 치명적인 일격을 가해 오길 기다리며 대치하고 있는 사람들처럼 두 사람의 눈동자가 흔들림 없이 서로를 노려보았다. 야스히로가 뭔가 깨달은 사람처럼 하하 웃음을 터트리며 말했다.

"하하하! 홍! 내가 당신 술수에 속아 넘어갈 줄 알았나? 이렇게 하지! 그 방법을 달리해서 한번 당신과 놀아 보겠어!"

말을 마친 그가 고개도 돌리지 않은 채로 뒤로 손을 내밀고 외쳤다.

"펜과 종이를 가져오도록 해!"

종이 위에 신속하게 오선지를 그리면서 야스히로가 말했다.

"좋소! 당신 말대로 다시 한 번 겨뤄 봅시다! 내가 당신에게 또 한 번 기회를 주겠지만 이번만큼은 시작부터 당신이 진 게임이라는 것을 명심해 두시오!"

그가 종이를 비센돌프의 손에 건네주었다. 종이를 받아 든 비센돌프의 얼굴에 어처구니없다는 표정이 스쳤다. 그것은 다름 아닌 '이 날'의 주선율이었다. 비센돌프가 고개를 들기도 전에 야스히로가 웃으며 말했다.

"최소한 7개의 변주곡을 만들어야만 하오. 어떻소? 별로 많은 것은 아니지 않소? 비센돌프! 왠지 낯익은 곡이 아니오? 하지만 반일음악을 연주하면 감옥행이라는 사실을 잊지 마시오. 그 쓴맛은 이미 봤으니 잘 알겠지…… 하하 그러니 분수를 알고 물러나시던지 아니면 자기 무덤을 또 스스로 파시던지 마음대로 하시오! 내 말 알아듣겠소?"

비센돌프는 일순간 화가 머리끝까지 치밀어 올랐지만 결국 지금 벌이는 야스히로와의 싸움이 어떤 의미인지를 알아차렸다.

"야스히로 부장! 정말 당신의 뻔뻔함은 내 상상을 초월하는군요!"

비센돌프가 고개를 돌려 무대 아래를 쳐다보자 관심과 기대에 찬 수많은 얼굴이 그의 눈앞으로 하나 둘씩 지나쳤다. 그가 다시 고개를 돌려 또다시 야스히로와 시선을 맞추었다. 비센돌프는 고개를 숙인 채 최선을 다해 자신의 마음을 진정시켰다. 순간 요나스가 생각난 비센돌프가 고개를 돌려 얼른 요나스를 쳐다보았다. 요나스는 비센돌프가 손에 쥐고 있는 종이쪽지를 본 지 이미 오래였다. 그가 당혹스런 목소리로 말했다.

"나…… 나는…… 아무래도 이 곡이 익숙지 않아서……."

요나스의 생각을 읽은 비센돌프는 더 이상 아무 말 없이 정신을 가다듬고 무대 앞으로 나섰다. 그가 차분한 목소리로 외쳤다.

"신사 숙녀 여러분! 방금 전 야스히로 선생이 내게 중국의 바이올린 독주곡인 '이날'이라는 아주 특별한 곡을 지정해 주었습니다."

식당 안이 갑자기 웅성거리는 소리들로 떠들썩해지더니 한쪽 구석에서 누군가 비열하다고 소리를 질렀다. 비센돌프는 바이올린을 어깨 위에 올린 채 눈을 가늘게 뜨고 생각에 잠겼다. 이어 활대의 끝을 바이올린의 G현 위에 올려놓았다. 일순간 식당 안이 쥐죽은 듯 고요해졌다. 비센돌프는 평생 단 한 번도 이렇게 자신이 연주하려는 곡의 실제 작곡가와 똑같은 충동을 느낀 적이 없었다. 희미하게 기억하고 있는 '이날'의 선율이 찰나에 맑게 이어졌다. 바이올린 활을 움직이며 바이올린의 머리를 낮게 낮추자 불안감과 슬픔의 감정이 흔들리는 듯한 선율이 흘러나왔다. 그는 이것이 '이날'의 단조의 주제인 것을 또렷하게 기억하고 있었다. 그는 이 모티브를 다른 음의 부위로 옮겨 단순하게 중복하면서 또 다른 변주곡을 시작할 준비를 했다.

순간, 비센돌프의 머릿속에 영감이 스쳐 지나갔다. 그는 이미 2년이 넘도록 무대에서 연주를 한 적이 없었다. 하지만 그는 이 순간 이토록 특별한 무대 위에 서서 특별한 관객들을 앞에 두고, 야스히로가 자신에게 만들어 준 절호의 기회를 이용하여 너무나도 오랫동안 자신의 마음속에 쌓아 두었던 감정들을 제대로 표현하고 싶어졌다. 그는 바이올린 연주를 통해 자기 자신을 위해서 그리고 갖은 멸시를 당하고 죽음까지 당한 사람들을 위해서 자신의 마음속에 담긴 자부심과 긍지를 당당하게 표현하고 싶었다.

그런 이유 때문에도 하나의 주제를 놓고 변주곡에 실린 변화와 대조만을 이용해 전체 내용을 표현하기는 한계가 있었다. 이미 이 순간 그의 감정은 '이날'이라는 곡 자체를 넘어 이때를 기다렸다는 듯 저 멀리 비상하고 있었다. 찰나의 순간 그의 활이 현에서 비상하듯 움직이기 시작하며 제2주제가 연주되었다. 그 소리는 멀리서 들려오는 호각처럼 울부짖으며 금속성의 음을 띠었다. 그가 왼손을 높은음자리로 올려 활에 힘을 실어 연주하자 새로운 주제곡의 음색이 이루 형용하기 어려울 만큼 충만해졌다.

그때 갑자기 첼로의 중후한 음이 절묘한 타이밍과 함께 정확하게 울려 퍼졌다. 자유롭고 확고한 음색으로 제2주제를 똑같이 한 차례 반복한 후 바이올린이 들어올 기회를 주지 않고 다시 한 번 힘 있게 반복했다. 비센돌프가 마음속으로 탄성을 내질렀다. 고개를 돌리자 언제부터인지 모르게 요나스가 자신의 옆 의자에 앉아 있는 것이 보였다. 몸을 약간 기울인 그의 얼굴은 붉게 상기되어 있었다. 새빨갛게 달아오른 코 위에 땀방울까지 송글송글 맺혀 있는 모습을 보자 웃음이 새어 나왔다. 그와 시선을 마주친 비센돌프가 살며시 웃어 보였지만 요나스는 오히려 웃음 서린 얼굴 대신 당당하고 장엄한 얼굴을 하고 있었다. 그의 모습을 보며 감동해 있던 비센돌프의 머릿속에 요나스가 산초는 더 이상 나귀를 타지 않을 것이라고 했던 말이 불현듯 스쳐 지나갔다.

두 사람 간에 존재한 감정의 교류와 비센돌프의 생각은 모두 1, 2초라는 눈 깜박할 사이에 일어난 것이었다. 비센돌프는 긴장의 고삐를 다시 죄며 요나스의 두 번째 반복 음이 점점 약해지기를 기다렸다. 비센돌프가 동작을 크게 하며 팔을 움직여 바이올린이 곧 시작된다는 것을 알렸다. 이렇게 그의 바이올린 연주는 첼로의 낮고 평안한 선율 위에서 높고 낮게 오가며 계속되었다. 야스히로는 식당 입구에 앉아 있었다. 변주가 시작되는 단계에서 다리를 떨며 듣고 있던 야스히로가 비센돌프의 변주곡이 바뀔 때마다 차츰차츰 경직되어 갔다.

"정말 대단해! 대단해!"

그는 자신도 모르게 찬사를 터트렸다. 하지만 그의 이런 마음은 곧바로 원망으로 채워졌다. 그는 눈앞에 있는 두 사람을 지켜보았다. 백발이 성성한 얼굴에 흰 수염을 기른 노인이 죽음을 무릅쓴 채 지나인의 곡조를 연주하고, 자신에게 뺨을 맞은 채 두려움에 벌벌 떨던 뚱보는 이 순간 연주에 동참하여 혼신의 힘을 다하고 있었다. 눈을 들어 사방을 훑어보던 그는 주변에서 쏟아지는 적의를 그대로 느꼈다. 순간순간 고개를 돌려 자신의 얼굴을 힐끔거리고 있는 수많은 사람들의 시선에는 호기심과 증오심이 함께 뒤섞여 있었다. 그 시선들을 느끼는 야스히로의 속이 편할 리 없었지만 잠시 후 그는 또다시 들려오는 음악 소리에 정신을 빼앗기고 말았다.

정말 그랬다! 이것은 서양음악에서 정말 보여 주기 힘든 제1주제, 제2주제 변주기교였다. 비센돌프의 즉흥 변주곡은 거대한 파도가 꿈틀거리며 요동치는 것만 같았다. 요나스는 비록 비센돌프처럼 '이날'

이라는 곡에 익숙하지는 않았지만 그 역시 훌륭한 연주 기교를 갖춘 숙련된 노장으로서 서로 다른 음에서의 장음과 리듬을 사용하여 친구의 변주를 빈틈없이 돕고 있었다.

"아! 불후의 명곡이 될 게 틀림없어! 오케스트라만 있었다면 바이올린과 첼로, 오케스트라가 함께하는 교향변주곡이 되었을 거야!"

야스히로가 눈물이 그렁그렁한 눈으로 곧 박수라도 칠 사람처럼 외쳤다.

"부장님! 야스히로 부장님!"

가쯔오가 손으로 가볍게 그의 팔을 건드렸을 때야 야스히로는 겨우 정신을 차렸다. 무대 위에서 두 노인이 벌이고 있는 즉흥연주가 끝을 향해 치닫기 시작했다. 야스히로는 이미 몇 번째 변주곡인지조차 잊어버렸다. 끝으로 다가서며 변주의 속도가 현저히 빨라지면서 바이올린과 첼로가 함께 클라이맥스를 향해 치달았다. 마침내 두 노인이 손에 쥐고 있는 활이 동시에 올라가며 순식간에 곡이 끝났다.

"아…… 비센돌프!"

야스히로가 자신도 모르게 그의 이름을 불렀다. 야스히로의 목소리에는 찬사의 빛이 가득했다. 그러나 그는 곧 자신이 이성을 잃었다는 것을 알아차렸다. 야스히로는 일순간 어찌할 바를 모른 채 난처한 얼굴로 자리에 앉아 있었다. 결코 평범하지 않은 변주곡이 탄생되는 과정을 눈앞에서 지켜보았지만, 그 변주곡의 탄생이 바로 자신의 비열한 술수에 걸려 생겨난 것을 깨달은 야스히로의 마음속에 감동과 낙담, 찬사와 증오가 뒤섞인 감정들이 복받쳐 왔다. 이때, 무대 위와 무대 아래 모두 죽음과도 같은 정막이 감돌았다. 심지어 귓속말을 주고받는 사람조차 없었다. 모든 시선이 야스히로에게 쏠려 있는 이 순간 사람들의 긴장된 숨소리를 대변하듯 천장 위에 높이 걸린 가스등에서만 치직치직거리는 소리가 흘러나왔다.

마침내 이성을 되찾은 야스히로가 얼굴에 웃음을 머금은 채 두 손으로 짝짝짝 박수를 치기 시작했지만 그 누구도 호응하지 않는 박수소리는 이내 멈춰지고 말았다. 쓸쓸하게 울려 퍼지는 박수소리가 아주 공허하게 실내를 메운 순간 그의 행동은 오히려 더 자조적인 표현으로 보여졌다. 야스히로가 유태인의 왕으로서의 관용을 보여 주듯 웃으며 외쳤다.

"왜들 그러지? 이렇게 훌륭한 연주를 듣고도 왜 박수를 치지 않는 거야?"

실내에 있는 사람들은 아무 반응도 하지 않았다. 야스히로가 다시 외쳤다.

"박수를 쳐! 어서 박수를 치란 말이야!"

하지만 어느 누구도 그의 말에 반응을 보이지 않자 그가 다시 소리를 질렀다.

"왜들 박수를 치지 않는 거야? 어서 치지 못해!"

이어 산발적으로 짝짝짝짝 박수소리가 울려 퍼졌지만 대다수의 관중은 여전히 무반응이었고 결국 몇몇의 박수소리 역시 멈추고 말았다.

드디어 야스히로가 무너졌다. 그는 몸을 일으켜 성을 내며 밖으로 나가 버렸다. 야스히로가 이미 식당 문턱을 성큼 밟고 나간 것을 본 가쯔오가 서둘러 손을 휘이 내젖자 벽 쪽에서 경계태세를 갖추고 있던 일본병사들이 창을 거두고 줄줄이 그의 뒤를 따라 밖으로 나갔다. 무대 위에서 코호나와 바이루헤이를 붙잡고 있던 병사들 역시 그들을 풀어 준 후 차렷 자세를 하고 소리 없이 밖으로 빠져나갔다.

이어 식당 안에서 터질 듯한 박수소리가 터져 나왔다. 깜짝 놀란 야스히로는 본능적으로 잠시 멈칫했다가 애써 차분한 모습을 하고 걸어

269

나갔다. 그가 화단을 개조하여 채소밭으로 만든 곳까지 한참을 걸어올 동안 박수소리는 계속되었다. 이어 한동안 끊임없는 환호성이 울려 퍼졌다.

28

하루 종일 루샤오녠의 마음은 불안하기만 했다. 바이루혜이가 그녀에게 꼭 해야 할 중요한 말이 있다며 유태인 문예클럽으로 와 달라는 전화를 이미 여러 차례에 걸쳐 한 상태였다. 바이루혜이는 원래 통행증을 발급받아서 직접 그녀를 찾아오려고 했지만 자선음악회에서 창피를 당한 야스히로가 그때의 수모를 모두 통행증을 발급받으려는 난민들에게 쏟아 붓는 탓에 오늘은 거의 발급을 받지 못했다고 했다.

루샤오녠은 바이루혜이가 꺼낼 이야기가 슈나이더와 관련이 있으리라는 것을 예감했다. 그녀는 혹시 나쁜 소식일지도 모른다는 생각 때문에 감히 내용을 물어볼 수도 없었다. 2년 전 라디오에서 있었던 와장창 하는 굉음 후의 정적이 아직도 그녀의 귓가를 맴돌고 있는 것만 같았다. 그날 저녁 공공조차지와 프랑스조차지에서는 적지 않은 사람들이 죽어 나갔다. 일본병사들은 황군의 이름으로 반항을 하는 사람들을 포함하여 조금 동작이 굼뜬 사람만 보아도 총을 쏘아 죽이거나 칼로 찔러 죽였었다. 그 후 그녀와 바이루혜이 모두 사방으로 수소문을 해 보면서 티란챠오감옥에까지 알아 보았지만 슈나이더에 대한 정보는 얻지 못했었다. 하지만 그녀는 여전히 희망을 놓지 않고 있었다.

바이루헤이는 예전보다 많이 수척했으며, 즐겨 쓰고 다니던 챙이 넓은 빨간색 모자는 더 이상 쓰지 않고 있었다. 바이루헤이는 루샤오넨에게 이번 자선음악회에서 '난징루의 인력거'를 그린 수채화를 한 폭 기부했다고 말했다. 인력거야말로 판매하는 그림 중에 가장 많은 사랑을 받는 소재라고 덧붙였다. 상하이에 온 유태인난민 가운데 많은 사람들은 일본과 미국이 전쟁을 시작하기 전 이미 미국과 오스트레일리아, 팔레스타인과 남미에 위치한 몇몇 나라들로 이주했다. 그들은 상하이를 떠나기 전 바이루헤이가 그린 인력거를 이곳에 살았던 기념품으로 사 갔다. 그는 전쟁이 끝나면 '바이루헤이 공예품 회사'를 세울 것이며, 그중 인력거는 기념품 디자인에 있어 가장 간판이 되는 소재가 될 것이라고 말했다. 그는 상하이에서 황바오쳐黃包車라고 불리우는 인력거는 원래 일본에서 건너 온 것으로 처음에는 동양쳐東洋車라고 불리우다 나중에 서서히 황바오쳐라고 불리웠다며 서양인들이 릭쇼(rickshow)라고 부르는 것도 황바오쳐로 고쳐 불러야 한다고도 말했다.

바이루헤이가 루샤오넨에게 난민수용소에서 물을 끓여 팔던 여인을 기억하느냐고 물으며 그녀 역시 아주 재미있는 물건 하나를 기부했다고 전했다. 그녀가 기부한 것은 다름 아닌 마작이었다. 수많은 유태인들이 시간이 지나면서 마작을 배웠다는 것을 안 그녀는 마작을 가지고 재미있게 시간을 보내라는 의미에서 자신에게 없는 돈 대신 마작판을 기부했다고 설명했다.

바이루헤이가 그날 밤 비센돌프와 요나스가 '이날'을 연주한 상황을 묘사하듯 자세하게 들려주자 감동한 루샤오넨의 눈가에 눈물이 아

272

른거렸다. 아울러 바이루헤이는 비센돌프와 요나스의 무대는 원래 3부 자선음악회의 첫 막이라고 했다. 제2부는 원래 유태인 문예클럽에서 연극을 준비했었지만 1부 공연이 반일감정을 야기시킨다는 이유로 야스히로가 게미츠 대좌에게 불려 가 싫은 소리를 들은 후 2부 공연에 대한 심사가 더욱 엄격하게 진행되었다. 그들은 원래 이디시(동유럽 유태인들의 언어)어 극작가의 작품인 '연인The Lover'을 공연할 생각이었다. 연극은 유럽에서 도망쳐 나온 한 젊은이가 천신만고 끝에 상하이에 도착하고 그의 독일인 연인이 사랑하는 사람을 찾아 천 리 길을 마다않고 상하이에 오게 되지만 나치 주의자들이 그 뒤를 따라와 백방으로 그들의 삶을 위협한다. 하지만 결국 둘의 사랑을 바탕으로 한 용기를 통해 모든 어려움을 극복하고 웨딩마치를 울리게 되는 내용을 담고 있다. 바이루헤이는 결국 이런 상황들로 인해 극작가는 일본인들의 조사대상이 되었고 문예클럽의 몇몇 책임자도 게미츠 대좌에게 불려 가 엄중한 경고를 들었다고 말했다.

루샤오녠이 아무렇지도 않은 척을 하며 평안한 목소리로 물었다.

"오늘 제게 할 중요한 이야기가 있다고 하지 않았나요? 그거 혹시 게리에 관한 소식 아닌가요?"

"루샤오녠 씨!"

말을 멈춘 바이루헤이의 표정이 어느새 진지해졌다. 그는 마치 발성 부위가 목구멍 뒤로 옮겨진 사람처럼 목소리를 낮게 깔고 말했다.

"루샤오녠 씨! 이건 좋은 소식이라고 해야 옳을 것 같습니다. 게리는 아직 살아 있습니다!"

그가 바짝 마른 두 팔을 내밀어 루샤오녠의 손을 꼭 움켜잡으며 말했다.

"그래요? 지금 어디 있대요?"

"티란챠오감옥에 있습니다."

"당장 그 사람을 만나러 가야겠어요!"

"잠깐만요! 지금 게리는 지하 감옥에 갇혀 있습니다. 정말 미안한 이야기지만 지하 감옥은 사형수들이 수감되어 있는 곳이니 우선 서두르지 말고 천천히 방법을 생각해 봅시다."

그는 루샤오녠의 손이 떨리고 있음을 느꼈다.

"그…… 그럼 총살이라도 당한다는 말인가요?"

"흠! 그건 단언할 수 없습니다. 아마 그렇게까지 심각하진 않을 겁니다. 하지만 총살은 어찌 될지 몰라도 죽을 때까지 갇혀 있는 죄수의 몸으로 평생 감옥에서 썩어야 할지도 모릅니다. 사형수들은 모두 독방에 갇혀 있는 까닭에 여지껏 게리의 소식을 알 수 없었나 봅니다."

"그럼 지금 그 소식은 누구한테서 들은 거죠?"

"월터 요나스 선생에게서 들었습니다. 그분이 직접 말씀하셨어요. 무슨 일이 있는 것만 같아요."

"지금 당장 그분을 찾아가야겠어요! 가는 길에 비센돌프 할아버지도 만나 봐야겠어요!"

매월 격주 목요일은 티란챠오감옥의 면회날이었다. 이날은 아침부터 감옥 문 앞으로 백 명이 넘는 사람들이 줄을 길게 서서 기다렸다. 그들은 나지막한 목소리로 소식을 물으며 함께 탄식하고 서로를 위로했다. 이때 루샤오녠도 그들 사이에 끼어 있었다.

요즘 루샤오녠은 감옥 안에서 외국인과 중국인을 나누어 수감하는지와 수감자들에게 바람 쏘여 주는 것도 나누어서 하는지 등의 감옥 안의 상황을 알아보고 있었다. 중범자와 정치범들은 면회에서 제외되었다. 그들은 바람을 쐬는 시간조차 일반 죄수들과 나누어져 있었다. 하지만 가끔 날씨 때문에 시간이 조정될 때는 아주 우연히 함께 바람을 쐴 때도 있다고도 했다. 루샤오녠은 그런 우연이 찾아오기만을 학수고대했다. 그녀는 먼발치에서라도 슈나이더의 모습을 보고 싶었다.

그녀가 면회신청서를 기록할 때 그녀는 죄수난에 폴 바셔만이라는 이름을 써 넣었다. 하지만 그녀는 그 사람을 전혀 알지 못했다. 이것은 바이루헤이와 그녀가 감옥 밖에 있는 작은 커피숍에서 만난 유태인 부인에게 어렵사리 받은 이름이었다. 그녀는 두 번의 목요일 오전 시간을 할애하여 그들을 도와주겠다고 약속했다. 그녀는 루샤오녠이 수용소 안 식당에서 사람들에게 상하이말을 가르쳤던 것을 기억하고 있었다. 폴 바셔만이란 사람은 그녀의 오빠로서 두 달 전 라이터 돌을 암거래한 죄명으로 수감되었다. 루샤오녠은 그녀에게 돈을 주고 이번 주 목요일의 면회시간을 양보받았다. 유태인 부인은 루샤오녠에게 면회과정을 상세하게 설명해 주었다. 면회를 하러 온 사람들은 티란챠오감옥 운동장에 들어간 후 벽에 기대어 줄을 서서 수감자들을 기다려야 했다. 죄수들이 운동장으로 바람을 쐬러 나오면 면회하고자 하는 사람 앞으로 인도되어 간단한 대화를 나눌 수는 있었지만 죄수에게 무엇을 주려면 반드시 간수의 동의를 받아야만 했다.

아홉 시가 되자 티란챠오감옥 옆의 작은 문이 열렸다. 장총을 든 일본병사와 검은 옷을 입은 경찰들이 소리를 질러 대며 사람들을 풀어 주기 시작했다. 그들은 한 사람 한 사람씩 검사를 한 후에 사람들을 마치 꼬챙이에 생선을 꿰듯 벽면에 나란히 세웠다. 루샤오녠의 심장이 불안감으로 쿵쾅거리는 동안 그녀는 자신도 모르게 손에 들고 있는 슈나이더의 외투를 바짝 움켜쥐었다. 이 옷은 슈나이더가 이전에 즐겨 입던 옷이었다. 그날 사건이 벌어진 이후 그의 작은 방에 찾아가 하루를 꼬박 걸려 슈나이더의 모든 물건을 정리한 루샤오녠은 그의 물건들을 자신이 살고 있는 파오젠지아의 집에 정성스레 보관하고 있었다.

어느새 죄수들이 바람을 쐬러 나오는 시간이 되었다. 면회를 하러 온 사람들 사이에서 갑자기 울음이 터지면서 마치 강물에 쳐 둔 둑이 터지듯 사람들이 앞으로 몰려 나왔다. 검은 옷을 입고 있는 경찰과 반바지에 게다를 신고 있는 감옥 간수들이 너 나 할 것 없이 가늘고 긴 대나무 작대기로 사람들을 사정없이 후려치자 사람들이 비명을 질러대며 얼른 원래 서 있던 벽으로 돌아왔다.

루샤오녠은 이미 여러 차례 사람들에 걸려 넘어질 뻔했지만 그녀의 눈만은 끊임없이 죄수들의 대열을 훑고 있었다. 하지만 안타깝게도 그녀는 슈나이더의 모습을 찾을 수가 없었다. 그녀의 눈앞에 불현듯 이런 생각이 떠올랐다. 예전에 그는 잘생긴 귀공자가 분명했다. 하지만 3년이 흘러 있었다. 3년간의 죄수 생활 속에 그녀의 게리는 말로 할 수 없는 고초를 당했을 게 뻔했다.

"이봐! 넌 누굴 면회하러 온 거야?"

검은 옷을 입고 있는 경찰이 대나무 작대기로 그녀를 가리키며 물었다. 당황한 루샤오녠은 자신이 죄수난에 썼던 남자의 이름을 까맣게 잊어버리고 말았다. 잠시 후 겨우 입을 연 그녀가 아무런 이름도 말하지 못하는 것을 보고 경찰이 그녀를 문 쪽으로 질질 끌고 간 후 대나무 작대기로 그녀의 등을 밀어냈다.

한 달이 눈 깜박할 사이에 흘러갔다. 속수무책으로 있던 루샤오녠은 우연한 기회를 통해 마침내 방법을 생각해 낼 수 있었다. 그날, 츠지 보건소 안의 환자가 세상을 뜨자 오후가 되어 시신을 운반하러 온 수레가 병원 뒷문 입구에 멈춰 서 있었다. 루샤오녠은 그때 우연히 두 명의 수레꾼이 나누는 이야기를 듣게 되었다. 그들은 미신 때문에 시체를 한밤중에만 실어 나르라는 타란챠오감옥의 일본인들에게 짜증을 내고 있었다. 그 시각은 통금시간이라 특수한 통행증이 필요했다. 그들의 대화를 유심히 듣고 있던 그녀는 티란챠오감옥에서 누군가 죽게 되면 이 두 사람이 그들을 운반한다는 사실을 알아냈다. 그녀는 수레꾼들에게 다음번 시체를 운반하게 될 때 자신을 꼭 좀 데려가 달라고 간청했다. 그녀가 간절히 애원하며 술을 사 주고 돈을 쥐어 주자 마침내 그들은 그녀가 시체를 담는 자루 속에 숨어 들어가는 것을 허락했다. 루샤오녠은 이미 확고하게 결심을 한 상태였다. 그녀는 요나스를 찾아가 슈나이더가 수감되어 있는 감옥의 정확한 위치를 물어본 후 자신의 생각을 마지막으로 바이루헤이에게 알렸다. 아울러 그녀는 바이루헤이에게 자신과 함께 가서 감옥 바깥에서 혹시 생길지 모르는 만일의 사태에 대비해 달라고 부탁했다.

다시 일주일이 지나면서 마침내 기회가 찾아왔다. 티란챠오감옥에서 3명의 죄수가 죽자 그날 밤 당장 시체를 베이얼카이루貝兒開路의 묘지로 운반하라는 명령이 떨어졌다. 사전에 만반의 준비를 마친 루샤오녠이 바이루헤이와 함께 수레꾼들의 지시대로 검은색 옷으로 갈아입은 후 밤이 되자 티란챠오감옥의 소운동장 후문 밖의 길가에 숨어서 그들과의 만남을 기다렸다.

두 사람은 수레를 따라 백여 미터를 걸어왔다. 갑자기 마차가 소리 없이 멈춰 섰다. 모두가 침묵한 가운데 마침내 때가 온 것을 알아차린 루샤오녠은 순간 당황하기 시작했다. 지금 이 순간이 되어서야 그녀는 생각하는 것과 그것을 실행에 옮기는 것이 얼마나 다른 것인지를 깨달았다. 그녀는 병사들의 조사가 두렵지는 않았지만 감옥으로 들어가기 위해 시체를 담는 자루 안에 들어가야 하고 나올 때는 시체들 속에 섞여 나와야 한다는 생각만으로도 목구멍이 탁 막히면서 입 안에서 흘러나온 많은 침을 아무리 삼키려 해도 삼킬 수가 없어졌다. 두 다리가 후들거리면서 한동안 그녀는 움직일 수조차 없었다.

수레를 모는 사람들은 여전히 아무 말도 아무런 움직임도 보이지 않았다. 그들은 그냥 그렇게 수레 위에 우두커니 앉아 있었다. 지금 그녀가 누구인지, 그녀가 보러 가려는 사람이 누구인지, 왜 그토록 죽음을 무릅쓴 채 빌어먹을 감옥 안으로 들어가려고 하는지와 같은 일은 관심 밖의 일임이 역력했다. 흐르는 세월 속에 허구한 날 시체를 나르는 일에 종사한 사람들은 이미 심장이 딱딱하게 굳은 상태로 돈을 받았기 때문에 그 돈과 맞먹는 고생과 위험을 감수하고 있을 뿐이었다. 아울러 그들의 행동은 소리 없는 외침처럼 보이기도 했다.

"흥! 아무래도 못하겠지? 여자의 몸으로 어떻게 그런 일을 하겠어? 내 진즉에 알아봤다고!"

바이루헤이가 조심스럽게 말을 꺼냈다.

"루샤오녠 씨 괜찮겠어요? 시간 다 됐어요! 지금 저 사람들이 기다리고 있는데……."

그는 곧 자신의 말을 후회했다. 그는 자신의 말 자체가 재촉을 하는 원래의 의미를 훨씬 벗어나 잔인한 의미를 지니고 있다고 생각했다. 그는 얼른 다시 말을 덧붙였다.

"차라리 이번에는 그냥 돌아가고 나중에 다른 방법을 생각해 봅시다!"

그의 말이 오히려 자극이 되었는지 루샤오녠은 위축됐던 마음이 어느새 사라지면서 마음이 가벼워지는 것을 느꼈다. 그녀가 나지막한 목소리로 말했다.

"아저씨! 미안하지만 저 좀 도와주세요! 그리고 바이루헤이! 당신은 위험하니 이제 그만 돌아가도록 해요!"

어금니를 악물고 수없이 많은 시체를 담았던 검은색 자루에 들어가려던 그녀는 그 자리에서 토할 뻔했다. 형용하기조차 힘든 역겨운 냄새에 그녀는 숨조차 쉴 수 없었고 머리가 쪼개질듯 아파 왔다. 수레꾼들의 당부대로 몸을 있는 힘껏 움추린 그녀는 자신의 몸 위에 무엇인가 덮을 것이 씌워지는 것을 느꼈다. 그것에서도 참으로 역겨운 냄새가 진동했다. 조심스럽게 고개를 움직여 코를 통해 숨을 쉴 수 있는 공간을 마련한 그녀는 그 순간 자신의 아래턱에 뭔가 딱딱한 게 와 닿는 것을 느꼈다. 그녀는 자신이 슈나이더에게 줄 우유사탕을 옷 안에 넣고 꿰맨 것이 생각났다. 그녀가 마음속으로 외쳤다.

'게리! 내 사랑! 기다려요. 내가 가요!'

모든 것은 순조로웠다. 수레가 티란챠오감옥의 후문을 지나자 사람들의 말소리가 희미하게 들려왔다. 당직을 하는 일본병사가 워낙 미신을 믿는 사람인지라 죽은 죄수들의 번호만 알려 준 후 수레꾼들에게 직접 감옥을 열고 들어가라고 시키면서 자신은 따각 따각 게다 끄는 소리를 내며 사라졌다. 수레꾼들이 서둘러 루샤오넨을 꺼낸 후 황급한 어조로 말했다.

"여기 이 문으로 들어가서 아래로 쭉 내려가면 되오! 절대로 큰 소리를 내서는 안 됩니다. 3분! 딱 3분이오! 그 후엔 입구 아래에 있는 계단에 바짝 기대서 우리를 기다리시오! 아가씨가 조금이라도 잘못하는 날에는 우리 모두 황천길이니 조심하시오!"

루샤오넨은 가파른 계단을 따라 내려갔다. 그녀는 마치 미끄럼틀을 타고 내려오는 것처럼 미끄러지듯 내려왔다. 그녀는 맨 마지막 칸 독방이라고 한 요나스의 말을 기억했다.

"게리! 게리!"

소리를 낮추어 그를 두 번 부른 그녀는 목 안이 얼얼하게 화끈거리는 것이 말을 이을 수조차 없었다. 그녀의 머릿속에 갑자기 최악의 순간이 연상되었다. 그때 어디서 부스럭거리는 소리가 들리더니 계단 위의 통로에서 어슴푸레하게 비쳐 오는 가스등을 타고 그녀의 눈에 사랑스러우면서도 이제는 낯설게 느껴지는 얼굴이 마치 꿈을 꾸듯 검은 쇠창살 뒤편으로 보였다. 그녀가 있는 힘껏 자제하면서도 비명을 지르듯 외쳤다.

"게리! 당신이에요? 정말 당신이에요?"

그녀가 힘껏 두 팔을 좁은 쇠창살 사이로 밀어 넣자 그녀의 소매가 쇠창살 밖으로 밀렸다. 그녀가 두 손으로 끝없는 애정과 안타까움을 실어 풀 더미처럼 덥수룩한 그의 긴 머리카락과 수염을 어루만졌다. 그녀에게 너무나 낯설고도 가장 친숙하고 사랑스러운 그의 모습이었다.

"당신, 살아 있었군요! 정말 다행이에요! 살아 있었어요! 그래요, 그래요! 바로 당신 맞아요! 내가 꿈에서 본 당신 분명해요! 정말이지 꿈속에서 얼마나 자주 당신을 봤는지 몰라요! 당신을 기다릴게요! 평생, 평생 당신만을 기다릴게요!"

그녀가 두서없이 정신 나간 사람처럼 중얼거렸다. 수년 동안 할 말을, 평생 할 말을 지금 이 순간 다 털어놓고 있는 듯했다.

"루샤오녠! 루샤오녠! 정말 당신이오? 오! 하느님!"

그가 놀라움과 기쁨이 교차하는 얼굴로 흥분하여 말했다.

"이렇게 위험한 곳에 도대체 어떻게 온 것이오?"

그가 걱정스럽게 그녀의 손을 흔들며 말했다.

"그동안 별일 없이 잘 지냈소?"

"그럼요! 전 잘 지냈어요! 당신은요? 저놈들이 당신을 마구 때리지는 않았나요? 분명 때렸죠?"

정신을 차린 그녀의 눈에서 눈물이 주르륵 흘러내렸다. 그녀가 다시 말을 이었다.

"전 잘 있어요! 루양, 비센돌프 할아버지, 요나스 선생님, 바이루헤이 씨 전부 다 잘 있어요. 그런데 일본 놈들이 격리수용소인 게토를 만들었어요!"

"여기서 요나스 씨를 본 적이 있어!"

"알고 있어요! 그분 덕분에 당신이 여기 있는지 알았어요! 일본 놈들이 패망할 날도 이제 머지않았어요!"

그녀는 불현듯 자신이 가져온 사탕이 생각났다.

"하마터면 깜박할 뻔했어요! 이건 사탕이에요! 우유사탕! 꼭 먹도록 해요!"

그녀가 떨리는 손으로 소매와 옷깃을 뜯어 사탕을 꺼낸 후 그에게 던져 주었다.

"얼른 잘 숨기도록 해요! 사탕껍질은 행여 저놈들에게 발각이라도 될까 봐 다 벗겨 버렸어요! 조금 더럽겠지만 꼭 먹도록 해요!"

머리 위로 덜커덩거리며 굴러오는 수레바퀴의 소리가 들렸다.

"이제 가야 해요! 내가 꼭 다시 보러 올게요. 그때까지 건강하게 잘 있어요!"

그녀는 갑자기 목이 메어 말을 이을 수 없었다.

"루샤오녠, 날 봐! 날 보고 좀 웃어 봐! 어서 좀 웃어 봐!"

그의 표정은 어느 순간 금세 짓궂게 변해 있었다. 너무나도 익숙한 표정이었다. 그날 밤 거리 위에서 헤어질 때도 그는 이렇게 웃으며 같은 말을 하지 않았던가?

"지금 또 울면 당신이 아직도 덜 자란 철부지 아이라는 걸 증명하는 거야!"

그가 일부러 분위기를 띄우며 말했다. 그와 동시에 그가 두 손을 창살 사이로 내밀었다. 다섯 손가락을 쫙 벌리고서 마주 오는 루샤오녠의 두 손과 깍지를 꼈다. 마치 그들이 서로를 끌어안고 입맞춤을 나누는 것처럼 두 사람의 손가락과 손가락이, 손바닥과 손바닥이 단단히 밀착되었다. 그때 루샤오녠은 그의 생명력과 용기가 뜨거운 열기와 함께 자신의 몸속으로 스며들고 있는 느낌을 받았다. 이어 루샤오녠은 게리 슈나이더의 눈을 뚫어지게 쳐다보며 환하게 웃어 보였다. 마침내 그녀가 나지막이 말했다.

"이제 정말 가야겠어요!"

29

루샤오녠은 평생 최대의 결심을 했다.

츠지 보건소에서 쑤베이지역 농촌에 파견하는 의료봉사단에 동참
하기로 한 것이다. 사실, 보건소에서는 이미 두 달 전에 그곳 농촌지
역에 의료봉사단을 한 번 파견했었다. 이번은 쑤베이지역에서 군사적
으로 패배한 일본침략군들이 잔인하고 야만적인 삼광정책(三光政策 :
모두 죽이고, 모두 태우고, 모두 빼앗는 정책)을 실시한 긴급 상황하에서 다시
지원활동을 전개한 것이었다. 비가 잦은 날씨에 환경까지 오염되어
수많은 마을에는 말라리아와 콜레라가 만연했다. 의료진의 약품이 부
족한 것을 안 천주교성심교단에서 상하이 적십자사에 구호약품을 거
듭 부탁하는 것 외에 루샤오녠 일행은 만일을 대비하여 많은 약초들
을 함께 준비했다. 이번 의료단은 6명씩 구성된 2개조로 나뉘어 활동
했다. 시골 마을들은 일본침략군의 횡포에 이미 황폐할 대로 황폐해
져 부녀자들만 있거나 사람이 거의 없는 곳은 아주 위험한 상태였다.

여장이라고 특별하게 준비할 것은 별로 없었다. 그녀가 준비할 유
일한 일은 동생 루양의 생활이었다. 보건소에서 맨 처음 의료봉사단

을 조직할 때 그녀는 이미 루양에게 자신의 뜻을 넌지시 비친 적이 있었지만 그녀의 의견은 곧바로 루양의 반대에 부딪혔다. 루양은 누나를 걱정하는 마음에서 반대했다. 지금 그녀는 이번에도 마음이 약해질 것을 걱정해 끝까지 루양에게 사실을 숨긴 후 때를 기다리다가 게토에 있는 비센돌프를 찾아갔다. 사실 그녀가 비센돌프에게 이 일을 언급한 것도 처음은 아니었다. 두 사람의 화두는 당연히 루양으로 돌아갔다. 그녀는 동생에게 줄 편지를 비센돌프에게 부탁하며 적당한 시기에 동생에게 건네 줄 것을 부탁했다. 비센돌프가 두 손으로 정중하게 그 편지를 받아 들었다.

"그 애가 잘못하는 일이 있으면 크게 꾸짖으실 필요 없으세요. 그냥 한두 마디만 해도 다 알아듣는 아이예요. 그리고 돈도 충분히 남겨 두었어요."

"알았다. 알았어. 루양은 가끔 여기에 와서 자도 된다. 여기 긴 소파도 준비되어 있지 않니? 게다가 이 늙은이도 아주 외롭고 쓸쓸하거든! 어쨌든 그 애는 한눈에 보일 정도로 아주 잘 성장하고 있어."

비센돌프가 루샤오녠을 배웅하러 나왔다.

"녀석이 크긴 확실히 컸어! 꼭 대나무가 크는 것처럼 한밤중에도 쭉쭉 크는 소리가 들릴 지경이라니까!"

루샤오녠이 걸음을 늦추며 마음이 놓이는 듯 웃었다.

"글쎄 그 애가 뭐라고 했는 줄 아세요? 석 달 전에는 글쎄 진지한 표정으로 제게 자기 방으로 들어올 때 꼭 노크를 해 달라고 하지 뭐예요!"

루샤오녠을 쳐다보던 비센돌프는 그녀의 말투에서 어머니가 아들에 대해 말할 때나 가질 수 있는 자부심과 뿌듯함이 묻어나는 것을 느꼈다. 하지만 그녀 역시 이제 갓 스무한 살의 어린 아가씨였다.

"혹시 제가 감옥에 있는 슈나이더를 만나고 와서 자극을 받아 현실로부터 도망을 쳐서 마음을 좀 달래려고 한다거나 아니면 그 반대로 한순간에 극단진보주의자가 되었다고 생각하실 수도 있어요!"

그녀는 비센돌프의 생각을 꿰뚫어 보고 있는 듯했다.

"하지만 그런 것은 절대 아니에요! 다만 전 지하 감옥에 있는 그를 보며 용기가 어떤 것인지를 알았어요. 용기란 단순히 성격이나 의지로 가질 수 있는 게 아니라 생활을 영위하는 태도라는 것을 알았어요. 그래서 용기는 아주 강하면서도 아주 부드러운 존재인가 봐요. 이제 루양도 컸으니 저도 안심하고 제 일을 할 수 있겠어요!"

비센돌프가 말했다.

"네가 꼭 루양의 어머니라도 되는 것처럼 말하는구나!"

"중국에 '어머니가 안 계실 때는 누가가 바로 어머니다' 라는 말이 있는 것 아세요?"

"너도 네가 그렇다고 느끼느냐?"

그녀가 웃음을 터트리며 말했다

"물론이죠! 가끔은 제가 이미 마흔 살이나 된 나이 든 아줌마 같다니까요!"

"그럼, 루양도 그렇게 생각하느냐?"

"루양이 절 나이 든 파파할머니로 생각하느냐고 묻는 말씀이세요?"

비센돌프도 함께 웃음을 터트리며 말했다.

"하하! 내 말은 루양도 널 어머니처럼 생각하고 있느냐는 얘기야!"

"아마 그럴걸요! 하지만 겉으로는 아무 내색도 하지 않아요. 그 애는 자기가 하루빨리 자라서 모든 일에 노련해지길 간절히 바라는 것 같아요. 그래서 가끔 맘 먹은 대로 안 되면 신경질을 부리면서 제멋대로 굴곤 하는거죠, 뭐!"

이어 그들은 음악에 대해 이야기하기 시작했다.

"루양의 연주 솜씨는 일류 무대에서 독주를 해도 될 만큼 아주 훌륭하단다. 난 언젠가 객석에 앉아 그 애의 연주회를 볼 수 있기를 간절히 바라고 있어. 수많은 청중들 앞에서 연주를 하는 느낌은 정말 색다르거든……. 훌륭한 연주가들은 마치 기독교 신자들이 마지막에 세례를 받듯 일류 무대에서의 연주 경험을 통해서만 성숙해질 수 있단다."

"저도 어렸을 적에 예배당에 간 적이 있어요! 할아버지! 성가대의 성가곡은 참 듣기 좋았던 것 같아요!"

"그렇지! 그래! 그건 또 별개의 문제란다. 사실 루양도 성가를 좀 들어 봐야 해. 아마 음악을 느끼는 데 있어 중요한 역할을 해 줄 거야!"

대화를 나누는 사이 어느새 철조망이 쳐진 후이산루까지 걸어왔다. 비센돌프가 말했다.

"더 이상은 바래다 줄 수가 없구나."

"할아버지! 할아버지도 몸조심하세요."

그녀는 만감이 교차하고 있는 자심의 마음을 씻어 내기 위해 웃어 보려고 했지만, 바로 그런 이유때문인지 그녀의 웃음 속에는 신중함이 묻어났다. 그녀의 마음을 잘 알고 있는 비센돌프가 말했다.

"네 마음 씀씀이를 보니 네가 전보다 많이 성숙했다는 것을 알겠구나."

루샤오녠이 말했다.

"사람이 성숙해지는 것은 마치 높이뛰기를 하는 것과 같은 이치인 것 같아요. 이런저런 일을 겪다 일순간에 모든 것을 이해하게 되는 것 같아요."

그녀는 이미 멀리 걸어왔지만 비센돌프가 아직도 그 자리에 서 있으리라는 것을 확신할 수 있었다. 그녀가 고개를 돌려 쳐다보았을 때 그녀의 예상처럼 그는 게토의 철조망 뒤에 그대로 서 있었다. 그녀가 걸음을 멈춰 선 것을 보고 그가 먼발치서 안심하고 가라는 의미가 담긴 손을 흔들어 보였다.

이제 비센돌프에게 남겨진 것은 루양에게 어떤 방식을 통해 누나의 일을 알리면 좋을까를 고민하는 것이었다. 루양에게 별 문제가 있을까 하고 생각하였지만 그는 방금 전 루샤오녠이 말한 '어머니가 없으면 누이가 어머니 노릇을 한다'는 말을 떠올리며 자신이 무대 위에서 관중을 사로잡는 연주자이면서도 이런 쪽으로는 참 서투르다는 생각을 했다. 한참 후에 그는 모차르트가 어머니의 죽음을 몇 차례의 편지를 통해 아버지에게 천천히 알림으로써 마음의 준비를 할 시간을 주었던 것을 생각했다. 그리고 그 방법을 쓰기로 결심했다. 오후, 루양이 시간에 맞추어 레슨을 받으러 왔다. 비센돌프가 물었다.

"오늘 바깥 날씨가 좋으냐?"

루양이 손에 들고 있던 바이올린을 의자 위에 내려놓으며 대답했다.

"예! 정말 화창한 날씨예요!"

"그럼 거리에 사람들이 많이 나와 있겠구나! 오늘은 내가 널 데리고 아주 재미있는 곳에 좀 가고 싶구나."

"그럼 당장 루프가든으로 가요!"

"아하! 거기는 레슨을 다 한 다음에 가도록 하자꾸나!"

비센돌프는 루양을 데리고 대서소로 갔다. 그곳은 사람들에게 전문적으로 문서 대필을 해 주는 곳이었다. 작은 가게 안에는 긴 장삼에 돋보기를 쓴 남자가 일 년 내내 그곳에만 줄기차게 앉아 있었던 사람처럼 딱딱한 나무 의자에 앉아 있었다. 그의 업무는 사람들에게 편지를 대신 써 주거나 청첩장과 부고장을 쓰는 등 문자를 사용하는 모든 일을 대신하는 것이었다. 일이 없을 때 그는 자신의 서체를 만드는 일을 했다. 아주 우연한 기회에 이곳을 알게 된 비센돌프는 이미 이곳에 몇 차례나 들렀었다. 매번 이곳에 올 때마다 그는 이곳 주인이 글자를 쓰는 모습을 아주 흥미롭게 지켜보았다. 비센돌프는 주인이 붓을 움직일 때 팔뚝에서 손가락으로 전해지는 힘의 조절방법이 바이올린에서 활을 이용하는 방법과 상당히 유사하다는 점을 발견하고 깊은 관심을 기울이게 되었지만 언어의 장벽 때문에 서로 교제할 방도가 없었다. 비센돌프가 루양에게 손가락으로 가장자리에 걸린 종이를 가리키며 말했다.

"저분에게 저기 저 크기와 글의 모양대로 글을 좀 써 달라고 하거라."

글자가 쓰여진 종이들은 마치 빨랫대에 걸려 있는 옷처럼 밧줄 위에 작은 나무집게로 집힌 채 공중에 매달려 있었다. 주인이 대답을 한 후 루양이 비센돌프에게 전했다.

"주인이 그러는데 저기 저 글자체는 '초서'로, 보기에는 아주 빠르게 쓴 것처럼 보이지만 실제로는 아주 천천히 쓰는 글자라 쓰기가 훨씬 어렵대요. 초서를 잘 쓰려면 전신의 힘을 모두 사용해야 한다며 5위안을 달라고 하는데요!"

비센돌프가 주머니에서 5위안을 꺼내 루양에게 주며 그에게 당부의 말을 했다.

"저분이 글을 쓰는 동안 넌 바이올린을 켤 때 활의 움직임을 연상하며 저분 오른손의 움직임을 주의 깊게 살펴보거라. 사실 난 이곳에 이미 여러 차례 왔었단다. 저길 보거라. 손목과 팔꿈치가 모두 허공에 떠 있는 상태에서 주인이 힘을 주는 지점이 어디 있느냐? 만약 붓끝에 모든 힘을 주고 있다면 글을 절대 자유롭게 쓰지 못할 것이다. 그것은 마치 우리가 활을 운용할 때 활이 현을 누르는 힘의 크기에 따라 음량

이 나오는 게 아닌 것과 마찬가지인 이치이다. 또한 내가 너에게 활을 잇고 끊는 연주법을 가르칠 때 첫 번째 음의 시작이 확실해야만 한다고 하지 않았더냐? 이제 저분이 글자를 쓸 때 한 획의 시작을 어떻게 하는지 잘 지켜보도록 하거라."

잠시 주인을 지켜보던 비센돌프가 다시 입을 열었다.

"이제 저분께 글을 다 쓴 후의 느낌이 어떠한지를 여쭤보도록 하거라."

서법에 대한 이야기가 나오자 노주인의 목소리가 격앙되면서 손짓 발짓까지 섞인 장황한 말이 이어졌다. 잠시 생각에 잠겨 있던 루양이 말했다.

"들어도 무슨 말인지 잘 모르겠지만 대충 이런 뜻인 것 같아요. 우선 기공을 하듯 호흡을 가다듬고 마음을 차분하게 진정시켜야 한대요. 그런 후에 허리와 척추에 힘을 주며, 태극권을 할 때처럼 모든 주의력을 붓끝에 모으는 게 특히 중요하대요."

루양의 통역이 잘못된 것인지 아니면 비센돌프가 제대로 이해를 하지 못했는지 한참을 생각에 잠겨 있던 비센돌프가 중얼거리듯 말했다.

"정말 신비해! 아주 심오해!"

몇 분의 시간 동안 글자가 모두 완성되었다. 하지만 아직 먹물이 마르지 않은 상태였다. 비센돌프는 노주인에게 그 종이를 허공에 걸린 밧줄에 매달아 놓을 것을 부탁하며 내일 찾으러 오겠다고 말했다. 두 사람이 막 가게를 나가려는 순간 노주인이 루양에게 이야기를 했다. 루양이 웃으며 말했다.

"할아버지! 할아버지가 여기 이미 여러 번 다녀가신 것을 안대요. 만약 자기에게 서법을 배우시고 싶다면 가르쳐 주시겠대요! 그것도 절반 값에 가르쳐 주신대요!"

비센돌프가 노주인의 제안을 웃으며 사양한 후 루양과 함께 대서소에서 나와 골목을 따라 큰길을 향해 걸어갔다. 이 골목은 집을 지을 때 얼떨결에 작은 틈새를 남겨 둔 것처럼 좁디좁았다. 1층에 점포가 있고 2층 위에는 나무판자를 덧대어 붙여 만든 살림집들이 들어서 있었다. 종려색으로 칠해진 외부는 오랜 세월과 비바람으로 색이 바래 있었으며 뒤틀어진 나무판자의 틈새에는 흙 때와 물 얼룩이 잔뜩 묻어 있었다. 집집마다 창문에는 긴 대나무를 이용하여 만국기가 휘날리고 있는 것처럼 빨래를 널어놓고 있었다. 좁은 골목을 가득 메우고 있는 비누 냄새가 코를 자극했다. 몇 걸음을 더 옮기자 이내 밝은 대로가 나타났다. 비센돌프가 말했다.

"정말 재미있어! 기공이나 태극권에 대해 아는 게 없긴 하지만 그 노인이 말한 것은 모두 육체적 힘이 아니라 육체 내부의 힘을 끌어올려 사용한다는 말일 거야. 사실 그분이 말한 방법이 바로 우리가 바이올린을 켜는 방법이기도 하지. 아니 그게 더 고명한 방법인 것 같구나!"

루양이 말했다.

"기공이나 태극권 같은 것은 연세가 많은 분들만 하는 것 같아요! 아버지가 살아 계셨을 때 몰래 쿵후를 배운 적 있어요. 그건 루샤오녠 누나도 모를걸요!"

루양의 한마디가 이내 비센돌프의 고민을 되살려 냈다. 루샤오녠이 상하이를 떠난다는 것을 조금씩 가르쳐 주려던 그의 생각이 일순간에 뒤엉켜 버리고 말았다. 그는 원래 누나가 보건소 일로 며칠 출장을 갔으니 오늘 밤 자기네 집에서 자고 가라는 말을 할 생각이었지만 그런 말들은 지금 그의 머릿속에서 완전히 지워져 있었다.

"루양…… 내가 너에게 꼭 해 줄 말이 있구나."

그가 말을 꺼내기 무섭게 두 사람 모두 숙연해졌다. 루양이 걸음을 멈추고 서서 말했다.

"할아버지! 뭔가 심상치 않은 일 같은데 도대체 무슨 일이세요? 혹시 누나가 제게 뭔가 속인 게 있는 거 아니에요? 요 며칠 어딘가 모르게 이상했거든요. 오늘 아침에 누나가 할아버지를 찾아왔었나요?"

순간 말문이 막혀 버린 비센돌프는 곧 루양에게 루프가든으로 가자고 말했다. 바이라오후이영화관을 지나 건물 꼭대기로 올라간 두 사람은 조용한 구석에 자리를 잡고 앉았다. 비센돌프가 루샤오녠의 편지를 전해 준 후 이번 일의 자초지종을 이야기했다.

"이제 편지를 읽어 보거라."

"안 봐도 뭐라고 썼는지 알 것 같아요."

한동안 손에 편지를 들고 뚫어지게 바라보던 루양은 편지를 뜯지 않고 조심스럽게 반으로 접었다. 접혀진 편지 안쪽 부분으로 생겨난 주름 자국이 마치 많은 풍상을 겪은 모습처럼 보였다. 잠시 후 그가 다시 편지를 잘 펴서 편지 위로 '나의 동생 루양에게' 라고 쓰인 글을 보다 다시 편지를 잘 접어 상의 윗주머니에 집어넣었다.

"누나는 무엇 때문에 일을 이렇게 복잡하게 만드는 걸까요?"

루양의 말을 들으며 비센돌프는 갑자기 이 순간 자신이 대면하고 있는 사람이 어린아이가 아니라 조숙한 청년처럼 느껴졌다. 하지만 반짝이는 햇살이 그려 내는 루양의 단아한 눈썹과 입매를 보며 비센돌프는 자신의 마음이 한결 가벼워지는 것을 느꼈다. 루양이 말했다.

"나룻배를 타고 간다고 했죠?"

"우선 나룻배를 타고 황푸강 맞은편의 루쟈쭈이^{陸家嘴}에서 모인다고 했는데……."

자신의 중국어 발음을 자신할 수 없던 비센돌프가 주머니에서 쪽지 한 장을 꺼내었다.

"그래! 루쟈쮀이가 맞구나!"

그가 다시 쪽지를 접어 넣은 후 말을 이었다.

"그러고 나서 다시 화물선을 타고 작은 마을에 도착하면 마차가 마중을 나와 있을 거라고 했어! 그 나중의 일은 그 마을에 런아이후이仁愛會라는 천주교 교회에서 다 알아서 한다고 하더라."

"배가 몇 시쯤 떠난다고 했어요?"

"4시 15분에 출발한다고 했다. 그런데 지금 이미 4시 30분이로구나."

"할아버지! 누나를 배웅하고 올 테니 여기서 잠시만 기다려 주세요!"

루양이 달려 나가기 무섭게 영화관 계단이 미친 듯이 흔들렸다. 인파 사이를 비집고 달려가다 넓은 길이 나오자 그는 순찰을 돌던 일본 병사들이 걸음을 멈추고 돌아볼 정도로 쏜살같이 달리기 시작했다. 루양은 게토를 나가 쑤저우강을 따라서 빠르게 달려갔다. 가든 브리지에 이르자 그가 순식간에 다리를 뛰어넘어 전차가 다니는 길 위로 힘껏 달렸다. 막바지에 다다르자 다리에서 뛰어내려 좌회전을 한 후 다시 이삼백 미터 정도를 뛰자 황푸강 와이탄의 최북단이 나왔다. 남매의 아버지가 일본인의 손에 암살을 당한 곳이기도 했다. 다리를 경계하고 나선 일본군 초소에서 안전을 위해 2년 전 부근의 모든 나무를 잘라 낸 탓에 예전에 빽빽하게 들어 차 있던 관목들은 사라지고 보이지 않았다. 깊은 밤을 밝히는 탐조등探照燈과 이른 새벽까지의 통행금지 때문에 루양 남매는 더 이상 이곳에서 '이날'을 연주하며 돌아가신 아버지를 추도할 수 없었다.

햇살이 비스듬히 쏟아지자 황푸강의 서안이 고층빌딩의 그림자 속에 파묻혔다. 그와 대조적으로 강 맞은편은 오히려 모든 것이 환하게 드러났다. 루양이 루쟈쮀이의 방향을 바라보자 석탄을 가득 실은 거룻배 한 척이 막 부두를 떠나는 것이 보였다. 갑판 위에 바리바리 실어 올린 석탄 더미 때문에 원래 조그마했던 뱃머리와 기관실이 훨씬 더 작게 보였다. 그는 누나가 같은 조의 다섯 사람과 더불어 저 배의 객실 내에 끼어 타고 있을 것이라고 생각했다. 흘수(吃水 : 배가 물 위에 떠 있을 때 물에 잠겨 있는 부분의 깊이)가 아주 깊은 배는 마침 쿠르릉거리는 소리를 내고 있었다. 뱃전에서 요란한 소리를 내고 있는 반원형의 뚜 껑 밑으로 강물이 마치 허공에서 이별을 고하는 손수건이나 스카프가 흩날리듯이 규칙적으로 흰 파도를 만들면서 선미로 밀려가는 것을 보 고 루양은 터빈(물·가스·증기 등의 유체가 가지는 에너지를 유용한 기계적 일로 변환시키는 기계)의 추진기가 힘차게 돌아가며 물을 뒤쪽으로 밀어낼 때 나는 소리라고 생각했다. 이어 거룻배에서 긴 기적을 뿜어냈다. 순간 루양은 갑자기 자신이 너무나도 부끄럽게 느껴졌다. 그것은 바로 누 나와 비센돌프가 약속이나 한 듯 우회적인 방법으로 이런 일을 알린 다는 것 자체가 그들이 자신을 어떻게 생각하는지와 자신에 대한 걱 정이 얼마나 많은지를 설명해 주고 있었기 때문이었다. 루양이 자기 자신에게 외쳤다.

"이봐! 루양! 어서 어서 자라도록 해! 정말 이제는 어른이 돼야겠다!"

30

　1944년 말부터 1945년 봄까지 유태인 격리지역인 게토에서의 생활은 기아와 추위가 기승을 부리는 시간의 연속이었다. 기아와 전염병은 마치 사정없이 불어 대는 바람처럼 이 골목에서 저 골목으로 거침없이 누비고 다녔다. 체면을 생각할 여력조차 잃은 사람들이 혹한을 견뎌 내기 위해 구멍을 뚫은 마대를 겨울 코트 삼아 몸에 걸치고 다니는 모습도 자주 눈에 띄었다. 상하이 스타일의 모자며 손가락이 없는 벙어리장갑은 일찌감치 유태인의 일상적인 차림이 되었다. 또 쓰레기더미가 쌓여 있는 곳에서는 난민수용소 뒷마당에서 오줌싸기 내기를 했었던 아이들을 쉽게 발견할 수 있었다. 다른 게 있다면 그들은 모두 이미 어른이 되었고, 본토인과 다름없이 상하이말을 아주 유창하게 구사한다는 것뿐이었다. 많은 사랑방과 점포의 뒷채에는 현지인들과 함께 노동을 하는 유태인노동자들이 있었다. 그들은 연자를 돌려 두부를 만드는 일부터 시작해서 염색공장에서 천을 염색하는 일까지 모두 했다. 상하이말을 할 줄 알게 된 유태인들이 점점 더 많아지면서 유태인 여성들과 상하이 여성들이 함께 마작을 하고 있거나 왁자지껄하게 가정사를 나누고 있는 모습, 또 큰 소리로 길가의 노점상들과 흥정을 하고 있는 광경들이 종종 눈에 띄곤 했다.

이렇듯 게토의 빈곤하면서도 조용한 생활은 총성이 끊이지 않는 세상과는 대조적인 이채로움을 보이고 있었다. 매일 저녁, 등화관제가 시작된 후에는 사람들은 몰래 함께 모여 앉아 단파라디오에서 흘러나오는 동서양전쟁의 연합군 소식에 귀를 기울였다. 이때 멀리서 전해온 미공군 비호부대가 홍커우지역의 일본군 시설을 폭파시켰다는 소식은 상하이에도 조만간 좋은 소식이 생길 것이라는 것을 암시했다.

매일 단파라디오에서 흘러나오는 뉴스가 끝나고 나면 사람들은 서로가 서로에게 축하를 전하면서 한참 동안 이야기꽃을 피웠다. 최근 전해진 소식에 따르면, 일본인들이 중국과 미군이 상하이에서 공격해올 것을 막기 위해 양쯔강의 상류 입구부터 황푸강을 끼고 상하이 일대의 강변을 따라서 대포발사대를 구축해 놓았다고 했다.

이러한 소식들은 즉각 프랑스조차지 안에 위치한 레코드가게에서 일했던 홀츠를 통해 사실임이 증명되었다. 딸의 병을 고치기 위해 많은 돈을 사용한 홀츠의 살림은 날로 궁핍해져만 갔다. 줄곧 부두에서 화물 운반공으로 일을 해 오다 최근 강가 대포발사대의 공사장에서 돌을 운반하는 일을 하고 있는 홀츠가 어느 날 오후에 발생했던 일에 대해서 말해 주었다. 오후 세 시 일본인 감독과 보안요원들이 갑자기 사람들을 한쪽으로 몰아 놓은 후 땅 위에 무릎을 꿇은 채 고개도 들지 못하게 했다. 그리고 얼마 후 동쪽 라오바이후이老百匯 큰길 쪽에서 들어온 군용차부대가 수심이 깊은 쪽으로 나 있는 잔도栈道변에 멈춰 섰다. 차량의 행렬 가운데 앞쪽 차량은 부상병과 전사한 군인들의 유골함을 운송하고 있었고 뒤쪽 트럭은 상하이에 사는 일본 교포인 민병보안대를 태우고 있었다. 잠시 후, 조촐한 망령송별의식이 거행되었다. 흰 천에 쌓인 유골함을 흰 장갑을 낀 의장병이 흰 천으로 목에 걸고 두 손으로 가슴 앞까지 받쳐 들고 있었다. 이어 의장대의 열병(列兵 : 우리나라로 치면 일등병~이등병 정도)이 나와 빠른 걸음으로 망령들을 증기선으로 옮겨 놓았다. 부상병과 유골로 가득 찬 증기선이 부두를 떠나던 찰나, 기슭 위에 있던 일본교민들로 이루어진 민병대원들이 손에 들고 있던 작은 국기를 흔들었다. 국기를 흔들며 눈물을 흘리고 있는 그들은 모두 입을 모아 일본의 국가인 기미가요를 부르고 있었다.

비센돌프는 잠들기 전에 책 읽는 습관이 있었다. 이 시각, 그는 침대에 기대어 『19세기 문화예술계 명사의 서신집』이라는 제목의 정장본을 아주 흥미진진하게 읽고 있었다. 이 책은 그가 길거리 노점상에서 사 온 것으로 책을 팔던 사람은 학식 있고 기품이 있어 보이는 유태인 남자였다. 그는 자신이 배운 전문지식으로는 상하이에서 적당한 일자리를 찾지 못해서 책을 파는 일로 생계를 유지하고 있는 게 분명했다.

그는 이 책 속의 서신 몇 통을 읽고 나서 벅찬 감동을 느꼈다. 편지한 통은 오스트리아의 작곡가인 슈베르트가 프란시스 황제에게 보내는 구직서였다. 이 편지의 마지막에는 다음과 같은 글이 쓰여 있었다. '이것은 프란츠 슈베르트가 죽기 2년 전에 오스트리아 프란시스 2세 황제에게 보낸 구직서이다. 그러나 아무런 답신을 받지 못했다.' 편지의 내용은 다음과 같았다. '소신 슈베르트는 무한한 공경과 겸손함으로 폐하께서 성은을 내려 주시길 간청하오니, 궁정 부악장의 공석을 소신에게 하사해 주시길 바랍니다.' 이어서 그는 자신의 영문 이력서를 첨부해 놓았다. 그 편지에는 그가 또 일찍이 이미 작고한 저명한 음악가이자 궁정 악장이었던 살리에르에게 작곡의 전 과정을 배운 적이 있다고 쓰고 있었다. 비센돌프는 베토벤의 스승이었던 살리에르가 슈베르트의 스승이기도 했다는 사실을 모르고 있었다. 이 편지는 그에게 의외의 지식을 늘려 주었다. 책 속에는 또한 작곡가 바그너가 그의 친구인 화인스타인 남작에게 도움을 청하는 서신도 수록되어 있었다. 이 편지를 읽던 비센돌프는 웃음을 참을 수가 없었다. 이 편지에서 바그너는 자신에게 필요한 금액을 열거했을뿐만 아니라, 남작에게 돈을 마련하는 방법까지 일러 주고 있었다. 심지어 다음과 같은 말도 있었다. '이것이 바로 당신의 성의를 가늠하는 방법이 될 것이오.' 비센돌프는 바그너가 이때 돈을 빌렸는지 그 결과가 궁금하기도 하고 또 화인스타인 남작의 답신이 어떤 내용이었는지를 알고 싶었으나 이 작은 책 속에는 그런 언급이 없었다.

그가 마침 이런저런 생각을 하고 있는데 갑자기 허리 쪽이 가렵기 시작했다. 몸을 굽혀 살펴보니 침대 시트 위에 그의 피를 배불리 빨아 먹고 나서 막 도망가려고 하고 있던 벌레가 보였다. 게토에 이사 온 후로 쥐를 비롯한 바퀴벌레와 각종 벌레들은 골치 아픈 문제였다. 비센돌프는 사방에 휘발유를 뿌려 두면 효과를 볼 수 있다는 이의 말에 따라 휘발유를 뿌렸지만 하루 종일 고약한 냄새로 인한 두통에 시달리다 결국 포기하고 말았다. 그러나 이때 비센돌프의 마음은 다른 곳에 있었다. 그는 가려운 데를 긁으면서 감회에 젖어 생각했다.

'성격이 참 달라도 너무 다르군. 똑같이 빈곤한 상황에서도 이에 대처하는 방식이 이렇게 다르다는 게 정말 흥미로운걸.'

책을 덮은 그는 루양이 내일 수업하러 올 것을 떠올리고는, 그에게 이 흥미로운 책에 대한 얘기를 꼭 해 주어야겠다고 생각했다.

'아! 루양이 바흐의 6번곡인 무반주 바이올린 협주곡을 연습하기 시작했을 거야.'

비센돌프는 기대에 차서 흐뭇한 생각에 빠져들었다. 왜냐하면 이

곡은 바이올린 곡 중에서 가장 어려운 작품이었기 때문이다. 그는 이미 한 달 전부터 루양에게 우선 몇 번이고 반복해서 악보를 읽어 보라고 당부했었다. 2주 전에 수업을 하고 난 후에 그들은 곧 시작하게 될 이 새로운 과목에 대해서 얘기를 나누었었다. 루양이 말했다.

"정말 빨리 시작하고 싶어요!"

"악보를 이미 모두 읽어 본 게 틀림없나 보구나!"

자신의 물음에 루양이 고개를 끄덕이자 비센돌프가 다시 말했다.

"그렇다면, 모두 이해는 했느냐?"

다시 고개를 끄덕이는 루양의 표정에는 주저하는 기미가 역력했다.

"그렇지만, 할아버지! 저는 이미 연습을 시작했어요."

"그건 아주 잘한 일이구나. 먼저 한번 해 보고 나서 다시 얘기해 보면 그 느낌을 제대로 알 수 있을 거야. 그렇지만 먼저 트릴(꾸밈음)을 사용하지 않아야 한다는 것을 기억하거라. 즉, 유현을 먼저 파악하고 되도록이면 트릴을 사용하지 않아야 한다. 정확하고 빈틈없이 연주해야 한다. 지금은 아마 무슨 소리인지 이해가 잘 안 되겠지만, 나는 네가 우선은 내 요구대로 해 주었으면 좋겠구나."

비센돌프가 말을 마친 후 감개무량한 듯 자리에서 일어났다.

"네가 벌써 바흐의 작품을 연습하게 되다니 시간이 정말 빨리 지나갔구나! 너는 이제 아주 새로운 연주 영역을 경험하게 될 것이다!"

비센돌프가 자신도 모르게 아주 두꺼운 악보를 만지작거리자 루양이 말했다.

"이 6번 협주곡을 읽을 때면 저는 꼭 『성경』을 읽고 있는 것 같은 생각이 들어요!"

비센돌프는 아주 만족스러운 표정을 드러내며 대답했다.

"그래 그렇지! 사람들은 모두 바흐의 6번 협주곡을 바이올린으로 연주하는 『성경』이라고 말한다. 아울러 바흐의 6번 첼로 무반주 협주곡은 첼로가 연주하는 『성경』인 셈이지. 그렇지! 월터 요나스가 이 곡을 아주 잘 연주하지!"

그러나 곧이어 그의 표정에 장난기가 드러났다.

"그렇다면 너는 『성경』을 읽어 본 적이 있느냐?"

루양은 조금은 쑥스러운 듯이 고개를 흔들었다.

"그런데 어떻게 그런 느낌을 갖게 되었지?"

"그건…… 제가 악보를 읽을 때, 이 소리들이 마치 천상에서 내려오는 것과 같은 느낌을 받았거든요."

"대단하구나. 그 느낌을 꼭 기억하도록 해라. 물론 느낌만으로는 부족하다. 반드시 『성경』을 읽어 보도록 해라. 성경을 읽지 않으면 너는 유럽의 클래식 악곡을 제대로 연주해 낼 수가 없을 거야. 낭만파 이후는 그래도 괜찮겠지만 그 이전 것은 절대 쉽지 않을 거다. 알겠니?"

그러나 지난주 루양이 수업을 하러 오지 않은 탓에 그들은 예전에 약속했던 새로운 수업을 진행하지 못했다. 비센돌프는 조금 이상한 생각이 들었지만 곧바로 생각을 바꾸었다. 그는 여름방학을 앞두고 수업이 빡빡하기도 했고, 아마도 지금 집에서 바흐의 바이올린 『성경』을 아주 열심히 연습해서 자신을 깜짝 놀라게 해 줄 요량으로 그런 것이라고 생각했다.

그 이튿날, 오후 티타임이 되었을 때 요나스가 술 한 병을 가지고 왔다. 저녁 때까지 루양이 연속으로 두 번이나 수업에 오지 않자 마음이 초조해지기 시작한 비센돌프는 요나스에게 파오젠지아로 가서 도대체 어떻게 된 것인지를 알아보고 오게 했다. 1시간 후에 땀에 흠뻑 젖은 요나스가 루양네 집의 문과 창문에 출입금지를 알리는 종이가 붙어 있다는 불안한 소식을 가지고 돌아왔다. 루양에게 무슨 변고가 생긴 게 분명했다.

비셴돌프의 가슴이 방망이질하기 시작했다. 황급히 요나스를 다시 보내 상황을 자세히 파악해 오라고 부탁했다. 며칠 전 루양은 큰길에서 공교롭게도 전사한 병사들의 유골을 본국으로 이송시키는 일본군 용차량과 맞닥뜨리게 되었다. 길을 지나던 모든 사람들은 명령에 따라 무릎을 꿇고 묵념을 해야 했는데 루양은 무릎을 꿇기는커녕 오히려 외진 골목으로 몰래 도망을 치다가 재수 없게도 평상복을 입은 일본인 형사와 부딪히는 바람에 잡히고 말았다.

이날 비셴돌프는 황망하고 불안한 가운데 남은 시간들을 보내야 했다. 밤 10시가 다 되면서 거리의 행인들이 마치 서로 약속이라도 한 듯이 갑작스럽게 자취를 감추었고, 곳곳의 가로등도 모두 꺼져 버렸지만 라오바이후이 거리의 가로등은 아직까지 멀리서 불을 밝히고 있었다. 문을 박차고 나와서 인력거를 불러 탄 비셴돌프가 어둠을 헤치며 파오젠지아를 향해 달렸다. 게토의 입구에 다다랐을 때, 근무를 서고 있던 관리대원이 그를 알아 보고는 예의를 갖추어 통행증을 제시하라고 말했지만 비셴돌프의 강경한 태도에 못 이겨 그를 그냥 보내주고 말았다.

인력거가 성성 소리를 내며 달빛이 쏟아지는 거리를 뒤로한 채 내달리기 시작했다. 머리를 앞쪽으로 바짝 당겨 앉은 인력거꾼의 찢어진 셔츠가 바람을 타고 공중에 휘날리며 시큼한 땀 냄새를 풍기는 모습은 마치 날갯짓을 하고 있는 큰 새와 같았다. 비셴돌프의 마음은 벌써부터 파오젠지아에 도착해 있었다. 루양의 행방을 찾아야 한다는 마음으로 다급한 루셴돌프가 생각하는 최악의 시나리오는 루양이 일본군에 붙잡혀 간 것이었다. 그렇다면, 그는 도대체 어디에 있단 말인가? 살아 있는 거야? 아니면 죽었단 말인가?

마침내 인력거가 집 앞에 멈춰 섰다. 사방에 짙게 깔린 어둠 속에서 문과 창문 위에 교차되어 붙어 있는 종이가 그의 눈에 들어왔다. 비센돌프는 급히 돈을 지불하고는 긴장된 기분으로 계단으로 다가가면서도 도대체 누구에게 그의 행방을 물어야 하는지 알 수 없었다.

'집 안은 또 어떤 모양일까? 혹시 온통 부서져 있거나 뭔가 압류가 되지는 않았을까?'

그는 불안한 마음에 이런저런 생각을 떠올렸다. 그는 지금도 이 집 열쇠를 가지고 있었을 뿐만 아니라 만일을 대비해서 늘 몸에 지니고 다녔었다. 지금 당장 들어가서 둘러보아야 할까? 그가 주저하고 있는 사이 그의 뒤에서 무슨 소리가 나는가 싶어 고개를 돌려 보니 왼쪽과 오른쪽에서 검은 옷을 입은 남자 두 명이 걸어오고 있는 게 보였다. 비센돌프는 즉각 그들이 누군지 알아차렸다. 바로 4년 전에 공공조차지에서 슈나이더의 라디오 프로그램에 참가한 후 집에 돌아오는 길에 자신을 잡아갔던 두 사람이었다.

31

새벽 무렵, 감옥 높이 나 있는 철창 사이로 들어온 햇살이 비센돌프의 눈을 찌르며 잠을 깨웠다. 나이가 들면 깊은 잠을 이루기 힘든데도 어제는 하루 종일 바쁘게 보낸 탓인지 감옥의 차갑고 습한 벽에 기대서도 깊은 잠을 잤다. 그의 어깨와 등은 무감각하게 느껴질 만큼 차가워져 있었지만 머릿속은 오히려 더 맑아진 기분이었다. 그는 어제 연이어 일어난 소동을 생각하며 눈을 가늘게 뜨고 주변을 세심히 살펴보았다.

밖에서 잠긴 철창과 깜깜한 복도, 지저분한 바닥과 얼룩덜룩하고 곳곳이 벗겨진 습한 벽이 눈에 들어왔다. 조금 지나자 멀리서 삑삑 하는 호루라기 소리가 희미하게 들려오며 누군가 소리 높여 구령을 붙이는 소리도 들렸다. 고개를 들어 보니 머리 위의 철창 사이로 밝게 빛나는 하늘이 보였다. 그 위를 지나다니는 사람들의 다리에 가려져 햇살이 밝게 들어왔다 다시 어두워지기를 반복했다. 그때서야 그는 이곳이 지하 감옥이라는 것을 알았다. 잠시 후 발소리가 희미하게 멀어져 갔다.

군복을 말끔하게 차려입은 게미츠 대좌가 감옥 뒤편에 있는 작은 운동장에서 수심 가득한 얼굴로 중국 구식 나무의자에 앉아 감옥 수비대의 신병 훈련을 지켜보고 있었다. 다리를 벌리고 두 손은 포개 검을 짚은 채 허리는 꼿꼿이 세우고 앉아 있는 모습은 마치 위풍당당한 일본 사무라이 같았다. 그의 앞에는 보름 전쯤 이곳으로 배치받아 경비대 훈련을 받는 어린 소년병들이 열대여섯 명 정도 서 있었다. 그들은 교관의 구령에 따라 마지막 훈련을 받고 있었다. 잠시 후면 그들은 10일간 진행되는 특수훈련의 마지막 과정을 실습하게 되어 있었다. 그것은 살아 있는 사람을 대상으로 한 살상훈련으로, 총검으로 사람을 찌르는 방법을 배우는 과정이었으며, 어려울 것은 없었다. 그들은 그냥 용감하고 결단력 있게 목표물을 처리하면 그만이었다. 반복적으로 연습하고 익숙해지기 위해서이기도 하지만 이 연습이 끝난 후 다른 일본병사들이 아직 살아 있는 표적을 대상으로 살상훈련을 다시 해야 했기 때문에 살상 연습 목표물을 한 번에 너무 빨리 죽여서는 안 됐다.

어린 소년병들을 보며 언제쯤이면 이 아이들이 제대로 된 병사가 될까 하고 조용히 한숨을 내쉬던 게미츠 대좌는 그의 머릿속을 떠나지 않는 생각 때문에 정신을 제대로 집중할 수 없었다. 태평양전쟁뿐 아니라 아시아전쟁에서도 갈수록 수세로 몰리고 있는 일본은 이미 인력과 물자부족으로 어려움을 겪고 있었다. 겉으로 보기엔 육상전에서 일본의 뛰어난 관동군이 중국 만주를 호령하고 있는 듯 보이지만, 사실 관동군 병사들이 중국과 남아시아 각국으로 계속 이동 배치되는 바람에 마치 펄펄 끓는 물속에 얼음덩이를 밀어 넣는 것처럼 일본군의 수가 급격히 줄어들고 있었다.

아시아 각국에서 뽑아 온 용병들이 있긴 했지만 모든 상황은 오히려 더 악화되어 있었다. 신문지상에서는 좋은 소식만 보도하고 있었다. '일본의 황군이 이오섬硫磺島에서 7개월간의 전투 끝에 미군을 대파하고 북진하고 있다!' 게미츠 대좌는 이런 기사가 무엇을 의미하는지 잘 알고 있었다.

'이제 일본엔 무엇이 남게 될까? 자다가 울며 엄마를 찾거나 밤중에 오줌을 싸는 아이들만 남게 되는 건 아닐까?'

게미츠 대좌는 이런 생각까지 들었다.

게미츠 대좌는 모든 훈련을 마친 후 이 어린 훈련병들에게 사기를 진작시킬 수 있는 이야기를 해 주기 위해 오늘 이 자리에 참석했다. 하지만 게미츠 대좌는 생각을 바꿔 훈련이 최고조에 이르렀을 때 교관에게 손을 들어 보인 후 신병들 앞으로 걸어갔다. 신병들은 모두 머리에 흰 두건을 두르고 벗은 상반신을 드러내고 있었다. 장시간 훈련을 받은 터라 모두들 온몸에 땀이 흥건했다. 늦봄의 새벽녘이라 공기 중엔 한기가 돌았고 햇빛을 받은 소년병들의 몸에서는 연기 같은 땀이 배어 나왔다. 자신이 다가오자 허리를 곧추세우고 용감한 군인의 모습을 보여 주려 애쓰고 있는 소년병들을 보며 순간 게미츠 대좌는 감동으로 가슴이 벅차오르는 것을 느꼈다. 게미츠 대좌가 말했다.

"미일전쟁과 중일전쟁 모두 생사존망의 중요한 기로에 서 있다."

바로 이 시각, 저쪽 계단 위에서는 감옥의 노병들이 구경거리라도 난 듯 와자지껄하게 이 광경을 지켜보고 있었다. 게미츠 대좌가 절도 있는 손짓으로 이들을 조용히 시킨 후 계속 말을 이어 갔다.

"하지만 우리는 이미 늙었다. 그렇기 때문에 대동아성전의 결과와 앞날은 바로 제군들의 손에 달려 있다! 이제 곧 여러분은 마지막 훈련을 받게 될 것이고 이 훈련을 통과하면 제군들은 진정한 전사가 될 것이다!"

잠시 말을 마친 게미츠 대좌가 허리에 찬 검을 빼 두 손으로 정중히 가슴 앞에 받들고 다시 말을 시작했다.

"제군들! 이 검은 천황폐하께서 나에게 하사한 것이다. 난 이 칼을 볼 때마다 천황님을 뵙는 것 같다."

게미츠 대좌가 검을 높이 들어 보이자 모든 사람들의 얼굴에 비장함이 흘렀고, 모든 이의 시선이 그 칼에 고정되었다. 정말이지 보기 드문 멋진 칼이었다. 측면을 금빛 국화 문양이 상어 가죽으로 만든 잿빛 칼집이 찬란하게 빛을 발하고 있었다. 국화는 바로 일본 황실가족의 상징이었다.

"제군들! 용감하게 나아가 무사가 되어라! 싸워서 쟁취하라!"

그는 격앙된 어조로 말을 마치고 의자로 돌아와 앉아 검을 가슴 앞에 세우고 그 위에 두 손을 모아 올렸다.

이어 산 사람을 대상으로 한 살상훈련이 시작되었다. 선혈이 낭자할 훈련을 앞둔 어린 병사들의 얼굴엔 긴장감과 흥분이 감돌았다. 그즈음 운동장 근처로 구경꾼들이 하나 둘씩 모여들기 시작했다. 그들 대부분은 살상훈련 한다는 얘기를 듣고 감옥 경비병들을 졸라 구경을 온 근처의 육군 사병들이었다. 게다가 감옥에 있던 사람들까지 몰려들어 작은 운동장에 구경꾼들이 사오십 명이나 빙 둘러섰다. 계단에 앉아 구경하는 사람, 서 있는 사람, 더 자세히 보겠다고 아예 땅바닥에 주저앉아 있는 사람도 있었다.

곧 결박당한 포로들이 끌려오자 계단에 앉아 있던 사람들이 웅성거리며 일어나 길을 내주었다. 불행히도 이들은 살상훈련 대상으로 뽑힌 중국 죄수들로서 곧 무슨 일이 일어날지 알고 있다는 듯이 필사적으로 저항했다. 묶인 밧줄을 풀어 위생병의 총을 뺏으려 하는 이, 고래고래 소리를 지르는 이, 울부짖는 이, 또 무릎을 꿇고 애원하는 이도 있었다. 하지만 무장해제된 이들은 막대기, 채찍, 개머리판으로 마구 구타 당하고는 이내 제압을 당하고 말았다. 곧이어 이들에게 강제적으로 독주를 들이붓고 한 명 한 명에게 무엇인지 모를 주사를 주입했다. 그러자 곧 얼굴과 온몸에 홍조가 돌기 시작한 그들은 묶인 나무 말뚝에 기댄 채 조용해졌다. 쭉 늘어선 십여 개의 나무 기둥의 위쪽에는 구멍이 크고 작은 굴렁쇠가 채워져 있었고 그 굴렁쇠 위마다 중국인들을 한 명씩 묶어 놓았다. 그들은 모두 상의가 벗겨진 채 얼굴에는 흰색 천이 드리워져 있었다. 이마에서 새끼줄로 동여매 놓은 천은 마치 커튼처럼 죄수들의 얼굴을 가리고 가슴까지 내려와 있었다.

곧 교관이 큰 소리로 구령을 외치자 훈련이 시작됐다. 순간 운동장에 긴장감이 돌았다. 하지만 신병들의 살상훈련이 진행되면서 분위기가 오히려 가벼워지기 시작했다. 대단할 것이라고 기대를 모았던 축구경기에서 선수들이 의외로 수준 이하의 실력을 보여 주는 경우처럼 몇몇 신병들이 어설프게 검을 휘두르는 것을 보며 여기저기서 킥킥대는 웃음소리마저 들려왔다. 게다가 칼에 베인 죄수들의 괴로워하는 신음소리가 오히려 분위기를 더 희극적으로 만들었다. 가장 바쁜 사람은 교관이었다. 그는 신병들 사이를 오가며 소리치면서 사람을 찌른 다음엔 어떻게 검을 빼내야 하는지 설명하러 다니느라 정신이 없었다. 그는 칼을 뽑는 순간 손목을 돌려 베인 부분에 공기가 들어가 피를 쏟아내게 해야 한다며 직접 시범을 보였다. 그렇지 않을 경우 칼이 피와 근육에 박혀 완력으로 뽑을 수밖에 없는데 그러다 자칫 잘못하면 칼이 망가질 수도 있다고 설명했다. 처음에 조용하게 지켜보던 주변의 구경꾼들도 어느 순간부터는 서로 얘기하고 킥킥대며 담배까지 나눠 피기 시작했다. 모두들 정신없는 가운데 갑자기 어디선가 긴 신음소리가 들리더니 신병 하나가 검을 던져 버리고는 풀썩하고 땅바닥에 주저앉아 버렸다. 그가 고통스럽게 울부짖었다.

"안 돼! 난 못해! 못하겠어요! 절 집으로 돌려보내 주세요!"

그에게 달려간 교관이 발길질을 몇 번 한 후 일어나라고 명령했지만 자리에서 일어나려던 소년병이 오히려 몸을 제대로 가누질 못하고 비틀거리는 모습은 일본군의 체통을 완전히 땅바닥에 처박아 버렸다. 옆에서 난감한 표정으로 이 희극 같은 상황을 지켜보던 게미츠 대좌가 더 이상 참지 못하겠다는 듯 일어나 소년병 쪽으로 가더니 거칠게 소년병의 턱을 잡아당겨 일으켜 세웠다. 이어 발로 찬 후 유도하듯 소년병을 땅바닥으로 내동댕이쳤다. 게미츠 대좌가 화가 난 듯 고함을 질렀다.

"겁쟁이 같으니라고!"

일순간 그곳에 있던 신병들은 모두 동작을 멈췄고 구경꾼들도 쥐 죽은 듯 조용해졌다. 교관이 무섭게 외쳤다.

"어서 일어나! 이름이 뭔가!"

소년병이 겁을 잔뜩 먹고 겨우 몸을 가누며 일어섰다.

"나루세입니다!"

신병은 웅얼거리다 다시 대답했다.

"나루세 히사나오입니다."

사람들이 바로 야유를 퍼붓기 시작했다.

"나루세! 부끄러운 줄 알아!"

사람들의 야유소리가 길게 꼬리에 꼬리를 물고 늘어졌다. 게미츠 대좌가 자신의 칼을 비장하게 뽑아 들고 나루세를 매섭게 노려봤다. 그의 눈빛이 날카롭게 변하자 일순간 운동장의 공기가 갑자기 무거워지면서 숨 쉬기조차 힘든 정적이 흘렀다. 게미츠 대좌가 갑자기 방향을 틀더니 칼을 머리 위로 높이 들어 일본 사무라이의 전형적인 자세로 나루세 앞에 묶여 있던 중국인을 향해 휘둘렀다. 그러자 선혈이 낭자했고 주변에 있던 사람들은 감탄을 연발했다. 게미츠 대좌의 검술은 최고였다. 칼을 정면에서 내리치는 것은 가장 어려운 기술로써, 게미츠 대좌는 번개 같은 속도로 바로 앞에 있는 중국인을 두 동강 내버리고도 자신의 몸 어디에도 피 한 방울 묻히지 않았다.

구경꾼들은 마침내 그들이 고대해 왔던 장면을 보게 된 것이다. 의심할 여지없이 그들 대부분이 살인이라면 이미 도가 튼 사람들이었다. 그들의 박수와 갈채는 전문가들도 인정한다는 의미였다. 어떤 이는 입에 담배를 물고 연신 두 손으로 짝짝짝 소리 내어 박수를 치면서 정말 대단하다는 듯 연신 고개를 끄덕였다.

그 불쌍한 죄수는 비명 한 번 질러 보지 못하고 눈 깜짝할 사이에 시체로 변해 버렸다. 붉은색, 검붉은색, 선홍색, 흰색의 뼈와 살 내장들이 서로 뒤범벅이 되어 투두둑 소리를 내며 땅바닥에 흩뿌려졌다.

게미츠 대좌는 눈앞의 갈기갈기 찢겨진 시체 따위는 상관없다는 듯 여전히 칼을 들고 서 있었지만 표정은 좀 전보다 훨씬 더 부드러워졌다. 그때 멀찌감치 의자 옆에 서 있던 수행원이 다가와 하얀 손수건을 내밀자 게미츠는 손수건을 받아 칼을 닦기 시작했다. 먼저 칼을 수평으로 들고 칼날을 밖으로 향하게 하여 왼손의 중지와 집게손가락으로 손수건을 잡고 칼을 닦고 나서는 또 칼날을 안쪽으로 향하게 하여 같은 동작을 반복해 피를 닦아 냈다. 하지만 칼날 한쪽이 쌀알 크기만큼 깨져 이가 빠진 것을 발견한 순간 그의 표정이 굳어 버렸다. 이 검은 천황이 하사하신 것으로 그에게는 수백 수천의 중국인의 목숨보다 훨씬 귀중한 것이었기에 이 일을 그냥 넘길 수가 없었다. 화가 머리끝까지 치밀어 오른 대좌가 혼잣말로 중얼거렸다.

"아니! 이런 중국 놈을 보았나? 무슨 놈의 뼈가 이렇게 딱딱하단 말이냐······."

입술을 달싹이며 잠시 멍하니 그 자리에 서 있던 대좌가 갑자기 외투를 벗어 던지고 셔츠만 입은 채 머리 위로 칼을 치켜들고 앞에 있던 죄수들을 연이어 단칼에 베어 버렸다. 불쌍한 수십 명의 중국인들이 순식간에 두 동강 나면서 명을 달리했다!

운동장에는 피비린내가 진동을 했다. 게미츠 대좌가 마지막 죄수 앞으로 걸어갔다. 상당히 왜소한 체격의 죄수였다. 눈물을 뚝뚝 흘리며 얼마나 떨었는지 얼굴에 드리워진 흰색 천까지 함께 요동치고 있었다. 그 앞에 멈추어 선 게미츠 대좌가 궁금하다는 듯 칼로 얼굴에 드리워진 흰 천을 옆으로 젖혀 보았다. 천을 거두자 아이의 얼굴이 보였다. 극도로 겁을 먹은 데다 신병의 칼에 맞아 상처까지 입은 터라 아이의 얼굴은 이미 핏기 하나 없이 창백했다. 아이는 벌어진 입 사이로 끈끈한 피와 침을 뚝뚝 흘리고 있었다. 게미츠는 잠시 아이를 쳐다보더니 그의 얼굴에 드리워진 흰 천을 잡아당겨 던져 버렸다. 아이를 보니 측은지심이 생겼나 싶었지만 그는 갑자기 칼을 위로 높이 쳐들어 비명을 내지를 틈도 없이 단숨에 아이를 내리쳤다. 아이의 목이 샴페인 병뚜껑처럼 저 멀리 날아가면서 검붉은 피가 새벽 햇살을 받아 반짝이며 쏴 소리를 내며 뒤에 있던 담벼락에 뿌려졌다. 담장이 새빨간 피로 물들었다.

독방에 감금된 비센돌프는 몸서리가 쳐졌다. 그는 축축한 벽에 기대에 밖에서 무슨 일이 일어나고 있는지 생각했다. 사실 독방은 운동장에서 꽤 멀고 지하에 있는 터라 작은 철창을 통해서만 바깥 사정을 알 수 있었다. 하지만 비센돌프는 밖에서 들려오는 고함소리, 비명소리, 환호성을 똑똑히 들었다. 뛰어난 음악가의 귀는 상당히 예민하기 때문에 새벽녘에 이따금 불어오는 고요한 바람소리만 듣고도 밖에서 무슨 일이 일어나는지 상상할 수가 있었다. 밖에서 일어난 일은 그가 상상한 것과 별반 차이가 없었다.

루양을 생각하니 문득 더 불안해져 일어나고 싶었지만 어찌 된 일인지 아무리 애를 써도 다리가 말을 듣지 않았다. 그때 어두운 복도에서 야스히로가 다이마쯔 간수장과 함께 나타났다. 뒤에는 가쯔오와 사복 군인 두 명이 함께 서 있었다. 야스히로가 뒤를 보고 손짓을 하자 다이마쯔가 간수를 불러 감옥 문을 열었다. 사복 군인 둘이 감옥으로 들어와 비센돌프를 일으켜 세웠다. 그들은 함께 천천히 걷기 시작했다. 야스히로는 비센돌프를 보지 않고 앞만 보며 걸으면서 한탄하듯 입을 열었다.

"비센돌프! 우리가 만난 지 벌써 5년이 흘렀군요. 그동안 미운정 고운정이 다 들었지만 지금 이렇게 감옥에서 서로 다른 입장으로 만나게 될 줄은 정말 몰랐습니다. 정말 난감한걸요!"

비센돌프는 야스히로의 조롱에 전혀 아랑곳하지 않으면서 질책하듯 말했다.

"흥! 괜한 소리 마시오! 이게 다 당신이 꾸민 짓임을 내 다 알고 있소!"

야스히로는 미소를 띠며 쏘아붙였다.

"아! 그 예술지상주의는 여전하시군요. 그동안 난 당신을 친구라고 생각해 왔는데 당신은 끝내 날 적으로 몰아붙이는군요. 나한테 그 많은 문제를 떠안겼으면 최소한 미안하다는 말 한마디쯤은 해야 하는 거 아닙니까?"

비센돌프가 물었다.

"그게 날 감옥에 가둔 이유인가?"

"그건 내 탓이 아니지요! 격리구역의 규정을 어긴 것도 당신이고 사

사건건 우리의 유태인포용정책에도 대항하면서 반일분자의 아들이 활개치고 다니도록 내버려 둔 것도 바로 당신 아니오? 이제 감옥까지 왔으니 잘못을 좀 뉘우치고 깨달을 줄도 알아야지요!"

어느새 통로 끝까지 왔지만 야스히로가 발걸음을 멈추지 않자 모두들 그를 따라 지상과 통하는 계단까지 계속 걸었다. 지상까지 올라오니 모두들 숨이 찬 듯 보였다. 발걸음을 멈춘 야스히로가 아무 말 없이 미소를 띤 채 앞을 바라보았다. 지금은 죄수들이 잠시 바람 쐬는 시간으로 높은 담으로 둘러싸인 감옥 앞마당에는 족쇄와 수갑을 찬 죄수 수십 명이 교도관의 감시하에 한 줄로 묶여 천천히 걸어가고 있었다. 그 순간 비센돌프는 죄수들과 함께 비틀거리며 걸어가는 루앙을 발견했다.

비센돌프는 순간 눈앞이 깜깜해졌다. 양 옆의 경호원들을 따돌리고 그에게 가고 싶었지만 몸이 말을 듣지 않아 그럴 수도 없었다. 루앙도 그를 발견하고는 소리치기 시작했다. 그때, 운동장 쪽에서 일본병사 둘이 뛰어와 다이마쯔에게 다가갔다. 옆에서 그들의 얘기를 듣고 있던 야스히로가 어깨를 가볍게 으쓱했다. 그들 사이에 무슨 말이 오간지 모르고 있던 비센돌프의 눈에 다이마쯔의 지시를 받은 부하가 바람을 쐬고 있던 죄수들을 데려가는 모습이 들어왔다. 그와 동시에 루앙에게 다가선 몇몇 병사들이 루앙의 팔을 낚아챘다. 비센돌프가 깜짝 놀라 소리쳤다.

"이게 무슨 짓이오?"

야스히로는 아무렁지도 않게 대답했다.

"어떡하죠? 정말 뜻밖의 일이 생겼습니다. 저 사람들 말을 들어 보니 저 뒤쪽에 있는 운동장에서 신병 훈련을 하는데 실습 대상이 필요한 것 같습니다. 선생님의 학생도 그리로 가게 됐지만 그래도 황군의 실습 대상으로 죽을 수 있다는 것은 영광 아니겠습니까?"

하늘이 무너지는 것 같았다. 그에게는 더 이상 아무 소리도 들리지 않았다. 상황이 너무 긴박하게 돌변해 있었다. 더 이상 생각할 틈도 없이 비센돌프는 사력을 다해 자신을 잡고 있는 놈들에게 달려들었다. 그 사이 루양은 뒤로 손을 결박당한 채 다른 죄수들과 하나로 묶였다. 그는 두려운 기색 하나 없이 큰 소리로 욕을 해 댔지만 결국은 살상 실습장으로 향하는 대열로 끌려가고 말았다. 당황한 비센돌프가 야스히로를 연신 불러 댔다.

"야스히로 부장! 야스히로 부장! 그래 내가 잘못했소이다. 그동안 기분 나빴다면 내가 사과할 테니 루양을 풀어 주시오!"

하지만 야스히로는 들은 척도 안 하고 등을 돌려 계단 쪽으로 가 버렸다. 비센돌프는 다급히 그를 쫓아가 다시 애원했다.

"야스히로 부장! 못 들었소? 내가 방금 미안하다고 말했잖소! 내 잘못으로 인한 벌은 달게 받을 테니 제발 루양만은 풀어 주시오!'

말을 마치고 뒤를 돌아보니 일본병사들이 이미 죄수들을 끌고 뒤뜰로 가고 있었다. 비센돌프가 어쩔 줄 몰라 하며 야스히로를 쫓아가 그의 앞길을 막아서며 말했다.

"야스히로 부장, 제발 가지 마시오."

옆에 있던 가쯔오가 그를 저지하는 순간 뭔가 비센돌프의 머리를 스쳐 지나갔다. 비센돌프가 자신을 가로막은 가쯔오를 밀어낸 후 다시 그에게 다가가 더듬거리며 소리쳤다.

"알았소. 내가 부장이 원하는 걸 줄 테니 우리 거래를 합시다! 그 아이를 풀어 주면 내 바이올린…… 그러니까 멜라니의 바이올린을……"

그의 말을 들은 야스히로가 멈칫하며 발걸음을 멈추었다. 비센돌프는 마음을 가라앉히고 중대한 결심을 한 듯 입을 열었다.

"그것…… 그것을 당신에게 넘겨주겠소."

야스히로는 자신의 귀를 의심하지 않을 수 없었다. 너무 놀란 나머지 "아" 소리를 내더니 비센돌프에게 묻는 것처럼, 아니 혼잣말을 하는 것처럼 한마디 내뱉었다.

"바이올린이라고?"

그러고는 돌연 하던 말을 멈추고는 계속해서 계단 쪽으로 걸어갔다. 그 사이 죄수들은 이미 모퉁이를 돌아 사라지고 없었다. 비센돌프는 온몸이 부들부들 떨렸다. 더 이상 시간이 없었다.

"야스히로 부장!"

그는 달려가 털썩하고 무릎을 꿇었다. 목이 쉬어 말도 제대로 나오지 않았지만 그를 향해 말했다.

"야스히로 부장! 내 얘기 못 들었소? 정말이지 바이올린은 아직 내가 가지고 있소이다! 정말로 내가 가지고 있소이다! 제발 부탁이니 루양만은 풀어 주시오. 그럼 내가 바이올린을 당신에게 주겠소! 진심이오!"

이것은 정말 생각지도 못한 일이었다. 야스히로는 발걸음을 멈추더니 오히려 근엄한 표정으로 되물었다.

"진심인가? 거짓말은 아니겠지?"

"진심이오. 제발 날 믿어 주시오."

야스히로가 그때서야 몸을 돌렸다. 그 잘난 체하던 유태인 노인네와의 오랜 싸움에서 오늘에야 승기를 잡은 것이다. 그 잘난 노인네가 오늘에야 무릎을 꿇은 것이었다! 이윽고 루양이 풀려났다. 비센돌프는 비틀거리며 걸어가 루양을 끌어안았다. 야스히로가 그들을 저지하며 다그쳤다.

"잠깐! 물건은 어디 있지? 바이올린은 어디 있냐고? 어디다 숨겼어?"

비센돌프는 신경조차 쓰지 않으면서 루양을 더 꼭 껴안은 채 낮은 목소리로 말했다.

"애야 내 말 잘 들어! 내가 저 악마와 거래를 했다. 멜라니의 바이올린과 네 목숨을 바꿨어."

그는 천천히 말을 이어 갔다.

"요나스를 찾아가거라. 나가서 요나스를 만나면 여기서 있었던 일을 모두 얘기해 줘! 바이올린은 절대 함부로 넘겨줘선 안 된다. 네가 안전하다고 느껴지면 그때 넘겨줘야 해. 하루, 이틀, 그래 이틀이면 충분하겠다. 도망가, 되도록이면 더 멀리 더 안전한 곳으로 도망쳐! 루샤오녠을 만날 수 있으면 좋을 텐데……."

그는 눈물을 참고 숨을 고른 후 다시 한 번 신신당부를 했다.

"요나스에게 네가 떠나고 이틀이 지나면 바이올린을 그들에게 넘겨주라고 해. 네 목숨이 이 바이올린에 달려 있다는 걸 잊으면 안 된다! 루샤오녠에게 널 지켜 주겠다고 약속했지만 이젠 모든 것은 하느님께 달렸다. 하느님께서 널 돌봐 주실 게다. 하늘에 있는 멜라니가 널 보호해 줄 거야!"

"그럼 할아버지는요?"

"난 살 만큼 살았으니 괜찮아. 저 악마의 마음이 변하기 전에 어서 가거라!"

옆에서 한참 듣고 있던 야스히로가 욕설을 퍼부어 댔다.

"이 비열한 유태인 새끼! 감히 나를 의심해?"

그가 손짓을 하자 사복 군인이 다가와 비센돌프의 가슴을 걷어찼다. 비센돌프가 낮은 신음을 토하며 땅바닥으로 쓰러졌다.

32

야스히로는 인내심을 가지고 이틀을 기다렸다. 이틀 후, 그는 비센돌프가 있는 감옥으로 찾아와 철창 밖의 어두운 곳에 서서 한참을 바라보았다. 비센돌프는 야스히로가 온 것을 모르는 듯 깊은 생각에 잠긴 것처럼 고개를 숙이고 가만히 앉아 있었다. 수염을 깎지 않아서인지 그의 모습은 오히려 더 생기 넘쳐 보였다. 야스히로는 자기도 모르게 어렸을 적 생각에 빠져들었다. 중학교 시절 미술 수업 시간에 선생님은 서양 고대 조각 사진을 학생들 앞에 펼쳐 놓으셨었다. 야스히로가 일부러 인기척을 내며 그에게 다가가 차갑게 물었다.

"비센돌프, 설마 나한테 거짓말한 건 아니겠지?"

야스히로는 그리 쉽게 루양을 보내 줄 인물이 아니었다. 그가 도망간 지 이틀이 지난 후 다시 비센돌프를 찾아왔다. 그의 계획은 간단했다. 멜라니의 바이올린을 손에 넣은 후 쥐도 새도 모르게 루양을 처치해 버리는 것이었다. 비센돌프가 물었다.

"루양은 어디 있소?"

이미 모든 대답을 준비해 둔 야스히로가 기다렸다는 듯이 대답했다.

"약속대로 이틀 전에 풀어 줬습니다."

비센돌프는 볏짚 위에 앉아 야스히로를 쳐다보지도 않고 담담하게 되물었다.

"그게 정말이오?"

"물론입니다!"

"그렇다면 요나스 씨에게 사람을 보내도록 하시오. 그가 바이올린이 있는 곳을 알려 줄 겁니다."

야스히로는 자신의 귀를 믿을 수가 없었다. 밀고 당기는 설전을 예상하고 있던 그는 오히려 일이 기대 이상으로 쉽게 풀리자 어느새 꽤나 부드러워진 어투로 말을 하고 있었다.

"비센돌프, 그러니까 사람을 보내서 바이올린을 받아 오면 된다는 거요?"

비센돌프가 담담하게 대답했다.

"그렇소! 그에게 가면 바이올린을 줄 것이오. 그러고 나서……."

잠시 말을 멈춘 그가 여전히 담담한 어투로 말을 이었다.

"바이올린을 받으면 결국 아무도 모르게 그 아이를 죽이겠죠?"

야스히로는 그의 질문에 도전적 의도는 담겨 있지는 않지만 결과를 확신하고 있다는 것을 느꼈다. 이 늙은 유태인은 이미 그의 마음을 훤하게 꿰뚫고 있었다.

"그걸 알면서 왜 나에게 요나스를 찾아가라고 알려 주는 것이오?"

마치 말문이 막힌 사람처럼 잠시 침묵하던 비센돌프가 야스히로를 돌아보았다. 기침을 한 후 담담한 웃음을 보이더니 말을 이었다.

"당신은 유태인에 대해 잘 아는 사람이니까 물론 『성경』도 읽어 봤을 것이오."

다시 심하게 기침을 하고 난 그의 창백한 얼굴에 홍조가 돌았다.

"우리 유태인들을 약속의 민족이라 불러도 될 것이오."

"아! 그러니까 지금 선조 아브라함과 하느님과의 약속을 말하는 것이오? 그까짓 게 뭐 대단하다는 것이오? 그건 신화 속에서나 나오는 얘기 아니오? 안 그렇소?"

"아니! 우리는 그걸 진심으로 믿어 의심치 않고 있소. 수천 년 동안 그 약속 위에서 살아온 우리 유태인들이 만약 그 약속을 믿지 않았다면 우리 유태인들의 존재는 이미 오래전에 사라졌을 것이오. 그렇기 때문에 다른 사람들과의 약속도 아주 중요하게 생각하오."

"만약 상대가 약속을 어긴다면?"

"그렇더라도 우리는 자신이 한 약속을 지키기 위해 애를 쓰겠지만 속지 않도록 조심은 하겠지요."

"뭐라고? 정말 위선적이군! 너무 고상한 척하는 거 아냐? 그럼 상대가 약속을 파기할 경우 당신이 한 약속은 어떻게 하려고 하지?"

"처음부터 약속 따위는 지킬 생각이 없었던 거 아니오? 그렇지 않소?"

"흥! 여기가 우리 일본제국의 감옥 안이라는 것을 잊었나 보군! 죄수 주제에 무슨 약속을 지켜라 마라야! 이건 처음부터 내가 이길 수밖에 없는 게임인 걸 모르지는 않았겠지?"

"그렇게는 안 될 거요. 요나스는 그렇게 호락호락한 사람이 아니오. 교활하고 파렴치한 당신 같은 사람이 상대하기엔 상당히 용감하고 지혜로운 사람이지. 인품으로 보나 능력으로 보나 당신 같은 교활한 사람하고는 비교도 할 수 없을 만큼 뛰어난 사람이오. 당신이 아무리 간교하다 해도 언젠가는 결국 당신의 무능함 때문에 크게 실패하게 될 것이오!"

"흥! 늙은 여우 같으니라고. 겨우 요나스란 자가 당신의 최후의 카

드라는 거야? 정말 웃기는군. 그 뚱보가 진즉부터 나한테 겁을 잔뜩 먹고 무서워서 벌벌 떨고 있는 작자라는 것을 모르시나 보군! 그러니까 다시는 내 앞에서 약속이니 뭐니 떠들면서 잘난 척하지 말란 말이야! 당신은 지금 나랑 게임을 하고 있는 거야, 알겠어?"

또다시 침묵하는 비센돌프의 모습은 야스히로의 반박에 할 말을 잃은 듯 보였다. 잠시 후 비센돌프가 한숨을 쉬더니 입을 열었다.

"그래 당신 말이 옳은 셈 치죠! 하지만 하느님께서는 우리 유태인에게 한 생명을 구하는 것은 세계를 구하는 것과 같다고 말씀하셨소. 어차피 늙은 목숨으로 한 생명을 구하기 위해 당신과 게임을 한다 해도 그럴 만한 가치는 충분하다고 생각하지 않소?"

이야기를 하는 내내 시종일관 평온해 보이는 비센돌프의 모습을 보며 야스히로는 놀라지 않을 수 없었다. 그날 운동장에서의 모습과는 완전 다른 사람이었다. 야스히로는 그를 비웃기라도 하듯이 일부러 큰 소리로 웃어 보았지만 그의 웃음소리는 마치 어설픈 배우가 무대 위에서 내지르는 소리처럼 찢어질 듯 크게 울려 퍼져 어두침침한 감옥을 한층 더 공허하고 무기력하게 만들었다.

요나스는 계산대에서 일어나 가게 앞쪽의 쇼윈도 쪽으로 다가가 창밖을 내다보았다. 해가 저물어 한두 시간 전만큼 덥지는 않았다. 비스듬하게 내리쬐는 햇살은 거리의 사람들과 사물의 윤곽을 한층 더 선명하고 입체적으로 보이게 했다. 그는 근시보정용 안경을 벗고 어두운 그림자가 드리워진 곳을 뚫어져라 쳐다보았다. 마치 세상의 모든 나쁜 사람들이 그곳에 숨어 착한 사람들을 감시하고 있는 것만 같았다.

잠시 후 그는 뒷문으로 향했다. 자그마한 뒤뜰에는 유태인과 중국인들이 모여 앉아 바람을 쐬고 있었다. 여기저기서 바둑판과 마작 판을 벌이고 있었다. 남자들은 다 상하이 사람들처럼 상의를 벗고 앉아 있었다. 때로는 유창한 상하이말이 들리기도 하고 또 어설픈 상하이 말이 들리기도 했으며, 또 유창한 영어와 그리 유창하지 않은 영어가 한데 섞여 귀에 들려왔다.

요나스는 안전하다는 걸 확인하고는 다시 계산대로 돌아가 앉았다. 사실 며칠 동안 불안에 떨며 하루하루를 보냈다. 야스히로가 무슨 이 유 때문에 루양과 비센돌프를 잡아갔는지 알 수가 없었다. 만약 그 자 선음악회 때문이라면 그의 다음 목표는 바로 자신일 게 분명했다. 그 래서 요나스는 생각지도 않은 귀찮은 일들로 사태가 더 커지는 것을 막기 위해 직원도 그만두게 했다.

요나스는 물론 아주 자연스럽게 멜라니의 바이올린을 떠올렸다. 그 바이올린과 연관된 것일까? 알 길이 없었다. 어떻게 하면 그 바이올린 을 더 안전하게 보관할 수 있을까 고민해 봤지만 방법이 없었다. 분명 야스히로가 주변에 사복 군인들을 풀어놓았을 것이고, 그렇다면 바이 올린을 바이루헤이나 유태인 문예클럽으로 옮기는 것도 불가능했다. 그가 한숨 돌리려는 순간 가쯔오와 사복 군인 두 명이 가게 안으로 들 어왔다. 갑자기 머릿속이 하얘졌지만 이내 마음을 진정시키고 나니 오히려 그 어느 때보다 침착해지는 것 같았다.

"뭘 도와드릴까요?"

그는 마치 손님을 맞이하는 것처럼 말문을 열었다. 하지만 사복 군 인의 옆에는 루양이 서 있었고, 사복 군인이 그와 루양의 팔을 덮고 있던 옷을 치우자 루양의 손목에 수갑이 채워진 것이 보였다. 요나스 는 놀라지 않을 수 없었다. 가쯔오가 거두절미하고 물었다.

"비센돌프가 다 불었어. 그 바이올린 여기 있지?"

"수작 부리지 마! 선생님! 저 자식한테 속지 마세요!"

요나스가 대답하기도 전에 루양이 소리를 지르자 곧 주먹이 날아들었다. 요나스가 황급히 말렸다.

"말로 하면 되지, 왜 사람을 칩니까?"

가쯔오가 재촉하듯 물었다.

"그 바이올린 어디 있나? 우리는 바이올린을 가져오라는 상부의 지시를 받고 왔다!"

요나스가 물었다.

"잠깐만요. 상황을 제대로 알아야 할 것 아닙니까? 그 바이올린과 루양이 무슨 관계가 있다는 겁니까?"

가쯔오가 잠시 멈칫하더니 대답했다.

"바이올린을 안 넘겨 주면 이 아인 죽은 목숨이거든."

"그러니까 비셴돌프의 바이올린과 이 아이의 목숨을 바꾸잔 말씀인가요? 비셴돌프도 이 일을 알고 있습니까?"

"비셴돌프 할아버지가 야스히로한테……."

루양의 말이 끝나기도 전에 또 주먹이 날아들자 요나스가 강경하게 대응했다.

"괜히 사람 때리지 마십시오! 계속 그런 식이면 당신들과 얘기 못합니다. 하던 얘기나 마저 하도록 내버려 두세요!"

"비셴돌프 할아버지가 그 바이올린과 제 목숨을 바꾸겠다고 하셨어요. 바이올린을 주는 대신 이틀 전에 절 먼저 풀어 주라고 하셨지만 이놈들은 약속을 지킬 생각도 없는 놈들이에요. 그러니까 바이올린은 절대 넘겨 주시면 안 돼요!"

요나스는 생각했던 것보다 상황이 훨씬 더 심각하다는 걸 알았다. 그게 아니라면 그 친구가 이런 최후의 방법은 쓰지 않았을 것이다.

"알겠다! 그럼 우선 약속대로 그 아이를 보내 주시오. 그 전엔 바이올린을 줄 수 없소."

가쯔오가 콧방귀를 뀌자 사복 군인들이 알았다는 듯 손바닥만 한 그의 악기점을 뒤지기 시작했다. 십여 분 후 그들은 바이올린 네 대를 가쯔오의 앞에 가져다 놓았다. 하지만 그것들은 모두 그가 찾던 물건이 아니었다. 멜라니의 바이올린에는 신비한 느낌의 무당벌레 그림이 그려져 있고 바이올린 안쪽에는 서명이 되어 있어야 했다. 하지만 밝은 곳에서 아무리 살펴봐도 자신이 원하던 걸 찾을 수가 없었다. 그가 요나스에게 다가와 협박하듯 물었다.

"네놈의 집은 어디냐?"

요나스는 마음이 초조했지만 정신을 차리고 방법을 생각하기 시작했다. 마치 육탄전을 벌이다 수세에 몰리자 상대의 칼이 조금씩 그의 심장을 옥죄고 들어오는 듯 상황은 갈수록 불리해지고 있었다. 잠시 뜸을 들이다 그는 어쩔 수 없다는 듯한 표정을 지으며 입을 열었다.

"알겠소, 날 따라오시오."

사람들이 모두 가게 밖으로 나가자 요나스가 문을 잠그려다 말고 한마디 던졌다.

"이런! 열쇠! 나이 들면 이렇다니까. 열쇠를 안에 놓고 나왔군."

그는 자연스럽게 가게 안으로 들어간 후 안에서 문을 잠그고는 뒷문으로 빠져나갔다. 가쯔오는 그가 생각지도 못한 수를 쓰자 당황한 듯 소리를 질러 댔다. 문을 따고 뒤뜰 쪽으로 쫓아온 그들은 뜻밖에도 많은 사람들이 그곳을 가득 채우고 있는 것을 보고 멈칫했다. 그곳에 있던 사람들도 모두 깜짝 놀라 하던 일을 멈추고 그들을 바라보았다. 옆의 좁고 가파른 계단 맨 꼭대기에서 요나스가 가늘고 긴 푸른색 벨벳 천으로 싼 것을 손에 들고 서 있었다. 바로 멜라니의 바이올린이었다. 가쯔오가 관저에서 봤던 바로 그 바이올린이었다. 너무 긴장해서

인지 요나스의 목소리가 쉬어 있었다. 그가 뒤뜰에 있는 사람들을 향해 소리쳤다.

"저 일본인들 보이십니까? 저자들이 바이올린의 대가 비센돌프의 바이올린을 내놓지 않으면 저 젊은이를 죽이겠다고 협박하고 있습니다. 여러분! 저 젊은이는 바로 비센돌프 선생의 학생입니다. 비센돌프는 저 젊은이를 살리기 위해 어쩔 수 없이 바이올린을 넘기겠다고 하신 겁니다."

그는 숨을 가다듬고 다시 외치기 시작했다.

"그런데 저자들은 저 젊은이를 풀어 주기는커녕 오히려 인질로 삼아 바이올린을 내놓으라고 협박을 하고 있습니다."

"닥치지 못해? 계속 떠들어 대면 쏴 죽여 버릴 테다!"

요나스가 팔을 높이 쳐들어 금방이라도 바이올린을 내동댕이칠 듯 그들을 위협했다.

"날 죽이면 이 바이올린도 함께 사라질 텐데! 그 아이를 풀어 줘! 어서 보내 주라니까!"

그가 다그치듯 소리를 질러 대자 가쓰오도 마음이 급해졌다. 일이 너무 커져 버린 데다 뒤뜰에 있던 사람들도 꼼짝 않고 자리를 지켰고 가게 앞에도 이미 적지 않은 사람들이 모여들고 있었다. 가쓰오가 이를 악물며 어쩔 수 없다는 듯 말했다.

"좋아, 풀어 주지, 보내 줘."

사복 군인들은 떨떠름한 표정으로 루양의 수갑을 풀어 주었다. 몇 분이 지났지만 대치 상황은 끝나지 않았고 주변의 구경꾼들도 꼼짝 않고 자리를 지키고 있었다. 요나스는 루양이 이미 멀리 도망갔을 거라고 생각했지만 경계를 늦추지 않고 그 자세를 유지하며 뒤로 움직여 창 쪽으로 다가가 곁눈으로 창밖을 내다보았다. 언뜻 루양이 거리

저쪽 길모퉁이로 사라지는 것이 보였다. 급하게 근시보정용 안경을 아래로 내려 보니 루양이 사력을 다해 달리는 것이 눈에 들어왔다. 그는 담을 넘어 건너편 거리로 넘어가려 하고 있었다. 요나스는 그 거리를 잘 알고 있었다. 싸고 신선한 과일을 사러 그곳에 자주 들렀었고 깡통에 든 석유와 도매용 성냥을 암거래하는 사람들과 중국어로 가격 흥정을 하는 것도 그곳에서 배웠던 것이다. 그곳엔 상점들이 빼곡히 줄지어 들어서 있고 하루 종일 사람들로 붐비기 때문에 모든 가게들이 손님들 편의를 위해 앞문과 뒷문을 모두 열어 놓고 장사를 했다. 그 거리의 끝에는 오래된 창고가 하나 있었다. 가슴 높이의 시멘트 공터 위에는 폐기물과 쓰레기가 산더미처럼 쌓여 있고 가끔씩 시체나 아이가 버려져 있기도 했다. 그 시장에서는 암거래도 이루어지기 때문에 배짱만 있다면 총기나 폭약도 살 수가 있었다. 창고에서 멀리 떨어진 곳에는 잡초와 모기들이 들끓는 숲이 있고 좀 더 내려가면 황폐해진 홍커우공원이 나왔다.

요나스는 그때서야 마음이 놓이는 듯 의기양양해져 다시 앞으로 돌아섰다. 하지만 가쯔오와 부하들이 그가 정신을 팔고 있는 사이 살금살금 위로 올라오고 있었다. 요나스는 깜짝 놀라 바이올린을 다시 머리 위로 들어 올리면서 소리쳤다.

"다가오지 마! 다가오지 말라고!"

하지만 말이 끝나기도 전에 그의 얼굴로 주먹이 날아들었고 안경이 날아가 떨어졌다. 요나스는 맘을 단단히 먹고 바이올린을 세워 가슴에 꼭 품고는 사복 군인을 밀쳤다. 화가 머리끝까지 치밀어 오른 가쯔오가 옆에 있던 부하를 밀치고 직접 요나스에게 다가가 양손으로 그의 손목을 잡고 팔꿈치로 온 힘을 다해 그의 팔을 아래로 당겨 벌렸다. 순간 요나스의 비명소리와 함께 멜라니의 바이올린이 툭 하고 그의 손에서 떨어졌다. 둘 다 넘어질 뻔했지만 요나스는 고무공처럼 튀어 일어나 벽에 등을 기대고 섰다.

퍽! 퍽! 하고 요나스의 따귀를 때리는 소리가 연신 들렸고 그의 입에서는 피가 흘러내렸다. 그는 반항은 하지 않았지만 떨리는 다리를 벌리고 벽에 기대어 안간힘을 다해 영웅처럼 서 있었다.

"그래, 그렇지, 멍청한 놈들! 악마들 같으니라고! 어디 실컷 때려봐! 너희 같은 놈들이 안 때리는 게 더 이상하지! 하지만 이제 난 너희들이 하나도 두렵지 않아! 짐승 같은 것들! 쓰레기 같은 놈들!"

목이 쉬어서 목소리도 제대로 나오지 않았지만 그의 목소리에는 자랑스러움이 가득했고 얼굴에는 미소까지 띠고 있었다.

"미친놈! 도무지 노래를 하는 건지 말을 하는 건지……."

사복 군인 하나가 무시해 넘겼다.

"저 늙은이가 미쳤나 봐!"

또 다른 부하도 한마디 거들었다. 가쯔오는 케이스를 열어 멜라니의 바이올린을 살펴보다 요나스의 의기양양한 모습을 보고는 바이올린 케이스를 집어 들어 그를 향해 사정없이 휘둘러 버렸다. 둔탁한 소리와 함께 요나스의 머리를 가격한 바이올린 케이스가 순간 두 동강이 나 버렸다. 요나스는 그대로 쓰러져 의자에 부딪힌 후 다시 땅바닥으로 곤두박질치고는 의식을 잃었다.

한 시간 후 가쯔오가 멜라니의 바이올린을 가지고 야스히로의 사무실에 도착했을 때, 야스히로는 통행증을 신청하러 왔던 유태인들을 모두 내보낸 후 조용히 혼자 차를 마시고 있었다. 그 찻잎은 산부인과 의사인 얼 스타니츠가 보내 준 것이었다. 야스히로가 물었다.

"바이올린 케이스는 어떻게 된 거지?"

가쯔오가 요나스가 바이올린을 이용해 루앙을 빼돌린 상황을 모두 설명하는 동안 야스히로는 천장만 바라보며 한동안 말이 없었다. 한참이 지나서야 야스히로가 차갑게 말을 했다.

"가쯔오! 자네는 어떻게 바이올린 케이스로 사람을 칠 생각을 하나? 그것도 이렇게 귀한 바이올린으로 말이야! 문화 수준을 좀 높여야 하지 않겠나? 평생 그렇게 무식하게 살 생각인 게야?"

가쯔오가 어쩔 줄 몰라 하며 허리를 숙여 사죄했다.

"실망시켜 드려서 죄송합니다. 부장님!"

이어 둘은 더 이상 아무 말도 하지 않았다. 야스히로는 두 동강이 난 케이스를 맞춰 보며 복구할 방법을 생각한 후 조심스럽게 바이올린을 꺼내어 푸른색 벨벳 천으로 정성껏 닦기 시작했다.

처음 비센돌프가 그에게 바이올린을 바치겠다고 했을 때 얼마나 기뻤던가! 그때는 마치 아킬레스가 트로이의 영웅 헥토르를 물리치고 그의 갑옷을 전리품으로 가졌을 때만큼이나 기뻤다. 그런데 정작 이 귀한 바이올린을 손에 넣은 지금은 왜 조금도 기쁘지 않은 것일까? 그는 감옥에서 있었던 비센돌프와의 설전을 떠올렸다. 설마 그 감옥에 갇힌 유태인 노인네가 이 모든 것을 이미 다 꿰뚫고 있었단 말인가?

야스히로가 손으로 바이올린 줄을 튕기자 느슨하게 풀려 있는 줄에서 탄식처럼 낮고 무거운 소리가 났다. 야스히로는 서글픈 생각이 들었다. 그는 바이올린을 어깨에 올리고 오른손으로는 활을 잡고 왼쪽으로는 조율을 하며 골똘히 생각을 하다 갑자기 '이날'을 연주하기 시작했다. 조용하지만 열정적인 연주였다. 비센돌프가 자선음악회에서 했던 연주를 그는 분명하게 다 기억하고 있었다. 야스히로는 가쯔오가 자신이 켜고 있는 곡이 '이날'이라는 것을 알고 깜짝 놀라 입을 다물지 못하는 모습을 바라보며 하하하고 웃기 시작했다. 그는 웃음을 멈추고 바이올린을 다리 위에 내려놓은 후 감탄했다.

"비센돌프! 역시 당신은 대단한 바이올리니스트요!"

가쯔오가 물었다

"무슨 말씀이신지……."

그는 가쯔오에게 하는 말인지 자신이 혼잣말을 하는 것인지 모를 말을 했다.

"그는 자신이 옳았다는 걸 증명해 보였어."

"하지만…… 그자를 이기지 않으셨습니까?"

"내가? 내가 그를 이겼다고?"

"제가 보기엔 부장님께서 확실히 이기신 것 같은데요. 저번에는 연주 실력으로 이기셨고, 이번엔 그자가 직접 바이올린까지 바치지 않았습니까? 무기를 버리고 투항한 거라고요!"

야스히로가 바이올린을 조심스럽게 케이스에 넣고 탄식하듯 말했다.

"난 그를 이길 수가 없어, 알겠어? 왜냐면……."

그가 고개를 숙이고 진지하게 말을 이어 갔다.

"왜냐하면 음악은 하느님이 창조하신 전 인류의 언어거든. 그러니까 난 음악을 이길 순 없는 거야. 그리고 비센돌프는 그 자체가 음악인 사람이야!"

그가 가쯔오를 바라보며 계속 말을 이었다.

"몇 년 전에 비센돌프와 함께 술을 마실 때 언젠가 나에게 음악의 힘을 보여 주겠다고 그러더군. 그는 그걸 지금 내게 보여 준 거야. 그가 해낸 거야! 그때 자선음악회에서는 음악을 통해서, 이번에는 자신의 바이올린을 희생하고 음악을 포기하면서 말이야! 이제 우리는 그와 함께 다음번 싸움을 할 수 없게 되었어. 정말이지 그가 해낸 거야. 그가 이긴 거리고! 이제야 그걸 깨달았어!"

가쯔오가 도통 무슨 영문인지 모르겠다는 듯 물었다.

"왜 그러십니까? 그 유태인은 지금 티란챠오감옥에 있지 않습니까!"

야스히로가 손을 가슴 앞으로 모아 탁 하고 한 번 가슴을 치고는 대답했다.

"가쯔오, 내가 중요한 얘기를 안 해 주었군."

그는 책상 쪽으로 돌아와 앉았다.

"이젠 더 이상 리랜드 비센돌프를 못 보게 됐네."

"네? 죽었습니까? 자살이라도 했습니까?"

"도망쳤어. 어제 미국이 폭격하는 틈을 타서 탈옥했어."

"정말입니까? 그렇게 늙은 사람이…… 정말 믿기질 않습니다……."

"믿기질 않는다…… 그럴 수 있지……. 하지만 난 차라리 잘된 일이라고 생각하네."

두 사람은 더 이상 아무 말도 하지 않았다. 석양이 블라인드 틈 사이를 비집고 들어와 방을 둘로 갈라놓았다. 화살 같은 햇살 속에 셀수 없이 많은 먼지들이 바쁘게 움직이며 반짝거렸다. 눈을 가늘게 뜨고 보고 있는 가쯔오의 눈에 어두운 곳에 서 있는 야스히로의 모습이 점차 희미해졌다.

33

    60이 훨씬 넘은 노인이 간수들의 삼엄한 경계를 뚫고 티란챠오감옥을 탈출했다는 말은 실로 믿기 어려운 사실이었다.

    그날, 깊은 밤 귀를 찢는 폭음과 함께 지푸라기 위에 누워 있던 비센돌프는 놀라 잠에서 깼다. 예사롭지 않은 비명소리와 다급한 총소리가 계속되는 폭탄세례에 허둥지둥 맞대응을 하고 있었다. 그 소리가 머리 위에서 시끄럽게 계속되고 있었지만 그는 자신이 있는 곳이 지하 감옥인 것을 알고 있었기에 움직이지 않았다.

    비센돌프가 미공군 비호부대가 심야 공습 중에 목표물을 오인 사격한 사실을 알 리 만무했다. 그날 밤 티란챠오감옥과 홍커우의 게토에서는 수많은 사람들이 희생되었다.

    탈옥의 기회가 온 것은 찰나의 순간이었다. 갑자기 폭탄 터지는 소리가 비센돌프의 지척에서 고막을 당장 찢어 놓을 듯 크게 들려왔다. 그는 짙은 화약 냄새 사이로 무너져 내려온 돌 더미와 모래가루에 묻혀 하마터면 기절할 뻔했다. 머리 위에 있던 환기통이 사라지고 커다란 구멍이 뚫려 있는 게 보였다. 이어 두 번째로 이어진 폭격으로 인해 지면 위로 높이 쌓여 있던 담벼락이 완전히 무너졌을 뿐만 아니라 위쪽 부분이 두 동강이 난 전신주가 갑자기 감옥 쪽을 향해 쓰러졌다. 비센돌프가 자신의 발 옆에 쓰러진 그 전신주의 다른 한쪽 끝이 지면 위로 향해 있는 것을 본 것은 바로 그 순간이었다. 번뜩이는 섬광 속에서 그는 전신주 위의 좌우 부분에 발을 딛는 부분이 달려 있는 것을 보았다. 그의 눈앞에 밖으로 갈 수 있는 다리가 생긴 것이 분명했다. 그는 잠시 생각을 할 수 없었다.

"빨리 도망가세요!"

한 목소리가 그의 귀를 때렸다.

"안됩니다! 도망가다가 발각이라도 되는 날에는 그대로 처형될 겁니다!"

또 다른 목소리가 즉시 반격했다.

"여기가 바로 죽음의 지하 감옥인 것을 모르십니까? 여기서는 살아도 살아 있는 게 아닙니다!"

"이곳 지리에도 밝지 못한 분이 어디로 도망을 간다는 말입니까?"

"어찌됐던 도망을 치십시오! 여기서 일단 빠져나가야만 희망도 있습니다. 죽음을 당한다 하더라도 이렇게 짐승만도 못한 대접을 받으며 모욕을 받고 사는 것 보다는 낫습니다."

폭격소리가 잠시 멈추었다. 서둘러 결정을 내려야만 했다. 그는 자심의 심장이 미친 듯이 요동치고, 혈관의 모든 혈액이 빠르게 몰려다니는 것을 느꼈다. 고민을 하던 그가 마침내 손으로 전신주 위에 난 철제 손잡이를 잡고 지면 위까지 기어 올라갔다. 싸늘한 공기 속에 뒤섞인 유황냄새 때문에 재채기가 튀어나오려고 했다. 그는 조심스럽게 오른쪽을 한 번 살펴보았다. 바람을 쐬러 나오던 운동장에는 까만 어둠 속에서 폭탄이 터진 후 여기저기로 떨어져 나간 조각들이 가물거리며 흔적을 남기고 있었다. 그가 다시 왼쪽을 살펴보니 작은 자갈길이 감옥 담 쪽에서 낮은 개간지를 향해 나 있는 게 보였다. 개간지 끝 쪽에서는 타닥 소리를 내며 마치 횃불처럼 활활 타고 있는 고목 한 그루가 감옥 뒤편 담벼락을 밝게 비추고 있었다. 이미 한쪽이 폭파되어 무너진 뒤편 담벼락을 통해 담장 밖에 나 있는 무성한 관목들이 보였다. 들쑥날쑥하게 자라 있는 관목 더미는 고목나무의 횃불이 비추지 않는 어두운 곳까지 길게 연결되어 있었다.

　무릎을 구부려 위쪽으로 한 번 내짚어 보던 비센돌프가 이번에는 더 힘껏 무릎에 힘을 주어 이동했다. 그는 마침내 무릎이 단단한 지면에 닿는 것을 느꼈다. 무릎 살갗이 삽시간에 예리한 물건에 닿아 벗겨졌지만 그는 이런 것들에 신경 쓸 여유가 없었다. 그는 죽을힘을 다해 몸의 중심을 잡고 앞으로 전진했다. 그는 자신의 몸이 지면 위로 완전히 올라왔다고 느껴졌을 때 비틀거리며 일어섰다. 주변은 여전히 텅 비어 있었다. 멀리서 간헐적으로 타타탕거리며 발사되는 기관창 소리만이 들려왔다. 횃불처럼 불을 밝히던 고목이 더욱 맹렬한 기세로 타들어 가는 사이, 열기에 구워진 공기들이 휘이익거리며 바람 소리를 냈고, 밝게 타오르는 불길은 오히려 뒤편 담벼락 주위를 더 어두워 보이게 했다. 거대한 검은 그림자는 다른 세계로 통하는 좁은 통로가 되어 안에 있는 날카로운 손톱은 그를 향해 뻗으며 그에게 들어오라고 유혹하고 있었다. 그곳은 죽음과 불행의 공포가 도사리고 있는 것처럼 보이기도 했지만 정신적인 평안함과 안락함도 느끼게 하고 있었다. 그는 더 이상 주저하지 않았다. 그는 우선 손으로 담벼락을 짚고 몇 걸음을 옮기다 있는 힘껏 두 팔을 흔들며 걸었다. 그 모습은 다소 우스꽝스러울지 모르지만 그의 몸은 단호한 몸짓과 함께 어둠 속으로 사라지고 있었다.

어둠 속을 달리던 그는 시시 때때로 걸음을 멈추고 주변의 동정을 살폈다. 처음 그는 이미 수많은 골목과 주택을 지나며 가끔 개 짖는 소리까지도 들었지만 시간이 흐르면서 사방이 점점 조용해지는 것을 깨달았다. 그는 대충 자신이 북쪽을 향해 달리고 있는 것을 알았다. 높은 곳에 올라 돌아다보니 그의 눈에 황푸강이 하늘 끝에 걸려 수평선을 만들어 내고 있는 게 보였다. 그 맑고 투명한 모습은 마치 흑백 판화의 표현효과 같았다. 그는 앞을 향해 달리고 또 달렸다. 이미 아무런 감각도 느껴지지 않는 그의 두 다리는 마치 기계에 달린 바퀴처럼 기계적으로 움직이고 있었다.

들판 위의 모든 것이 환하게 드러나면서 그는 자신이 이미 씨를 뿌린 계단식 논밭을 지나고 있는 것을 알았다. 부드럽기가 이루 말할 수 없는 흙과, 주름이 지듯 한 줄 한 줄 솟아올라 온 논두렁길을 걸으며 그는 마치 목화솜 위를 걷고 있는 듯한 착각에 빠졌다. 두 다리가 갑자기 말을 듣지 않더니 이어 논두렁 위로 그가 쓰러졌다. 한 줄씩 나 있던 논두렁길이 어느새 산맥처럼 변해 그곳을 지나기조차 힘겨워졌다. 두려움에 질린 눈빛으로 그가 좌우를 살펴보자 오른쪽 산 언덕 위에 있는 숲이 보였다. 그는 논두렁길을 따라 그쪽으로 힘겹게 갔다. 그가 자신에게 명령하듯 말했다.

"절대 쓰러져서는 안 돼!"

비틀비틀 걸음을 옮기던 비센돌프는 자신과 가장 가까이에 서 잇는 나무를 잡고 기대어 섰다. 자신의 얼굴을 거칠고 시리도록 차가운 나무껍질 위에 가져갔다. 그는 나무의 진동을 통해 자신의 심장이 쿵쾅거리며 뛰고 있는 것을 느꼈다. 그 무엇보다 충성스러운 심장은 다소 어지럽게 뛰고 있었지만 여전히 고집스럽게 뛰고 있었다. 그는 심호흡을 하면서 자신의 호흡을 가다듬었다. 콧속의 열기가 나무 껍데기를 달구자 나뭇잎을 손에 넣고 짓이긴 후에 맡을 수 있는 비릿하면서도 싱그러운 풀내음 같은 것이 전해졌다. 머리 위로 바람이 지나가자 나뭇잎들이 온몸을 부르르 떨며 조수潮水와 같은 소리를 냈다. 심지어 새들도 지지배배 노래를 하는 듯했다. 그는 숲속 나무 틈 속으로 난 구멍을 통해 먼 곳을 쳐다보았다. 천천히 해가 떠오르면서 둘쑥날쑥한 지평선이 도시의 모습을 그려 냈다. 지면과 거의 맞닿은 하늘은 수채화 물감을 잔뜩 먹은 붓끝으로 아무렇게나 그려낸 듯 엷은 붉은색과 주황색으로 물들었다. 그는 이곳이 도시에서 아주 멀리 떨어진 곳임을 알았다. 그는 다시 고개를 돌려 숲속 깊은 곳을 빤히 쳐다보았다. 어두컴컴한 숲 안쪽은 층층의 그림자가 교차되어 있는 데다 불안한 적막함에 싸여 있었다. 그의 몸이 나무줄기를 타고 자신도 어찌지 못하는 상태로 미끄러진 후 아무런 기척도 보이지 않았다. 그는 문득 지금은 이미 늦봄으로, 곧 여름이 시작될 것이라는 생각을 했다.

'초목이 무성한 계절이 지나면 어느새 가을이 오겠지……. 그럼 나는…… 만리타향의 탈주범으로 살 날이 얼마 남지 않은 노인이 이끼와 수풀 위에서 낙엽처럼 부식물이 되어 흙으로 돌아가겠지…….'

그는 죽음 따위는 두렵지 않았다. 이 순간 죽음이라는 생각이 기회를 놓치지 않고 그의 머릿속으로 횡하니 지나갔다. 그가 다시 자신에게 뇌까렸다.

"아니, 안 돼! 난 절대 쓰러질 수 없어. 내가 이렇듯 잘 알지도 못하는 곳에서 탈주범의 몸으로 죽기 위해 탈옥까지 한 것은 아니야!"

그는 다시 앞으로 전진해야만 한다는 것을 잘 알고 있었다. 일본군들에게서 멀리 떨어져야만 할 뿐더러 중국인들이 생활하는 곳으로 얼른 들어가야 한다고 생각했다. 그는 중국인들은 자신을 도와줄 것이라고 믿었다. 그는 다시 억지로 몸을 일으켜 숲을 빠져나왔다. 그는 논두렁 사이의 좁은 길을 힘겹게, 힘겹게 걸어갔다.

"오! 하느님! 유태인의 하느님이시여! 이제 그만 당신의 강인함을 보이시어 저 악한 무리들을 징벌하소서! 당신의 자비롭고 긍휼하심으로 모든 사람들의 경배를 받고 있는 하느님! 당신이 잠시 소홀한 틈에 지상의 많은 사람들이 엄청난 고통에 시달리고 있습니다. 하느님이 주신 고통을 2000년이나 기꺼이 받아 온 우리 유태민족에게 이 고난의 끝이 어디인지를 알게 하소서! 전지전능하신 주여! 악인을 물리치소서! 독일군이건 일본군이건 상관없이 저 파시스트들을 멸하시옵소서!"

34

『성경』에서 '그날에 큰 깊음의 샘들이 터지며 하늘의 창들이 열려……'라고 언급한 것처럼 쏟아 붓기 시작한 장대비는 며칠이 지나도록 그칠 기미를 보이지 않았다.

게토의 거리는 마치 아무런 생명의 흔적조차 찾아 볼 수 없는 곳처럼 텅텅 비어 있었다. 지면에는 물이 흥건히 고여 있고, 한쪽 구석으로 쓸려 온 낙엽과 쓰레기들에서는 악취가 진동했다. 햇살이 반사하는 물빛은 희뿌옇긴 했지만 반짝거리고 있었다. 썩은 냄새가 진동하는 홍커우의 노후된 거리와 골목은 사람을 실은 노아의 방주가 물 위에 떠오른 것처럼 침몰하지 않고 그대로 있었다. 사람들의 마음속에는 이제 곧 맑은 날이 올 것이며, 그때가 되면 비둘기가 올리브 가지를 물고 올 것이라는 믿음이 있었다.

역사는 시공을 압축한 거대한 부조물처럼 단단하고 장엄한 모습을 드러냈다. 역사를 체험하다 보면 수많은 일이 참으로 사소하거나 심지어 황당하기까지 한 것을 알 수 있다. 어느 날 사람들이 마침내 고개를 돌려 그것들을 하나로 연결해 보면 그런 하찮고 사소한 일들이 우화처럼 미래를 예시하고 있었음을 발견할 수 있다. 그런 의미에서 1945년 8월 상하이 홍커우 게토에서는 우리가 즐겨 말할 만한 이런저런 사건들이 생활 속에 존재했다.

매일 점심 시간이 되면 난민수용소에는 걱정과 근심의 구름이 잔뜩 끼었다. 미스터 대나무인 코흐나는 난민들의 배를 부르게 하기 위해 더 이상 아무것도 할 수 없었다. 시간이 흐르면서 사람들이 점심시간에 배급을 받을 수 있는 것은 한 숟가락 정도의 으깬 감자뿐이었다. 그들이 먹을 수 있는 만큼 원 없이 먹을 수 있는 것은 큰 통 안에 가득한 물밖에 없었다.

어느 날 식당 안이 갑자기 웃음소리와 노랫소리로 가득 찼다. 무슨 일인지 영문을 모르는 코흐나도 깜짝 놀랐다. 사연은 이러했다. 난민 중 아버지가 자신의 아이를 위로하기 위해 동화 『헨젤과 그레텔』의 오페라 중 한 구절을 불러 준 것이었다.

"배고픔이 어떤 것이든 맛있는 것으로 변하게 해 줄 거야!"

얼마 되지 않아 줄을 서서 점심을 기다리던 사람들이 모두 그 구절을 배우게 되었고, 그때부터 점심을 배급하는 시간이 되면 난민들의 대 합창이 이어지곤 했다.

일본인들은 미공군 비호부대의 공습에 대처하기 위해 주민을 동원하여 체조를 하듯 뛰고 옆으로 눕고 포복으로 전진하는 것을 포함하여 긴급구호를 하는 등의 방공연습을 수차례나 했다. 그것으로 부족한지 주민들을 동원하여 거리 위에 간이방공시설인 참호까지 파게 했다. 하지만 이 참호들이 곧 내리는 빗물에 잠기면서 참호가 있는지 없는지 판단하기가 매우 어렵게 되었다. 그 때문에 그곳을 지나던 많은 행인들이 참호에 빠져 다리가 부러지는 부상을 입게 되었다. 어느 날 저녁, 순찰 중인 일본군 부대의 오토바이가 참호에 빠지는 일이 벌어지자 게릴라들이 나타난 줄 안 일본군들이 놀라 한동안 난리 법석을 떨었다. 그때 밤 근무를 마치고 돌아가던 유태인 관리대원이 자전거를 타고 무사하게 참호를 지나가는 것을 본 일본군들은 마침 화풀이 대상을 찾던 차에 지나가는 그를 잡아 실컷 때렸다. 원래 자신의 업무에 지나치게 성실해서 수많은 난민들의 원망을 샀던 이 유태인 관리직원은 이 일로 천벌을 받은 셈이 되었다.

그 밖에, 수많은 집들은 창문 유리창에 종이를 붙이는 것은 물론 나무판자와 침대 널빤지를 세워 공습을 피하는 장애물로 사용했다. 하지만 이것은 모두 심리적인 위로에 지나지 않는 행동으로 떨어지는 폭탄엔 모두 아무 쓸모도 없었다. 하지만 숨바꼭질 천국을 갖게 된 아이들은 즐거움에 어쩔 줄을 몰랐다.

야스히로의 이상한 행동이 며칠째 계속되었다. 그는 거의 모든 사람들에게 통행증을 발급했다. 사람들은 사람이 늙으면 마음이 넓어지고 온화해진다는데 늙지도 않은 야스히로가 이렇게 변한 것은 일본인의 패망이 머지않기 때문이라고 수근거리며 게토도 이미 막바지에 다다라 곧 사라지게 될 것이라고 말했다.

또 한 가지, 예전에 루샤오넨에게 조개껍데기목걸이를 준 소녀 사라가 승리의 그날을 기다리지 못한 채 영양실조와 병으로 끝내 난민수용소에서 죽은 가슴 아픈 일도 있었다.

날씨는 사람들의 기대를 정말 알고 있는 것만 같았다. 8월 15일 바로 그날…… 줄기차게 내리던 비가 동틀 무렵 갑자기 뚝 그쳤다. 해는 보이지 않았지만 구름은 아주 높이 떠 있었다. 오전 하늘 위에서 비행기의 모터소리가 요란스럽게 들려오더니 회색 바탕에 흰색 별이 그려진 미군 비행기가 구름 사이를 뚫고 모습을 드러냈다. 지상에서 허둥지둥거리던 사람들은 일본군의 공습경보가 내려지지 않은 데다 대낮에 모습을 드러낸 비행기가 아주 천천히 낮게 날아가는 것을 보고 곧 냉정을 되찾았다.

사람들이 미처 뭐라 생각을 하기도 전에 하늘에서 수없이 많은 형형색색의 전단이 뿌려졌다. 다시 한 번 공중을 돌며 형형색색의 전단을 뿌린 비행기가 기체를 옆으로 기울여 멋진 비행술을 뽐내며 두꺼운 구름 속으로 모습을 감추었다.

전단 위에는 실로 믿기 어려운 내용이 중국어와 영어로 쓰여 있었다. 전단 위에는 주민들에게 지금의 주거지를 떠나지 말라고 쓰여 있었다. 특히 유태인들에게는 게토를 함부로 떠나지 말 것과 지역 안정과 안전을 위해 거리행진 같은 행동은 삼가 줄 것을 당부하고 있었다. 설마 이렇게 드라마틱하게 전쟁이 종식됐다는 말인가? 정말 전쟁이 끝났다면 왜 지금까지 정부의 공식적인 말도 권위 있는 방송국의 방송도 없다는 말인가?

정오가 다 되어 갈 무렵 상하이의 각 방송국들은 중요한 내용을 곧 발표할 것이라고 예고했다. 흥분과 불안감이 교차하는 가운데 사람들은 커피숍과 상점 그리고 집에서 라디오를 길 쪽에 난 창문으로 옮겨 놓고 방송을 기다렸다. 거리마다 골목마다 희망에 부푼 사람들로 발 디딜 틈이 없었다.

정각 12시가 되자 일본 천황의 조서가 방송되기 시작됐다. 조서는 이미 준비된 일본어와 중국어 그리고 영어로 반복해서 읽혀졌으며, 그 내용 역시 사전에 모두 녹음된 것이었다. 목소리는 낮고 평온했지만 중국어와 영어 발음은 왠지 서투르게 들렸다.

조서에는 세계정세와 일본이 직면하고 있는 현재 상황을 곰곰이 생각해 본 후에 대일본제국정부에게 각각 미국과 영국 그리고 중국과 소련정부와의 접촉을 시작하라고 지시했다는 내용과 대일본제국은 이미 상술한 국가들이 연합성명에서 제시한 조건들을 수락하기로 했다는 내용이 적혀 있었다. 조서의 어휘 선택이 불분명하고 내용이 애매하게 쓰여 있었지만 그 의미만은 명확했다. 일본제국주의가 마침내 자신들의 패망을 시인하고 드디어 평화가 온 것이었다!

일순간 제방의 둑이 터져 밀려 나오는 물처럼 사람들은 더 많은 군중이 있는 곳을 향해, 거리를 향해, 와이탄을 향해 몰려가기 시작했다. 홍커우 전역과 상하이 전역이 들끓고 있었다. 오후가 되자 하늘에 다시 먹구름이 깔리면서 비가 오기 시작했지만 사람들의 흥분된 마음에는 아무런 영향도 끼치지 못했다. 이미 폐지된 게토의 모든 출구는 그곳에 모여든 유태인들이 소리 높여 부르는 유태민족의 민요 소리로 가득했다.

사람들의 발길이 끊이지 않던 상하이무국적난민처리사무소, 즉 야스히로가 통행증을 발급해 주던 사무실은 초라하고 처량맞기 이를 데 없었다. 원래 사람의 인적이 드물었던 마오하이루는 2년가량이 지난 후 겨우 예전 모습을 되찾은 듯 빗속에 말없이 서 있었다. 단명한 유태인의 왕 야스히로는 이미 모든 물건을 챙겨 떠난 후로 그 얼굴이 보이지 않은 지 오래였다.

다만 며칠 동안 계속해서 다 떨어진 옷을 입은 젊은 청년이 이곳을 배회하고 있을 뿐이었다. 주변을 경계하며 초조해 하다가 어느새 평정을 되찾은 그 청년은 마치 누군가를 기다리고 있는 것 같았다. 그는 다름 아닌 루양이었다.

35

이미 이틀이 지났다. 아직도 계속해서 비가 쏟아지고 있었지만 상하이 전역의 축하활동은 열악한 날씨에 조금도 개의치 않았다. 낮에 거리를 향해 이리저리 뛰어들던 사람들의 움직임은 이미 조직적인 활동으로 변모해 있었다. 국민당과 공산당의 대중 집회를 비롯하여 많은 기업과 상인조합들이 전부 직원들을 거리로 내보내 성대한 퍼레이드를 거행했다. 그중 앙거(秧歌 : 중국 북방의 농촌지역에서 유행하는 민간 가무의 일종) 공연과 용춤, 사자춤이 가장 볼 만한 데다가 재미있는 단막형태의 계몽 선전극 등이 주요 거리에서 돌아 가며 공연되고 있었다. 밤이 깊어 가는데도 사람들의 발길은 계속되었다. 갖가지 이야기들과 뉴스들이 사람들의 입을 타고 흥미진진하게 회자되면서 이야기에 살에 살을 붙여 갔다.

야스히로는 아직 군대를 따라 상하이를 떠나지 않고 있었다. 그는 이날 오후 배를 타고 부상병들과 함께 귀환할 예정이었다. 요즘 모든 것이 일본 군부 쪽에서의 명령이 하달되어야 하는 점도 있었지만 패전국으로서 모든 것을 중국 측의 지시에 따라야 했기 때문에 그는 자신이 타고 갈 배의 다음 정박지가 어디인지도 알지 못했다. 그 밖에 그는 동료들과의 이야기와 전화, 전보들의 연락을 통해 일본으로 돌아간 후에 작전부대는 곧바로 해산되어 귀향할 것이며, 문직 관료들은 정해진 기간 내에 정부와 군부 소속의 특정기관에 보고를 마쳐야 한다는 소식을 전해 들었다. 하지만 그 부분 역시 전승국인 미국의 명령에 따라 결정될 것이었다.

야스히로의 마음에 만감이 교차했다. 상황이 역전되고, 하늘은 대일본제국을 버렸다. 일본은 태평양에서 미국에게 패배했을뿐만 아니라 19세기 초부터 지배를 해 온 중국, 한국 그리고 동남아지역에 대한 통제권을 영원해 내놓아야만 했다. 방송국에서 일본 천황이 항복한다는 내용의 조서를 방송한 지 얼마 되지 않아 야스히로는 게미츠 대좌가 집 안에서 할복자살한 소식을 전해 들었다. 밤새도록 야스히로는 멍한 상태로 생각에 잠겼지만 머리는 그야말로 텅 빈 공황상태였다. 단순히 상사의 죽음 때문만은 아니었다. 그는 막막함과 비통함으로 가득한 마음을 안고 당시 자신이 음악가로서의 생애를 포기하고 대일본황군을 자처하여 바다를 넘어 힘겨운 전쟁 중에 공명을 추구해 온 길을 생각했다. 이제 그 모든 것이 사라지고 그 모든 것은 막막함으로 다가왔다. 그는 정말 자신이 생활을 어떻게 정리하고 출발해야 할지 알 수 없었다.

요 며칠 그는 정신없이 분주한 시간을 보냈으며 그의 집 안 역시 형편없이 어질러져 있었다. 그는 꼭 가져가야 할 물건들을 싸거나 상자 속에 담았고, 가져갈 수 없는 것들은 모두 파기했다. 그는 원래 상하이에서 많은 골동품 수집에 열을 올렸었지만 결국 생각 끝에 모두 부서 버리거나 태워 버리기로 마음을 먹었다.

이틀 전에 비해 일본인들이 살고 있는 주택가는 많이 조용해져 있었다. 이틀 전 일본이 패망했다는 소식이 선포되고 천황의 항복을 알리는 조서가 방송을 통해 낭독되고 난 후 수천수만의 중국인들이 일본인들의 주택가를 겹겹이 에워쌌다. 그들은 구호를 외치고, 민요를 부르며 돌멩이를 던져 거리와 맞닿은 주택가의 창문을 모두 박살 내었다. 수많은 일본교포는 물론 특히 무장민단을 지낸 사람들은 두려움에 떨려 함께 모여 있었다. 심지어 그들 가운데 옷장 속에 숨은 자도 있었다. 참으로 아이러니한 일이 아닐 수 없었다. 과거 많은 중국인들이 일본 헌병의 추격을 피하고자 숨은 곳이 바로 옷장 아니던가?

그와 동시에 게토에 살던 유태인난민들도 가만히 있지 않았다. 그날 일본이 항복을 선포한 30분 후 몇몇 유태인 문예클럽의 사람들이 야스히로 사무실의 꼭대기로 올라가 흰 바탕에 푸른색의 다윗별이 가운데 그려진 깃발을 걸었다. 이 깃발의 모양은 애초에 시온주의를 창시한 헤르츨의 전우이자 계승자인 데이비드에 의해 고안된 것으로써 훗날 1948년 수립된 이스라엘의 국기가 됐다.

야스히로는 지금 눈앞에 펼쳐진 평화로움이 어색했다. 그는 이것은 사람들의 주의력이 다른 곳에 쏠렸음을 의미한다고 생각했다. 아무리 패전국이라고는 해도 이렇게 쉽게, 이렇게 빨리 홀대를 받아서는 안 된다고 생각했다. 역사의 한 장은 이미 장렬하게 넘어갔지만 그는 정말로 서양 오페라의 마지막 장처럼 모든 것이 한꺼번에 연주된 후 일순간에 조용해지는 것을 원치 않았다.

그가 마지막으로 정리하는 소장품 가운데 서양음악을 담은 3백여 장의 레코드가 있었다. 그는 레코드 한 장 한 장을 어루만진 후 결국 부서 버렸다. 하지만 비센돌프가 연주한 레코드들은 한 장도 빠짐없이 조심스럽게 포장했다. 특히 이미 절판된 멘델스존의 바이올린 협주곡은 더더욱 소중하게 챙겨 넣었다.

"중요한 물건을 혹시 빠뜨리지 않았는지 잘 살펴보세요!"

야스히로의 귀에 집 밖에서 들어온 가쯔오가 분주하게 움직이며 당부하는 목소리가 들렸다. 가쯔오가 손을 들어 물었다.

"이것 가져가실 거예요?"

야스히로가 고개를 돌리며 분주하게 놀리던 손을 멈추었다. 야스히로가 내내 사무실 책상 위에 세워 두었던 사진틀이 가쯔오의 손에 들려 있었다. 사진틀 안에는 자신이 부임하던 그날 아침 통행증을 받으려고 나온 유태인 대열 앞에서 기념으로 찍은 사진이 들어 있었다. 그것을 받아 든 야스히로가 한 번 본 후 세차게 바닥으로 내동댕이쳤다.

야스히로 일행은 원래 오후 3시경 부두에 도착할 예정이었지만 전쟁에서 패배한 후 일본인들의 무기 사용이 전면금지된 상황이라 가는 길에 무슨 일이 일어나도 대처할 방도가 없음을 고려하여 12시가 지나자 서두르기 시작했다. 안전을 고려하여 뒷문을 통해 빠져나가기로 한 야스히로가 사방을 둘러보았다. 활력이 넘쳐나던 길 맞은편의 보병군영은 이제 사람의 흔적은 보이지 않고, 활짝 열린 대문을 통해 들여다보이는 운동장 맞은편의 막사는 유리창과 문짝이 모두 뜯겨져 나가 시커먼 동굴처럼 변해 있었다. 감회에 젖은 그는 떨어지는 빗방울을 올려다보며 시구를 떠올리려 했다. 잠시 생각에 잠겨 있던 그가 조용히 읊조렸다.

"허공에서 떨어지는 흰 빗방울이……."

다음 구를 떠올리며 생각에 잠겨 있는 사이 가쯔오가 얼른 끼어들며 그를 재촉했다.

"이제 그만 차를 타셔야만 합니다. 만일 불상사라도 발생……."

그의 머릿속에 막 떠오르려던 다음 구절이 순식간에 사라졌다. 그역시 초조한 듯 손을 휘이 내저은 후 대답했다.

"그래, 그래! 어서 빨리 차에 타세!"

차의 행렬이라고 해야 고작 군용 지프 2대뿐이었다. 가쯔오가 운전을 하는 앞차에는 또 한 명의 부하가 타고, 야스히로는 그 뒤차에서 가쯔오의 뒤를 따라갈 작정이었다. 왼손에 비센돌프의 바이올린을 들고 오른손에 검은색 우산을 든 야스히로가 운전사의 오른쪽에 올라탄 후 우산에 낀 빗물을 털어 내고 우산을 발밑에 세워 두었다. 문을 닫은 그는 자신의 가슴 앞으로 바이올린을 가져다가 두 손으로 정중하게 감싸 안았다.

멜라니의 바이올린은 여전히 그 푸른색 벨벳 천에 싸여 있었다. 야스히로는 일본으로 돌아가는 모든 여정에서 이 바이올린을 정성껏 운반하기로 마음먹었다. 그는 자신이 그토록 숭배하던 세계 최고의 바이올리니스트와 가까운 사이에서 철천지원수가 되어 결국 그를 죽음의 경계로까지 몰아넣었던 일을 생각했다. 그에게 있어 그 모든 사실들에는 나름대로 충분한 원인과 이유가 있었지만 지금에 이르러서는 그 얽히고설킨 은원이 모두 전쟁의 종식과 더불어 순식간에 과거사가 되어 버렸다. 그는 이제서야 자신의 내면 깊숙한 곳에 아직도 남모르는 죄의식이 숨겨져 있을 뿐만 아니라 그 유태인 노인에게 아직도 설명하기 어려운 걱정과 염려가 남아 있음을 발견했다.

어디로 망명한 것일까? 아직 살아 있는가 아니면 죽었는가? 야스히로는 살아생전 다시는 비센돌프를 볼 수 없을 것이며, 이 평범하지 않은 바이올린을 기념으로 갖게 된 것이 정말 다행이라고 생각했다. 또한 그는 이 바이올린이야말로 그들 두 사람 간의 모든 은원관계가 농축되고 기억되어 있는, 소중하고 의미 있는 물건이라고 생각했다.

자동차 배기관에서 흰색 연기를 내뿜는 두 대의 지프가 뒷문이 위치한 조용한 골목을 나가 행인들이 점차 많아지는 큰길을 향해 전진했다. 그는 곧 주변에서 밀려드는 적의를 감지할 수 있었다. 조소와 원한 섞인 얼굴들이 자동차 전면과 측면 유리창을 통해 끊임없이 지나쳤다. 자동차 표면은 뭔가 둔중한 물건에 가격을 당하는 듯 텅텅거리며 둔탁한 소리를 내질렀다. 야스히로는 당황한 기색 없이 손을 들어 차문의 잠김쇠를 굳게 누른 후 태연한 표정으로 정면을 주시했다. 그는 자신의 표정을 통해 전쟁에서 패했지만 아직 자존심은 남아 있다는 겸허한 자존감을 나타내며 운전사에게 클랙슨을 눌러 전방의 가쓰오에게 좀 더 속력을 내서 가라는 신호를 보내라고 명령했다.

주룩주룩 비가 세차게 쏟아지면서 길은 오히려 운전하기가 더 편해졌다. 두 대의 지프가 자동차 바퀴에 물꽃을 휘감으며 움직이다 잠시 후 전쟁시에 상용이 중단되었던 전차의 궤도를 따라 가던 브리지의 진입교로 들어섰다. 볼록볼록하게 홈이 팬 진입교 위를 지나는 차량도 함께 흔들거리며 지나갔다. 자동차에 타고 있는 야스히로가 눈을 들어 먼 곳을 응시했다. 그의 시야로 다리 좌우 양측의 녹색 페인트가 벗겨진 강철구조가 들어왔다. 빗속에 색깔이 더욱 어두워진 모습은 말없이 서 있는 고대무사를 연상케 했다. 다리 위쪽은 쏟아지는 빗방울이 쇠기둥을 두드리다 이내 사방으로 흩어지며 튕겨져 나갔다. 쏟아지는 물줄기는 마침내 수정과도 같은 물기둥을 만들며 끊임없이 세차게 쏟아져 내렸다. 멀리서 바라보는 그의 시야로 다리들이 차례차례 폭포처럼 변해 가며 자욱한 물안개를 만들더니, 물안개가 이내 다리 전체를 온통 에워 싸는 것이 들어왔다.

2대의 지프가 앞뒤로 나란히 다리로 진입했을 때 야스히로는 사방에서 들려오던 물방울 소리가 점점 요란해지더니, 자신의 사면팔방이 온통 획일적인 소리로 가득 차 지독한 소음 속에 아무것도 들리지 않는 정적에 휩싸인 듯한 착각에 사로잡혔다. 고독하고 쓸쓸한 자신이 홀로 가없이 넓고 아득한 시공 속을 떠다니고 있다는 느낌이었다. 그는 머리카락이 쭈뼛해지는 느낌과 함께 다시 한 번 운전사에게 클랙슨을 눌러 전면에 있는 차량에게 속력을 더하라고 재촉했다.

지프 간의 차량 간격이 벌어지며 순식간에 다리 중앙에 도착했다. 그때 갑자기 퍽 소리와 함께 야스히로가 앉은 쪽의 차창이 뭔가에 크게 부딪힌 듯 거북이 등처럼 쩍 갈라졌다. 야스히로가 무엇인지 미처 확인을 하기도 전에 자동차가 끽 소리를 내며 급브레이크를 잡고 멈춰 서는 바람에 야스히로의 머리가 유리를 거의 박을 뻔했다. 운전사가 황급히 그를 불렀다.

"부장님! 저기를 좀 보십시오!"

누군가 죽음을 각오한 듯 그들의 자동차 전방을 막고 서 있었다. 자동차를 막고 서 있는 사람은 자동차가 멈춰 서는 것을 보고 다시 뒤로 몇 걸음 물러났다. 그 사람은 자동차와 5, 60미터의 간격을 두고 당당하게 서 있었다. 그때 앞을 바라보던 야스히로는 자신의 심장이 덜컥 내려앉는 것을 느꼈다. 자동차를 가로 막고 선 사람은 바로 죽을 고비를 넘긴 루양이었다.

잠시 대치되어 있던 양측 가운데 야스히로의 차가 달달달거리며 빗속에 흰 연기를 뿜어냈다. 운전사는 상대방의 몸이 거의 닿을 정도의 거리로 조심스럽게 운전을 해 나갔지만 그 젊은이는 조금도 위축됨 없이 두 다리를 벌린 해 미동도 없이 당당하게 서 있었다. 이미 상당한 간격을 벌인 채 앞서 달리던 가쯔오의 자동차가 야스히로의 자동차에 뭔가 문제가 발생한 것을 알고 급히 후진하여 2, 30미터 거리에서 멈춰 섰다.

야스히로는 자동차 유리에 흘러내리는 빗물을 통해 자신의 앞에 서 있는 중국인 소년을 세심하게 관찰했다. 그는 4년 전 자신이 맨 처음 비센돌프와 마찰이 생겼을 때 불타오르는 질투심을 갖고 거리에서 연주 중인 그를 일부러 찾아갔던 일을 또렷하게 기억하고 있었다. 그의 빼어난 연주 실력에 놀라고, 그의 귀신 얼굴에 놀림을 당한 그의 마음은 순식간에 잔인하게 바뀌었으며, 그 후 그의 생활을 뒤덮었던 희뿌연 감정은 멜라니의 바이올린을 손에 넣고서야 다소 희석되었었다. 지금 이 순간 그는 내심 놀라고 있었다. 루양의 키는 이미 자신보다 머리 하나가 더 클 만큼 자라 있었고 몸에는 수감 중에 입었던 회색 죄수복을 걸치고 있었다. 여전히 큰 구멍이 뚫려 있는 옷의 어깨 부분을 통해 피 묻은 상처가 그대로 드러나 있었다. 비센돌프와 사제의 연을 맺은 이후 5년이라는 세월이 흐르면서 방종했던 소년은 이미 19살의 청년이 되어 있었다. 건강한 모습으로 성장한 그는 입과 양쪽 뺨에 수염이 나 있었고, 머리는 덥수룩하고 길게 자라 있었다. 국난이 가져온 어려움은 그의 미간에 영웅의 기색을 심어 놓고 있었다. 그 이유때문인지 그의 눈빛은 번뜩이기보다는 굳게 문 양미간 아래서 회색의 확고한 빛을 발하고 있었다. 야스히로가 차 문을 열고 빗속으로 한 걸음 나오며 검은색 우산을 펼쳐 비를 피했다. 차분하게 두어 걸음을 옮긴 그가 온화한 표정으로 말했다.

"전쟁은 이미 다 끝났는데 왜 아직도 시비를 거는 것이냐? 할 말 있으면 좋게 말로 해 보도록 해라."

루양이 고개를 들고 말했다.

"전쟁은 끝난 게 아니라 너희 왜놈들이 두 손을 들고 항복한 것이다!"

그가 잠시 말을 멈춘 후 야스히로를 뚫어지게 쳐다본 후 다시 말했다.

"하지만 우리 사이의 일은 아직 끝나지 않았지!"

야스히로가 직접적인 대답을 회피하며 감탄한 듯 외쳤다.

"여기서 날 막아서려 하다니 꽤나 신경을 쓰셨겠군!"

루양이 냉소하며 외쳤다.

"널 막아선다? 흥! 그럼 내가 널 찾으러 네놈 사무실이나 집으로 찾아갈 줄 알았느냐? 이 다리 위야말로 널 가로막고 우리의 일을 청산하는데 가장 적합한 곳이지!"

껄껄 웃는 야스히로의 말투는 여전히 온화했다.

"우리 사이의 일이라고 했나? 그야 나도 잘 알고 있지. 네가 감옥에 끌려가서 죽도록 고생하긴 했지만 전쟁 때는 전쟁 때 지켜야 할 규율이 있으니, 그 점은 서로 양해해 주는 게 마땅하지 않을까?"

루양이 코웃음을 치며 외쳤다.

"개소리 작작 해! 그토록 많은 흉악무도한 짓을 저질러 놓고 이렇게 내빼시겠다 이 말이야? 가려면 네놈 입으로 말한 것처럼 내게 절이라도 하고 가야지! 게다가 교양이라고는 눈 씻고 찾아도 없는 너처럼 야만적인 놈에게 비센돌프 선생님의 바이올린이 가당키나 하다고 생각하나?"

그가 손으로 자동차를 가리키며 말했다.

"그래서 이 몸이 직접 여기에 온 거야! 비센돌프 선생님의 바이올린을 당장 내놔! 멜라니의 바이올린을 당장 내놓으란 말이야!"

루양의 말을 듣던 야스히로는 가슴이 철렁 내려앉는 것을 느끼며 지체하면 지체할수록 상황이 악화될 것을 알았다. 그는 한시바삐 끈질긴 중국인 소년의 손아귀에서 빠져나가야만 한다고 생각했다. 사방을 둘러보는 그의 시야에 세차게 내리는 비 때문에 텅텅 비어 있는 다리가 들어왔다. 그는 다소 안도한 모습으로 품위를 잃지 않고 한마디 한마디에 힘을 주어 외쳤다.

"루양! 도대체 뭘 하려는 짓이냐? 나와 싸움이라도 하려는 모양인데 나중에 괜히 후회하지 말거라! 이전에 겪은 쓴맛을 벌써 잊었느냐?"

루양이 두 손을 가슴 위에 놓고 팔짱을 낀 채 무표정한 얼굴로 아무 말 없이 서 있는 것을 본 야스히로는 자신에게 물러설 여지가 없음을 깨달았다. 마음을 단단히 먹은 그는 더 이상 지체하지 않고 우산을 공중에 내던졌다. 던져진 우산이 한 바퀴 허공에서 돌다 바람에 밀려 옆으로 떨어졌다. 이어 그가 상의를 벗어던진 후 루양과 5미터 정도의 간격이 떨어진 곳에서 유도 자세를 취하고 섰다. 잠시 후 그가 기합을 내지르며 무서운 기세로 달려들었다. 먼저 오른손을 내밀어 루양의 오른쪽 얼굴을 공격하려다 루양이 왼쪽으로 이동하는 것을 보고 곧 주먹을 펴 당수로 루양의 목 우측을 공격했다.

상체를 움직여 야스히로의 공격을 피한 루양이 왼발을 앞으로 한걸음 내딛는 것과 동시에 전광석화처럼 오른손을 들어 야스히로의 손목을 꽉 붙잡았다. 야스히로가 다른 동작을 미처 취하기도 전에 오른발을 들어 야스히로의 오른발을 사정없이 후려쳤다. 야스히로가 황급히 무릎을 굽혀 발을 뒤로 빼내려고 하였지만 이미 그 동작을 사전에 간파한 루양이 몸을 앞으로 밀며 자신의 발로 그의 발목을 냅다 걸어찼다. 야스히로의 오른발이 치켜 올라가며 지면에서 떨어진 것과 동시에 몸의 중심을 잃은 야스히로가 앞으로 고꾸라지며 빗물 속으로 곤두박질치며 넘어졌다.

야스히로는 상대가 이렇게 강하게 변해 있을 줄 상상도 하지 못했다. 서둘러 일어난 그가 뒤로 물러서서 얼굴에 묻은 흙탕물을 닦아 낸 후 다시 두 팔을 가슴 앞에 모으고 자세를 취했다. 승리에 급급해 하지 않는 루양이 차분하게 두 걸음을 이동하며 주먹 쥔 두 손을 야스히로의 얼굴 앞에서 상하좌우로 흔들었다. 야스히로 역시 두 주먹을 흔들며 방어 자세를 취하면서도 감히 함부로 공격에 나서지 못했다.

갑자기 루양이 기합과 함께 왼손을 들어 공격하자 야스히로가 서둘러 오른손을 밖으로 빼며 방어하려 했지만 뜻밖에도 루양의 재빠른 다리가 먼저 야스히가 내놓은 허점을 틈타 가슴을 그대로 가격했다. 야스히로가 뒤로 자빠지며 물속에 그대로 고꾸라졌다.

이때 멀리서 야스히로의 낭패한 모습을 보고 있던 가쯔오가 차에서 내려 "야아아아!" 하고 기합을 지르며 두 사람이 있는 쪽을 향해 달려왔다. 싸움이 순식간에 삼각구도를 이루며 서로 대치하는 양상으로 변했다. 루양이 잔뜩 인상을 찌푸리며 단호하게 외쳤다.

"그래! 너도 아주 잘 왔다! 이 개자식들아! 네놈들을 한꺼번에 혼내주마!"

그가 재빨리 뒤로 한 걸음 물러서며 찢어진 상의를 쫘악 하고 마저 찢어 버리자 상처투성이지만 다부진 근육들이 모습을 드러냈다. 이때 멀리서 지나가던 행인들이 뭔가 일이 벌어진 것을 알고 소리 지르며 이곳을 향해 달려오기 시작했다. 수치심이 곧 분노로 변한 야스히로가 곧 기지를 발휘해 우선 발로 물을 찬 후 갑자기 측면으로 돌진해 손을 들어 루양의 머리를 내리쳤다.

그때 눈 깜짝할 사이 갑자기 나타난 주먹이 야스히로의 얼굴을 단단히 내리쳤다. 너무나 세게 맞은 탓에 야스히로는 신체의 균형을 잡지 못해 비틀거리며 눈앞에 별이 반짝이다 홀연 주변이 캄캄해지는 것을 느꼈다. 그가 도대체 무슨 일이 벌어진 것인지 감을 잡기도 전에 다시 주먹이 그의 얼굴을 세게 때렸다. 눈앞의 세상이 빙빙 돌다 다시 별들이 번쩍번쩍하는 것을 보았다.

어느새 슈나이더와 바이루헤이가 하늘에서 내려온 구원병처럼 루양의 앞에 나타나 있었다. 가쯔오를 흘끗 쳐다본 바이루헤이가 장난기가 발동한 듯 버럭 소리를 질렀다.

"꼼짝 말고 거기 있어! 너희들의 천황이 항복을 발표한 지금 설마 무슨 말썽을 부리려는 것은 아니겠지?"

한껏 마음을 졸이던 가쯔오는 진퇴양난의 국면에서 결국 가만히 서서 움직이지 못했다. 다리 위에 몰려든 사람들이 크게 환호성을 지르는 가운데 누군가 소리를 지르며 크게 외쳤다.

"일본제국주의를 타도하자! 일본 침략자 무리들은 어서 물러가라!"

시민들이 연호하고 나섬에 따라 함성이 여기저기서 계속 이어졌다. 빗물 속에 고꾸라져 있던 야스히로는 지금 당장 일어날 용기가 없었다. 비가 계속 쏟아지는 가운데 느껴지는 차가운 흙탕물이 그의 정신을 맑게 했다. 그의 귓가에 주변 사람들의 외침이 들려왔고, 그가 통증을 느낄 만큼 더러운 오물들을 세게 던지는 것도 느꼈다.

가쯔오가 비틀거리며 다가와 야스히로 앞에 쓰러지듯 앉았다. 그는 감히 반격을 가할 수도 없었고, 적개심으로 가득 찬 채 주변을 에워싸고 있는 사람들을 쫓아낼 수도 없었다. 그는 그저 큰 소리로 자신의 상사를 부를 뿐이었다.

"야스히로 부장님! 부장님!"

이어 야스히로의 팔을 붙잡았지만 야스히로는 물속에서 얼어붙은 사람처럼 사람들이 내던지는 쓰레기들을 맞으면서도 아무런 반응도 보이지 않았다. 그의 옷을 더럽힌 쓰레기 중 더러는 미끄러져 흙탕물 속에 빠졌다.

"어서 일어나세요! 어서요! 이제 빨리 가요!"

가쯔오의 재촉에도 예상 외로 야스히로는 미동도 하지 않았다. 그가 갑자기 입을 벌리고 서럽게 웃었다.

"하하하하! 모든 게 사라졌어! 이제 모든 것이 사라졌다고! 내가 빚진 것도 이제 모두 갚았어! 깨끗하게 갚았다고! 그래 이것도 괜찮아!
아주 훌륭해! 가쯔오 군! 자네도 더 이상 나를 부장님이라고 부르지 말
게! 우리는 모두 똑같은 사람일 뿐이야!"

가쯔오가 더 이상 참지 못하고 갑자기 야스히로의 곁에서 무릎을
꿇고 쓰러졌다. 그의 무릎 역시 흙탕물 속에 함께 잠겼다.

"으아!"

야스히로가 목이 터져라 크게 소리를 지른 후 통곡하기 시작했다.

36

    게토가 폐지된 지 5일째 되는 날 비센돌프는 마침내 화더루 55번지 집으로 돌아왔다. 루샤오녠과 보건소의 다른 간호가가 그를 집으로 데려온 것이다.

    보름 전쯤의 어느 날 점심 무렵 시골에서 일하던 농민들이 논두렁에 정신을 잃고 쓰러져 있는 비센돌프를 발견한 후 마을로 데리고 와 곧바로 20여 리 밖에서 마을 주민들을 치료하고 있던 의료봉사단에 보냈다. 그들은 의료봉사단의 또 다른 팀으로써 언어의 장벽 때문에 곧 루샤오녠에게 연락을 취했다. 우여곡절 끝에 루샤오녠은 하루가 지난 다음 날 점심 때가 되어서야 비센돌프와 만나게 되었다. 루샤오녠은 자신의 눈앞에서 벌어진 일을 믿을 수 없었다. 비센돌프의 입을 통해 그녀가 떠난 후 발생한, 듣기만 해도 가슴이 떨리는 모든 일을 알게 된 후 비센돌프를 더더욱 존경하지 않을 수 없게 됐다. 그 두 사람의 관계를 알게 된 주변 사람들 모두 감동했다.

    그날 하루 종일 비센돌프는 극도의 흥분 상태에 빠져 있었다. 루샤오녠은 그를 위해 최선을 다해 제일 좋아하는 보르스치를 만들었다.

그녀는 우선 양파를 약간 탈 때까지 달달 볶아야 한다는 그의 요리법을 정확하게 기억하고 있었다.

처음 그녀는 비센돌프의 몸을 보신해 주기 위해 삼계탕을 끓일 생각이었지만 일본군들이 쑤베이지역의 가축이란 가축을 모조리 끌어다 죽이거나 약탈해 간 터라 어쩔 수 없는 상황에서 보르스치를 끓이면 좋겠다라는 생각이 번뜩 스치고 지나갔다. 그녀는 시골에서 우선 토마토 2개와 감자 1개, 밀가루 약간을 구해 놓고 양파가 없어 그냥 파를 사용하기로 했다. 그녀는 우선 파의 흰 부분을 잘게 다진 후에 뜨거운 기름에 넣고 약간 황색을 띨 때까지 볶은 후 그릇에 담아 한쪽에 두고, 나머지 파의 푸른색 부분을 살짝 볶아 두었다. 이어 으깬 토마토 반 개를 냄비에 넣고 붉은색 기름에 배어 나올 때까지 볶은 다음 냄비 속에 물을 붓고 썰어 놓은 감자와 토마토를 함께 넣고 끓이기 시작했다. 스프에서 냄새가 나기 시작하자 이미 볶아 놓은 파를 스프에 넣고 잘 저은 다음 소금과 설탕 그리고 밀가루를 넣고 스프가 점점 걸쭉해지도록 했다. 그 설탕은 의료용으로 포도당을 대신하는 것이었다. 마지막으로 뚜껑을 잘 덮고 약한 불에서 조금 더 끓였다가 큰 그릇에 보르스치를 가득 담아 노인 앞으로 가져갔다.

보르스치 한 그릇을 모두 먹어 치운 노인의 눈에 다시 기운이 감돌았다. 하지만 그 후로 그의 몸은 계속 눈에 띄게 쇠약해져 갔고, 시간이 흐를수록 의식이 불분명한 상태가 길어졌다. 잠깐 의식이 돌아왔을 때 그가 루샤오녠의 손을 꼭 잡고 말했다.

"루샤오녠! 내게 시간이 얼마 남지 않은 것을 난 잘 알고 있단다. 내 부탁을 하나 들어 다오! 제발 날 집으로 데려다 주렴."

많은 우여곡절 끝에 비센돌프를 상하이로 호송하는 일행이 마침내 길을 떠나게 되었다. 그들은 상하이에 구호물품을 전달하는 미공군 군용차를 타고 올라오게 됐다. 점심 때가 거의 다 될 무렵 루샤오녠은 격앙된 마음으로 와이탄에 우뚝 솟아 있는 종루를 쳐다보았다. 환경이 사람에게 심리적인 암시작용을 한다는 게 사실인 것 같았다. 오후가 되면서 의식이 거의 없던 비셴돌프가 갑자기 의식을 되찾았다. 그의 눈에서도 광채가 흘러나왔다. 그는 젖은 수건으로 자신의 이마 위에 흐른 땀을 닦고 있는 루샤오녠을 바라보며 힘없이 입술을 움직였다.

"여…… 여기가 어디냐?"

"여긴 할아버지가 2년이 넘게 사신 홍커우 집 2층이에요. 아시겠어요? 할아버지가 주무시기만 한 지 벌써 며칠 째인지 몰라요. 하지만 지금 집에 오니까 눈을 바로 뜨셨네요!"

비셴돌프가 뭐라고 입술을 움직였지만 뭔가를 생각하고 있는지 아니면 말할 힘을 모으고 있는지 아무 말도 흘러나오지 않았다. 시간이 조금 지난 후 그가 루샤오녠을 다시 쳐다보며 나지막이 말했다.

"이제야 생각이 나는구나. 이제야 생각이 나! 아주 옛날 배운 시가 생각나……. '내가 생명의 불꽃에 기대어 온기를 느껴 보지만 이제 그 온기가 점점 사라지는구나. 이제 나도 떠날 준비를 해야겠구나.'"

"아니에요! 안 돼요! 할아버지! 이제 모든 게 좋아지고 있어요. 할아버지 몸도 곧 좋아질 거예요!"

그가 애써 웃음을 지으며 다시 힘없이 말했다.

"루샤오녠! 날 집으로 데려다 주지 않으련? 이제 우리 집으로 가자!"

비셴돌프는 루샤오녠의 뜻에 따라 우유를 조금 마신 후 곧 잠이 들었다. 이 우유는 루샤오녠이 저우산루에서 이제 막 개업을 한 유제품 상점에서 사 온 것이었다. 모든 상황이 평온한 것을 보고 그녀가 다른 간호사에게 몇 마디 당부를 한 후 옷을 갈아입고 인력거를 불러 자신의 집으로 달려갔다. 그녀는 비셴돌프의 말을 통해 동생 루양이 당한 고초를 알게 되었다. 1년 전 자신이 직접 목격한 슈나이더의 불행, 지금 비센돌프의 고난과 아버지의 비참한 죽음까지의 모든 일들은 일본인들로 인해 야기된 것이었다. 그녀가 홍안의 어린 소녀에서 아리따운 숙녀로 성장하는 아름다운 시절에서 그녀의 꿈과 그녀의 사랑 그리고 그녀의 모든 것은 일본인들의 손에 의해 무참하게 산산조각 나 버렸다. 이제 그녀는 이 산산이 부서져 나간 모든 것을 되찾아 한 조각 한 조각을 끼워 맞춤으로써 아름다운 그림으로 갖고 싶었다.

공공조차지는 이미 사라지고 없었다. 일본군이 상하이를 점령한 후 왕징웨이가 이끄는 꼭두각시정부는 서양인의 손에서 조차지를 되찾은 것을 기념하는 익살극을 공연하기도 했었다. 그런 이유때문인지 공공조차지의 지명이 상당 부분 개명되어 있었다. 하지만 어찌됐던 간에 일본이 항복을 한 후 현재 상하이는 정치적으로나 군사적으로나 진공 상태에 놓여 있는 것 같았다. 상하이는 지금 초조한 마음으로 친자확인을 기다리고 있는 아이와 다를 바가 없었다.

인력거에 앉아 사방을 둘러보던 루샤오녠은 이곳에 위치한 많은 상점과 거리, 사람과 자동차의 행렬, 공기 중에 떠도는 향기와 혼탁한 냄새, 음악과 소음 모두가 너무나도 신선하게 느껴졌다. 모든 것이 그녀의 신경을 자극하며 당장 인력거에서 내려 하릴없이 그냥 하루 종일 거리를 돌아다니고 싶은 마음이 그득했다. 하지만 이제 그녀는 성숙한 어른이었다. 길가의 풍경을 바라볼 뿐 그런 마음은 마음속 깊은 곳에 잘 감춰 두었다. 마음속에 파도가 출렁이고 있었지만 그 수면은 잔잔하기만 했다. 결과적으로 한 사람이 성숙해진다는 것은 얼마나 많은 시간을 살았느냐에 달려 있는 것이 아니라 어떤 삶 속에 어떤 일들을 겪었느냐에 달려 있는 게 분명했다.

루샤오녠은 그녀가 가장 먼저 서둘러야 할 일은 무엇보다도 비센돌프를 파오젠지아의 집으로 모셔 가는 것이라고 생각했다. 그녀는 이제 비센돌프의 생명이 거의 경각에 달려 있다는 것을 알고 있었다. 그녀는 집으로 돌아가고 싶다는 노인의 소망을 어떻게든 이뤄 드려야만 했다. 그녀는 비센돌프가 말하는 집이라는 것이 담쟁이덩굴이 우거진 자신들의 집이라는 것을 잘 알고 있었다. 그곳은 비센돌프와 자신, 그리고 루양이 아버지를 추도하던 그날 한 가족으로 태어난 곳이었다.

40분 후 인력거가 집 앞에 멈춰 섰다. 계단에 올라서서 열쇠로 문을 여는 순간 그녀는 자신의 심장 뛰는 소리가 들릴 만큼 긴장했다. 거리와 마주 닿아 있는 창문과 문에는 일본인들이 붙여 놓은 출입금지 표시의 흔적이 아직도 남아 있었다. 그녀는 집 안이 분명 어지럽게 늘어져 있을 뿐만 아니라 황폐해 있을 것이라고 생각했다. 하지만 문을 열고 들어선 그녀는 집 안이 깨끗하게 정돈된 채 먼지마저 세심하게 닦인 흔적을 발견했다.

"루양이 돌아왔구나!"

그녀가 기쁨에 겨워 마음속으로 환호성을 질렀다. 그녀는 루양이 불쑥 나타나거나 아니면 그녀를 놀라게 하기위해 욱 하고 일부러 소리를 지를지도 모른다고 생각하며 한참을 기다리다 다시 위아래층을 둘러보며 아무런 기척이 없는 것에 약간 풀이 죽었다. 하지만 그녀의 마음은 마치 산산조각 난 아름다운 것들이 자신의 손이 닿을 공간 안에서 떠다니고 있는 것처럼 한껏 부풀 대로 부풀어 있었다.

루샤오녠은 서둘러 훙커우로 돌아와 요나스를 찾아갔다. 하지만 요나스가 운영하던 작은 악기점은 이미 텅 비어 있었다. 거리 쪽을 향해 난 문 위에는 자물쇠가 걸려 있었고, 문과 창문에는 모두 출입금지를 알리는 종이가 붙어 있었다. 루샤오녠은 창문 틈을 통해 안을 들여다보았다. 벽 쪽에 서 있는 나무 선반에는 먼지가 잔뜩 쌓인 부서진 악기들이 몇 개 놓여 있었다. 주변에 살던 이웃이 일본군들이 요나스의 악기점을 봉쇄한 후 사람이 자취를 감췄지만 죽은 게 아니라 사람들 눈에 띄지 않는 곳으로 이사했을 것이라고 했다.

이어, 루샤오녠은 다시 수용소의 코흐나를 찾아갔다. 코흐나는 그전보다 훨씬 야위어 있었다. 루샤오녠을 본 그가 반가움에 소리를 질렀다. 루샤오녠이 위급한 상태의 비센돌프를 데리고 집에 가려하는 사실을 안 코흐나는 흔쾌히 10명의 직원을 보내 루샤오녠의 일을 돕도록 했다.

비센돌프의 정신이 다시 한 번 돌아오자 루샤오녠이 인력거를 불렀다. 일행들은 인력거를 탄 비센돌프를 보호하며 파오젠지아의 집으로 출발했다. 거의 같은 시각 바이루헤이와 루양, 슈나이더 역시 똑같은 심정이 되어 화더루 55번지를 향해 발길을 재촉했다. 그들은 서로 다른 곳을 향해 가며 아슬아슬하게 길이 엇갈렸다. 인력거에 타고 있는 비센돌프를 제외하고 나머지 사람들은 모두 인력거 옆에서 걸어갔다. 루샤오녠은 인력거꾼에게 이미 여러 차례에 걸쳐 조심해서 천천히 가라고 당부했다.

참으로 독특한 행렬이었다. 수년간의 전란을 겪은 상하이 한복판에서 이렇게 많은 서양인을 구경하는 것은 참으로 신선한 일이었다. 길을 지나가는 사람들은 유태인들이 인력거의 양측에 나눠 서서 번화가를 차분히 지나가는 것을 보고 자신도 모르게 발걸음을 멈추고 구경했다. 다섯 명의 젊은 청년과 세 명의 중년 남자, 두 명의 여자로 구성된 열 명의 유태인들은 모두 팔에 흰색과 푸른색에 다윗의 별이 있는 완장을 두르고 있었다. 다섯 명은 비센돌프의 왼쪽에 서서 걷고, 나머지 다섯 명은 루샤오녠과 함께 오른쪽에 서서 걸었다. 행인들의 관심 어린 눈빛 속에 일행들은 자신들의 책임을 의식하며 오는 내내 아무 말도 없이 약속이나 한 듯 엄숙하고 장중한 표정을 하고 있었다.

가든 브리지를 막 건너려고 할 때 난민수용소의 직원인 유태인 청년이 자전거를 타고 따라왔다. 그가 숨을 헐떡이며 이미 상하이에서 최고의 의술을 지닌 의사와 요나스를 찾아낸 코흐나가 루샤오녠에게 정확한 집주소를 알려 달라고 했다고 전했다. 아울러 잠시 후에 그들 역시 파오젠지아로 올 것이라고도 했다. 루샤오녠은 요나스가 길을 잘 알고 있다고는 생각했지만 그래도 이 청년의 노트 위에 연필로 자신의 집주소와 오는 방법을 상세히 적어 주었다. 주소를 받아 든 청년이 서둘러 되돌아갔다.

루샤오녠이 빠른 걸음으로 일행의 뒤를 쫓아왔을때 사람들은 이미 다리 중간을 건너고 있었다. 그녀의 눈에 의식이 돌아온 비센돌프가 머리를 약간 기댄 채 황푸강과 쑤저우강의 풍경을 바라보고 있는 게 들어왔다. 그녀가 가까이 다가가 고개를 들어 그를 쳐다보며 애써 명랑한 음성으로 외쳤다.

"할아버지! 요나스 선생님을 찾았대요. 코흐나 씨랑 요나스 선생님이랑 함께 할아버지를 뵈러 오신대요!"

비센돌프가 애써 몸을 세우며 루샤오녠에게 웃는 얼굴을 지어 보였다. 한여름인데도 그의 몸에는 얇은 담요가 덮여 있었다. 이제 말할 기력조차 없는 그가 인력거 옆에서 빠르게 걷고 있는 중국인 아가씨를 가만히 쳐다보았다. 이 아이가 자신의 딸 멜라니라고 느껴졌다. 그는 젊었을 때 배운 그 시를 다시 떠올리다 그 시인의 이름이 랜더였던 것을 희미하게 기억해 냈다.

그래! 그렇지! 그는 무의식적으로 자신을 지키는 생명의 불꽃이 점점 더 시들어 가고 있음을 생각했다. 하지만 자신이 이렇게 떠난다고 해도 그 불꽃이 쉽게 사그라들지 않을지도 모르며 어쩌면 영원히 꺼지지 않을지도 모른다고 생각했다. 그 불꽃은 음악이 되어 상하이라는 새로운 시간과 공간 속에서 영원히 찬란하게 연주될지도 몰랐다.

오후 4시가 좀 넘었을 때 의식이 없던 비센돌프에게 갑자기 호흡곤란 현상이 나타났다. 얼굴이 백지장처럼 새하얗게 변하고 몸은 어느새 빳빳하게 경직되었다. 루샤오녠과 간호사, 코흐나가 데려온 의사까지 한동안 최선의 노력을 다했지만 모두가 허사였다. 결국 노인은 마치 깊은 잠에 빠진 사람처럼 평안하게 세상을 떠나갔다. 루샤오녠은 그가 마침내 평생 그리워한 멜라니와 함께하게 되어 행복할 것이라고 생각했다.

이때 현관에서 투다닥 하는 발소리가 났다. 화더루의 난민수용소에서 소식을 듣고 황급히 달려온 루양과 슈나이더였다. 죽을 고비를 넘긴 이후 뜻밖의 상봉으로 인한 놀라움과 기쁨, 오랜 포옹과 뜨거운 눈물…… 그 순간 필요한 것은 모든 존재했다. 하지만 비센돌프가 세상을 떠난 비보가 결국 이 모든 것을 뒤덮었다. 사람들이 곧 차분함을 되찾은 후 집 안 분위기는 곧 숙연하게 바뀌었다.

"이럴 줄 알았으면 그 일본원숭이 새끼를 그렇게 쉽게 보내 주지 않는 건데!"

눈가에 눈물이 가득 고인 채로 루양이 말했다. 그가 다시 비센돌프의 병상으로 가까이 걸어가서 마치 모든 것을 남김없이 기억하려는 사람처럼 한참 동안이나 얼굴을 바라보았다. 병상 위의 비센돌프는 조용히 깊은 잠에 빠져 있었다. 이미 세상을 떠난 그였지만 얼굴에는 확고하고 분명한 윤곽이 그대로 조각되어 있었다. 그냥 보고 있으면 그의 얼굴은 마치 장엄한 대리석조각 같았다.

루양의 마음속에 만감이 교차했다. 그는 중국인들의 '하루를 스승으로 섬기면 평생 아버지로 섬긴다'라는 말을 떠올렸다. 그는 비센돌프가 자신의 목숨을 걸고 누나에게 한 약속을 지켰으며 절대절명의 순간 멜라니의 바이올린으로 자신의 목숨을 구해 준 것을 알고 있었다. 숱한 사연이 담긴 바이올린을 되찾아 자신의 손으로 직접 비셴돌프에게 돌려줄 수 있기를 얼마나 소망했던가?

눈물이 후두둑하고 멜라니의 바이올린 위에 떨어졌다. 잠깐 사이, 뭔가 생각난 루양이 거실로 나가 소파 옆 테이블 위에 바이올린을 놓고 천을 풀었다. 바이올린 케이스를 연 후 조심스럽게 지판을 잡아 바이올린을 꺼내어 놓고 자세히 살펴보았다. 오랜 시간 연주를 하지 않은 탓에 바이올린의 4현과 활이 모두 느슨하게 풀어져 있었다. 우선 활 끝의 조리개를 돌려 활과 현을 팽팽하게 한 후 바이올린을 어깨와 턱 사이에 올려놓고 활을 당기며 조율을 하기 시작했다. 루양의 행동을 보고 곧 그의 생각을 읽은 루샤오녠이 말했다.

"루양! 잠깐만 기다려!"

재빨리 2층으로 올라갔다 내려오는 그녀가 손에 아주 예쁘게 생긴 초를 들고 나왔다. 흰색 초의 표면에는 은빛이 나는 엷은 막이 도금되어 있었다. 남매가 다시 침실로 돌아온 그 순간 자리에 모여 있던 사람들은 곧 남매의 생각을 알아차리고 앉아 있던 사람들은 자리에서 일어나고, 원래 서 있던 사람들은 선 채로 천천히 가깝게 모여 섰다. 사람들이 비셴돌프의 병상 앞으로 자연스럽게 반원을 그리며 둘러섰다. 사람들은 숙연한 모습으로 서로 손과 손을 잡고 섰다.

"잉……."

부드러운 장음과 함께 은백색의 촛불 안에서 주황색 불꽃이 피어오르는 게 보였다. 가늘고 긴 심지가 점점 가볍게 말리더니 갑자기 짧아지며 밝은 빛으로 커지다 안정적인 불빛을 쏘아 냈다.

왼손에 바이올린을 든 루양이 사람들 중간에 선 후 오른손으로 어지럽게 늘어진 긴 머리를 뒤로 쓸어 모았다. 이어 선생님께 깊이 허리 숙여 인사를 올린 후 바이올린을 어깨 위에 놓고 팔을 들어 그윽한 소리의 '이날'을 연주하기 시작했다. 작은 무당벌레가 그려진 멜라니의 바이올린이 다시 소리를 내고 있었다.

지금 루양은 '이날'을 변주하고 있었다. 그 역시 비센돌프가 자선 음악회에서 '이날'을 눈부시게 재창조함으로써 사람들의 목숨을 구한 소식은 익히 들어 알고 있었다. 유럽고전음악 중 낭만파가 지니는 예술적 특징의 정수는 바로 즉흥적인 격정이었다. 이것은 이미 루양의 마음속 깊은 곳을 확고하게 차지하고 있었다. 다른 것이 있다면 그의 변주곡은 마치 오랜 친구 사이에 오가는 귓속말과 사랑의 속삭임처럼 편안하고 부드러운 선율이 이어진다는 것이었다. 예쁜 무당벌레와 사랑하고 존경하는 할아버지가 서로 한껏 밀착해 있으면서도 서로를 방해하지 않는 것 같은 그런 변주였다.

루샤오녠의 눈에 다시 눈물이 흘러내렸다. 슈나이더의 손을 살짝 놓고 홀로 거실에 나온 그녀는 길가 쪽으로 난 창문을 열었다.

며칠 동안 계속 내린 비가 공기 중의 먼지를 깨끗하게 씻어 낸 황혼 무렵, 하늘과 땅 모두가 찬란한 붉은 노을 속에 뒤덮여 있었다. 그래서인지 원근의 모든 물체가 부조처럼 거리를 압축한 채 또렷하게 모습을 드러내고 있었다. 순간, 그녀는 멀리 떨어진 황푸강이 보이는 것 같았다. 쑤저우강과 황푸강이 교차하는 바다 같은 거대한 수면이 보이는 것 같았다. 그녀는 자신도 모르게 그때 슈나이더가 끓어오르는 격정을 안고 자신에게 이야기해 주었던 출애굽의 이야기를 떠올렸다.

"게리……!"

그녀가 나지막한 목소리로 그를 불렀다. 그녀의 등 뒤로 느껴지는 그의 따뜻한 체온을 감지하며 그녀가 소곤거리듯 말했다.

"게리! 저길 좀 봐요!"

그녀의 목소리가 너무 작아 제대로 듣지 못한 그가 다시 물었다.

"루샤오녠! 뭐라고 했어?"

두 손으로 그녀의 어깨를 부드럽게 어루만지던 그는 그녀의 어깨가 너무나 여윈 것을 느꼈다.

"내 말은…… 내 말은……."

입술을 달싹이던 그녀는 자신의 눈에 또다시 눈물이 솟구치는 것을 느꼈다. 그녀가 애써 정신을 가다듬으며 낮게 중얼거렸다.

"저기 홍해가 보여요! 홍해가 보인다고요!"

세계 최고의 바이올리니스트 리랜드 비센돌프는 세상을 떠난 후 상하이에 안치되었다. 그의 묘지는 아직도 상하이 칭푸靑浦에 위치한 유태인 공동묘지에 남아 있다.

37

훗날 루양은 중국에서 유명한 바이올리니스트가 되었다. 소문에 의하면 무대 위에서의 그의 모든 몸짓은 그의 스승이었던 비센돌프와 똑같은 것으로 많은 사람들의 찬사를 받았다고 한다. 그와 동시에 그는 상하이 음악학교의 교수로 부임하여 훌륭한 바이올리니스트들을 대거 양성했다.

루샤오녠과 게리 슈나이더는 항일전쟁에 승리를 거둔 후 결혼하여 수년간 오스트리아에서 살다가 이스라엘 하이파haifa의 한 해안 도시에 정착했다. 그들에게 멜라니라는 이름의 딸이 생겼다.

캐나다로 이주한 후 요나스는 몬트리올 퀘벡에 살았다. 당시 일본 요원과의 싸움에서 오가와 가쯔오에게 팔목이 부러지는 부상을 당한 그는 더 이상 첼로를 연주할 수 없게 되었다. 그는 90세에 별세했으며, 별세하기 전 중국 현대음악 모음곡을 준비했다고 한다. 그 모음곡의 첫 장은 '이날'이 장식했다.

전후 일본으로 돌아간 야스히로는 초등학교의 음악선생님으로 재임했지만 평생 다시는 바이올린을 연주하지 않았다고 한다.

소설 『멜라니의 바이올린』의 작가

화가 허닝과 그의 유태인
소재에 관한 예술창작

　　허닝은 미국 국적의 중국인 예술가로서, 현재 북경에 살고 있다. 그는 북경 중앙미술학원 부속중학교, 상하이대학 미술학원 유화과, 오스트리아 비엔나 미술학원에서 수학했다. 전문화가로서, 그는 많은 미국 화랑의 화가 에이전트를 맡은 바 있다. 그는 일찍이 여러 차례 뉴욕, 로스앤젤레스, 홍콩 등지의 국제 예술 박람회에 참가한 바 있고, 그곳에 다량의 작품이 소장되어 있다. 오랫동안 미국의 유태인단체와 함께 활동했고 유태인 역사와 현대를 소재로 한 다량의 회화작품을 창작했다.

　　1997년과 1998년은 각각 제1차 시오니즘운동 세계대표대회 100주년과 현대 이스라엘 건국 50주년이 되는 해였다. 전 세계의 유태인단체들은 성대한 기념행사를 개최하였다. 허닝은 기념행사위원회 북미지역 회장인 필 블레저의 초청을 받아 대형작인 〈1897년 스위스 바젤 : 제1회 세계 시오니즘운동 세계대표대회에서의 헤르츠의 축사〉와 〈1948년 텔아비브-벤 구리안의 장엄한 이스라엘 건국 선포〉를 제작하였다.

이 두 편의 작품은 성공적으로 유태인의 근대와 현대 역사상 획기적인 사건을 재현해 유태인단체에서 아주 큰 반향을 일으켰다. 특히, 첫 번째 작품은 허닝이 제1회 세계 시오니즘운동 세계대표대회에서 어떠한 화보자료도 남아 있지 않은 상태에서 현대 이스라엘의 아버지 헤르츠의 일기와 기타 문학작품을 근거로 창작한 것이었다.

1997년 이래 허닝이 로스앤젤레스 유태인단체의 요청에 따라 유태인을 소재로 창작한 작품으로 주로 근대와 현대 유대 역사상의 선구자의 초상화 60여 폭이 있다. 이 초상화에는 백여 년 동안의 유태인민족 역사상 중요한 정치, 사상, 문화, 군사상의 걸출한 인물들이 포함되어 있다. 예를 들어 이스라엘의 초대 대통령인 바이츠만, 총리였던 메이어부인, 국방부장 다야양 등이다. 이것은 대형 문헌 화보인 〈이스라엘의 선구자들〉을 위해 만든 삽화로써, 시오니즘운동 세계대표대회 100주년과 이스라엘 건국 50주년의 세계적인 기념행사에서 이 그림들의 대부분은 북미 16개 도시에서 기념 순회전의 일부로 전시되었었다. 이 대형화보는 이미 2004년에 미국에서 출판되었다.

— 유대의 전통적인 명절인 하누카의 삽화가 20폭이다.
　　이것은 미국의 〈유태신문〉과 휴스 슈퍼마켓의 협력프로젝트를 위해서 창작한 것이다.
—〈중국 하남 개봉 유대 청진사 안의 타라경전을 읽고 있는 유태인〉
　　이것은 허닝이 유대의 저명한 학자 라비사프만과 유대의 국제적인 역사, 문화기구의 초청으로 만든 작품이다.
—현재의 유대와 세계적인 명사의 초상화 백여 폭이 있다.
　　이것은 로스앤젤레스 〈유태신문〉 책임자인 블레저 선생이 제정한 것이다, 증정품으로 초상화의 모델 본인에게 선사했다.

초상화의 모델이 된 인물은 미국의 조지 부시 대통령, 데니스 켈리 포니아 주지사, 토마스 하몬 로스앤젤레스 전시장, 안토니비치 로스앤젤레스 주 수퍼바이저, 모세 카차브 이스라엘 대통령, 샤론 총리 및 페레스 외무장관을 포함한 이스라엘 정부 내각의 모든 장관이다.

이들 초상화 중에는 키신저 전 국무장관, 유태인 작가로서 노벨평화상 수상자인 엘리 비젤, 저명한 영화제작자 아서 콘, 스필버그 영화감독, 그레고리 팩, 더글라스 부자, 폴 뉴먼 등과 같은 원로 영화배우, 미국 영화학원 원장 아서 실러, 가수 바브라 스트라이젠더, 우주비행사 일란 라몬 등등 백여 명의 현 세계, 특히 미국의 정치, 경제, 문화계 저명인사가 대거 포함되어 있다.

영광스런 사명감으로 창작한 작품은 장차 상하이의 '유태/중국우호 기념조각상' 으로 우뚝 서게 될 것이다.

제2차 세계대전의 히틀러 나치의 유태인에 대한 광적인 종족말살계획이 자행되던 때 상하이는 세계에서 유태인이 무비자로 육지에 들어올 수 있는 유일한 항구였다. 1934년부터 1940년까지 상하이는 유럽으로부터 도망 온 유태인난민 3만여 명을 수용하였다. 1941년 태평양전쟁이 발발한 후, 일본은 독일, 이탈리아의 중심축에 섰으며, 1943년 여름 일본의 점령당국은 상하이의 극빈지역인 홍커우에 유태인난민격리구역을 설립하여 유태인을 감시하고 통제했다. 이것은 유태인난민들이 극동지역에서 보낸 가장 험난했던 시간들이었다. 1945년 여름 전쟁에 패배한 일본은 투항하였으며, 격리지역은 폐쇄되었다.

오랫동안 상하이에서 생활했던 유태인은 자신들의 생명을 구원해준 곳인 상하이를 잊지 못하고, 상하이를 제2의 고향으로 여겼다. 그들과 그들의 후손들은 상하이로 돌아와 뿌리를 찾으려는 노력을 보이곤 하였다.

많은 사람들은 상하이에서 생활한 적이 있는 유태인 연합회를 만들어 종종 모임을 가지기도 하였다. '상하이유태인SHANGHAI JEWS'은 이미 중국과 유태인의 생사를 건 우정을 상징하는 역사적인 대명사가 되었다.

2002년, 블레저가 허닝에게 보낸 초청장에는 전 세계 유태인을 대표하여 허닝에게 조각전을 주최하고 창작해 달라는 위촉장이 들어 있었고, 이를 상하이시에 선물로 증정함으로써 유태인민족의 중국 국민에 대한 감사의 정을 표한다고 했다.

허닝이 설계한 조각은 서로 꼭 맞잡은 손으로 이것은 당시 중국 국민의 유태인에 대한 구원의 손길을 상징하는 동시에 인류의 이해와 연민, 그리고 우의를 상징하고 있다. 청동을 사용하여 높이 3.5m로 땅 위로 솟아오른 모양의 커다란 손은 강렬한 시각적 인상을 준다. 구조물의 기조석 위에는 중문, 영문, 히브리어로 비문과 증정자의 명단을 새겨 놓았다.

상하이시 정부는 이미 이 '유태/중국우호 기념조각상'이라 명명된 선물을 흔쾌히 받아들였다. 이 조각은 앞으로 당시 일본 파시스트가 설립한 유태인난민격리구역의 옛터였던 상하이 홍커우지역의 호산공원에 세워질 계획이다. 현재, 이 프로젝트의 기부금은 여전히 진행 중이다.

장편소설『멜라니의 바이올린』에는 중국 국민과 유태인들이 일본 파시즘에 저항했던 역사적 시기와 공생공사했던 감동적인 이야기가 묘사되어 있다.

'유태/중국우호 기념조각상'을 제작하면서 허닝은 유태민족이 겪었던 종족말살이라는 고난의 역사를 표현한 많은 예술작품 중에서 상하이 유태인이라는 소재가 시종일관 이해할 수 없는 공백상태로 남겨져 있었다는 것을 깨달았다. 게다가 이러한 시기의 역사를 이해하는 사람 또한 갈수록 줄어든다는 느낌을 받았다. 그리하여 그는 기념조각을 만드는 동시에 완전히 다른 영역에 속하는 또 하나의 작품인 영화 시나리오『상하이 망명』의 창작에 대담하게 착수했다. 중국 국민과 유태인이 손잡고 일본의 파시즘에 대한 저항하는 역사의 시기에 공생공사했던 감동적인 이야기를 기술하면서 유태인난민들이 극동지역에서 겪은 잊지 못할 경험을 재현해 냈다.

허닝은 로스앤젤레스 유태대학 도서관의 도움을 받아 대량의 역사문헌과 회고록 열람하면서 근 일 년이라는 시간을 통해 시나리오를 완성했다. 그는 친구들에게 의견을 구하였고, 많은 유태인 친구들은 그의 시나리오를 읽은 후 커다란 감동을 받았다. 2004년, 허닝은 시나리오 줄거리를 바탕으로 소설로 확장했으며, 이에『멜라니의 바이올린』이라는 소설이 탄생했다.

2005년, 허닝은 상하이 홍커우지역 외사 사무실의 초청을 받아 '유태인난민 상하이 기념관'의 개축과 확장방안에 관한 기획 작업에 참여했다.